W0208632

Les libraires gauchers de Londres

Garth Nix

ÉDITIONS LEHA
young adult

Titre original :
The Left-handed Booksellers of London
© Garth Nix, 2020

Tous droits réservés, y compris les droits de reproduction de tout ou en partie de l'œuvre, sous quelque forme que ce soit.

Version française
Les Libraires Gauchers de Londres
par Garth Nix

Traduction : Florence Bury
Illustration de couverture : Leo Nickolls

© 2022 Éditions LEHA – Collection Leha Young Adult

Loi n°49-956 du 16 juillet 1949 sur les publications destinées à la jeunesse.

Dépôt légal : mai 2022

ISBN (version brochée) : 978-2-493405-10-4
ISBN (version reliée) : 978-2-493405-12-8

Éditions LEHA
18, avenue de la Madrague de Montredon, 13008 Marseille
www.editions-leha.com

Pour Anna, Thomas, et Edward ; mes parents Henry et Katharine Nix ; mes frères Simon et Jonathan ainsi que leur famille ; et toute ma famille et mes amis.

Cette histoire se déroule dans une version de l'Angleterre de l'année 1983 qui ne correspondra pas tout à fait aux souvenirs de ceux déjà nés à l'époque, ni à ce que pourront trouver les lecteurs qui s'intéressent à l'Histoire. Mais laquelle est la vraie ?

Prologue

Il était 5h42, au matin du 1er mai 1983, dans l'ouest de l'Angleterre, et un mince filet de soleil pointait au-dessus de la crête. Toutefois, il faisait encore frais et presque noir dans la vallée peu profonde, où un ruisseau limpide coulait en ligne droite puis décrivait un large coude vers la gauche avant un petit barrage, un kilomètre et demi en aval.

Un pont fait de trois planches enjambait le ruisseau près d'une ferme, prolongeant le sentier de l'autre côté et éloignant les promeneurs. Non que le sentier en question eût jamais été très fréquenté. Bizarrement, les flâneurs n'en trouvaient pas le départ, sous le vieux chêne planté au croisement, au niveau du hameau près du petit barrage.

Une jeune femme sortit de la ferme en bâillant, les yeux mi-clos, encore plus ou moins perdue dans un rêve qui lui avait paru bien réel.

Susan Arkshaw avait dix-huit ans depuis deux minutes, et un physique saisissant plutôt que réellement avantageux. Ses sourcils d'un noir corbeau contrastaient avec le duvet décoloré qui couvrait son crâne rasé. Elle portait un t-shirt célébrant le Summer Tour de Jimmy Hendrix en 1968, offert à sa mère quinze ans plus tôt par un des techniciens de la tournée. Le t-shirt était suffisamment ample pour lui servir de chemise de nuit car elle n'était pas grande, bien que très athlétique et musclée. Les gens la prenaient d'ailleurs souvent pour une danseuse ou une gymnaste professionnelle – ce qu'elle n'était pas.

D'après sa mère – qui, elle, était grande et mince sans l'ombre d'un muscle –, Susan tenait de son père, et ça se pouvait bien. Après tout, elle ne l'avait jamais rencontré, et il s'agissait là d'un des rares détails le concernant dont sa mère lui avait jamais fait part.

Susan gagna le ruisseau et s'agenouilla pour plonger la main dans l'eau fraîche et claire. Elle avait encore fait ce rêve récurrent qu'elle connaissait depuis l'enfance. Elle fronça les sourcils dans un effort pour s'en remémorer les détails. Il commençait toujours de la même façon, au bord du ruisseau. Elle le voyait presque d'ici...

Un remous évoquait d'abord un poisson, puis le bouillonnement devenait tel qu'il s'agissait forcément d'autre chose. Lentement, comme hissée par une corde invisible, une créature émergeait au cœur du courant, au milieu du ruisseau. Ses jambes, ses bras et son corps étaient faits d'algues et d'eau, de branches de saule et de roseaux. Sa tête était un panier de racines d'aulne noueuses – des orbes d'eau tourbillonnante en guise d'yeux limpides, et une bouche composée de deux belles écrevisses tête-bêche, dont le corps dessinait les lèvres inférieure et supérieure.

Dégoulinante d'eau froide et pure, la créature parcourait en clapotant une dizaine de mètres dans le jardin puis sur les dalles menant à la maison et, levant un long bras, elle fouettait une fois, deux fois, trois fois la fenêtre de ses branches de saule vertes.

La bouche-écrevisse s'ouvrait, et une langue d'algues s'agitait pour former des mots glissants et sifflants.

« Je monte la garde. »

La créature aquatique pivotait et, sur le chemin du retour, rapetissait, maigrissait, perdait de sa consistance jusqu'à se réduire au bout de quelques pas à un vague tas de débris qu'une crue aurait pu rejeter sur la rive. Seule trace de sa présence : une traînée de boue sur les dalles devant la maison.

Susan se frotta les tempes et regarda derrière elle. Il y avait une traînée de boue sur les dalles. De la maison au ruisseau. Mais sa mère s'était sans doute levée encore plus tôt qu'elle et avait dû s'activer en traînant les pieds dans ses bottes en caoutchouc…

Un corbeau croassa sur le toit. Susan lui fit signe. Il y avait aussi des corbeaux dans son rêve, mais plus gros. Beaucoup plus imposants que dans la réalité, et doués de parole en prime, même si elle n'arrivait pas à se rappeler ce qu'ils disaient. C'était le début du rêve dont elle gardait toujours les souvenirs les plus clairs : après la créature du ruisseau, tout devenait flou.

En plus des corbeaux, il se passait aussi quelque chose sur la colline derrière la ferme. Une créature surgissait de la terre à cet endroit… un genre de lézard de pierre, peut-être même un dragon.

Susan sourit en songeant à ce que cela signifiait. Son subconscient tournait à plein régime, alimenté dans l'enfance par un excès de romans de fantasy et un régime de lecture à base de Tolkien, C. S. Lewis et Susan Cooper. La créature du ruisseau, les énormes corbeaux et le lézard auraient dû lui donner des cauchemars, mais son rêve n'était pas effrayant. Au contraire, même. Elle s'était toujours sentie étrangement réconfortée au réveil.

Elle bâilla à s'en décrocher la mâchoire et retourna se coucher. Alors qu'elle se glissait sous la couette et que le sommeil l'emportait à nouveau, elle se rappela soudain ce que l'un des énormes corbeaux avait dit dans son rêve.

« Des dons reçus de ton père, pour nous les créatures de l'eau, de l'air et de la terre, afin que nous montions la garde.

— Mon père, fit Susan d'une voix ensommeillée. Mon père… »

Plus tard, quand sa mère lui apporta son thé et ses tartines – un petit-déjeuner au lit, pour fêter son anniversaire –, Susan avait oublié son réveil précédent. Oublié qu'elle avait encore fait le même rêve. Mais il en restait quelque chose, elle savait qu'elle avait rêvé…

Elle regarda sa mère, assise au bout du lit.

« J'ai fait un rêve intéressant cette nuit. Je crois. Sauf que je n'en garde pas de souvenir précis. Ça avait l'air important…

— C'est bien, de rêver », répondit sa mère, qui pour sa part avait tendance à vivre dans un rêve. Elle passa la main dans sa longue chevelure noire et luxuriante, semée ici et là de mèches blanches dues au chagrin plutôt qu'à l'âge. Jassmine ne laissait jamais personne lui couper les cheveux. Elle devenait très nerveuse quand sa fille suggérait qu'elle en taille plus que les pointes, ce qu'elle faisait elle-même. « En général… mais il y a aussi les mauvais rêves…

— Je crois que mon rêve… Je crois qu'il concernait peut-être mon père.

— Ah, oui ? Encore un peu de thé ?

— Maman, tu es sûre de ne pas pouvoir me dire qui est mon père ?

— Oh, oui. C'était une autre époque. Je n'étais pas la même personne. Il… Qu'est-ce que tu m'as répondu, pour le thé ?

— Oui, maman. »

Elles burent encore, chacune perdue dans ses pensées.

Enfin, Susan déclara d'un ton déterminé : « Je crois que je vais partir à Londres un peu plus tôt que prévu. Pour m'acclimater. Je dois pouvoir me faire embaucher dans un pub. Et je… j'essaierai de retrouver mon père.

— Qu'est-ce que tu disais, ma chérie ?

— Je vais partir à Londres. Avant de prendre ma chambre. Trouver un travail, et tout.

— Ah. Bien. C'est naturel, j'imagine. Mais méfie-toi. Il m'a dit… Non, c'était à un autre sujet…

— Qui ça ? Et de quoi devrais-je me méfier ?

— Hein ? Oh, je ne sais plus. Londres. Oui, bien sûr, tu dois y aller. À dix-huit ans, je ne m'imaginais nulle part ailleurs. Mais j'insiste, je veux des cartes postales. Tu dois m'en envoyer. Trafalgar Square… »

Susan attendit qu'elle poursuive, mais sa phrase resta en suspens. Jassmine fixait le mur, et l'idée dont elle s'apprêtait à lui faire part se perdit en chemin.

« Je n'y manquerai pas, maman.

— Et je sais que tu seras prudente. Dix-huit ans ! Joyeux anniversaire, ma chérie. Maintenant, je dois retourner à mon tableau avant que ce nuage ne vienne gâcher la lumière. On attend plus tard pour les cadeaux, d'accord ? Après le deuxième petit-déjeuner.

— Oui, on attend pour les cadeaux. Ne manque surtout pas la lumière !

— Non, non. Et toi non plus, ma chérie. Plus encore que moi. Veille à bien rester dans la lumière. C'est-ce qu'il aurait souhaité.

— Mais qui ça, maman ? Reviens !... Oh, laisse tomber... »

Chapitre premier

Il était un marchand, sénestre gantée,
Dextre méprisante, à l'épée bien-aimée
Maniée en miroir, fort expert
Ès livres et tuerie, et des deux très fier

Un mince jeune homme aux longs cheveux blonds vêtu d'un costume trois-pièces moutarde aux bas de pantalon évasés – de la seconde main – et chaussé de bottes en faux croco pourvues de talons de cinq centimètres se dressait devant le type beaucoup plus âgé allongé sur le canapé en cuir. Ce dernier ne portait qu'une robe de chambre en soie brodée à ses initiales, entrouverte sur un ventre digne d'un poisson-ballon. La face replète et rouge de colère, il avait encore les bajoues frémissantes, furieux de s'être fait piquer le nez à l'aide d'une épingle à chapeau en argent.

« Tu vas me le payer, espèce de petit sal… », jura le vieil homme en brandissant le rasoir tranchant qu'il venait de tirer de sous l'un des coussins brodés qui ornaient le canapé.

Mais alors même qu'il le menaçait, son visage perdit sa fermeté, et la chair se ratatina comme un sac plastique passé trop près d'une flamme. Le jeune homme – ou peut-être était-ce une jeune femme habillée comme un homme – recula et regarda le phénomène se propager : la chair sous la robe de chambre bleu ciel tomba en poussière fine autour d'os curieusement jaunis qui dépassaient des manches et du col, puis les os à leur tour se désagrégèrent en une substance proche du sable le plus fin, broyé au fil des millénaires par la puissance de l'océan.

Sauf que, dans le cas présent, il n'avait fallu ni océan ni millénaire : rien que la piqûre d'une épingle, et quelques secondes. Une épingle très spéciale, certes, bien qu'en apparence semblable à toutes celles destinées aux dames de l'époque georgienne. Celle-ci, toutefois, était en acier argenté, et le grand sort d'anéantissement de Salomon y était gravé en lettres indétectables à l'œil nu, invisibles entre les poinçons qui la déclaraient fabriquée à Birmingham en 1797 par Harshton & Hoole. Deux orfèvres parfaitement obscurs et dont le travail n'était guère recherché, tant de nos jours qu'à l'époque. De fait, ils fabriquaient surtout des épingles à chapeau et des coupe-papiers particulièrement affûtés.

Le jeune homme – car c'en était un, ou du moins il penchait dans cette direction – tenait l'épingle à chapeau dans sa main gauche, elle-même gantée de cuir de chèvre brun pâle, très fin et souple, alors que les doigts élégants de l'autre main demeuraient nus. Il arborait un anneau à l'index droit – un mince jonc d'or porteur d'une inscription dont la lecture aurait nécessité un examen approfondi.

D'une main gantée parfaitement assurée, il glissa l'aiguille dans la poche aménagée à cet effet dans la manche droite de sa veste. L'extrémité en reposait sur le bouton de manchette d'un demi-souverain (1897, reine Victoria – l'année du jubilé, pas n'importe quel demi-souverain) qui ornait sa chemise Turnbull & Asser. Sa main droite, quant à elle, trembla légèrement pendant l'opération, mais pas suffisamment pour que l'épingle accroche un fil.

Il ne frémissait pas parce qu'il venait de liquider Frank Thringley, baron du crime. Non. Plutôt parce qu'il n'était pas du tout censé se trouver là et qu'il se demandait comment il allait justifier…

« Les… Les mains en l'air ! »

Il n'était pas non plus censé se laisser surprendre par quelqu'un comme la jeune femme qui venait de faire irruption dans la pièce, un cutter entre ses mains tremblantes. Ni grande ni petite, elle se mouvait avec une grâce athlétique qui évoquait une danseuse ou une adepte des arts martiaux – même si, avec son t-shirt des Clash sous une salopette bleu marine, ses Doc Martens bordeaux et ses cheveux décolorés taillés ras, elle avait plutôt l'air de jouer dans un groupe punk ou approchant.

L'homme leva les mains à hauteur de sa tête. L'intruse était :

1. Jeune – peut-être même de son âge, soit dix-neuf ans

2. Sans doute tout sauf une suçoteuse, contrairement à Frank Thringley ; et

3. Loin du genre de jeunes filles dont les barons du crime aiment à s'entourer.

« Que… Qu'avez-vous fait à l'oncle Franck ?

— Ce n'est pas ton oncle. »

Il fit mine d'avancer, mais s'arrêta comme la jeune femme agitait son cutter.

« Eh bien, non, mais… ne bougez pas ! Restez où vous êtes ! Je vais appeler la police.

— La police ? Plutôt Charlie Norton, Ben le Nez-Cassé ou je ne sais quel autre charmant associé de Frank, non ?

— J'ai dit : la police », affirma la jeune femme. Elle se rapprocha du téléphone posé sur la commode. Un téléphone bien curieux pour Frank Thringley, songea Merlin. Une antiquité art déco des années 1930. Un petit appareil couleur ivoire incrusté d'or, au cordon bien droit.

« Qui es-tu ? Enfin bon, vas-y, bien sûr, appelle la police. Mais il ne nous reste sans doute pas plus de cinq minutes avant que… ou même moins, en fait… »

Il se tut et, de sa main gauche gantée, il sortit soudain un très gros revolver du sac bariolé en poil de yak qu'il portait à l'épaule droite. En même temps, la jeune femme entendit un bruit derrière elle, dans les escaliers – quelque chose qui ne ressemblait pas à un bruit de pas. Elle se retourna alors qu'un insecte de la taille d'un poney pénétrait brusquement dans la pièce et que le jeune homme la dépassait pour tirer trois fois – Pan ! Pan ! Pan ! – dans le thorax de la créature, répandant fragments de chitine et giclées de sang noir sur le tapis d'Aubusson blanc. Et pourtant, la chose continuait d'avancer : ses membres articulés s'agitaient, ses pattes avant crochues claquaient, presque à portée des jambes de l'homme, jusqu'à ce que celui-ci tire à nouveau trois fois. L'énorme insecte hideux bascula sur le dos et se mit à tourner frénétiquement, à l'agonie.

Comme les échos assourdissants des coups de feu s'estompaient, la jeune femme se rendit compte qu'elle hurlait, et elle cessa, dans la mesure où cela n'aidait pas.

« Que… Qu'est-ce que c'était que ça ?

— *Pediculus humanus capitis.* Un pou », répondit le jeune homme, qui rechargeait son revolver, retroussant son gilet pour prélever des balles dans sa cartouchière en tissu. « Qu'on a fait grossir, à l'évidence. Il faut vraiment qu'on y aille. Au fait, je m'appelle Merlin.

— Merlin, comme le magicien ?

— Comme l'enchanteur. Et toi ?

— Susan », répondit machinalement Susan. Elle contempla le pou géant encore agité de soubresauts sur le tapis, puis le tas de poudre rougeâtre sur le canapé, maintenu par la robe de chambre bleu ciel. Les initiales F. T. se détachaient nettement, comme pour souligner l'identité de celui qui était retourné à la poussière.

« Bon sang, mais qu'est-ce qui se passe ?

— Impossible de t'expliquer ici, dit Merlin, qui soulevait le châssis de la fenêtre à guillotine.

— Et pourquoi ça ?

— Parce qu'on va mourir tous les deux si on reste. Allez, viens. »

Il sortit par la fenêtre.

Susan regarda le téléphone et songea à appeler la police. Toutefois, après une seconde de réflexion profonde mais rapide comme l'éclair, elle le suivit.

Chapitre deux

J'ai vu un libraire gaucher
Dans un bois par un jour bien noir
Pourquoi ne l'ai-je pas approché ?
Vrai, mieux vaut ne pas le savoir

La fenêtre donnait sur le toit de la serre qui courait de l'arrière de la maison jusqu'à la clôture. Au-delà s'étendait la masse sombre de la forêt de Highgate. En dépit de ses talons, Merlin avançait le long du faîte de l'édifice : une bande d'acier guère plus large que sa main, qui surmontait de longs panneaux de verre pentus de chaque côté. Il progressait comme si de rien n'était ; pourtant, s'il tombait, il passerait à travers et se ferait déchiqueter.

Susan hésita et jeta un regard en arrière. Le monstrueux insecte se débattait encore, mais il y avait autre chose à présent. Une brume sombre montait des escaliers. On aurait dit une épaisse fumée noire, sauf qu'elle se mouvait très lentement et que ça ne sentait pas le brûlé. Quoi qu'il en soit, Susan sut d'instinct que quelque chose clochait et que cette brume était hostile. Elle frissonna soudain, s'agenouilla et se mit à ramper à quatre pattes sur le faîte de la serre, en toute hâte.

« Il y a un drôle de brouillard noir qui monte des escaliers », haleta-t-elle en atteignant le bord du toit. Debout devant elle,

Merlin bondit alors jusqu'à la branche d'un vieux chêne qui surplombait la clôture du jardin.

« Comment tu fais, avec tes talons ? s'étrangla Susan.

— L'habitude », répondit le jeune homme. Il assura sa prise de la main droite sur une branche haute et lui tendit la gauche. « Saute ! »

Elle regarda en arrière. Le brouillard noir extraordinairement dense franchissait déjà la fenêtre. Il ne se comportait pas du tout comme un brouillard classique – pour tout dire, une large vrille se déployait pile dans sa direction. Se tendait vers elle...

Elle sauta. Merlin se pencha pour l'aider, mais c'était inutile : elle atterrit tout près du tronc, qu'elle entoura aussitôt des deux bras pour garder l'équilibre.

« Descends, lança-t-il en montrant l'exemple. Vite ! »

Elle le suivit et, arrivée à un mètre cinquante du sol, sauta. Ses Docs s'enfoncèrent dans un lit de feuilles et de boue. Il avait plu presque toute la journée, même si les averses s'étaient calmées en début de soirée. À minuit passé, il faisait juste humide.

La forêt était très sombre : toute la lumière venait de derrière eux – des maisons et des lampadaires de Lanchester Road.

Le brouillard ténébreux se répandait sur la serre, dégoulinant le long des carreaux de chaque côté du faîte. Il s'étendait, s'étalait, se fondait dans la nuit une fois hors du halo lumineux des maisons et de la rue.

« Mais c'est quoi, ce truc ?

— Encore une explication qui devra attendre, répondit Merlin. Suis-moi. Il faut qu'on rejoigne l'ancienne voie tellurique. »

Il partit en vitesse, zigzagant entre les arbres. Susan le suivit en levant les mains pour se protéger des retours de branches. Elle ne voyait pas grand-chose, et Merlin n'était qu'une ombre devant elle. Il n'y avait plus qu'à espérer qu'il voie où il allait et essayer de ne pas se laisser distancer.

Quelques minutes plus tard, elle faillit lui rentrer dedans comme il débouchait sur un chemin. Il hésita un instant, jeta un regard à gauche, à droite, puis vers le ciel nuageux et les rares étoiles visibles.

« Par ici ! Viens ! »

Il courait à présent. Susan s'efforçait de rester derrière lui tout en luttant contre le sentiment qu'ils risquaient tous les deux de se faire très mal au moindre obstacle ; d'un autre côté, elle pressentait que pire encore les attendait s'ils ne semaient pas le brouillard noir qui les suivait sûrement encore et se déployait plus vite dans l'obscurité, déroulant ses vrilles de tous côtés, à sa recherche…

Merlin s'arrêta.

« On y est, annonça-t-il. On peut marcher, maintenant. Reste près de moi, sur la voie tellurique.

— Mais je ne la distingue même pas !

— Reste juste derrière moi. »

Il avançait lentement. Le ciel était plus clair, ici, et le terrain plus dégagé autour d'eux. Les arbres moins serrés.

Susan jeta un regard en arrière, ouvrant grand les yeux pour tenter d'y voir quelque chose. L'obscurité semblait abriter différentes nuances.

« Ce brouillard, souffla-t-elle. Je crois qu'il nous a suivis.

— Oui. Mais il ne peut pas emprunter la voie.

— Et pourquoi ?

— C'est une entité très ancienne, régie par de vieilles coutumes, expliqua Merlin. De toute façon, le danger, ce n'est pas tant le brouillard lui-même, mais plutôt la bogue.

— La bogue ?

— Le brouillard est un genre d'effet associé. Il désoriente et distrait sa victime, et il est nécessaire pour la chose qui s'y déplace une fois qu'il est assez épais. La bogue, donc. Même si on lui donne aussi d'autres noms. »

Il ralentit pour examiner le sol devant lui. Le sentier virait vers la droite pour éviter un bosquet de hêtres. « Le nouveau chemin ne suit pas la voie tellurique. Il faut qu'on reparte en arrière.

— Qu'on fasse demi-tour ?

— Oui. Encore et encore jusqu'à l'aube, si nécessaire.

— Mais la… la bogue…

— Elle ne peut rien nous faire tant qu'on est sur la vraie voie, lui assura Merlin. Demi-tour. Et ne t'écarte pas ! »

Susan pivota sur place et rebroussa lentement chemin, suivant de son mieux la voie.

« Je n'y vois rien », murmura-t-elle au bout de quelques pas. Elle entendait du gravier crisser sous ses pas au lieu des feuilles et de la boue. Mais il aurait été si facile de s'égarer dans le noir, de quitter le chemin.

« Si ça ne te dérange pas, je vais te tenir par les épaules pour te diriger, proposa Merlin. Va doucement. Tout ira bien. »

Elle sentit ses mains se poser délicatement sur ses épaules. Mais même ainsi, la main gauche du jeune homme était bizarre. Une drôle de chaleur en émanait : elle traversait le gant, les bretelles de sa salopette et son t-shirt, comme s'il y cachait une chaufferette. Il exerça une légère pression à droite pour infléchir sa direction.

« Le côté positif, dit-il au bout de vingt ou trente mètres, c'est que personne d'autre n'osera nous poursuivre maintenant qu'ils ont lâché la bogue.

— Tu en es sûr ?

— Elle n'est pas très subtile. Avec un peu de chance, les averses auront dissuadé les flâneurs cette nuit. Ralentis. Merde !

— Quoi ?

— Le chemin dévie de ce côté aussi, et des arbres ont poussé. Ils n'auraient pas pu suivre le tracé de l'ancienne voie ? Arrête-toi. On va refaire demi-tour. »

Ce qu'ils firent donc. Et pour la première fois, Susan se rendit compte qu'un autre détail la gênait – en-dehors de tous les éléments franchement bizarres comme le brouillard noir, le pou géant et l'état de poussière auquel son « oncle » Frank était retourné.

« Je n'entends plus les voitures. Ni les trains. Ni rien à part nous. Pourquoi ce silence ?

— Il est deux heures du matin.

— Eh, c'est bon, je vis à la campagne, mais je suis déjà venue à Londres, quand même !

— Ah oui ? Où ça, à la campagne ?

— Dans l'ouest. Entre Bath et Chippenham. Et n'essaye pas de changer de sujet.

— Le silence signifie qu'on est complètement cernés par le brouillard dans lequel rôde la bogue, je le crains. À ce propos, elle risque fort d'essayer de nous faire peur pour qu'on quitte le chemin, alors prépare-toi psychologiquement. Tiens mes épaules et ne t'éloigne pas. »

Ils continuèrent d'avancer. Les seuls bruits venaient du gravier et des brindilles écrasées sous les talons des bottes et les semelles à coussin d'air des Doc Martens, sans compter la respiration de Susan, qui ne s'était pas calmée.

« La lune sort des nuages, remarqua Merlin.

— C'est une bonne chose ?

— Pas toujours, mais pour nous ce soir, oui. La nouvelle lune est globalement plus clémente avec le jeune peuple – les humains, quoi. Et elle permet de mieux voir le chemin. »

De fait. Le mélange de gravier, de feuilles et de boue était même lumineux à présent : la douce clarté de la lune semblait l'embraser plus qu'elle ne s'y reflétait.

Le clair de lune rendait aussi le brouillard noir d'autant plus palpable. Il se dressait tout autour d'eux, les enfermait, transformant le chemin en une allée étroite et dangereuse. De temps à autre, une vrille ou une volute s'avançait et reculait dès qu'elle atteignait le chemin, pour réintégrer la masse.

Quelque pas plus loin, Susan fronça soudain le nez et sentit la bile lui monter dans la gorge.

« Il y a une odeur vraiment ignoble, souffla-t-elle. Un mélange de viande pourrie et… d'eau croupie…

— C'est la bogue, répondit Merlin sans baisser la voix, qu'il avait légère et mélodieuse. Elle a sans doute été invoquée dans le lit de la Fleet, à l'endroit où les bouchers du marché de Smithfield déversaient les abats et le sang, et elle exècre d'autant plus les mortels qu'ils ont souillé son eau. Ne regarde pas. Elle nous suit, un peu en arrière, sur la droite. »

La puanteur se fit plus forte. Les cheveux de Susan se dressèrent sur sa nuque, et un frisson naquit entre ses omoplates, comme si la pointe d'une dent acérée y reposait en attendant de s'enfoncer dans sa chair.

« Jouons aux devinettes, lança joyeusement Merlin. Ça t'évitera de penser à… euh… ça.

— Ces trucs-là me rendent dingue », répondit Susan. Elle dut faire un effort pour s'exprimer normalement. Elle avait douloureusement conscience de la présence derrière eux d'un monstre immense et affreux qui empestait la charogne. « Et si on répondait réellement aux questions l'un de l'autre ?

— Pas de problème. On arrive à l'endroit où il faut faire demi-tour. Ne lève pas les yeux. Et si tu vois la bogue, ne la regarde pas directement.

— D'accord. Euh, puisqu'on parle de répondre à mes questions, rassure-moi, tu ne seras pas obligé de me tuer si j'en sais trop, hein ?

— Tu en sais déjà trop, fit Merlin. Mais je ne te ferai aucun mal. Ni les miens. En revanche, je crains que ta vie ne soit plus jamais la même.

— Ah.

— Elle peut changer en mieux, remarque, ajouta-t-il. Ça dépend de ce qui te lie réellement à ton "oncle" Frank. Baisse les yeux. Demi-tour. »

Susan s'efforça de ne pas relever le nez, mais elle eut toutefois la vision fugace d'un être effrayant dans le brouillard, une chose difforme et massive, aux yeux comme des plaies béantes, à la gueule dégoulinante de salive…

« On baisse les yeux et on ne s'arrête pas !

— C'est ce que je fais, assura Susan en frissonnant.

— On l'a un peu distancée, et elle ne peut pas nous atteindre sur le chemin, dit Merlin. Imagine que… qu'on s'est rencontrés… quelque part… et qu'on discute. Alors, qu'est-ce que tu faisais dans cette maison ?

— Frank était un ami de ma mère, il y a très longtemps. » Susan rouvrit légèrement les paupières et garda les yeux prudemment plissés. « Je croyais que c'était un ancien petit ami… Il m'envoyait toujours des cadeaux à Noël, en signant "oncle Frank". Je ne l'avais jamais rencontré avant d'arriver à Londres aujourd'hui. Enfin, hier. J'ai tout de suite compris que c'était une erreur. De venir le voir. Je m'apprêtais à sortir discrètement quand je t'ai entendu entrer. D'ailleurs, qu'est-ce que tu lui as fait ? Et pourquoi ?

— Pour faire simple, je l'ai piqué à l'aide d'un objet en argent porteur du grand sort d'anéantissement de Salomon. Inoffensif pour les mortels… les humains… mais Frank était ce qu'on appelle un suçoteur. Un buveur de sang…

— Un vampire !

— Non, les vampires n'existent pas, même si les suçoteurs sont sans doute la source de cette légende. Ils mordent, en effet, mais presque toujours la cheville ou le poignet, jamais le cou – parce qu'ils ne veulent pas tuer –, et ce sont de toutes petites morsures. Ils laissent couler le sang et le suçotent. Pas de grandes dents creuses ridicules : ils lapent comme des petits chats. Avec leur langue pointue. C'est un des signes qui les trahit.

— Et toi, tu les chasses et tu les tues ? »

Merlin soupira.

« Non. En général, on leur fiche la paix tant qu'ils se tiennent à carreau. On a même un suçoteur qui travaille pour nous à la compta et… à l'infirmerie. La salive de suçoteur a de grandes vertus thérapeutiques.

— Alors pourquoi planter Frank avec ton épingle à chapeau ?

— Comment tu sais que c'était une épingle à chapeau ?

— J'étudie les beaux-arts. Les bijoux m'intéressent beaucoup, même si je suis surtout branchée gravure. Enfin, j'étudierai les beaux-arts quand le trimestre commencera. C'est pour ça que je cherche mon père maintenant : il me reste trois mois avant de me mettre au boulot, comme dirait Mrs. Lawrence.

— Qui est Mrs. Lawrence ?

— Ma prof d'arts plastiques au lycée. Elle m'a aidée à décrocher une place, et elle ne veut pas que je gâche cette occasion.

— Dans quelle école ? Prépare-toi à faire demi-tour.

— La Slade School, à l'université de Londres.

— Tu dois être douée, alors.

— Mes eaux-fortes valent le détour, je crois. Et j'ai un bon coup de crayon, même si ce n'est pas très à la mode en ce moment. Le dessin, je veux dire.

— Ça doit être satisfaisant de créer. Demi-tour. »

Ils pivotèrent. Un fort relent de charogne parvint jusqu'à Susan, qui eut un haut-le-cœur, avant de se rendre compte que parler lui occupait l'esprit. Elle bafouilla donc la première question qui lui vint.

« Si on est en sécurité sur ce chemin, on ne pourrait pas s'asseoir ?

— Non, répondit Merlin. Il ne bénéficie des protections de l'ancienne voie tellurique que tant qu'on l'emprunte. Si on s'arrête, ce n'est plus qu'un banal bout de terre, et on sera à la merci du brouillard et de la bogue.

— Bon, dit Susan. Tu es vraiment un enchanteur ?

— En fait, je suis surtout libraire.

— Quoi ?

— Bah, oui. Libraire. Je m'occupe essentiellement de la réception des commandes, du déballage et de la mise en rayon. Pas tant que ça de la vente. En général, c'est le rôle des droitiers.

— Les droitiers ?

— C'est une affaire de famille, si on veut. Ou de clan, peut-être. On est soit droitiers, soit gauchers. Bien que ça puisse changer. "La fourche pour les uns ; aux autres les bouquins", comme on dit souvent chez nous. » Il leva sa main gauche gantée, qui se dessinait nettement dans la clarté de la lune. « Comme tu peux le constater, je relève de la catégorie "gauchers".

— Mais, qu'est-ce que ça veut dire ? Cette histoire de fourche ?

— C'est un peu obscur, franchement. Après tout, on ne s'est jamais servis de fourches. Des épées, des dagues, des épingles à chapeau... mais les Saint-Jacques gauchers...

— Comme les coquilles ?

— Comme le nom de famille. Français. Bien qu'on ne soit pas français pour un sou et que ce ne soit pas vraiment notre nom... C'est la première Elizabeth qui nous appelés comme ça – elle était un peu perturbée –, et c'est resté. Bref, nous autres gauchers, nous sommes dans l'action : courir à droite à gauche, se battre et ainsi de suite. La fourche est peut-être une allusion acerbe au dix-septième siècle, à l'époque où un certain nombre d'entre nous se sont fait embrocher par les tenants de diverses religions.

— Mais... Enfin... Cette histoire de suçoteur... et la bogue, et le brouillard... *Mais qu'est-ce qui se passe ?* »

Ces derniers mots échappèrent à Susan dans un grand cri. Elle avait réussi jusqu'alors à contrôler un curieux mélange de panique et de perplexité, mais les digues menaçaient de céder.

« Oui, je comprends que ce soit un choc. Mais tu as plus de chances de survivre en restant calme et tout près de moi. Ah, comment formuler ça ? Le monde que tu connais, le monde humain "normal" n'est que la couche supérieure d'un palimpseste – c'est-à-dire un parchemin sur lequel on a écrit plusieurs fois –

— Je sais ce qu'est un palimpeste... palinseste... Je sais ce que c'est, je suis juste incapable de le prononcer.

— Eh bien, il existe un autre monde sous celui des humains et, dans certaines conditions, ou à certains moments précis, l'ancien monde reprend le dessus, ou certains de ses éléments remontent à la surface, si tu veux. Et puis, il y a des… environnements et des créatures ou des individus qui existent sur plusieurs niveaux à la fois, soit du fait de leur nature, soit par suite d'une intervention que tu qualifierais sans doute de magique. Les libraires rentrent dans cette dernière catégorie, gauchers comme droitiers, et pour un certain nombre de raisons, nous avons écopé d'un rôle de… régulation des interactions entre les niveaux plus mythiques – collectivement connus sous le nom d'ancien monde – et le nouveau monde, humain et prosaïque – celui que tu qualifies affectueusement de réalité.

— Et le rapport avec la librairie ?

— Il faut bien qu'on gagne notre vie.

— Hein ?

— La plupart des vieux niveaux mythiques sont isolés, bon nombre des entités de l'ancien monde sont contenues, et celles qui ne le sont pas se tiennent à carreau. Notre intervention est rarement requise. Dans l'intervalle, on vend des livres. Bon, ce n'est pas la seule raison, mais c'est assez compliqué… Prête à faire demi-tour ?

— Euh, oui, j'imagine. »

Ils pivotèrent à nouveau. Cette fois, Susan ne prit pas la peine de fermer les yeux, même si elle les garda soigneusement baissés. À en juger par les effluves d'égout écœurants, la bogue n'était pas loin, mais cela ne la gênait plus autant à présent. La conversation calme et légère du jeune homme avait un peu apaisé ses craintes, de même que leur déambulation méthodique le long du chemin.

« Dis, j'ai une autre question, fit-elle. Mais elle est un peu personnelle…

— Je suis humain, répondit Merlin. Je dirais même : humain et de sexe masculin, pour l'instant.

— Pour l'instant ?

— Nous sommes un peu… polymorphes… pourrait-on dire. Je suis né homme, mais je me demande ces temps-ci si je ne devrais pas changer. »

Susan s'abstint quelques instants de répondre, le temps de digérer l'information.

« C'est si simple que ça, de changer ?

— Oh, non ! Ça n'a rien de simple, assura Merlin. Mais c'est beaucoup plus facilement envisageable pour nous que… »

Il fut interrompu par le son d'un cor, non loin, dans la forêt. Pas un cor au pied, bien sûr : un gros instrument de musique médiéval aux longs accents mélancoliques.

« Qu'est-ce que c'est ?

— Quelqu'un vient de rappeler la bogue, de la renvoyer à sa source. » Merlin s'était raidi, Susan le sentit dans ses épaules. « Le brouillard va disparaître lui aussi. Drôle de choix : il reste encore plusieurs heures avant l'aube. J'aimerais bien savoir qui l'avait invoquée. Ça ne pouvait pas être Thringley.

— Qu'est-ce qu'on fait, alors ?

— On continue de marcher, mais on se tient prêts à courir sur le nouveau chemin. Tu entends ? Le brouillard se dissipe. »

Les bruits de la ville revenaient. La circulation, le grondement lointain d'un train, des voix indistinctes dans le vent. Il faisait aussi moins sombre, en particulier vers Lanchester Road, et des éclats intermittents de lumière bleue perçaient entre les feuilles des arbres.

« La police !

— Chez ton “oncle Frank”. Ils ont dû intervenir suite aux coups de feu. » Merlin regardait tout autour de lui. « Pas trop vite, j'espère, dans leur propre intérêt. Bon, la bogue est partie. Prépare-toi… »

Soudain, il déséquilibra violemment Susan. Elle entendit quelque chose siffler au-dessus de sa tête alors qu'elle luttait pour se relever, puis un brusque claquement comme le jeune homme interceptait l'objet en question de la main gauche, et il la repoussa encore une fois de la droite. Elle roula un peu plus loin et entreprit de s'asseoir, pour se rallonger aussitôt quand une flèche à l'empennage blanc et au fût rouge vint se planter dans l'arbre situé juste derrière elle.

Merlin détourna un autre trait – sa main gauche allait si vite qu'elle la discernait à peine –, et il esquissa un mouvement de danse tout en souplesse pour éviter le suivant. Mais il ne put échapper au troisième, qui le frappa en pleine épaule droite avec un bruit que Susan aurait préféré ne pas entendre. Il pivota et tomba, un genou en terre. Le sac en poil de yak contenant son revolver glissa de son épaule. Sans réfléchir, Susan rampa jusqu'à lui pour récupérer l'arme et tirer dans la direction d'où venaient les flèches.

Mais Merlin n'était pas *tombé.* Il s'était agenouillé à dessein : il retroussa la jambe de son pantalon et sortit un petit pistolet automatique d'un étui de cheville. Il fit feu de la main droite, tandis qu'il continuait à dévier des flèches de la gauche, se protégeant ainsi que Susan.

Le petit pistolet était beaucoup moins bruyant que le gros revolver, que Susan s'escrimait encore à extraire du sac. Il émettait comme des aboiements secs, mais produisait un éclat éblouissant. Le jeune homme tira huit coups en une rapide succession. Au bout du cinquième, les flèches se tarirent.

Susan s'empara à deux mains du revolver. Elle savait se servir d'un fusil et – quelle ironie ! – se montrait plutôt douée à l'arc, mais elle n'avait jamais utilisé d'arme de poing. Bah, ça n'avait pas l'air difficile.

« Non, non… Lâche ça », fit Merlin. Il s'adossa contre un arbre et saisit de la main gauche le fût de la flèche plantée dans son épaule. « La police sera là… dans un instant… de chez Frank…

— Qui tirait ces flèches ?

— Un gardien du peuple *raud alfar*… Sans doute réveillé par l'intrusion… la bogue… Pour ça qu'elle… rappelée… aurais dû… penser aux *Raud Alfar*… les concilier avec des offrandes…

— Est-ce que tu as… euh… tué ce gardien ?

— Non… les coups de feu… effraient… Parfois. Les bruits mécaniques… »

Susan posa le revolver sur le sac pour y accéder plus facilement et rampa jusqu'au jeune homme. Au clair de lune, elle constata que la flèche était plantée sous l'omoplate et que sa chemise et sa veste couleur moutarde étaient imbibées de sang. Elle ne l'avait pas vraiment vu de près jusque-là, mais elle n'eut pas le temps de s'appesantir sur son physique avantageux car il avait le teint beaucoup plus pâle que la normale et la respiration haletante.

« Il faut… que tu m'aides. Le flacon argenté dans… ma veste… poche de gauche… Bien. Ouvre-la… mets dans ta bouche… sans avaler… Oui, je sais… Attends… je vais casser la flèche… la faire ressortir de l'autre côté. Dès que j'ai fini, crache… dans la plaie. »

Malgré son goût ignoble, Susan garda en bouche le contenu non identifié du flacon, le faisant passer d'une joue à l'autre. Merlin cassa aisément le fût de la main gauche, mais il eut un hoquet et ses traits se déformèrent sous l'effet de la douleur. Il hoqueta de nouveau en poussant la flèche à travers la chair, et ses yeux s'embuèrent.

« Tire… tire le reste… et crache… », souffla-t-il avant de perdre connaissance. Il s'effondra, et elle constata que la pointe de la flèche saillait dans son dos.

Elle étouffa un sanglot. Les lèvres soigneusement fermées sur le précieux liquide, elle extirpa la flèche de la plaie et la jeta plus loin. Puis elle se pencha pour cracher sur la blessure. Une pâle lueur bleu-vert se répandit, un peu comme l'alcool enflammé sur une banane flambée, mais sans chaleur : les flammes froides léchèrent le trou de la veste avant de s'enfoncer dans la chair.

Susan se redressa et s'essuya la bouche, mais sa salive était normale à présent. En tout cas, ce drôle de fluide n'avait pas ranimé Merlin. Elle l'allongea avec toute la douceur dont elle était capable et lui ôta sa veste. Elle préleva sa pochette, qu'elle plia et appliqua comme une compresse sur la plaie dans son dos, tout en exerçant une pression de l'autre main sur sa poitrine, là où la flèche était entrée.

Elle n'y voyait pas grand-chose, mais elle avait l'impression qu'il saignait encore, et elle n'aurait pas su dire si sa poitrine se soulevait ou non.

Elle se pencha davantage, espérant l'entendre respirer, mais des pas lourds résonnèrent derrière elle, et le faisceau blanc d'une lampe-torche illumina soudain la zone, projetant son ombre sur le corps de Merlin.

« Stop ! Police ! Je suis armé ! Haut les mains ! »

Chapitre trois

Nul sorcier ne vaut le libraire
Si bien ganté dans sa tanière
Pour sa magie fort singulière
Car ses secrets, il sait les taire

Une demi-heure plus tard, Susan se trouvait au commissariat de Highgate, dans une salle d'interrogatoire aux néons froids. Elle avait d'abord été arrêtée pour meurtre par un agent armé fébrile, puis informée par un sergent très passif-agressif que ce n'était peut-être pas la bonne qualification mais que, maintenant que l'erreur était faite, ils étaient obligés de suivre la procédure – ce qui, apparemment, était aussi sa faute à elle. Au moins, ils lui avaient ôté les menottes avant de la faire descendre de voiture et l'avaient laissée se laver les mains avant de lui offrir du thé et des biscuits.

L'incertitude entourant son statut tenait à la personne de Merlin, d'après ce qu'elle avait pu comprendre des messes basses échangées une fois que le sergent avait mis la main sur un étui de cuir noir dans la veste de l'élégant jeune homme. En découvrant la pièce d'identité qui s'y trouvait, il s'était empressé d'avertir ses supérieurs par radio. Deux ambulanciers s'affairaient autour de Merlin à ce stade, et Susan avait été soulagée de les entendre parler de lui comme s'il était encore en vie et – à sa grande surprise – peu gravement atteint.

« Bonjour, tout va bien ? Vous voulez un autre thé ? Des biscuits ? »

L'agent qui l'avait arrêtée venait de passer la tête par la porte. C'était un jeune homme imposant, vingt-cinq ans environ, les cheveux noirs et la moustache curieusement claire. Détendu, il ne ressemblait plus du tout au type stressé et hyper tendu qu'elle avait vu brandir son Smith & Wesson en lui ordonnant de lever les mains, de s'écarter de Merlin puis de mettre les mains derrière son dos – sur quoi son partenaire lui avait passé les menottes, et tout le monde s'était un peu détendu.

« Ça va, répondit-elle. Mais qu'est-ce qui se passe, au juste ? Je suis toujours en état d'arrestation ? »

L'agent s'empourpra.

« Non, désolé, c'est moi qui ai commis une erreur. Nous attendons l'inspecteur Greene pour signer votre décharge.

— L'inspecteur Greene ?

— De la division spéciale. Vous êtes du MI5, hein ? Est-ce que vous travaillez avec un partenaire, d'habitude ?

— Je ne… » Susan s'interrompit lorsque son cerveau las et un peu secoué eut analysé ce qu'il venait d'entendre. Une décharge ? Voilà qui semblait beaucoup plus tentant qu'une arrestation pour meurtre. « Dites, je peux récupérer le sac à dos que j'ai laissé chez Frank Thringley ?

— Ah, je vais voir avec les gusses d'ici. Je ne suis pas du service, je viens de la D11 – l'antiterrorisme. »

Il avait dit ça fièrement, comme si c'était important. Avec un peu de retard, Susan comprit qu'il essayait de l'impressionner. Drôle de technique de drague.

« À propos d'armes, ce .357 Smython, waouh ! Je ne connaissais même pas, c'est le sergent Bowen qui l'a identifié. De très bon goût ! Enfin, je n'ai rien contre votre petit Beretta, hein, miss. Facile à dissimuler, je vous l'accorde.

— Oui, voilà », fit Susan. Elle se sentait soudain très fatiguée. Elle consulta sa montre – une de ces babioles modernes en plastique, une Swatch, que sa mère lui avait offerte en cadeau de départ. Dans quelques minutes, il serait six heures. Le jour devait tout juste se lever.

« Bon, bah, si vous avez besoin de quelque chose, frappez à la porte, conclut l'agent. Désolé de devoir vous garder enfermée ici, mais loin des yeux, comme on dit, hein ?

— Tout à fait », répondit Susan. Elle posa la tête sur ses bras et s'endormit.

L'inspecteur Greene était une femme. Ce qui étonna un peu Susan, même si ça n'aurait pas dû – on était quand même en 1983. Mais la police de Londres, davantage que les forces régionales, avait toujours été un grand bastion de résistance à l'égalité homme-femme, et ce depuis les réformes du gouvernement radical d'après-guerre et de son Premier Ministre Clémentine Attlee. Paradoxalement, la seconde femme à tenir ce poste en Grande-Bretagne était aujourd'hui au pouvoir, mais Margaret Thatcher, une conservatrice à l'ancienne, se donnait beaucoup de mal pour détricoter les nombreux changements introduits par Attlee et les gouvernements travaillistes ultérieurs, et les lois sur l'égalité des chances figuraient sur sa liste noire.

Susan, comme presque tout Britannique de moins de trente ans qui n'était ni banquier ni Lord héréditaire, n'aimait guère Thatcher et son gouvernement. La guerre des Malouines, l'année précédente, avait transformé son désaccord en franche aversion, tout en augmentant la popularité de la dame de fer auprès de beaucoup trop de gens plus âgés et, comme tous ses amis, Susan avait la boule au ventre en pensant à l'issue prévisible des élections qui se tiendraient dans quelques semaines – les premières auxquelles elle serait en âge de voter. Elle avait déjà envoyé son bulletin par la poste, pour le candidat social-démocrate, mais le conservateur Chris Patten l'emporterait presque à coup sûr auprès des électeurs de Bath.

D'après sa Swatch, Susan dormait depuis une heure quand l'inspecteur Greene lui secoua l'épaule sans ménagement. La trentaine, l'air coriace et habillée comme le sergent Carter, flic de choc dans la série policière *The Sweeney* : veste en cuir sur une chemise et un jean. Elle ressemblait même un peu à Denise Waterman – en version indienne, du moins.

« Miss Arkshaw. On y va.

— Où ça ? demanda Susan, un peu perdue. Qui êtes-vous ?

— Mira Greene, inspecteur à la division spéciale. Je fais le lien avec vos amis "libraires".

— Oh, ce ne sont pas… euh… Merlin va bien ?

— Je pense. Ils sont venus le récupérer à l'hôpital de Whittington il y a une demi-heure. Je ne m'inquiéterais pas pour lui : les gauchers sont très, très solides. Mais j'imagine que vous le savez déjà.

— En fait, non, répondit la jeune femme. J'ai rencontré Merlin cette nuit. Tout ça n'était qu'un accident, je ne sais rien du tout.

— Vous en savez probablement plus qu'il n'en faut. Heureusement pour vous, concernant ces libraires, la ligne officielle officieuse est que moins les gens en savent sur leur compte – et surtout moins ils en couchent sur le papier –, mieux tout le monde se porte. On fait comme s'ils appartenaient au service de la sûreté et on étouffe leurs exploits. »

Elle fit tourner ses clés de voiture au bout de son doigt et ajouta : « Où voulez-vous aller ?

— Moi ? Euh, il faut que je récupère mon sac à dos…

— Déjà dans la voiture. Que diriez-vous de la gare de Paddington, pour un train direction Bath ? On vous offre le billet. Vous rentrez à la maison et vous faites profil bas. »

Susan fut tentée un instant. Le premier trimestre commençait dans trois mois, et sa chambre étudiante ne serait disponible que quelques jours avant le début des cours. Elle n'avait donc pas de point de chute précis et guère d'argent pour se loger.

Mais elle était venue à Londres plus tôt pour une bonne raison, et même si ses recherches étaient mal parties et devenaient carrément bizarres, elle ne comptait pas renoncer.

« Non, merci, dit-elle. Je trouverai à me loger. Je peux sûrement commencer par une auberge de jeunesse, ou un hôtel très, très bon marché. Jusqu'à ce que je trouve du travail dans un pub ou autre. J'ai dix-huit ans. »

Greene la fixa d'un regard féroce et pénétrant. Elle avait l'air adepte des méthodes d'interrogatoire musclées utilisées dans *The Sweeney*, et Susan n'avait aucune envie de la contrarier.

« Sincèrement, vous seriez sans doute mieux loin de Londres. Vous ne seriez pas pour autant en sécurité chez vous, mais un peu plus.

— Comment ça ? »

Greene referma la porte derrière elle et s'assit sur le bureau.

« Vous êtes allée dans l'ancien monde. Vous avez été aperçue et marquée par des créatures de l'ancien monde, dit-elle lentement et avec insistance. Vous allez vous y retrouver plus facilement, désormais, ou il viendra à vous. Mais géographiquement parlant, les nouvelles ne voyagent pas vite là-bas. Il y a de nombreuses frontières à traverser entre le bois de Highgate et l'entité qui vit dans les eaux thermales de Bath ou n'importe quel autre… machin. En tout cas, si j'en crois les libraires. Parce qu'en toute honnêteté, pour ma part, je n'y connais pas grand-chose. Si vous rentrez chez vous, il se passera peut-être des années avant qu'un événement bizarre vous rattrape. Et encore. Si vous restez, tout ce que vous avez déjà croisé sera beaucoup plus proche.

— Je veux rester, insista Susan. J'ai quelque chose à faire. »

Greene la regarda encore quelques instants puis se leva pour faire quelques pas. Elle s'arrêta, dominant la jeune fille de la tête et des épaules.

« D'accord. Mais n'oubliez pas : rien de ce que vous pensez avoir vu la nuit dernière n'est arrivé. Si vous en parlez à qui que ce soit, où que ce soit – mais plus particulièrement à la presse –, vous finirez au mieux enfermée à l'asile, et on jettera la clé.

— Je comprends bien que vous me menacez », répondit lentement Susan. Elle s'était fait arrêter deux fois avec sa mère lors de manifestations contre le nucléaire – même si aucune charge n'avait finalement été retenue contre elles. Elle savait ce qui se tramait. « Mais je connais mes droits…

— Non, à l'évidence, vous ne comprenez pas, la coupa Greene. Il ne s'agit pas d'une question policière ou légale, la situation ne relève pas de la loi britannique. Ces vieux machins tordus, les mythes vivants, les légendes sur pattes et tout le toutim, ils sont cantonnés, entravés, retenus dans certaines limites grâce à des accords, des serments, des rituels et autres coutumes. Mais certains de ces liens peuvent être brisés ou dénoués une fois que les gens en prennent conscience, décident de se livrer à une bête reconstitution folklorique ou je ne sais quoi. Alors on s'efforce d'étouffer ce genre de choses dans l'œuf, d'empêcher les gens de s'imaginer que ça pourrait être bien réel. En général, quand les choses sont simples, on colle les témoins à l'hôpital psychiatrique, on les convainc qu'ils ont brièvement pété les plombs, et tout finit bien. Mais vous êtes un cas particulier : vous êtes déjà trop impliquée. Il faudrait qu'on vous confie directement aux libraires.

— Ça n'a pas l'air si…

— La peine capitale n'existe plus au Royaume-Uni, mais les libraires font une exception pour ceux qui creusent un peu trop la question : on ne les revoit jamais, fit sombrement Greene. Et d'après ce que j'ai compris, c'est une solution plus clémente que les mésaventures qui attendent les gens qui pénètrent un peu trop loin dans l'ancien monde. »

Le silence tomba dans la pièce, uniquement rompu par le ronron irritant des néons.

« D'accord, je crois que je comprends… Je veux dire, je me rends compte qu'il y a des choses que je ne comprends pas, précisa Susan d'un ton las. Je sais que j'ai eu de la chance d'en réchapper la nuit dernière. Je n'ai aucunement l'intention d'en parler à qui que ce soit.

— Très bien. Puisque vous vous montrez raisonnable et que vous coopérez, je vais faire un geste moi aussi. Si vous tenez absolument à rester, il y a une pension de famille, pas tout à fait une résidence protégée, juste un endroit sur lequel on garde un œil. On vous y loge – aux frais du gouvernement de Sa Majesté – jusqu'à ce que vous ayez votre chambre d'étudiante. La maison se trouve dans le quartier d'Islington, donc près de tout.

— Vous êtes au courant que j'ai une chambre à l'école des Beaux-Arts de Slade ?

— J'aimerais croire que nous savons tout de vous, répondit Greene, étant donné que j'ai cinq officiers qui épluchent toutes les archives possibles depuis qu'on m'a signalé que deux de "mes agents du MI5" se déchaînaient dans des buissons au nord de Londres, mais je suis certaine que des détails nous ont échappé. C'est la loi du genre – et l'une des raisons pour lesquelles je préférerais que vous logiez chez Mrs. London à Islington. Au cas où nous découvririons un élément que nous devrions déjà connaître.

— Mrs. London ?

— Oui. C'est son vrai nom, mais elle est originaire de Glasgow. Dieu sait pourquoi elle a déménagé. Alors, vous êtes d'accord ?

— C'est comment, là-bas ?

— Des studios, mais plutôt spacieux. Une gazinière si vous avez envie de cuisiner, mais Mrs. L. s'occupe des repas. Une salle de bain à chaque étage, partagée avec deux autres chambres. La pension est rarement pleine, de toute façon, vous aurez peut-être de la chance côté salle de bain. C'est mieux que tout ce que vous pouvez vous offrir.

— Vous avez consulté mon compte en banque ?

— Comme je vous le disais : cinq officiers. Deux cent soixante-deux livres et cinquante-cinq pence hier à la fermeture des bureaux, et le responsable de votre agence était furieux qu'on le réveille dès potron-minet pour nous fournir l'info, jusqu'à ce que je lui promette une lettre de remerciement de la directrice adjointe. Bref, deux cent cinquante livres et quelques, ça ne pèse pas lourd jusqu'au début des cours. Ai-je précisé que le petit-déjeuner était inclus, chez Mrs. London ? Et elle ne lésine pas, hein : pas de Weetabix arrosés d'un peu de lait en poudre. Un vrai petit-déjeuner anglais ! »

Susan se sentit soudain une faim de loup. En même temps, elle n'avait mangé que deux biscuits un peu rassis depuis le déjeuner de la veuille. L'« oncle » Frank l'avait invitée à dîner, mais elle avait fait mine de ne pas se sentir très bien et projeté de s'éclipser à la première occasion. Il s'était certes montré charmant, mais elle avait estimé qu'il valait mieux rester dans sa chambre fermée à clé.

« Frank Thringley... Dans quoi était-il impliqué ? demanda-t-elle.

— Que vous ont dit les libraires ?

— Non, je ne parle pas de... son état de... comment a-t-il dit ?... suçoteur... Je veux dire, en tant que criminel, expliqua Susan. J'ai vu certains de ses... sbires, dirons-nous. L'un d'eux transportait un fusil à canon scié dans un sac de courses. Difficile de le louper : il dépassait.

— Pourquoi ne pas être partie à ce moment-là ? Pourquoi n'avez-vous pas pris vos jambes à votre cou ? Pourquoi y étiez-vous encore la nuit dernière ?

— Je voulais interroger Frank sur sa relation avec ma mère et sur ses autres amis de l'époque, marmonna la jeune femme. Il m'a promis une réponse le lendemain et m'a proposé de dormir dans la chambre d'amis. Qui fermait à clé. Je n'avais nulle part où aller, et le type au fusil était parti. Frank ne me paraissait pas représenter une menace. Pour moi, en tout cas. Je me sentais... eh bien, pas précisément en sécurité, mais pas non plus en danger immédiat.

Et puis j'ai changé d'avis. J'allais me sauver quand j'ai entendu du bruit à l'étage et… je suis allée jeter un œil.

— Vos questions devaient vous tenir à cœur, fit remarquer Greene. Vous cherchez votre père, c'est ça ?

— C'est si évident ? Bien que ça ne vous regarde pas.

— Peut-être. Mais j'imagine que vous avez tout de suite compris qu'il ne s'agissait pas de Frank.

— Je l'ai senti, oui. » Susan fronça les sourcils. « Je ne sais pas pourquoi…

— Parce que c'était un suçoteur, répondit Greene. Les êtres humains sentent instinctivement que quelque chose cloche chez les créatures mythiques de ce genre. Pratique pour les caïds de la pègre : ils n'ont pas de mal à foutre les jetons aux gens.

— Mais je persiste à penser que Frank aurait pu connaître mon père. Il aurait pu me révéler un détail utile. Quel genre de criminel était-ce ?

— Classique, fit Greene en haussant les épaules. Protection, drogues, recel… La totale. Il contrôlait un territoire étendu, de Seven Sisters Road à l'A406, au nord.

— Pourquoi Merlin l'a-t-il réduit en poussière ?

— Ah, en voilà, une bonne question. J'aimerais bien le savoir. En général, les libraires nous informent si quelqu'un… ou quelque chose de l'ancien monde crée des problèmes à des gens ordinaires et qu'ils comptent s'en occuper. Surtout quand il y a un lien avec notre pègre.

— Mais ils ne l'ont pas fait.

— Non. Vous êtes prête ?

— Oui.

— Oubliez tout ça, conseilla Greene. Laissez cet incident derrière vous. Tournez la page.

— Je ferai de mon mieux, dit la jeune femme tandis qu'elles se dirigeaient vers la porte.

— Mais s'il se passe un truc bizarre, n'oubliez pas d'appeler, ajouta l'inspecteur en lui tendant une carte de visite. Un officier de permanence est joignable au premier numéro vingt-quatre heures sur vingt-quatre, sept jours sur sept. Le deuxième, au crayon, c'est celui de chez moi. J'espère que vous aurez une gentille petite vie normale une fois que je vous aurai déposée chez Mrs. London. Mais on ne sait jamais…

— D'accord. À quoi vous pensez au juste, quand vous parlez de "truc bizarre" ? »

L'agent à la moustache si claire traînait dans le couloir comme s'il avait quelque chose à dire. Mais avant qu'il puisse ouvrir la bouche, l'expression du visage de Greene – qui semblait avoir aperçu une crotte de chien – le poussa à fuir.

« Vous le saurez, fit-elle tout bas. Croyez-moi, vous le saurez. Il existe aussi un risque – limité, d'après mes collègues de la criminelle – que vous soyez contactée par des associés parfaitement humains de votre "oncle" Frank, puisque certains d'entre eux savent que vous étiez sur place la nuit de sa… disons, de sa mort. Mais tant que vous restez loin des pubs louches et des bureaux de paris au nord d'Holloway, vous devriez être tranquille. Il y a bien les adeptes des sectes mortuaires, mais… je vous souhaite de ne jamais avoir besoin d'en savoir plus sur leur compte. »

Susan acquiesça lentement. Elle n'avait aucune envie d'avoir à faire à tous ceux que Greene avait mentionnés.

« Et concernant les libraires, droitiers ou gauchers ?

— Ils devraient vous laisser tranquilles, eux aussi. Mais restez loin de leurs boutiques.

— Ils ont réellement des boutiques ? fit Susan, incrédule.

— Deux à Londres. Une grande sur Charing Cross Road pour les livres neufs et une plus petite à Mayfair pour les livres rares », répondit Greene en franchissant devant la jeune femme une porte latérale qui donnait sur le parking. Elle s'arrêta pour examiner les environs puis lui fit signe. « Attention aux marches. »

Chapitre quatre

J'ai fait des rêves singuliers,
Toujours vivaces au lever,
D'êtres mythiques, bons ou pervers,
Sous la main droite du libraire

La pension de Mrs. London surpassait effectivement tout ce que Susan aurait pu s'offrir par ses propres moyens. C'était une maison de ville victorienne à trois étages sur Milner Square, propre, impeccablement tenue, et tout y fonctionnait. La jeune femme eut même le choix entre plusieurs options et se décida pour une chambre au dernier étage, beaucoup plus grande que celle qu'elle occupait dans la vieille ferme délabrée de sa mère – détail qu'elle garda pour elle-même. Elle était en tout cas plus propre et mieux rangée, et meublée par-dessus le marché. Même le lit était plus confortable.

Toutefois, c'était la division spéciale qui payait le loyer, et cela impliquait non seulement qu'on l'observerait – Susan n'était pas sûre de beaucoup aimer ce que l'inspecteur Greene sous-entendait par « garder un œil sur la pension » – mais aussi qu'elle était redevable à la police. Ce détail la gênait beaucoup, et elle n'était pas prête à le supporter très longtemps. Elle se promit que cela ne durerait que le temps de trouver un travail et un logement sans doute beaucoup moins confortable, mais sans contrepartie.

Elle pensait que ses allées-venues seraient consignées par une Mrs. London ostensiblement indifférente, voire que tous les autres occupants de la maison la surveilleraient également. Elle s'attendait à des questions au petit-déjeuner, peut-être même à ce qu'un beau jeune homme (ou une jeune femme) insiste un peu trop pour lui faire visiter la ville ou se montre excessivement curieux à propos de sa vie, mais elle découvrit à sa grande surprise qu'il n'y avait que trois autres locataires : deux hommes et une femme, tous beaucoup plus vieux et bien décidés à rester dans leur coin. Quelques mots à peine furent échangés durant le repas et, après des présentations succinctes – à l'aide de noms manifestement faux –, on la laissa parfaitement tranquille.

La surveillance électronique était une autre possibilité, et elle passa donc un certain temps à examiner les luminaires et les petites bosses du mur en plâtre à la recherche de micros, mais tout lui parut inoffensif et puis, en réalité, qu'aurait-elle pu y faire ? Il n'y avait qu'un seul téléphone pour les résidents, dans l'entrée. Celui-là était sûrement sur écoute mais, dans la mesure où elle n'avait appelé que sa mère, il y avait peu de chances que la police y trouve un quelconque intérêt.

La mère de Susan, Jassmine – qui avait gagné son deuxième *s* quelques années plus tôt, à la faveur d'une brève relation avec un numérologue – n'avait bizarrement manifesté que peu d'intérêt à l'annonce de la mort de l'oncle Frank, mais la jeune femme ne s'était pas appesantie sur les détails, s'abstenant soigneusement de mentionner Merlin, le pou géant ou l'ancien monde. En fait, Jassmine ne s'était guère intéressée à ce que sa fille avait à lui dire, répondant du ton distrait typique de ces périodes de détachement dont les psychologues voyaient l'origine dans sa consommation de LSD pendant les années soixante, à l'époque où elle fréquentait assidûment la scène musicale. Pour sa part, quand elle revenait à un état de conscience plus alerte, Jassmine n'y voyait aucun lien avec la drogue et prétendait n'avoir pris que « très peu » d'acide, même si elle avait côtoyé des consommateurs réguliers. Susan ne savait pas si elle devait la croire, mais elle s'était vite faite à l'idée que le degré de fiabilité de sa mère oscillait entre faible et inexistant.

« Ta chambre a l'air très bien, avait vaguement dit Jassmine. Envoie-moi une carte postale. Trafalgar Square, ou un endroit joli.

— Promis, maman. »

Elle ignorait ce que sa mère trouvait de spécial à Trafalgar Square, mais elles s'y rendaient toujours quand elles venaient à Londres – en général autour de l'anniversaire de Susan, mais sans but bien précis. Pour tout dire, le seul point commun de toutes ces excursions, c'était la visite de Trafalgar Square, où Jassmine s'asseyait un moment au pied d'un des lions de bronze de Sir Edwin Landseer avant de proposer d'aller manger un gâteau quelque part – n'importe où, nulle part en particulier.

La jeunesse de Jassmine était un mystère. Comme beaucoup d'autres sujets, elle refusait d'en parler ou en était incapable, de sorte que Susan n'en connaissait que des bribes glanées à l'occasion de remarques ponctuelles, jamais en réponse à des questions. La ferme du XVe siècle près de Bath était la seule maison qu'elle connaissait. Apparemment, elle « appartenait à sa famille depuis toujours », mais elle servait de résidence secondaire avant que Jassmine ne s'y installe un peu avant la naissance de sa fille. Jassmine, quant à elle, avait grandi quelque part dans le centre de Londres, manifestement dans une famille aisée puisque la ferme se dressait sur plus d'un hectare de terrain et avait été intégralement rénovée au moins deux fois sur les cent dernières années.

Mais Susan n'avait jamais rencontré d'autre membre de sa famille. Il n'y avait qu'elle et sa mère.

Dans la mesure où Jassmine refusait systématiquement d'évoquer le passé, il était presque miraculeux qu'elle ait réussi à lui soutirer quelques noms et bribes d'information sur les hommes qui auraient pu être son père. Il lui avait suffi d'un regard à

Frank Thringley pour se convaincre qu'il n'était pas le bon, et l'explication de Greene sur le sentiment de malaise qu'on ressentait près d'un suçoteur avait confirmé son impression.

Mais le plus simple consistait à commencer par lui, à cause des cadeaux de Noël et de l'existence d'une adresse valide et récente. Pour les autres, elle avait quelques prénoms, des noms de famille approximatifs à l'orthographe plus ou moins vague, un ticket d'accès à une salle de lecture – sans doute celle du British Museum – qui avait dû passer à la lessive et dont le nom noté dessus s'était effacé, et enfin un étui à cigarettes en argent frappé d'un emblème ou peut-être d'un symbole héraldique susceptible d'avoir – ou non – un lien avec son ancien propriétaire.

Mais avant de se lancer dans des recherches, Susan devait trouver un travail. Elle avait l'habitude de travailler dans des cafés, restaurants et pubs (depuis l'âge de quatorze ans, en toute illégalité, même si personne n'y prêtait attention à la campagne), toutefois, avec la récession, il devenait difficile de dégotter même un petit boulot dans un pub. Toujours est-il qu'elle avait de la chance : le premier jour, à l'issue de seulement quatorze tentatives, elle entra dans un pub alors qu'une serveuse s'en retournait justement chez elle, en Australie. Elle s'entendit aussitôt avec les propriétaires et fut donc embauchée au tarif royal de 60 pence de l'heure – non déclaré – pour un service régulier au Cygne-aux-deux-couronnes, sur Cloudesley Road, à moins d'un kilomètre de Milner Square.

Le Cygne était un bon pub dans son genre, estimait Susan. Propre, bien tenu, et le patron et son associé – Mr. Eric et Mr. Paul, comme ils insistaient pour qu'on les appelle – étaient tous deux d'anciens artistes de cirque : ils avaient passé vingt-cinq ans à jouer les hercules et les acrobates, à se projeter mutuellement dans les airs, à tournoyer, et à jongler avec des objets affreusement lourds. Ils étaient encore capables d'exécuter des saltos arrière et de porter un baril de bière sous chaque bras. Personne ne se risquait à les contrarier, et les problèmes d'ivrognes furieux qui avaient entaché les expériences précédentes de Susan restaient rares et brefs.

Mr. Eric et Mr. Paul étaient maniaques, mais ça ne lui posait pas de problème : elle comprit vite qu'il fallait tenir le verre à un angle précis lorsqu'on versait une pinte, ou que la bouteille de tonic se posait à gauche du verre de gin et qu'on rendait la monnaie en comptant à voix haute plutôt qu'en lisant le montant affiché par la caisse.

Une fois embauchée au pub, Susan n'eut plus guère le temps de réfléchir aux événements de Highgate ou de faire quoi que ce soit. Son service commençait à onze heures du matin et se terminait à vingt-trois heures trente ou minuit, selon le temps que prenait le ménage après la dernière tournée de vingt-deux heures trente. Le pub fermait bien de quinze heures à seize heures trente, mais il y avait toujours à faire : nettoyer, trier ou aider Mr. Paul en cuisine.

Toutefois, au bout d'une semaine au Cygne, son jour de repos approchait, et son inconscient profita de cette aubaine pour digérer ce qui s'était passé à Highgate. Cela se traduisit par un réveil terrifié à quatre heures du matin, à l'issue d'un rêve où la brume noire entrait par ses fenêtres et la bogue montait ses escaliers, et elle fut d'autant plus reconnaissante que le travail l'ait tenue occupée ou épuisée si longtemps. Si elle avait fait ce cauchemar la première nuit, elle se serait réveillée en hurlant plutôt qu'en suffoquant simplement de panique.

Même ainsi, elle se leva pour allumer et vérifia porte et fenêtre. Les deux étaient fermées et verrouillées. Il n'y avait personne dans la rue ni sur Milner Square. La lune n'était pas levée, le ciel était nuageux, la seule lumière venait des lampadaires devant la maison.

Il lui parut d'abord que rien de particulier n'avait déclenché son rêve.

Puis elle regarda par la lucarne du fond de sa chambre, qui ouvrait sur un long jardin étroit derrière la maison – de la pelouse, un carré de potager sur la droite et un abri en bois couvert d'un toit en bardeaux tout au fond, près de la barrière.

Il y avait quelque chose sur ce toit.

Une boule d'ombre et d'obscurité aux yeux bleu-vert scintillants.

Un renard, se dit-elle. Ou Mister Nimbus, le chat de la logeuse.

Mais c'était beaucoup plus gros qu'un chat ou un renard, et ses yeux ne reflétaient pas la lumière de la maison puisqu'aucune n'était allumée. Ils brillaient de l'intérieur, comme les braises couvertes d'un feu turquoise…

Soudain, les yeux et le corps d'ombre disparurent. Ils ne s'enfuirent pas comme un renard ou un chat : ils s'évaporèrent. D'un coup.

Susan vérifia la fenêtre. Elle était équipée d'un verrou solide en plus du loquet de la guillotine, et les deux étaient fermés.

Rien ne pouvait entrer. Pas facilement, en tout cas. Pas sans carrément casser la vitre.

Curieusement, cela ne la rassura pas. Elle enfila son T-shirt usé des Clash et sa salopette noire délavée, hésita quant aux chaussures avant de décider de mettre ses Doc Martens pour descendre à la cuisine chercher le rouleau à pâtisserie de Mrs. London – un rouleau à l'ancienne : un cylindre de bois massif, solide comme l'acier, muni de poignées à chaque extrémité. Enfin, elle prit place dans l'unique fauteuil d'où elle pouvait surveiller la porte de sa chambre, la grande fenêtre qui donnait sur la rue et, plus important, la petite du fond. Elle resta éveillée le reste de la nuit.

Au matin, elle dévora son petit-déjeuner anglais, sans boudin noir – Mrs. London savait à présent qu'il était inutile de lui en présenter –, et envisagea de retourner se coucher. Les autres pensionnaires quittèrent la table tour à tour pour le travail, les études ou ce qui pouvait bien les occuper, sur l'habituel au revoir glaswégien de la logeuse, qui signifiait sans doute « Bonne journée ».

Susan avait envisagé de commencer à chercher son père, mais l'ombre nocturne sur l'abri de jardin lui avait fait changer d'avis. Elle devait en parler à Merlin, et cela impliquait de trouver l'une des librairies mentionnées par l'inspecteur Greene.

Une demi-heure après le petit-déjeuner, elle quitta la maison. Elle venait de fermer la porte lorsqu'elle se rendit compte qu'il y avait quelqu'un sur les marches : une éblouissante jeune femme blonde portant chapeau de cow-boy blanc, veste en cuir de biker, petite robe bleue en coton et Docs noires – très semblables à celles de Susan. Cet ensemble était complété par un sac bariolé en poil de yak, détail qui la laissa interloquée.

« Merlin ?

— Susan ! » s'exclama Merlin avec un sourire ravageur. Il... elle... monta les marches et la gratifia d'un salut à mi-chemin de la révérence.

« Mmmm... tu as changé ? s'enquit Susan, incertaine. De sexe, je veux dire.

— Non. Ce genre de polymorphisme prend un certain temps, et il faut aller à Silv... aller à un endroit précis pour ça. Mais j'aime quand même bien mettre une jolie robe de temps en temps.

— Je comptais me rendre à ta librairie aujourd'hui, je te cherchais, dit Susan. Comment as-tu su ?

— Je ne savais pas. J'étais encore en congé maladie hier soir, et voilà que mes chefs tout puissants m'envoient te chercher en vue d'une petite discussion.

— Euh, quand tu dis "tout puissants", c'est à prendre au sens propre ?

— Non, je veux dire mon grand-oncle Thurston et sans doute aussi ma grand-tante Merrihew, la rassura Merlin. Pourquoi voulais-tu me voir ?

— J'ai... J'ai aperçu quelque chose la nuit dernière. Enfin, tôt ce matin. Dans le jardin. Ça surveillait ma fenêtre. Un genre de renard, en plus gros, avec les yeux qui brillent.

— De quelle couleur ?

— Bleu-vert, turquoise. Et puis il a disparu. Enfin, je le regardais, et soudain il n'était plus là. Il n'a pas bougé ni sauté ni rien. »

Merlin haussa le sourcil.

« Et c'était dans ton jardin ? Ici, derrière la maison ?

— Eh bien, sur le toit de l'abri de jardin. Qu'est-ce que c'était ?

— Il vaut mieux que je jette un œil. »

Susan avait encore la clé en main. Elle ouvrit la porte et découvrit Mrs. London debout dans l'entrée, l'air légèrement nerveuse, comme si elle venait soudain de reculer de quelques pas en entendant la clé tourner dans la serrure. Merlin, juste derrière la jeune femme, la salua d'un ton enjoué en agitant sa main gauche gantée de coton blanc.

« Bonjour, Mrs. L ! Comment allez-vous ?

— Moins bien maintenant que tu poses la question, renifla Mrs. London. Lequel es-tu ? Faut que je le note dans le cahier.

— Lequel... Lequel ? Vous me brisez le cœur, Mrs. L. Je suis Merlin, bien sûr.

— Je t'ai pris pour ta sœur, avec tes bêtises.

— C'est pourtant facile de faire la différence, maintenant, Mrs. L, répondit naturellement Merlin. Elle est devenue droitière.

— Comment ça, vous devez le noter dans un cahier ? demanda Susan. Pour la police, vous voulez dire ?

— Pour l'inspecteur, précisa la logeuse d'un air sombre. Ce n'est pas tout à fait pareil. »

Elle lança un regard méfiant à Merlin.

« Qu'est-ce que tu fais là, de toute façon ? L'inspecteur m'a dit que Susan en avait fini avec ton engeance.

— Hélas, il semble que ce ne soit pas le cas, fit le jeune homme. J'ai besoin de jeter un œil à votre jardin, Mrs. L. Il y avait quelque chose là-bas la nuit dernière. Sur l'abri, du moins.

— Je me demandais justement ce que Mister Nimbus avait senti de ce côté ce matin, remarqua la logeuse. Vas-y, dans ce cas.

— Merci ! » Merlin se dépêcha de passer, Susan sur les talons. Une fois sorti par la porte de la cuisine, il se pencha vers elle et murmura :

« Qui est Mister Nimbus ?

— Son chat, expliqua Susan.

— Ah oui ? C'est un nouveau... Je me demande ce qui est arrivé à Terpsichore, le précédent. C'est utile, un chat. Tu connais le proverbe : "Chats, hiboux et corbeaux du meilleur sang savent mieux qu'aucun savant."

— Tu le tiens d'où, ton proverbe ?

— Je l'ai lu quelque part. » Il longea la pelouse en se penchant pour examiner les briques posées au bord. « Ma robe te plaît, au fait ?

— Euh, oui.

— Tu me préfères en robe ou en pantalon ?

— Je n'y ai pas vraiment réfléchi... », marmonna Susan, qui y avait bel et bien réfléchi.

Merlin se fendit d'un sourire espiègle et passa la main gauche sur les pavés qui marquaient la limite de la pelouse, devant l'abri de jardin.

« Les protections sont intactes.

— Comment ça ?

— Les protections magiques, comme des lignes qui empêchent le passage de tout ce qui est hostile. La maison et le jardin sont très protégés et, à mon avis, personne n'a cherché à s'y introduire.

— *À ton avis ?*

— C'est plus un truc de droitier, expliqua Merlin. Mais les protections n'ont manifestement pas été brisées. T'es pas mal, en salopette, tu sais.

— Euh... merci, répondit Susan.

— Moi aussi, d'ailleurs. Quand j'en trouve une qui me va. »

La jeune femme se surprit à acquiescer et se figea.

« Un verre, ça te dirait ? Ou un ciné ? demanda Merlin.

— C'est une invitation ?

— Oui. » Il paraissait un peu surpris lui-même, comme s'il n'avait pas eu l'intention de le lui proposer du tout.

« Je te connais à peine », objecta Susan avec toute l'indifférence dont elle était capable. Elle trouvait le jeune homme attirant – qui aurait-il laissé insensible ? –, mais il en était beaucoup trop conscient à son goût. C'était le genre de garçon séduisant qui se sentait obligé d'user de son charme sur tous ceux qu'il croisait, et elle ne comptait pas tomber dans le panneau.

« On s'est mutuellement sauvé la vie, fit remarquer Merlin. Rien de tel pour briser la glace… Dis-moi…

— Cette créature, sur l'abri de jardin, qu'est-ce que c'était ? l'interrompit-elle, pressée de remettre la conversation sur la bonne voie. Et pourquoi m'emmènerais-tu à ta libraire ?... Et de toute façon, j'ai déjà quelqu'un par chez moi.

— Vraiment ? Mais vous avez rompu quand tu es partie, pas vrai ? Sinon ce n'est pas très juste. Comment s'appelle-t-elle ? Ou il ? Bref, les protections étant intactes, le Kexa n'a pas pu aller plus loin que l'abri de jardin.

— Le quoi ? Et il s'appelle Lenny. Il joue du cor d'harmonie. »

Susan regretta tout de suite d'avoir livré ce détail, même si son interlocuteur s'abstint de réagir autrement que par un léger haussement de sourcil.

« Le Kexa, ou chat à cigüe, si tu préfères. Une créature féline des heures les plus sombres de la nuit, au souffle empoisonné. Envoyée en reconnaissance, ou peut-être pour souffler sur quelqu'un. Je suppose que c'est une forme de confirmation.

— Confirmation de quoi ? » s'étonna Susan. Elle se sentait à la fois légèrement nerveuse et un peu contrariée. Merlin n'avait pas le droit d'être à la fois si séduisant, mystérieux et agaçant.

« Confirmation que le grand-oncle Thurston a vu juste – ce qui, en toute honnêteté, arrive de temps en temps quand il y met du sien. Il faut que tu rencontres les aînés. Viens, le taxi attend. »

Il fit demi-tour et se mit en route vers la maison, pour s'arrêter quand Susan l'attrapa par l'épaule.

« Aïe !

— Oh, pardon ! Tu as encore mal ?

— Évidemment, répondit le jeune homme. Je suis en service restreint pour quinze jours. Pas de déballage de cartons, pas de rangement d'étagères. Le pied. »

Il fit mine de s'éloigner à nouveau, mais Susan reprit sur un ton sévère, et il se figea.

« Merlin ! Pourquoi ta famille veut-elle me voir ? Et qui a envoyé le... le...

— Le Kexa.

— Voilà. L'inspecteur Greene m'a dit que je risquais d'avoir maille à partir avec l'ancien monde si je restais à Londres...

— En effet. Et même bien plus qu'on ne l'aurait cru, si un chat à cigüe se balade vraiment par ici. C'est pour ça qu'il faut que tu viennes à la boutique.

— Greene m'a aussi recommandé de ne plus te fréquenter, ni les autres libraires.

— C'était un conseil judicieux. Sur le coup.

— Comment ça, "sur le coup" ? Et pourquoi est-ce que vous vous intéressez à moi maintenant ?

— Eh bien, à titre personnel, je t'aime bien et...

— Merlin...

— Tu as un Kexa aux basques. Mais, à part ça, mon estimé parent s'est mis en tête que le gardien *raud alfar* qu'on a affronté au bois ne me visait pas. Il est d'ailleurs possible que ce soit moi qui lui aie donné cette idée après avoir eu le temps de réfléchir aux événements.

— Comment ça ? C'est toi qui as été touché !

— Oui. Parce que je me suis mis en travers de son chemin. Mais c'est toi qu'il visait.

— Moi ?

— Or les *Raud Alfar* ne visent pas les simples mortels. En général. Et donc mon très saint grand-oncle – techniquement x fois arrière, arrière, arrière, arrière – a consulté ma très sainte grand-tante – elle-même x fois arrière et ainsi de suite –, et ils se sont posé la question : qu'est-ce que ça révèle de toi ?

— Ça ne révèle rien du tout, protesta Susan.

— Ta mère était amie avec un suçoteur, fit remarquer Merlin. Qui d'autre fréquentait-elle, à l'époque ?

— C'est ce que j'essaye de découvrir. Et comment peux-tu être certain que le *Raud Alfar* me visait moi ?

— J'en suis certain, c'est tout. Mais le grand-oncle Thurston a vérifié : il a demandé au cousin Norman de regarder en arrière. »

Susan ouvrit la bouche pour poser une autre question, mais le jeune homme la prit en pitié et répondit avant qu'elle ait eu le temps de parler.

« Norman fait partie des droitiers, et c'est un genre de voyant. Un oracle à l'envers, si tu veux. Il porte son regard vers l'arrière, sur des événements qui se sont déjà produits. Et oui, avant que tu ne demandes, il existe d'autres droitiers capables de regarder vers l'avenir, mais il est beaucoup plus difficile de comprendre ce qu'ils voient. Donc pas de divination au sens strict.

— Je ne comptais pas me renseigner sur mon avenir, s'offusqua Susan. Seulement… si Norman peut regarder vers le passé, il pourrait peut-être voir mon père, ce qui me simplifierait énormément la tâche.

— Mmm… Plus on remonte loin, plus il est difficile de discerner quoi que ce soit. En particulier pour Norman, qui est un peu limité, en toute franchise. Viens, le taxi attend, je t'ai dit.

— Vraiment ? s'étonna la jeune fille en entrant dans la maison après lui. Quelle idée... Moi, je ne peux pas me permettre de prendre un taxi, et encore moins de le faire attendre.

— Oh, ça ne me coûte rien, fit Merlin. Je bosse en librairie, tu te rappelles ? La paie est minable. Je n'ai jamais un sou devant moi.

Je trouve toutes mes superbes fringues en friperie, quand je ne les pique pas à des membres de la famille. Non, nous avons trois taxis. Tante Audrey et oncle Jérôme en conduisent deux, et divers cousins se relaient au volant du troisième. Moi, on ne me laisse pas conduire, hélas, parce que j'ai planté la Jensen d'Emilia une fois – tout le monde se fiche que je l'aie fait exprès pour arrêter un… Bref, pas grave. La grand-tante Merrihew a eu l'idée de se servir de taxis en regardant cette vieille série télé d'espionnage. Tu sais, le générique avec l'ampoule qui se balance et qui explose, la la laaa, la la la laaa, la la laaa, la la la laaa, pan !

— *Callan*, fit Susan. Je connais. J'imagine que ça se tient, pour passer inaperçu. Mais j'aurais cru qu'on allait plus vite en métro.

— On ne peut pas prendre le métro. » Le jeune homme franchit la porte d'entrée mais s'arrêta sur la dernière marche, la main posée sur la grille basse en fer forgé. Susan referma et vint se placer juste derrière lui, en attendant qu'il avance. Mais il ne bougea pas : il balayait le square du regard.

« Le fameux palimpseste mythique dont je t'ai parlé… Eh bien, ses couches sont très épaisses et rapprochées dans Londres en général, mais plus encore en sous-sol. Il y a beaucoup de choses sous nos pieds qui sont oubliées ou entravées, et qu'il vaut mieux ne pas déranger. Et d'autres en éveil mais inactives. Notre présence les dérange. On ne prend le métro que si c'est absolument nécessaire.

— Pas pratique, marmonna Susan. Et le bus ?

— Oh, le bus, on peut. Mais nos taxis, c'est mieux. J'ai eu de la chance qu'ils me laissent en prendre un ce matin. Soit tu es vraiment très intéressante, soit ils compatissent avec ma faiblesse passagère.

— Je suis désolée de t'avoir attrapé par l'épaule, dit la jeune fille. J'aurais dû y penser.

— Je n'ai rien senti, en toute honnêteté, mais ne le dis à personne. » Il examinait encore le square. « Où est passée la tante Audrey ? »

Susan regarda à son tour. Il y avait beaucoup de voitures garées tout autour de la place, mais pas de taxi noir.

« Bon sang, elle a pris un client ! jura Merlin. Elle est toujours tentée d'accepter une petite course pour gagner un peu d'argent de poche. Elle n'oserait pas faire ça aux cousins plus âgés. Et il va pleuvoir.

— Donc il faut qu'on prenne le bus, en fin de compte. » La jeune femme regarda les nuages qui s'amoncelaient dans le ciel. Il allait bel et bien pleuvoir, alors même que le printemps avait brièvement semblé promettre un été précoce un peu plus tôt, avec du ciel bleu et du soleil entre 8h20 et 9h13 environ. « Euh, où va-t-on, à ce propos ?

— La nouvelle librairie, répondit Merlin, qui continuait d'observer les voitures de leur côté de la place. Dans le quartier de Mayfair. Sur Stanhope Gate.

— Ah. L'inspecteur Greene avait l'air de dire que vous vendiez des livres neufs dans une grande boutique sur Charing Cross Road. Je suis déjà allée chez Foyles. C'est par là ?

— La nouvelle librairie vend des livres rares, précieux ou juste anciens », expliqua Merlin, qui n'avait toujours pas bougé. En suivant son regard, Susan vit qu'il scrutait une camionnette Ford verte dans laquelle patientaient deux hommes. « La vieille librairie vend des livres neufs sur Charing Cross Road. À une centaine de mètres de Foyles.

— Ça prête à confusion… Les boutiques s'appellent vraiment comme ça ?

— Oui. La nouvelle librairie, sous sa forme actuelle, a été fondée en 1802 ; l'ancienne en 1729. D'où leur nom. Tu as déjà vu cette camionnette verte sur la place ? »

Susan regarda plus attentivement. Il s'agissait d'un banal utilitaire vert qui avait au moins dix ans. « Conseil du Grand Londres » s'étalait en lettres fanées sur son flanc.

« Je ne sais pas, répondit-elle lentement. Je ne prête pas beaucoup attention aux voitures. »

Les hommes dans le véhicule la virent les observer, se tournèrent l'un vers l'autre et échangèrent quelques mots avant de hocher la tête. Les portières s'ouvrirent, et ils sortirent. Deux ouvriers ordinaires en bleu de travail. Même si les cagoules et les marteaux étaient un peu inhabituels…

L'un d'eux pointa la jeune femme du doigt.

« Vous, Susan Arkshaw, venez ici !

— Rentre dans la maison et dis à Mrs. London d'appuyer sur le bouton », lui conseilla calmement Merlin en ouvrant son sac bariolé. Il y plongea sa main gantée, qui ressortit armée du très gros revolver – un .357 Smython, se rappela Susan en déverrouillant fiévreusement la serrure avant de pousser la porte.

« Mrs. London ! Merlin dit qu'il faut appuyer sur le bouton ! »

Dehors, le libraire ordonnait sur le ton de la conversation :

« Lâchez ces marteaux et mettez les mains en l'air… bien haut. »

Mrs. London descendit les escaliers au trot, Mister Nimbus sur les talons.

Susan ne comprit pas tout ce que l'un des hommes cagoulés répondit, mais il disait en substance : « Ma jolie… cette arme est trop grosse pour… »

Une déflagration et un cri s'ensuivirent, puis le bruit de marteaux qui tombaient sur la chaussée, et de nouvelles instructions calmes de la part de Merlin.

« Fichus libraires ! » cracha Mrs. London en se hâtant vers le tableau du « Cerf aux abois » accroché dans l'entrée au-dessus du téléphone partagé. Elle fit basculer le cadre doré pour révéler un bouton dissimulé dans le mur et y appuya fermement le pouce pendant une bonne seconde.

Susan s'écarta tandis que la logeuse la surprenait un peu plus en tirant de la poche de son tablier un petit pistolet automatique à finition bleue. Elle alla se planter derrière la porte entrouverte, d'où elle jeta un coup d'œil vers l'extérieur tout en tenant l'arme à deux mains à hauteur de sa cuisse d'une façon qui semblait très professionnelle.

« Pfff », dit-elle. Et comme sa pensionnaire approchait, elle ajouta : « Non, restez là. »

Merlin continuait à parler aux deux hommes. Susan se tendit, redoutant un nouveau coup de feu. Mais rien ne vint. Au loin, elle entendit des sirènes.

« Qu'est-ce qui se passe ?

— Deux parfaits imbéciles sont allongés à plat ventre sur la chaussée, dont l'un à qui il manque la moitié du pied », lâcha Mrs. London.

Le téléphone sonna. La logeuse laissa la porte entrouverte et, sans la quitter des yeux, recula pour décrocher de la main gauche.

« Ici London. Oui. En sécurité. Deux assaillants à terre dans la rue, une blessure par balle au pied, besoin d'une ambulance. Un LIBER MERCATOR SPECIAL dehors – une… jeune femme blonde, en robe bleue et veste en cuir, avec un revolver. Je lui transmettrai. »

Son accent de Glasgow avait totalement disparu pendant qu'elle parlait au téléphone, nota Susan.

Mrs. London raccrocha et cria en direction de la porte – avec son accent retrouvé :

« Merlin ! Deux véhicules de la D11 en approche, et la patrouilleuse de Tolpuddle Street. Sors ton badge.

— Ça marche ! beugla celui-ci en retour. Et voilà qu'arrive la tante Audrey, l'air penaud, comme de juste. Et où étais-tu donc, ma tante ?

— Fais-la entrer », lança Mrs. London.

Quelques secondes plus tard, une petite femme joviale d'une quarantaine d'années, les cheveux et la peau noire, entra. Elle portait jean, t-shirt et veste en velours, et sa main gauche était gantée de vieux cuir brun. Elle tenait dans sa main droite nue un paquet fumant au parfum délicieux, enveloppé d'aluminium.

« Bien l'bonjour, Mrs. L, dit-elle. Chuis juste allée chercher un kebab à cause que Merlin lambinait et que j'ai sauté le petit-déjeuner. Bonjour, t'es Susan, je parie. Moi, c'est Audrey.

— Euh, bonjour, Audrey », répondit Susan tandis que la logeuse émettait un grognement. Les sirènes étaient beaucoup plus proches à présent. « Dites, il va encore falloir que j'aille au commissariat ?

— Non, répondirent en chœur les deux femmes.

— L'inspecteur Greene va quand même vouloir vous parler, précisa Mrs. London.

— Faut que tu viennes d'abord avec nous, intervint Audrey. Vous reconnaissez ces deux gars, Mrs. L ?

— Non. Ils ne sont pas du coin. Forcément, pour ne pas savoir à qui sert cette pension. Ou alors ils sont vraiment très bêtes, je suppose. »

Dehors, les sirènes atteignirent un crescendo, accompagnées de crissements de pneus, qui se conclurent brusquement par le bruit de nombreuses portières claquées. Une lumière bleue envahit l'entrée par la porte entrouverte.

« Police armée ! Police armée ! On ne bouge plus ! »

Audrey déballa l'extrémité de son kebab et y mordit à pleines dents. Mrs. London rangea son pistolet dans son tablier.

« Donne-leur cinq minutes pour faire le ménage et on s'en va », déclara Audrey, la bouche pleine.

Chapitre cinq

Sous les pavés, dans la nuit noire
Dorment les gob'lins de la foire
Méfaits commis jusqu'à demain
Et son nouveau lot de chagrins

« Tu es bien silencieuse », dit Merlin à l'arrière du taxi. Il était assis face à Susan sur un strapontin, les yeux passant de droite à gauche, surveillant les voitures derrière et autour d'eux tandis qu'ils remontaient lentement Euston Road. La circulation était difficile, comme d'habitude, et la pluie tombait sans grande conviction.

« J'étudie les beaux-arts, fit Susan. Je suis montée à Londres pour ça, et pour trouver mon père. Pas... pour me laisser embringuer dans cette histoire insensée. Les "trucs bizarres", comme dit Greene, c'était déjà pénible, mais avec ces voyous en prime... Je veux dire : pourquoi moi ?

— Bonne question, fit Merlin. J'aimerais bien le savoir aussi. »

Susan lui lança un regard noir mais s'abstint de répondre. Ils allèrent jusqu'au siège de la BBC sur Portland Place sans rien ajouter.

« La BBC, indiqua Merlin, avec un air de citadin guidant un péquenot.

— Je sais, s'impatienta Susan. Je t'ai dit que je connaissais déjà Londres. On venait chaque année pour mon anniversaire, jusqu'à il y a peu.

— Ah. Je faisais juste la conversation. Comme tu ne disais rien…

— Pourquoi as-tu piqué Frank Thringley avec une épingle en argent ? l'interrompit-elle. Tu ne m'as jamais expliqué. »

Merlin jeta un coup d'œil à Audrey par-dessus son épaule. Le guichet de la vitre de séparation entre conducteur et passagers était ouvert.

« Bonne question, ma puce, fit Audrey. Pourquoi t'as fait ça, Merlin ?

— Il refusait de répondre à mes questions, répondit le jeune homme avec raideur. Pourtant j'ai demandé gentiment. Et puis il a essayé de me planter avec un rasoir.

— T'as de la chance que Thringley voulait te planter et qu'il préparait un sale coup, remarqua Audrey. Un sale coup pile dans nos spécialités, je veux dire, avec son pou géant et le reste. Sinon, tu binerais les rangées de choux derrière Thorn House.

— Je sais, rétorqua Merlin, irrité.

— De quoi parlez-vous ? s'emporta Susan. Et tu n'as toujours pas répondu à ma question. Qu'est-ce que tu essayais de découvrir ?

— Thorn House est l'une de nos maisons à la campagne, expliqua Merlin. Dans le Dorset. On y cultive pas mal de légumes. Tu t'y sentirais sûrement chez toi, alors que moi pas du tout – ce qui en fait la destination punitive idéale à mon encontre.

— On peut grandir à la campagne sans devenir fermière, protesta Susan. Qu'est-ce que tu espérais trouver ? »

Merlin soupira.

« Ma mère est morte il y a six ans, fit-il tout bas en regardant ses mains, la droite nue posée sur la gauche gantée. Un coup de fusil. Un accident, paraît-il : elle était au mauvais endroit au mauvais moment. Elle a interrompu un braquage sur Sloane Street. Trois hommes armés sont sortis d'une bijouterie au moment où elle quittait sa fleuriste préférée, juste à côté. Elle les a neutralisés, mais il y avait un quatrième larron dans une voiture garée tout près, avec un fusil à canon scié. Elle s'est pris deux balles dans le dos.

» À mes dix-huit ans, quand j'ai officiellement intégré nos rangs, j'ai obtenu le dossier auprès de Scotland Yard. Curiosité morbide, j'imagine. Mais sa lecture m'a convaincu qu'il ne s'agissait pas d'un accident. Je suis certain que ces quatre hommes ont été envoyés pour tuer ma mère. Le braquage n'était qu'une couverture. Et donc, depuis un an, par intermittence, je poursuis mon enquête.

— Pourtant, on lui a bien dit de laisser tomber », intervint Audrey. Le trafic s'était de nouveau densifié vers Oxford Circus, de sorte qu'elle pouvait se retourner et leur parler par le guichet de la vitre de séparation. Un fort relent de kebab bœuf-oignon accompagnait ses paroles. « Rien ne prouve que c'était prémédité.

— Rien, si ce n'est la bêtise singulière des coupables, rétorqua Merlin. Je les ai tous interrogés en prison. Enfin, tous sauf Craddock, le tireur – maman a vécu assez longtemps pour arrêter son cœur, à celui-là –, et c'étaient de parfaits crétins. Je suis sûr que quelqu'un leur avait trafiqué le cerveau. Et les trois débitaient la même histoire.

— Peut-être qu'elle était vraie », suggéra Aubrey – mais le cœur n'y était pas. « Y'a plein de criminels qui sont pas des flèches, hein. Attendez, on repart. »

Elle passa la première et le taxi bondit en avant, mettant adroitement à profit l'espace étroit qui s'était ouvert entre un Ford transit blanc et un bus, avant que l'utilitaire ne puisse le refermer et leur interdire la traversée d'Oxford Street pour les dix minutes suivantes.

« Deux criminels ne donnent jamais la même version des faits, insista Merlin. Pas à répétition, pendant des années, mot pour mot. Ils se trompent, ils oublient. Cette histoire, on l'a gravée dans leur esprit, et plein d'autres choses en ont été effacées. Alors j'ai dû fouiller, me plonger dans leur casier judiciaire, passer en revue leurs associés, et ainsi de suite. Pour dénicher un point commun, comprendre ce qui les avait rassemblés sur ce boulot.

— Et t'as trouvé que dalle, conclut Audrey avec un brusque coup de volant pour tourner à angle droit sur Hanover Street. Et on t'a redit de laisser tomber. Une fois de plus.

— En effet, je n'ai rien trouvé de concluant, reconnut-il.

— Et ton cousin ? » demanda Susan. Elle pensait à lui depuis que le libraire avait mentionné ses capacités. « L'oracle inversé.

— Le quoi ? lâcha Audrey.

— Un terme que j'ai utilisé pour expliquer à Susan ce que fait Norman, répliqua Merlin avec superbe. En réalité, Norman a bien jeté un œil pour moi. Mais cinq ans s'étaient déjà écoulés, et il ne vaut plus grand-chose passé un mois ou deux. Mais il existe des… entités… qui peuvent aider à démêler le passé ou se tourner vers l'avenir, donner des indices pour comprendre les événements. Alors je suis allé en consulter une.

— Au mépris du règlement, ajouta Audrey.

— Qui est très flou sur ce point, protesta le jeune homme.

— Ah, oui ? » fit sa tante, laconique. Elle jura en donnant un coup de volant pour éviter un homme qui venait de s'engager sur la chaussée. Un flux de piétons s'efforçait de dépasser un groupe d'ouvriers qui observaient un trou creusé dans le trottoir comme s'il s'agissait d'un phénomène étrange, susceptible de bouger s'ils le quittaient des yeux.

« Bref, l'entité… m'a dit ceci… » Il prit une inspiration, s'adossa contre la vitre de séparation et entonna d'une drôle de voix monocorde :

Cherche le suçoteur, lèche-sang,
Tire-laine, détrousseur, cador,
Chef des truands
Du nord
Du nord

Dans la cité de la lune
Il sait, il sait, il sait
Mais il se tait,
Lié par vœux et serments,
Et refuse de parler franchement.

« Sacré indice, là, commenta Audrey. "Refuse de parler franchement"...

— Les oracles sont connus pour leur manque de fiabilité et leur imprécision. J'ai choisi de considérer qu'il y avait un "sauf si" implicite à la fin de cette charade ou que le fait de trouver le type en question me fournirait une autre piste – ce qui pourrait bien être le cas. La cité de la lune, c'est "Luan-Dun", soit Londres, au fait. J'ai donc cherché des suçoteurs du nord de Londres qui avaient également une activité criminelle. J'ai parlé à deux d'entre eux – pas tout à fait des cadors : il y avait un bookmaker et un pickpocket – et ils m'ont mené à Thringley, qui était incontestablement un chef de truands. Je me suis montré très conciliant avec les deux premiers, et j'aurais continué si l'"oncle Frank" n'avait pas attrapé son rasoir... »

Il cessa soudain de parler et se pencha en avant pour regarder par-dessus l'épaule de Susan, par la vitre arrière. Puis il se retourna pour observer l'avant. Le taxi avançait très lentement sur Curzon Street, après Bolton Street, et non seulement le trafic était dense, mais les piétons nombreux – dont une forte proportion de touristes.

« Audrey ! s'écria Merlin. Des follets !

— Je les vois, répondit la conductrice, incrédule. Qu'est-ce qu'ils fichent là au grand jour ? »

Susan regarda par la vitre constellée de gouttes en s'efforçant de repérer ce qui mettait Merlin et Audrey en émoi. Tout lui paraissait normal : un océan de voitures, camions et motos, et une marée confuse de piétons qui se déversait depuis les trottoirs, sous des parapluies de toutes les formes, tailles et couleurs – ceux qui n'en avaient pas se faufilaient entre les plus prévoyants dans un effort pour échapper aux gouttes ou éviter de se faire crever l'œil par une baleine de parapluie.

« En quoi est-ce un grand jour ? demanda-t-elle. Et qu'est-ce que vous…

— Façon de parler, la coupa Merlin. Les follets ne sortent normalement que la nuit… J'en ai compté trois, Audrey…

— Quatre, répondit sa tante. Cinq… Cochonnerie de circulation ! Six ! Sept ! Avance – non, gros nigaud ! »

Ils pilèrent – la faute à une camionnette de livraison un peu plus loin qui faisait marche arrière alors que la place manquait manifestement. La circulation se resserra aussitôt, et ils se retrouvèrent coincés.

« On sort ou on reste ? » pressa Merlin.

Audrey scruta la rue à travers le pare-brise puis les vitres gauche, droite et arrière.

« Ils entourent le taxi pour une danse de mai, fit-elle sombrement. L'acier suffirait peut-être à nous ancrer. Je sais pas, c'est nouveau pour moi. J'en ai jamais vu autant, et sûrement pas tenter un truc pareil en plein jour ! On ferait mieux de se tailler !

— D'accord, répondit le jeune libraire. Tu pars à l'est et nous à l'ouest ?

— Ouais.

— Tu as un objet suffisamment ancien pour leur cogner dessus ? »

En réponse, Audrey décrocha un bâton de prunellier qu'elle conservait au-dessus du pare-soleil. Un bon mètre de bois dur et noueux, sans manchon ni ornement. Deux des épines naturelles avaient été conservées pour former comme une poignée. Elle glissa le bâton par le guichet.

« Prends-le, dit-elle. Ils en ont sûrement après Susan.

— Merci, répondit Merlin.

— Si vous vous en sortez, bats le rappel des troupes, ajouta-t-elle.

— Toi aussi.

— Prêts ? demanda Audrey. On y va !

— Quoi ? » Susan regardait encore par la fenêtre. Tout lui paraissait parfaitement normal. À cet instant, un enfant surgit tout près de la vitre. Un drôle de gamin de cinq ou six ans, le visage émacié, le regard vif et les joues rouges, vêtu des lambeaux d'une chemise rouge vif trop grande, comme un clown qui serait passé dans une soufflerie.

Il se mit à sauter sur place, renforçant son côté grotesque, puis se fendit soudain d'un large sourire qui découvrit une bouche aux dents noires et gâtées, à l'exception de deux incisives jaunies, très longues et pointues.

Susan eut un mouvement de recul. Merlin la prit par la main, ouvrit brutalement sa portière et jaillit hors de la voiture tandis qu'Audrey en faisait autant de son côté.

Une douzaine d'enfants difformes vêtus de couleurs éclatantes dansaient autour du taxi en se tenant la main, mais leur cercle n'était pas tout à fait fermé. Merlin brandit le bâton de la main gauche, l'abattit sur deux bras qui se tendaient vers lui et s'engouffra dans la brèche ainsi créée. Susan le suivit d'aussi près qu'elle put pour éviter de se faire déboîter l'épaule.

Le libraire resta sur la chaussée pour remonter la file de voitures, mais il se figea soudain alors que d'autres enfants effrayants se déversaient dans la rue, bondissant, cabriolant et virevoltant.

À cet instant, Susan se rendit compte avec horreur que tous les autres piétons avaient disparu : plus de parapluies colorés, de gens raisonnables au col relevé ni d'optimistes sortis sans manteau. Il n'y avait que des dizaines et des dizaines de ces enfants étranges qui n'en étaient clairement pas – une foule qui s'approchait en dansant, les mains tendues pour refermer le cercle. Mais leurs mains ne comptaient que trois doigts aux ongles affreusement longs, les pouces mal placés se tordaient vers l'arrière, et l'ensemble tenait plus de la serre d'oiseau de proie que de la main humaine.

Quarante à cinquante danseurs avaient déjà formé une deuxième ronde plus large autour du taxi vide, de Merlin et de Susan, et tournaient dans le sens inverse des aiguilles d'une montre. Ils ne faisaient aucun bruit en dehors du piétinement de leurs pieds enveloppés de haillons, pourtant leur bouche était ouverte sur leurs crocs, leurs gencives pourries et leur haleine fétide. Ils tournaient sans se lasser – pas chassé puis cabriole, pas chassé puis cabriole...

Merlin attira Susan plus près de lui, la main droite sur sa main gauche, le bâton le long du corps.

« Trop tard, dit-il. Ils nous ont coincés dans une danse de mai. Ne me lâche pas.

— Où sont passés tous les... » Elle laissa sa phrase en suspens, les yeux écarquillés de surprise plutôt que de peur. Non seulement les passants ordinaires avaient disparu derrière la ronde des follets, mais voilà que la rue, les véhicules et les immeubles s'effaçaient à leur tour, remplacés par des champs au nord et, tout près d'eux, un ramassis de tentes, de masures, de cochons et d'étals. Même les nuages et la pluie avaient disparu : le ciel était d'un bleu éclatant et il faisait chaud comme aux premiers jours du mois d'août alors qu'on était seulement – du moins jusqu'alors – le dix-neuf mai.

« N'accepte rien de ce qu'on te donnerait sans contrepartie, l'avertit Merlin. Surtout si c'est à boire ou à manger.

— Mais il n'y a personne... » commença Susan, qui s'interrompit car il y avait soudain beaucoup, beaucoup de gens. Des gens en tenue médiévale – pourpoint, blouse, chausses, bottes ou simples chaussures de cuir. Le son revint aussi brutalement : des marchands vantaient leurs produits, des passants discutaient en riant, les flûtes de lointains musiciens gazouillaient par-dessus le roulement constant d'un tambour.

Des odeurs flottaient aussi – la puanteur d'une foule suante et mal lavée, des relents de cour de ferme, le tout couronné d'un fumet de viande à rôtir et de graisse brûlée.

La ronde s'arrêta, les danseurs éclatèrent de rire, se séparèrent soudain et s'égaillèrent dans toutes les directions en se faufilant à travers la foule pour disparaître au milieu des gens plus grands.

« Où sommes-nous ? » demanda Susan. Elle cligna plusieurs fois des yeux. Quelque chose clochait dans le décor, mais elle n'arrivait pas à mettre le doigt sur quoi…

« À Mayfair, la foire de mai, répondit Merlin. Ou, plus exactement, au beau milieu d'un écho mythique de la foire qui s'est tenue ici pendant des siècles et a ensuite donné son nom au quartier. C'est un piège. Les follets – que tu connais peut-être mieux sous le nom de gobelins – nous ont amenés ici grâce à leur danse. Ce qui ne leur ressemble pas du tout. Ce sont des farceurs, généralement inoffensifs. Ils ne tuent jamais, par exemple. Du moins pas exprès…

— Embrasse-nous, la belle ! » rugit un ivrogne qui portait une blouse grossière un peu trop relevée sur les cuisses. Il se pencha vers Merlin, qui l'esquiva et lui asséna un coup de bâton derrière les genoux, l'envoyant rouler dans la boue. Le libraire serra un peu plus fort la main de Susan et l'entraîna plus loin tandis que l'homme affalé dans les flaques du chemin précurseur de Curzon Street riait à gorge déployée, comme s'il avait toujours eu l'intention de finir dans cette posture.

« Ils sont bien réels », commenta Susan, effarée, alors qu'elle effleurait l'angle d'un plateau de petites tartes fumantes porté par une femme au sourire ravi. « Et tous étrangement réjouis.

— Cet endroit est réel pour nous, en ce moment. Ils sont heureux parce que, comme je te le disais, il s'agit d'une version idéalisée des meilleurs jours de la foire. Les follets nous y ont piégés, mais ils doivent respecter la tradition et nous offrir une chance d'en sortir… »

Il fit un écart pour éviter un enfant sautillant – un enfant humain, pas l'un des follets émaciés aux canines pointues –, et Susan dut bondir après lui pour éviter de lâcher sa main.

« Comme la bogue, les gobelins sont tenus de respecter les règles de la légende. En dehors de nous deux, il y aura quelque chose qui ne cadre pas avec le décor, quelque chose qui détonne. Ils doivent nous le montrer trois fois. Si nous ne le réclamons pas, nous serons coincés ici pour toujours. Nous oublierons qui nous sommes, nous deviendrons des archétypes englués dans cette foire myhtique.

— Quelque chose qui ne cadre pas ? » répéta lentement Susan. Elle était distraite car un ours se dirigeait vers eux par une allée entre les tentes les plus proches, sur leur droite. Une bête au poil brillant, attachée au bout d'une chaîne dérisoire et dansant comme si elle s'amusait ; à ses côtés, le montreur d'ours imitait les pas de l'animal, de sorte qu'ils paraissaient danser joyeusement ensemble.

« Un objet, une personne, n'importe quoi qui paraîtrait déplacé », précisa Merlin. Il la tira par la main pour l'écarter du chemin de l'ours, jusqu'à une table chargée de pyramides de saucisses bien grasses, surmontées d'un nuage de mouches. Il en cuisait par dizaines derrière la table, sur la grille d'un brasero.

« Saucisses ! Elles sont bonnes, mes saucisses ! Dignes d'un roi… ou d'une reine ! » beuglait la vendeuse, une petite femme à la voix forte qui s'inclina bien bas devant Susan et lui tendit une fourchette de cuisine à deux dents au bout de laquelle était piqué un bout de saucisse fumant. « Goûtez donc, votre altesse ! »

Les saucisses dégageaient un fumet merveilleux, propre à faire oublier les conditions sanitaires. L'eau à la bouche, Susan se sentit extraordinairement tentée. Mais avant qu'elle ait pu tendre la main, Merlin l'entraîna. Ils dépassèrent trois jongleurs et un concours de plongée aux anguilles pour lequel les participants sautaient dans le plus grand baril que la jeune femme avait jamais vu, et s'arrêtèrent dans un espace étroit entre deux cabanes aux murs de torchis, à l'écart du flux de passants.

« Tu ne dois rien manger, n'oublie pas ! Tu serais coincée ici. Dommage que Viviane ne soit pas avec nous.

— Qui est Viviane ?

— Ma sœur. Une droitière. Très douée pour les énigmes et toutes ces choses-là. Tu as remarqué quelque chose ?

— Comment saurais-je ce qui n'a pas sa place ici ? protesta Susan. Je n'ai jamais fréquenté de foire médiévale ! Pas même une reconstitution...

— On ferait mieux de faire un tour, dit Merlin. Ouvre l'œil et ne lâche pas ma main.

— Toute cette gaieté, c'est déstabilisant. Les rires, les sourires... », marmonna-t-elle tandis qu'ils avançaient dans une allée étroite qui menait à une autre beaucoup plus large, au cœur de la foire. « C'est presque plus inquiétant que s'ils étaient tous renfrognés.

— L'autre facette de la foire est là aussi, quelque part, ou finira par se présenter. Le désespoir, les agissements douteux, les vols et les meurtres camouflés par l'exubérance et le tapage. Il faut qu'on se sauve avant de basculer dans cette version-là. Mais je ne vois rien qui détonne ! »

À l'intersection suivante, Susan s'arrêta, se dressa sur la pointe des pieds et balaya les alentours du regard. Elle était plus grande que la plupart des passants, de toute façon – un état de fait inhabituel, mais bien utile. Un groupe de musiciens s'approchait en dansant : plusieurs tambours, deux luthistes, quelques flûtistes et un type qui jouait d'une grosse cornemuse. Mais alors que les deux luthistes s'écartaient dans une pirouette, elle vit derrière eux une jeune fille portant un énorme panier de fleurs ; elle comprit alors ce qui détonnait, ainsi que ce qui la gênait depuis le début.

« La fleuriste ! » s'exclama-t-elle tout en se glissant au milieu d'un groupe de paysans rougeauds en habits de toile, hilares et bouche bée devant les pitreries de deux bouffons montés sur des échasses qui mimaient un genre d'accouplement d'insectes raté. Cette fois, c'est elle qui entraîna Merlin plutôt que l'inverse.

« Quoi ?

— Tout est plus coloré que la normale ! » expliqua-t-elle en se baissant pour éviter un plateau de tartes qu'on avait peut-être bien balancé vers elle pour la ralentir, et Merlin la suivit avec grâce. « On se croirait dans un film en super 8 ! Des couleurs sursaturées, plus vives que nature. Mais la fleuriste vend une fleur parfaitement incolore. La voilà ! »

La fleuriste s'éloignait, et la foule qui les en séparait s'épaississait. Tous les visiteurs de la foire avaient soudain fait demi-tour et revenaient vers l'intersection devant eux, avec l'intention manifeste d'empêcher les deux jeunes gens d'atteindre la vendeuse sans les arrêter à proprement parler – détournant l'esprit de la vieille loi qui imposait de leur laisser une chance de s'échapper.

Merlin se replaça devant elle en agitant son bâton de prunellier. Les gens s'écartaient comme s'ils redoutaient le contact du bois, mais lorsqu'ils étaient touchés, ils ne montraient aucun signe de douleur et continuaient à sourire et s'esclaffer.

La fleuriste s'engagea dans l'une des allées plus étroites. À cet instant, Susan vit à nouveau la fleur, et Merlin aussi cette fois. Une grande rose translucide qui aurait pu être taillée dans le verre, à ceci près que sa tige ployait et ses pétales tremblaient au rythme des pas de la petite vendeuse.

« Deuxième chance ! s'écria Merlin. Viens ! »

Il passa le bâton entre les jambes d'une poissonnière, qui s'étala en même temps que le baquet d'anguilles qu'elle portait sur la tête ; les poissons se répandirent un peu partout, les gens glissèrent dessus et tombèrent les uns sur les autres dans la plus grande confusion. Tous souriants et hilares, comme si c'était une expérience pour laquelle ils avaient payé.

Merlin et Susan bondirent par-dessus le sillage d'anguilles et se lancèrent après la fleuriste, qui n'avait qu'une dizaine de pas d'avance et se pressait dans une allée beaucoup plus étroite derrière une rangée de petits théâtres, des structures en bois de deux ou trois étages, drapées de tissus.

Tandis qu'ils couraient, une ombre les rattrapa : des nuages obscurcirent le soleil et le ciel bleu, et le fond de l'air se fit soudain plus frais.

« Oh, soyez beaux joueurs ! » s'écria Merlin. Il accéléra et parvint à effleurer du bout de son bâton de prunellier le dos de la fleuriste. Celle-ci s'arrêta et se retourna vers eux. C'était une jolie fille souriante quand Susan l'avait aperçue dans la foule, mais son visage était à présent émacié, sa peau légèrement écailleuse et ses dents noircies et cassées, à l'exception de canines pointues de gobelin. Elle avait même perdu une trentaine de centimètres.

« Nous ne sommes ni de ce temps ni de ce lieu, tout comme cette rose, déclama le libraire. Livre-la… »

Seul un grognement alerta Merlin d'une soudaine attaque. Il pivota sur place et carra le bâton en travers de la gueule d'un énorme chien hirsute jailli des ombres entre les cabanes. Son seul poids le fit reculer de plusieurs pas et, comme il ne voulait pas lâcher la main de Susan, celle-ci fut entraînée avec lui et tomba sur la hanche dans la boue. Elle amortit le choc en prenant appui sur sa main libre, mais l'impact fut douloureux. Très douloureux.

« Vilain chien ! » cria-t-elle, plus par réflexe qu'autre chose. « Vilain ! Lâche ça tout de suite ! »

À la surprise générale, y compris celle de la bête elle-même, le molosse lâcha le bâton.

« Assis ! » ordonna Susan en se relevant. Elle était furieuse : furieuse d'être tombée dans la boue, furieuse de s'être laissé entraîner dans ce micmac mythique – bref, furieuse tout court.

Le chien s'assit. Susan se tourna vers la fleuriste.

« Quant à vous ! Follet, gobelin ou quoi que vous soyez, donnez-moi la rose ! »

La vendeuse prit la rose incolore au milieu de la débauche de bouquets éclatants de son panier et la tendit à Susan tout en mettant un genou en terre.

La jeune femme s'empara de la fleur.

La foire de mai disparut comme une sculpture de glace fondant en version accélérée, les couleurs vives remplacées par la réalité plus terne et grise, la puanteur médiévale par les gaz d'échappement, et le brouhaha de la foule par le son du Mayfair du vingtième siècle.

Ils étaient sur le trottoir, dans Curzon Street, près de l'allée qui donnait sur Shepherd Market. La pluie tombait toujours plus fort, et Susan se prit une goutte en plein dans l'œil. Deux jeunes Américaines, manifestement des touristes, se tenaient non loin.

« Tu as vu tous ces petits enfants ? dit la première à son amie. Ceux qui ont traversé il y a un instant ?

— Hein ? Pardon, j'ai décroché pendant quelques secondes. Le jet lag, sans doute. Hé, regarde cette jolie petite allée ! Il y a un authentique pub britannique !

— Elles vont avoir un choc, lâcha Susan. Les pintes de vraie bière tiède et les jeunes Américaines ne font pas bon ménage...

— Tu sais que c'était un loup qui mordait le bâton, en fait ? » Les sourcils froncés, Merlin examinait les profondes marques de crocs dans le bois. Il soupira et frotta quelques taches de boue sur sa robe, les transformant en traînées qui, curieusement, paraissaient intentionnelles, cool et branchées. « Du coup, je me demande vraiment qui tu es...

— Je suis moi », répondit lentement la jeune femme. Dans sa main, la rose n'était plus qu'une fleur de verre, rigide et fragile. « J'ai toujours su parler aux chiens.

— Ah oui ? » fit joyeusement le libraire. Il appuya le bâton sur son épaule, façon Gene Kelly, et sautilla dans une flaque ;

le bas de sa robe virevolta comme il se retournait vers une Susan immobile, perdue dans ses pensées. « Viens, on n'est plus très loin de la boutique ! »

Chapitre six

La musique n'adoucit pas ces cœurs féroces
Mais nos soldats gauchers aux talents variés
Et nombreuses histoires versent leur sang atroce
La bête est apaisée, et les flots endigués

Seule une petite plaque de bronze à la porte de l'imposante maison georgienne de quatre étages signalait que le bâtiment accueillait un commerce : la nouvelle librairie. Et dans la mesure où la porte d'entrée était elle-même abritée par un portique, il y avait peu de chances que quiconque ne cherchait pas déjà la boutique la franchisse jamais.

Curieusement, elle ouvrait sur un genre de vestibule, une petite entrée qui débouchait sur une porte intérieure en vieux bronze où étaient gravées les silhouettes de deux géants barbus brandissant des massues cloutées. Leurs yeux étaient de grands cristaux aux allures de diamants, beaucoup trop gros toutefois pour être de véritables pierres précieuses. Tandis que Merlin faisait entrer Susan, la porte extérieure se referma derrière lui et se verrouilla dans un cliquetis sonore.

« Il arrive que nous ayons des visiteurs indésirables », expliqua-t-il. Il la dépassa pour enfoncer le bouton de la sonnette, près de la porte intérieure. « Nous n'aurons pas longtemps à attendre.

— C'est du très bel ouvrage, commenta Susan à propos des géants gravés dans le bronze.

— Gog et Magog », fit Merlin.

Les yeux de cristal des géants s'illuminèrent soudain, et Susan sursauta puis recula.

« Cette porte est l'œuvre du grand Rondelhyde, artificier magique, en 1899, ajouta-t-il. Un droitier. De son vrai nom Ronald Biggins. Entre autres choses, il fabriquait du matériel pour les magiciens de la deuxième moitié du dix-neuvième siècle, comme des boîtes truquées, par exemple. Il adorait ce genre de choses. Nos clients apprécient également.

— Elle a quelque chose de particulier ? s'enquit Susan. Je veux dire... Elle est vraiment magique ?

— Non, répondit Merlin. Les lumières des yeux sont électriques et nous servent surtout à bien voir qui patiente. Mais la porte est très solide : 5 centimètres de bronze sur un châssis en acier. »

Susan leva les yeux. Un drôle de miroir était incrusté dans le plafond.

« Un miroir sans tain ?

— Oh, non, celui-là est magique. Deux poignées d'eau de... disons d'un lac sacré... prélevées en même temps sur deux rives différentes. S'il était assez grand, on pourrait le traverser, mais comme il donne juste sur le salon de thé, ce serait un peu décevant. Allons-y. »

La porte en bronze s'effaça en grinçant et grondant. Parvenue à mi-course, une fois l'un des géants hors de vue, elle s'arrêta. Par l'ouverture, Susan aperçut une salle de lecture charmante et confortable éclairée par des lustres électriques. S'y alignaient six rangées de bibliothèques vitrées chargées de vieux volumes reliés en cuir ou bougran vert, rouge, bleu et noir, ou en matériaux plus exotiques telles que des peaux d'animaux ou même du métal. Chaque rangée d'étagères se terminait par un fauteuil de cuir usé, pour une expérience de lecture indolente à souhait.

Juste devant eux s'étendaient deux longues tables en acajou couvertes d'autres vieux livres, et entre elles se tenait un libraire d'âge mûr, l'œil vif et la barbe étonnamment longue, séparée en trois nattes. Il portait un tablier vert pourvu de nombreuses poches par-dessus un costume bleu débraillé et râpé aux coudes, une chemise à carreaux et un nœud papillon flasque vert pâle. Il arborait un gant de coton blanc à la main droite, et Susan remarqua que son tablier comportait une poche spéciale destinée à un coupe-papier très long et fin.

« La porte est encore coincée, dit-il. À mi-Gog, comme on dit chez nous. Content de te revoir, Merlin. Presque tout le personnel des deux boutiques est à ta recherche.

— Audrey est arrivée jusqu'ici, alors ?

— Oui, porteuse d'une nouvelle étonnante et assez troublante, répondit l'homme. De mémoire de libraire, les follets n'ont jamais tenté une telle danse, en tout cas contre l'un des nôtres. Oh, veuillez m'excuser. Vous devez être Susan. Je m'appelle Éric. Puis-je vous offrir une serviette, peut-être ? »

La jeune femme baissa les yeux vers ses vêtements. Les événements s'étaient tellement bousculés qu'elle n'avait même pas eu le temps de remarquer qu'elle était trempée, et ses Docs boueuses jusqu'à la cheville. Merlin lui aussi était ruisselant, mais il parvenait à rester élégant, comme s'il avait fait exprès de se mouiller.

« Euh, oui, s'il vous plaît », répondit-elle en interprétant correctement le regard en coin d'Éric, inquiet qu'elle n'aille goutter sur les livres.

« Passez juste entre les tables et allez jusqu'aux toilettes du personnel. Merlin, tu es attendu à l'étage.

— Par les deux aînés ? demanda le jeune homme. Merrihew est arrivée ?

— Oui, ils sont là tous les deux, aujourd'hui. » Éric hésita, puis ajouta : « Bonne chance. »

Merlin grimaça et lui tendit le bâton de prunellier.

« Rends ça à Audrey quand elle reviendra, tu veux bien ? »

L'autre acquiesça et glissa le bout de bois dans une souche porte-parapluies aux racines sciées qui contenait plusieurs bâtons semblables, deux parapluies noirs assez anciens à pommeau d'ivoire ainsi qu'une épée à deux mains plus haute que lui, à la poignée ornée d'un dragon de bronze.

« Voulez-vous aussi me confier votre rose de verre ? demanda Éric.

— Euh, non, je vais la garder », répondit Susan sans bien savoir pourquoi, si ce n'est qu'elle voulait l'examiner de plus près quand elle en aurait l'occasion. Elle l'avait vue osciller et se courber, les pétales frémissants, et même si elle était désormais faite de verre rigide, elle avait un côté réaliste et évoquait une œuvre d'art plutôt qu'un produit sorti d'usine.

Elle suivit Merlin entre les tables vers une porte au fond de la salle d'exposition en s'efforçant de ne pas tourner la tête trop vite vers les livres intéressants, sous peine de les arroser de gouttelettes. Les volumes étant anciens et pour la plupart dépourvus de jaquettes, il était difficile de les identifier tout en passant rapidement devant, surtout sans tourner la tête, mais elle parvint néanmoins à déchiffrer les inscriptions dorées ou argentées au dos de certains : elle reconnut des titres et des noms tels que *La Tempête*, *Ivanhoé*, *Persuasion* et *Les Hauts de Hurlevent*, Shakespeare et Walter Scott, Austen et Brontë. Plusieurs étagères abritaient aussi des Bibles, dont certaines manifestement très vieilles, et Susan s'arrêta un instant devant une vitrine spéciale entre deux bibliothèques, impressionnée par son contenu : les *Esquisses poétiques* de William Blake, une première édition des *Sept Piliers de la sagesse* de T. E. Lawrence et, cerise sur le gâteau, un *Premier Folio* de Shakespeare.

Près de la porte du fond se trouvait une très grande bibliothèque vitrée où les livres étaient rangés de face. Susan marqua une pause en reconnaissant des lectures chéries de son enfance, plus aisément identifiables car plus récentes que les œuvres qui trônaient sur les autres étagères et pourvues d'une jaquette. Il y avait là le *Conte de Noël* de John Masefield, les *Narnia* de C. S. Lewis, *Longues-Oreilles et ses amis*, de Patricia Lynch, *L'Hiver enchanté* de Victoria Walker, *Le Manoir aux loups* de Joan Aiken, plusieurs romans historiques de Rosemary Sutcliff, dont le préféré de Susan : *L'Aigle de la Neuvième Légion* ; *Ma sœur est une sorcière*, de Diana Wynne Jones, le premier tome de la trilogie de Brisingamen, d'Alan Garner ; *Une drôle de fée*, de E. Nesbit, et bien d'autres. La plupart dans des éditions qu'elle connaissait de la bibliothèque municipale mais en bien meilleur état, jaquettes immaculées sous pochette transparente.

« Des auteurs jeunesse, commenta Merlin. Des gens dangereux. Ils nous causent des tas de problèmes.

— Ah bon ?

— Ils ne le font pas exprès. » Le jeune homme ouvrit la porte. « Mais souvent, ils découvrent le moyen de réveiller un ancien mythe ou de libérer ce qui aurait dû rester prisonnier, et ils partagent ce savoir dans leurs romans. Les histoires ne sont pas toujours ce qu'elles semblent, tu sais. Allez, viens. »

Susan s'arracha à la contemplation des livres jeunesse et suivit Merlin à travers un bureau exigu qui contenait deux secrétaires à cylindre, une vieille armoire de classement à six tiroirs et un râtelier d'armes pour six fusils Lee-Enfield .303 dont les sabres baïonnettes modèle 1907 reposaient sur un plus petit râtelier juste en dessous, ainsi qu'un étui à munitions vert légèrement cabossé marqué d'une inscription en lettres jaunes : « 300 Cart. Cal. .303 ».

Franchissant la porte au fond du bureau, Merlin emmena Susan dans un étroit couloir lambrissé pourvu de deux portes côté gauche et d'un large escalier sur la droite. La première porte affichait une coiffe stylisée en peinture dorée, la droite un chapeau haut de forme.

« Quelles toilettes préfères-tu utiliser ? s'enquit le libraire. Il y a des serviettes, et des vêtements aussi. Tu peux te changer, si tu veux. Nous n'avons que des combinaisons de travail, je le crains, et la plupart sont trop grandes. À mon avis, on a acheté toutes les vieilles combis de Winston Churchill. Mais au moins, elles sont sèches.

— Et toi, tu te changes ? » fit Susan, méfiante. Elle n'arrivait pas à s'imaginer le jeune homme en combinaison de travail trop grande.

« Plus tard, répondit Merlin. Je te le propose juste parce que tes fringues sont vraiment très sales... »

Susan se regarda, constata que sa description était exacte, et poussa la porte marquée d'une coiffe. Elle se disait que les toilettes des femmes seraient plus propres que celles des hommes – elle était bien consciente de la différence à force de faire le ménage dans celles de divers pubs.

Quand elle ressortit dix minutes plus tard, Merlin l'attendait. Il avait mystérieusement réussi à nettoyer et sécher sa robe bleue, et la serviette enroulée autour de sa tête comme un turban n'avait pas l'air ridicule, mais plutôt sur le point de lancer une nouvelle mode.

Susan n'était pas trop jalouse. Malgré la remarque du libraire, elle avait déniché une combinaison de travail bleue pile à sa taille et encore pourvue d'une ceinture, contrairement à celles qu'elle trouvait en général en friperie. Avec la ceinture nouée, la combinaison n'était pas trop informe, et les nombreuses poches bien utiles compensaient le toucher rêche du coton épais. Elle avait noué ses propres vêtements en un ballot et se sentait des airs de vagabond improbable sorti d'un film des années 1930 – mais un peu trop propre et net.

« Comment en as-tu trouvé une qui te va ? s'étonna Merlin. J'ai cherché dans les deux toilettes des milliers de fois ! Elles sont toujours beaucoup trop grandes ! Il y en avait d'autres dans cette taille ?

— Non.

— Évidemment, marmonna le jeune homme.

— Pourquoi y a-t-il tant de bottes là-dedans ? » s'enquit Susan. En plus des étagères chargées de combinaisons de travail bleues soigneusement pliées, il y avait rangée sur rangée de grosses bottes noires bien cirées dans la vaste pièce, plus proche d'un vestiaire de salle de sport que de ce qu'on s'attend à voir au fond d'une librairie. Des bottes très grandes, pesantes et sans doute inconfortables.

« Ce sont de vieux machins de cérémonie, répondit Merlin avec un frisson. On est obligés de les porter de temps en temps. Viens, le grand-oncle Thurston et la grand-tante Merrihew sont à l'étage. »

Susan monta deux marches et s'arrêta. L'escalier central était plus vieux que le reste de la maison : il datait du Moyen-Âge plutôt que du XVIIIe siècle, avec ses rampes de chêne noir et ses marches de bois brut. Elle leva les yeux et vit que la cage d'escalier montait sur au moins cinq étages, soit un de plus que ce qu'elle avait compté de l'extérieur. En baissant les yeux, elle constata que les marches disparaissaient dans l'obscurité au bout de trois ou quatre volées. Pas d'éclairage électrique dans les profondeurs, pas même les vieilles lampes ternes qu'elle distinguait dans les étages.

« Oui, il y a un genre d'appartement-terrasse qu'on ne voit pas de la rue, fit Merlin d'un air jovial. Et les escaliers s'enfoncent très loin. La maison a été construite autour des vestiges d'une autre plus vieille et par-dessus une structure plus ancienne encore. Suis-moi.

— J'ai dû digérer pas mal de choses ces derniers jours, déclara Susan d'un air buté en s'asseyant sur la première marche. Je devrais être en train de sangloter dans un coin en espérant me réveiller de ce rêve affreux.

— Vraiment ? » Merlin redescendit quelques marches. « Euh… Ça va ? »

Elle prit un instant pour réfléchir, puis hocha la tête : « Oui. Je me demande si ce n'est pas une forme de choc différé. Je vais me mettre à délirer bientôt. » Elle hésita avant d'ajouter : « D'une certaine façon, ce n'était pas… totalement inattendu.

— Être entraînée dans une foire de mai mythique par des gobelins dansants ?

— Oui… » Elle fronça les sourcils. « Je n'en sais peut-être pas assez pour avoir peur comme je le devrais.

— Peut-être. » Merlin paraissait sur le point d'ajouter quelque chose, mais il s'abstint et reprit bruyamment son ascension des marches. « Dernier étage ! Allez ! »

Susan se leva et le suivit, toutefois elle s'arrêta net sur le palier du premier. Les portes cintrées de deux mètres cinquante de haut qui menaient vers la droite et la gauche à cet endroit étaient décorées de scènes issues de pièces de Shakespeare. La porte de gauche montrait les sorcières et Macbeth rassemblés autour d'un chaudron métallique bizarrement disproportionné car presque aussi haut que les femmes. Sur celle de droite figuraient Prospero et Miranda de *La Tempête*, et Caliban tapi derrière eux, dans la pénombre d'une caverne près de la mer.

Susan reconnut aussitôt ces peintures, ou du moins les identifia-t-elle comme des versions plus imposantes de tableaux d'une artiste obscure du XVIIIe siècle du nom de Mary Hoare, dont elle n'avait entendu parler que parce qu'il s'agissait d'une des peintres préférées de son enseignante d'arts plastiques, Mrs. Lawrence.

« Ce sont des Mary Hoare ! s'exclama-t-elle en les examinant de plus près. Mais beaucoup plus grands que ses toiles… et à l'huile. Quelqu'un est au courant que vous avez ça ?

— J'espère que non, répondit Merlin. Mary Hoare était des nôtres, tu sais. Une droitière. Il y a beaucoup d'artistes visuels chez les droitiers. Nous, les gauchers, nous sommes plus portés vers la poésie et la musique. Je crois que sa Miranda est plus ou moins un autoportrait. Et le chaudron est… disons… aussi basé sur… Peu importe. »

Susan ne prêta pas attention à la soudaine volte-face du jeune homme concernant le chaudron. Elle se pencha un peu plus vers la porte peinte.

« S'il s'agit d'originaux, ils remontent à… autour de 1800 ?

— 1796, rectifia le libraire. Il faut vraiment qu'on se dépêche…

— Je les adore ! » Elle reprit son ascension. « Il y en a d'autres ?

— Euh, non. Enfin, pas d'autres Mary Hoare. Pas si vite ! »

Susan avalait les marches trois par trois, mais elle ralentit en atteignant le palier suivant, et Merlin l'entendit soupirer de déception. Les portes ici étaient en acier gris, les bords garnis de rivets, et n'auraient pas déparé sur un navire. C'était d'ailleurs de là qu'elles venaient : il s'agissait des portes blindées du dépôt de munitions du HMS *Benbow*, un cuirassé de la Première guerre mondiale.

« Celles-ci viennent d'un cuirassé, expliqua-t-il en suivant Susan vers l'étage d'après. Un certain nombre de gens ont été chargés de la décoration intérieure au fil des ans et, vu qu'on ne laisse quasiment jamais de visiteurs dépasser les limites de la librairie, il n'y a jamais eu de volonté d'uniformisation…

— Vous ne laissez quasiment jamais entrer de visiteurs ? répéta la jeune femme. Et moi, alors ?

— Tu es une exception, à l'évidence. Maintenant, je me demande si tu sauras me dire quel artiste a produit les portes suivantes ? »

Susan s'arrêta de nouveau lorsqu'ils atteignirent le palier du troisième étage.

« Non… Mais elles sont magnifiques. Un Allemand, je dirais ? »

Les portes à cet étage étaient très anciennes, et chaque battant était serti de neuf panneaux de tilleul sculptés représentant des scènes de la vie médiévale dans un style gothique tardif. On y voyait des paysans à la moisson, des marchands qui pesaient des pièces, des chevaliers au tournoi, des moines dans leur scriptorium, un chariot arrêté au péage… et plusieurs montraient des libraires entourés de leurs marchandises, mais avec des épées cachées sous les livres, et des créatures étranges, dont un dragon. Tous magnifiquement reproduits et incroyablement ciselés.

« Tu es douée, commenta Merlin. Elles sont l'œuvre de Tilman Riemenschneider, un sculpteur du XVe siècle. Essentiellement à Würzburg, même s'il a sculpté ces scènes ici.

— Un droitier ? s'enquit Susan.

— Oh non, il n'est pas de chez nous, mais il avait une dette envers un des membres de la famille et il nous a fabriqué ces panneaux. Les portes des deux étages suivants sont parfaitement ordinaires, je le crains, mais nous avons une quantité raisonnable d'œuvres d'art dans toute la maison et ailleurs. Je pourrai peut-être te faire visiter, un de ces quatre. Avant qu'on aille dîner à deux, par exemple. Les gens ont tendance à nous donner des choses quand on leur file un coup de main, et les droitiers sont des collectionneurs d'art invétérés.

— *Invétérés*, tu marques des points », commenta Susan alors qu'ils poursuivaient leur chemin. Elle choisit d'ignorer l'allusion au fait qu'ils allaient bel et bien sortir ensemble quelque part. « Je n'ai jamais entendu personne employer ce terme.

— Nous vivons au milieu des livres, fit Merlin en haussant les épaules.

— Est-ce que les gauchers collectionnent aussi quelque chose ? » demanda la jeune femme en passant devant les portes du palier suivant, qui se révélèrent très décevantes et n'auraient pas déparé dans son lycée construit dans les années 50.

« Les armes. »

Il y avait trois portes sur le palier du cinquième, où débouchait l'escalier principal. Celles de droite et de gauche étaient similaires aux portes de l'étage précédent – de banals articles d'usine, des horreurs d'après-guerre en contre-plaqué peint dont le seul trait saillant était qu'elles paraissaient bien plus récentes que le reste du bâtiment.

Mais il y avait aussi une porte droit devant qui, bien que vierge de toute œuvre d'art, avait le lustre sombre et impressionnant de l'acajou très ancien et très ciré. Elle ne comportait ni poignée ni bouton, mais un heurtoir au beau milieu – un anneau dans la gueule d'un lion dont l'impressionnante crinière de bronze s'étalait sur au moins trente centimètres dans toutes les directions.

Merlin alla jusqu'à la porte et toqua trois fois.

« Ne t'inquiète pas, dit-il en regardant par-dessus son épaule. Tout va bien se passer.

— Comment ça ? » fit Susan, qui n'envisageait pas que ça se passe mal. Jusqu'à ce que Merlin évoque cette possibilité. « Qu'est-ce que tu veux dire ?

— Je suis de ton côté », répondit-il en reculant comme la porte s'ouvrait.

Il n'y avait personne, rien qu'un escalier étroit entre deux murs de pierre mal crépis. Les marches étaient couvertes d'une épaisse moquette rouge maintenue par des tringles en bronze, et éclairées par des lampes à gaz que Susan entendit siffler en montant.

« Pourquoi aurais-je besoin d'avoir quelqu'un de mon côté ? Et pourquoi les lampes à gaz ?

— Les aînés sont vieux, ils aiment ce qui leur est familier, expliqua Merlin. Une forme d'affectation, je suppose. On y est tous un peu sujets. »

La jeune femme le regarda en se demandant depuis combien de temps il n'y avait plus une seule maison éclairée au gaz à Londres et même dans tout le Royaume-Uni. Mais comme son ami n'avait pas l'air enclin à ralentir ou fournir de plus amples explications, elle le suivit.

L'escalier se prolongeait et, au fil de leur ascension, le crépi disparut et la maçonnerie se fit plus visible.

Enfin, après ce qui parut à Susan au moins trois ou quatre volées de marches, ils parvinrent devant une autre porte de bois brut. Merlin toqua encore une fois, de sa main gauche gantée, et la porte s'ouvrit aussitôt sur une grande femme élégante d'une trentaine d'années à la peau très noire, ses longs cheveux retenus dans un filet doré, vêtue d'une robe en soie rouge vif qui lui descendait jusqu'aux chevilles et de bottes de combat en toile. À contre-jour dans l'encadrement de la porte, sa silhouette était saisissante.

Elle tenait un stylo-plume au corps émaillé bleu dans la main droite et un cahier dans la gauche. Susan crut un instant qu'elle portait un unique gant de tissu argenté avant de voir que c'était en réalité sa main gauche qui luisait ainsi et qu'elle ne portait pas du tout de gant.

« Cousine Sam ! s'exclama Merlin. J'ignorais que tu étais de retour. Tu écris un poème ?

— En effet, répondit Sam. Retour obligatoire pour lecture fortifiante et composition poétique thérapeutique suite à mon embarras avec les pierres de Rollright et l'Œil d'argent. Tout ça pour qu'on me traîne finalement hors de mon bureau afin de jouer les gardes du corps auprès des aînés, puisqu'une certaine agitation semble régner.

— Sonnet ? Villanelle ? Chanson ? s'enquit Merlin.

— Limericks, répondit gravement Sam. Des limericks avec un thème commun.

— J'ai hâte d'être à la prochaine soirée poésie, fit le jeune homme. Est-ce que tu... »

Une voix de femme bourrue à l'accent écossais retentit derrière Sam, l'interrompant.

« Sam ! C'est Merlin et la fille ? Dis-leur de se presser, j'ai pas toute la journée, moi ! »

Sam s'écarta et leur fit signe de passer. Susan suivit Merlin dans un très grand espace ouvert doté d'immenses portes-fenêtres sur chaque mur. Elle voyait Hyde Park à l'ouest, les maisons du côté sud de Stanhope Gate et l'hôtel Dorchester au nord, mais ils étaient tous curieusement plus bas qu'eux, alors qu'elle aurait juré que l'hôtel au moins se dressait beaucoup plus haut que la librairie. Il avait cessé de pleuvoir, et le ciel était plutôt bleu, mais il ne s'approchait pas de la perfection de celui de la foire de mai où les gobelins les avaient emmenés.

Sam prit place dans un fauteuil près de la porte et ouvrit son cahier. Une épée dans son fourreau reposait sur le mur près d'elle, à côté d'un AK-47, d'un sac à munitions en toile contenant trois chargeurs incurvés et d'un bâton de prunellier fort semblable à celui qu'Audrey conservait dans son taxi. Susan s'efforça de ne pas regarder la main légèrement luisante de la cousine et y parvint au bout de deux ou trois secondes passées à la fixer.

De l'autre côté de la pièce, elle remarqua une statue en bronze grandeur nature d'un homme – *L'Âge d'airain* de Rodin ou plus probablement une copie, car elle avait l'air un peu cabossée et qu'on la traitait de façon très cavalière : un vieux trench Burberry et un genre de cape imperméable étaient posés sur sa tête. À part la sculpture et un large tapis persan ou turc aux couleurs défraîchies, la vaste salle ne comportait que peu de meubles. Un canapé des années 20 style vaguement art déco et trois fauteuils club en cuir vintage se faisaient face au milieu de l'espace, et entre eux, en guise de table basse, se trouvait un grand tonneau à whisky coupé en deux et couronné d'une plaque de verre, ses flancs couverts d'une inscription en lettres rouge fâné de quinze centimètres de haut : « Milltown 1878. »

Deux personnes âgées de soixante-dix ans voire plus posèrent leur livre et se levèrent de leur fauteuil pour les saluer. Un homme aux cheveux blancs et au visage buriné, carré des épaules, qui devait mesurer pas loin de deux mètres dix et portait un costume de tweed fatigué et un gant de cuir brun à la main droite. Une femme beaucoup plus petite et frêle, encore belle malgré ses nombreuses rides, sa chevelure d'un blanc éclatant tirée en arrière et retenue par un ruban noir. Elle avait revêtu une tenue parfaitement excentrique : une veste de pêcheur verte qui débordait de mouches colorées alignées sur des boucles au-dessus des poches, portée sur une robe noire sans manches en coton qui mettait en valeur ses bras étonnamment musclés – bien que ridés – et son tatouage aux couleurs passées représentant une longue dague et trois gouttes de sang sur l'avant-bras gauche. Un gant de jardinage en caoutchouc équipait sa main gauche.

« Grand-oncle Thurston, grand-tante Merrihew, je vous présente Susan Arkshaw, annonça Merlin.

— Et c'est pas trop tôt, répondit Merrihew avec son accent écossais prononcé. Comme tu le sais, tout ça tombe très mal, Merlin. Approche, jeune fille. On ne te mordra pas.

— Moi au moins, pour sûr, gamine, gronda Thurston. Rien à craindre. »

Il s'exprimait avec un fort accent du Yorkshire. Susan se dirigea vers les fauteuils en regardant l'un puis l'autre, notant que Thurston lisait *Un Lointain miroir*, de Barbara Tuchman, dans lequel il avait soigneusement placé un marque-page avant de le refermer, tandis que Merrihew avait simplement posé son édition de poche de *La Nuit du tigre*, de Margery Allingham, ouverte à plat sur le tonneau qui faisait office de table.

Mais elle remarqua par-dessus tout leurs voix respectives. Elle n'y avait pas vraiment réfléchi jusque-là, mais Merlin s'exprimait comme un ancien élève d'un lycée chic. Audrey avait un parler populaire. Sam près de la porte un accent canadien, ou américain adouci. Et voilà qu'elle se trouvait face à une Écossaise et ce grand paysan du Yorkshire. C'était déroutant à ses yeux, comme pour n'importe quel citoyen britannique qui, au départ du moins, associait chaque accent à une classe sociale, consciemment ou non.

« Il y a toujours maints dangers à craindre, en réalité, commenta Merrihew. Nous ferions peut-être même mieux d'avoir peur de *toi.* »

Chapitre sept

Il y avait à Londres un libraire
Qui portait un gant ma foi fort vert
Ainsi qu'un costume tout bleu
Un pistolet ou deux
Une vraie panoplie de libraire

« Peur de *moi ?* fit Susan, stupéfaite. Pourquoi auriez-vous peur de moi ?

— Bah, ce n'est qu'un exemple. Nous ignorons si nous devons ou non avoir peur, parce qu'il nous manque des informations, répondit Merrihew. Un peu de thé ?

— Euh, oui, merci, dit la jeune femme. Écoutez, je ne comprends pas. Je ne comprends rien du tout, en fait.

— Assieds-toi, gamine, assieds-toi, conseilla Thurston en désignant l'un des fauteuils de sa grande main droite gantée. Ce que Merry veut dire, c'est qu'on a été intrigués que le garde *raud alfar* te tire dessus comme si tu représentais une menace pour eux, et v'là qu'on essaie de t'empêcher de venir ici aujourd'hui – d'abord des voyous et puis des gobelins de la foire de mai, par-dessus le marché, en plein jour !

— Alors une question se pose : es-tu responsable de ces deux incidents ? expliqua Merrihew. Ces deux prétendues tentatives d'enlèvement étaient-elles des mises en scène ? Pour nous éviter ?

— Quoi ? » s'exclama Susan en bondissant presque hors du fauteuil dans lequel elle allait s'asseoir. Elle regarda Merlin, qui lui adressa un sourire penaud. « Je ne savais rien de l'ancien monde ni de quoi que ce soit avant de rencontrer Merlin. J'étudie les beaux-arts – enfin, bientôt. Et je veux découvrir l'identité de mon père, c'est tout. »

Merrihew se tourna vers Thurston, qui hocha la tête. Il s'assit et se mit à fouiller dans son gilet.

« Bon, bon, elle dit la vérité, dans la limite de ce qu'elle en sait, grommela-t-il. Nos excuses, Miss Susan. Il est où, ce thé ?

— Je vais me renseigner, grand-oncle », dit Merlin en fuyant la scène, poursuivi par le regard noir de la jeune femme. Elle fut surprise de le voir disparaître dans une alcôve qu'elle n'avait pas encore remarquée, dont une main jaillit et l'attira à elle. Une main féminine, fine – une main droite au gant de satin boutonné au niveau du poignet.

Elle ressentit un léger pincement de jalousie qu'elle dut fermement étouffer. Une fois de plus, elle se répéta que Merlin n'était pas le petit ami idéal : il était manifestement plus amoureux de lui-même qu'il ne le serait jamais de quiconque. L'intérêt qu'il lui portait ne durerait sans doute que le temps de la séduire, et elle n'avait pas envie de ce genre de relation. Sa mère était trop souvent tombée dans ce piège-là.

L'idée l'effleura quand même que Merlin était aussi plus fascinant que ce pauvre Lenny. Qu'elle avait toujours plus ou moins vu comme un bouche-trou. Certes, il jouait admirablement du cor d'harmonie, savait se servir de ses doigts et avait de beaux cheveux bouclés, mais il lui manquait quelque chose…

« Maintenant, pourquoi ne pas nous raconter votre rencontre avec les gobelins ? fit Merrihew. Audrey nous a dit qu'ils vous avaient entraînés dans leur danse. Comment vous êtes-vous échappés de la foire ? C'est Merlin qui a remarqué le détail déplacé ?

— Non, non, c'est moi », répondit Susan en renonçant à une comparaison défavorable entre Lenny et Merlin. Elle brandit la fleur de verre. « Il s'agissait de cette fleur… Sauf qu'elle était vivante et transparente, alors que tout le reste était très coloré.

— Ah, les gauchers ne sont pas bien doués pour ce genre de choses », déclara tranquillement Thurston en ouvrant la bourse en cuir qu'il avait extraite de son gilet pour y prélever une pincée de tabac, tout en fouillant son autre poche en quête d'une pipe ou de papier à rouler. « Mais pour la bagarre, y a pas mieux, bien sûr. Donc, reprenons du début, quand ces fichus gobelins ont fait la ronde, qu'est-ce qui s'est passé ? »

Merrihew renifla mais s'abstint de tout commentaire.

Susan leur raconta du mieux qu'elle pouvait. Elle remarqua que Merlin tendait l'oreille depuis l'alcôve où l'on préparait le thé.

« Hmmm, intéressant, commenta Thurston. Et le chien a lâché le bâton quand tu le lui as ordonné, hein ? Je commence à me dire qu'on aurait peut-être nous aussi besoin de savoir qui est ton père, gamine.

— Pourquoi ? demanda carrément la jeune femme.

— Eh bien, les *Raud Alfar* estiment que tu représentes un danger pour eux », expliqua-t-il en agitant la main pour ponctuer son propos, répandant par la même occasion de la poussière de tabac. « Quant aux deux larrons qui te cherchaient, l'inspecteur Greene nous dit qu'elle n'en a pas tiré trois mots cohérents : ils sont complètement cuits, et j'en conclus qu'un bougre de notre province particulière interfère avec des esprits humains. Ils faisaient partie du gang des bouteilles de lait, à Birmingham. Ni Greene ni nous n'avons connaissance de liens entre ce gang et l'ancien monde, ni ici ni là-bas. D'ailleurs, le crime organisé s'acoquine rarement avec des créatures mythiques, et inversement. Certains mortels sont attirés par l'idée de servir des entités malignes – les adeptes des cultes mortuaires, par exemple, mais pas les malfrats de base. Pas du tout. »

Il marqua une pause, pour ménager ses effets, peut-être, mais sans doute plutôt pour empêcher sa pincée de tabac de totalement lui échapper.

« Quand on songe en prime aux rares personnages ou entités capables de forcer ou d'inciter les gobelins à enlever deux mortels en plein jour – dont un libraire... Eh bien, on se dit qu'il se trame quelque chose. Et quel est le lien entre tous ces événements ? Susan Arkshaw. Et le plus marquant chez elle ? Son père inconnu.

— Ce sont mes affaires, protesta Susan. Je n'ai pas demandé que quiconque se mêle de mon histoire familiale.

— Et on n'en a pas spécialement envie, répondit Thurston. Pour tout dire, ça tombe plutôt mal...

— *Extrêmement* mal, surtout que c'est probablement sans importance, l'interrompit Merrihew, agacée. Il est où, ce thé ?

— Ça vient ! » lança Merlin. Un cliquetis de tasses, soucoupes et couverts en provenance de l'alcôve vint confirmer cette annonce, accompagnée de quelques phrases à voix basse.

« Comme j'allais te le dire, reprit Thurston, nous pouvons t'aider à découvrir qui est ton père... ou qui il était... bien plus vite que tu ne pourrais le faire toute seule. Ou même avec l'aide de quiconque. Ah ! »

Il dénicha sa pipe dans une poche intérieure. Avec son tuyau recourbé et son énorme fourneau, on aurait cru qu'il l'avait volée à un hobbit, songea Susan, qui était une inconditionnelle de Tolkien. Il entreprit de bourrer sa pipe avec ce qui restait de la pincée de tabac qu'il agitait plus tôt.

« J'espère que tu n'as pas l'intention d'allumer cette monstruosité », fit Merrihew alors que Thurston la portait à sa bouche et recommençait à tâter les poches de son gilet. « Tu te rappelles ? Il est strictement interdit de fumer dans les librairies, maintenant. Depuis l'année dernière. On était tous d'accord.

— Ah, oui, grommela-t-il en reprenant sa pipe d'un air triste.

— Le thé est prêt », annonça Merlin.

Ou quelqu'un d'autre, d'ailleurs. Quelqu'un qui sonnait comme lui, mais avec une voix moins forte, un peu voilée. Susan tourna la tête et vit une jeune femme qui ressemblait beaucoup à Merlin tel qu'elle l'avait vu la première fois, en costume. Dans le cas présent, une veste bleu marine à rayures bleu pâle sur une chemise en soie bleu poudré, avec une cravate dénouée aux couleurs d'une école ou d'une université que ceux qui s'intéressent à ces choses auraient sûrement reconnue. Elle était un peu plus potelée que lui et mesurait quelques centimètres de plus, alors même qu'elle portait des chaussures plates et lui des Docs. Un gant de satin bleu pâle couvrait sa main droite, qui tenait un pot à lait en porcelaine noir et blanc en forme de vache. Près d'elle, Merlin portait les tasses, les soucoupes, les cuillers et le sucrier sur un plateau d'argent.

« Tu dois être Viviane, dit Susan.

— Hélas, mon jeune frère et moi nous ressemblons », répondit celle-ci, attendant un instant que Merlin pose le plateau sur la table basse avant d'y déposer le pot à lait. Elle tendit la main à Susan, qui se leva pour la serrer, puis elles s'assirent toutes les deux.

« Bienvenue à la nouvelle librairie, dit Viviane. Et merci d'être venue nous voir. Je crois qu'on a un peu oublié cette partie, non ?

— Pfff », renifla Merrihew tandis que Thurston agitait la main en un geste qui pouvait vouloir dire n'importe quoi mais qui constituait potentiellement une approbation, voire une forme d'excuse implicite.

« C'est Viviane qui a hérité de tous les grands airs de la famille », commenta Merlin. Il s'assit et s'empara de la théière. « Je verse ?

— Ils ont la main très sûre pour verser le thé, ces gauchers, il faut le reconnaître, dit Thurston.

— Merci, grand-oncle. Susan, du lait ? Et du suc…

— Les biscuits », l'interrompit soudain Merrihew. Elle se leva et se dirigea vers l'alcôve. « J'avais spécifiquement réclamé des biscuits.

— La grand-tante Merrihew est une *immense* amatrice de Pim's, intervint Merlin. Mais elle s'impose de n'en manger que lorsque nous avons des visiteurs. Ce qui, comme je l'ai déjà dit, n'arrive que très rarement.

— Pas de sucre, merci », fit Susan en prenant sa tasse. Elle la souleva pour en admirer les motifs. Ils ne lui étaient pas familiers – une alternance de bandes roses et fleuries – et elle retourna donc la soucoupe. Mais le nom du fabricant n'y figurait pas. La céramique comptait parmi ses centres d'intérêt – un domaine qu'elle envisageait encore d'étudier. Mrs. Lawrence avait délicatement essayé de canaliser les multiples enthousiasmes artistiques de la jeune femme vers un nombre de champs plus restreint, peut-être même deux – en vain.

« H & R Daniel, l'informa Viviane. 1830. Sauf le pot à lait, bien sûr. Marks & Spencer, je crois, il y a cinq minutes.

— Donc, ton père », reprit Thurston en regardant fixement Susan par-dessus le bord de sa tasse, qu'il vida ensuite d'un trait. « Ahh ! ça, c'est une bonne tasse. Trop petite, mais bonne. Ton père. Que sais-tu sur lui ? »

Susan se tourna vers Merlin, qui haussa le sourcil. Viviane se pencha en avant pour lui tapoter l'épaule.

« Nous allons t'aider, que tu le veuilles ou non, dit-elle. J'en suis navrée, mais il y a de très bonnes raisons à cela. L'ancien monde peut être extraordinairement dangereux, et le plus grand de ces dangers consiste à ignorer à quoi on a affaire. S'il te plaît, laisse-nous t'aider. »

Susan prit une profonde inspiration, et ils restèrent tous muets quelques secondes. Thurston se versa une nouvelle tasse de thé et marmonna quelque chose sur les avantages des mugs. Merrihew ne revenait pas de l'alcôve, où un bruit d'emballage froissé suggérait qu'elle s'acharnait sur un paquet de biscuits.

« J'imagine que je n'ai pas le choix, décida enfin Susan. Mais j'espère… j'espère ne pas me faire entraîner dans d'autres…

péripéties. Je veux découvrir l'identité de mon père, travailler cet été et commencer les cours. C'est tout.

— Eh bien, une chose à la fois, dit Viviane, ce qui ne la réconforta en rien. Je sais que tu es allée voir Frank Thringley en pensant que c'était un candidat potentiel. Qu'est-ce qui t'y a poussée, et de quelles autres informations disposes-tu ?

— Frank était le plus facile à trouver. Il nous envoyait une carte à Noël, avec son adresse et tout. Mais avant même de voir… et de percevoir… sa bizarrerie, je n'y croyais pas vraiment. Maman a toujours été un peu dans la lune. Apparemment, elle a pris pas mal d'acide dans les années soixante – même si elle prétend que non – et elle disait que Frank était "l'un de ses amis", mais sur un ton différent des autres, si vous voyez ce que je veux dire.

— Ta mère est distraite, étourdie ? fit Viviane. Un peu déconnectée de la réalité ?

— Ça va, ça vient, répondit Susan, sur la défensive. Mais on pourrait la décrire comme ça, oui. »

Merlin lui versa encore du thé. Merrihew revint du coin cuisine avec une assiette de ses gâteaux au chocolat fourrés à l'orange préférés et s'assit. Elle plaça l'assiette sur ses genoux, prit un Pim's et se mit à manger.

Viviane et Thurston échangèrent un regard.

« Quoi ? réagit Susan.

— Eh bien, gamine… être dans la lune… pour certains mortels, cela peut indiquer un contact prolongé avec l'ancien monde. Du temps passé dans un endroit comme la foire de mai où tu as été emmenée, ou avec des entités décalées par rapport à notre monde. Voire une intervention directe sur leur esprit.

— Oh. » Susan ravala une larme en songeant aux difficultés de sa mère. « Je vois. C'est plutôt logique, en un sens. Elle a toujours dit qu'elle ne touchait pas à la drogue alors qu'elle traînait avec pas mal de groupes avant ma naissance… les Stones, les Kinks et d'autres, à les prendre en photo – elle est photographe et peintre. J'aurais dû la croire.

— Quels autres indices possèdes-tu ? » demanda doucement Merlin.

Elle sortit un étui à cigarettes en vermeil terni de l'une des nombreuses poches de sa combinaison de travail. Elle l'emportait partout avec elle depuis que sa mère le lui avait offert à son douzième anniversaire « de la part de ton père » avant de le nier un peu plus tard en prétendant ne l'avoir jamais vu. L'étui était aussi bien pratique pour transporter les rares indices supplémentaires collectés au fil des ans.

« Cet étui aurait appartenu à mon père », dit-elle en enfonçant le bouton qui en commandait l'ouverture, révélant un bout de papier plié et un carton rectangulaire à l'encre délavée. « Maman me l'a offert pour mon anniversaire. On était ici, à Londres, d'ailleurs. Elle a dit que quelque chose ou quelqu'un le lui rappelait, mais elle n'arrivait pas à mettre le doigt sur ce que c'était, et ensuite elle me l'a donné – mais elle a toujours refusé d'en reparler. Du coup, ça n'a pas été très utile.

— Est-ce que ce ne serait pas un écusson ou un monogramme, gravé là sur le dessus de l'étui ? fit Viviane.

— Peut-être, répondit Susan en orientant l'objet de façon à ce qu'ils puissent voir la gravure usée.

— J'imagine que ça pourrait être une tête d'animal quelconque, dit Thurston. Assez abstraite, avec toutes ces lignes droites. Pas un sanglier, ni un cheval ni un lion… mmm…

— Je l'ai soumis aux experts d'une émission télé qu'ils ont tournée à Bath il y a quelques années. Mais ils ne se sont pas montrés très intéressés. Leur spécialiste du vermeil a confirmé ce que j'avais déjà vérifié : elle m'a dit que tous les poinçons étaient erronés et en a conclu que c'était un faux.

» Il y a l'ancre qui symbolise Birmingham, le lion pour l'argent et une date : 1964. Mais il y a aussi une main, qui représente en général Sheffield, or il ne peut pas avoir été fabriqué à la fois à Sheffield et Birmingham, évidemment. Et puis la main est à l'envers, de toute façon. L'experte n'a pas non plus reconnu la marque du maître orfèvre. C'est un genre de rune, mais pas nordique ou façon Tolkien. Inutile de dire que je n'ai pas été retenue pour l'émission.

— Birmingham ? Et un poinçon supplémentaire, hein ? Eh bien, eh bien... Je peux regarder ? » demanda Thurston.

Il sortit une loupe de son gilet et l'ajusta devant son œil. Susan garda les papiers et lui tendit l'étui.

« Le carton est passé à la lessive, dit-elle en le posant sur la table. Mais on distingue encore l'inscription "Ticket pour la salle de lecture" et un numéro tronqué : deux chiffres illisibles puis sept et trois. Mais le nom était inscrit à l'encre bleue et il est presque complètement effacé. Je me disais que c'était peut-être pour la salle de lecture de la British Library.

— Non, répondit aussitôt Viviane. La forme et l'allure générale ne correspondent pas. Il s'agit d'une bibliothèque privée. On peut facilement la retrouver, et on pourrait même reconstituer le numéro, voire le nom.

— Avec l'aide de la magie ?

— Non. On va commencer par des méthodes plus classiques. Notre atelier de restauration se trouve dans la vieille librairie – ce qui est parfaitement illogique puisque tous les ouvrages anciens sont ici...

— Il se trouve qu'il y a plus de place et de luminosité à la vieille librairie, intervint Thurston en relevant le nez de l'étui à cigarettes. Nous ne manquons pas de méthode, jeune fille.

— Bref, reprit Viviane. Tante Hélène et tante Zoé figurent parmi les meilleures spécialistes mondiaux de la conservation du papier. Des tas de musées nous envoient des livres et des documents pour enquête, restauration et préservation. Je suis certaine que nous pouvons trouver d'où vient ce ticket, et même récupérer le nom.

— C'est bien ce que je pensais, fit Thurston en rendant l'étui à Susan. Harshton & Hoole, nos orfèvres droitiers. Argent premier titre, Birmingham, 1964. Le poinçon à la main renversée indique qu'il s'agissait d'un cadeau destiné à encourager un accord ou une alliance entre des entités mythiques qui devaient avoir forme humaine à l'époque. Bien que je ne me rappelle rien de ce genre au début des années soixante. Ni étuis à cigarettes…

— On doit pouvoir retrouver l'information, dit Viviane. Quoique… 1964 ? Il y a eu un incendie chez Harshton & Hoole cette année-là, non ? Ou était-ce en 1963 ?

— En effet, en 1964, gronda Thurston. Un problème électrique. Le bâtiment aurait dû être intégralement rénové après la guerre – il a été abîmé pendant le Blitz –, et on a été obligé de le faire de toute façon en 1970. Mais très peu de choses ont été perdues dans l'incendie de 64. Leurs documents étaient archivés dans la mine avec ceux de tout le monde.

— Ça ne remonte pas si loin, l'orfèvre qui l'a fabriqué travaille sûrement encore, remarqua Viviane. J'écrirai pour leur demander.

— Et t'auras de la chance si tu reçois une réponse avant le solstice, les connaissant, grogna le grand-oncle. Bref, on a l'étui, le ticket… et qu'est-ce qu'il y a sur ton bout de papier ?

— Une liste de noms, dit Susan. Maman ne me donnait jamais des noms complets, ou elle n'en était pas capable, mais parfois elle mentionnait des gens et des événements, ou avec qui elle avait fait quoi, et j'ai établi une liste des hommes dont elle a parlé plusieurs fois. Mais je ne sais pas quels prénoms associer avec les noms de famille. À l'exception de Frank Thringley, que je connaissais grâce aux cartes de vœux. Et comme je le disais, quand maman parlait de lui, ce n'était pas sur le même ton que les autres.

« Alors, qu'est-ce que ça donne ? » s'enquit Viviane.

Susan déplia la feuille et la lissa sur la table. Tout le monde se pencha dessus, sauf Merrihew qui attaquait son troisième biscuit et risquait de faire tomber l'assiette si elle suivait le mouvement.

« Eh bien, vous voyez : j'ai John, Magnus, Edwin et Rex. Mais trois noms de famille seulement sont revenus plusieurs fois, et je n'ai pas su les relier à un prénom ni aux événements dont elle parlait. Il y a Smith – je sais, totalement inutile –, Asher ou Usher, et Liston ou Biston, ou quelque chose qui finit en -iston. »

Merrihew émit un bruit – un commentaire, peut-être, mais qui ne franchit pas la bouchée de Pim's.

« Oh, mais pose donc tes biscuits, Merry ! s'écria Thurston d'une voix de stentor. Tu vas te rendre malade !

— Oui, oui, je sais. » Irritée, elle prit un dernier biscuit – son quatrième – et posa l'assiette sur la table. « Mais ça fait des années qu'on n'a pas eu de visiteur !

— Ces noms, c'est une base de travail bien fragile, commenta Viviane. Mais on aura peut-être davantage de réussite avec des choses plus ordinaires. Je sais que l'inspecteur Greene a déjà établi un dossier sur toi, et elle va nous le transmettre. Encore une fois, mes excuses, je sais que ça peut paraître intrusif...

— Parce que ça l'est !

— Oui. Mes... Nos excuses. Mais il faut en passer par là. Comme nous n'avons pas encore le dossier, pour mes notes personnelles, si ça ne te dérange pas... tes date et lieu de naissance ? J'imagine que ton acte de naissance ne mentionne pas ton père ?

— Non. Père inconnu, le 1er mai 1965, répondit Susan. Pourquoi vous n'arrêtez pas de vous regarder ?

— Pardon, gamine. La naissance au 1er mai, tu vois, c'est révélateur, fit Thurston avec un accent du Yorkshire de plus en plus prononcé. L'ancien monde se rapproche du nouveau en certaines occasions, et c'en est une.

— Le 1er mai, répéta Viviane, songeuse. Tu sais à quelle heure ?

— À l'aube. Maman dit toujours : avec le soleil. Peut-être encouragée par le nom du pub où c'est arrivé.

— Ce pub, quel est son nom, et où était-il ? demanda la jeune libraire.

— Le Soleil-en-splendeur, dans un village à trois kilomètres de Glastonbury. Maman rendait visite à des amis musiciens qui vivaient tout près dans un bâtiment au “délabrement grandiose”, comme elle dit, et je suis arrivée plus tôt que prévu. Elle est partie pour la maternité, mais elle n'est pas allée plus loin que le pub.

— Glastonbury, souffla Thurston. Le val d'Avalon…

— Tu disais tout à l'heure que tu venais souvent à Londres pour ton anniversaire, intervint Merlin avec empressement. Le 1er mai. Tu étais là – à Londres, je veux dire – le 1er mai 1977 ?

— Mon douzième anniversaire. Oui.

— Est-ce que tu te rappelles où vous logiez, où vous êtes allées ? » Il leva la main pour empêcher Viviane de l'interrompre.

« Là où on logeait à chaque fois : un hôtel miteux près de la gare Victoria. Je crois que maman connaissait la famille des propriétaires. Ils lui faisaient un bon prix. Il n'existe plus : il a été détruit pour construire un immeuble de bureau. On ne vient plus depuis qu'il a fermé, c'était il y a trois ans. Pourquoi ?

Merlin regarda sa sœur.

« Notre mère s'est fait tuer le 1er mai 1977, à moins d'un kilomètre et demi de la gare Victoria. On n'a jamais su pour qui elle achetait ces fleurs… et elle a été victime de malfrats dont quelqu'un avait trafiqué l'esprit, comme les deux qui ont voulu enlever Susan aujourd'hui. Il y a forcément un lien !

— Pure coïncidence ! trancha Merrihew. Rien n'indique le contraire.

— La ressemblance est ténue, ajouta le grand-oncle. Quand tu auras vécu aussi longtemps que moi, Merlin, tu verras que beaucoup d'événements ne sont que des coïncidences ou des accidents.

— Je veux mener l'enquête, s'entêta le jeune homme.

— Pas sur ton temps de travail », rétorqua Merrihew.

Thurston soupira et se frotta l'arête du nez – qu'il avait crochu – de sa main gantée. « C'est Merrihew qui dirige les gauchers, mais tu as le droit de faire ça sur ton temps libre. Pour l'instant, trouver le père de miss Susan fait sans doute partie des priorités. Viviane, tu peux prendre la pointe sur cette question. D'accord, Merry ?

— On va dire que oui, répondit la grand-tante en ôtant les miettes de ses lèvres à l'aide d'un mouchoir noir. Je suis très contrariée que cette affaire surgisse maintenant, alors que la vieille carpe remonte dans l'étang de la carrière. Mais on dirait que cette fille est au centre de *quelque chose*, donc il nous faut sans doute un peu plus d'informations pour correctement traiter son cas.

— Vous êtes très malpolie, s'offusqua Susan. Je ne suis pas "cette fille" : j'ai un nom ! Et qu'est-ce que ça veut dire, "traiter mon cas" ?

— Je suis très malpolie, concéda Merrihew.

— Je crois qu'on ferait bien de détacher quelqu'un pour assurer sa protection, fit Thurston. Jusqu'à ce qu'on soit fixés.

— C'est vraiment nécessaire ? demanda la vieille.

— Oui », répondit Merlin.

Merrihew le regarda.

« Tu es en service réduit, toi, non ? J'imagine que tu peux t'occuper de… Susan.

— Quoi ? Tout seul ? Il faudrait qu'on soit au moins quatre pour une surveillance jour et…

— Tout le monde est occupé, le coupa-t-elle. Tu n'as qu'à loger chez Mrs. London jusqu'à ce qu'on ait réglé la question. Je vois ça avec Greene.

— Tu as dit qu'un Kexa rôdait le long du périmètre protégé de la pension de Milner Square la nuit dernière ? » demanda Thurston, hésitant.

« Ça peut très bien être aussi une coïncidence, fit Merrihew avec dédain. De toute façon, il ne peut pas franchir les protections.

— Mais d'autres créatures pourraient, insista Merlin. Et il y a l'aspect criminel.

— Ça, c'est un peu inhabituel, oui, dit Thurston. Bien que ce genre de problèmes soient parfois attirés par la simple présence de protections magiques. »

Le jeune gaucher n'avait pas l'air convaincu.

« Je demanderai à ceux qui conduisent les taxis cette nuit de passer s'ils peuvent, promit Merrihew en agitant la main. Ça devrait largement suffire. »

Merlin hocha la tête, insatisfait : il estimait clairement que ça ne suffisait pas.

« Vous croyez qu'il va… qu'il va encore se passer des choses ? s'inquiéta Susan.

— Mais non ! protesta Thurston en versant les dernières gouttes de thé dans sa tasse.

— Non, ajouta Merrihew en enfournant un nouveau biscuit.

— Oui », conclut Merlin.

Chapitre huit

Ancienne, ancienne et pointue
Pointue comme une lame
Lame acérée assoiffée
Assoiffée de sang
Du sang qu'elle pourrait boire

« Les jeunes se font toujours du mouron, répondit Thurston à Susan en ignorant Merlin. Mais ça ne sert sans doute à rien de se biler, et on finira par retrouver ton père le moment venu. Alors, file… »

Il s'interrompit brutalement et se raidit, comme un chien qui a flairé une odeur. Il inclina sa grosse tête sur le côté comme pour écouter quelqu'un ou quelque chose qu'il était le seul à entendre.

Susan se tourna vers Merlin, qui leva légèrement la main pour lui faire signe d'attendre.

Au bout d'une dizaine de secondes, Thurston soupira, se redressa et enchaîna :

« Les jeunes, on dirait que vous allez devoir présenter Susan à grand-mère.

— Comment ça ? s'étonna Merlin. Grand-mère ? Maintenant ?

— Oui, maintenant. Elle pourrait bien reconnaître la famille de Susan.

— Ça me paraît une affaire de routine, pour le moins. Faut-il vraiment impliquer grand-mère là-dedans ? demanda Merrihew.

— Elle est de cet avis. Tu n'es pas d'accord ? »

Merrihew soupira. « De laquelle s'agit-il ?

— J'en sais rien. Mais elle a parlé. »

La grand-tante grimaça. « Si elle a parlé, elle a parlé.

— Comment votre grand-mère va-t-elle reconnaître ma famille ? » s'enquit Susan. Mais personne ne répondit. Un long silence s'étira avant que Viviane ne reprenne la parole, et elle s'adressait aux deux vieux.

« Comment va grand-mère ?

— Comme toujours, j'imagine », répondit Thurston.

La jeune libraire tourna vers Merrihew un regard interrogateur.

« J'en sais rien, s'emporta celle-ci. Je ne suis pas allée la voir depuis des lustres. Moi, je dis : qu'on lui fiche la paix.

— Est-ce que quelqu'un l'a vue récemment ? demanda Merlin. Grand-oncle Thurston ?

— J'ai fait un tour en bas il y a quelques années. Peut-être cinq ou six ans. Il n'y avait rien qui soit digne de son intérêt. »

Il se hissa hors de son fauteuil et ôta les vêtements de *L'Âge de bronze.* Il tendit la cape de pluie à Merrihew et enfila son trench.

« Tout ira bien ! dit-il. Filez.

— Qu'est-ce que votre grand-mère… commença Susan.

— Je t'expliquerai, la coupa Merlin. Viens. On va voir grand-mère, et ensuite Viviane nous emmènera déjeuner quelque part.

— Certainement pas, s'insurgea la jeune libraire. D'abord parce que je m'efforcerai de découvrir qui est le père de Susan, et ensuite parce que je suis fauchée. Comme les blés. À sec. En partie parce que tu me dois cinquante livres, Merlin. Tu te rappelles ? »

Son frère baissa les yeux, l'air coupable.

« Bon, bah ce sera des sandwiches dans la salle de pause, alors. Quand on aura vu grand-mère.

— Très bien. Faites comme ça », gronda Thurston. Il surprit Susan en ouvrant une cache dans le ventre musclé du jeune homme sculpté par Rodin pour en sortir un combiné téléphonique. Le cordon serré pendait de façon assez obscène devant l'entrejambe de la statue de bronze.

« Ici Thurston. On s'en va. Je serai de retour à la boutique sous peu, ils n'ont pas intérêt à commencer à déballer sans moi. Demandez à Neil d'envoyer un taxi pour Merrihew. Elle va à... »

Il l'interrogea du regard. Elle portait une montre en plastique waterproof épinglée sur sa veste de pêcheur, comme une infirmière. Elle la releva pour la consulter.

« Direct à Paddington. J'arriverai peut-être à temps pour prendre le 12h47 qui s'arrête à Ledbury.

— Plus depuis 1965, répondit le grand-oncle. La restructuration ferroviaire, ça te dit quelque chose ? Tu n'auras rien avant le 14h26 pour Hereford. »

Merrihew haussa les épaules, contrariée. « Autant que j'aille tout de suite à la gare malgré tout.

— Merrihew va à Paddington », conclut Thurston à l'adresse de son correspondant.

Il reposa le combiné, ferma la cache et sourit à Susan.

« Je me réjouis que tout soit bientôt réglé, miss Arkshaw. Au revoir. »

Susan le salua de la tête et fit de même lorsque Merrihew agita la main avant de suivre son comparse vers les escaliers. Là, Sam, la cousine en faction avait cessé d'écrire ses Limericks et passé son sac de munitions en bandoulière, bouclé le fourreau à sa ceinture et pris l'AK-47, main gauche désormais gantée, peau argentée dissimulée. Elle précéda les deux aînés dans les escaliers. Le bâton de prunellier resta en arrière, appuyé contre le mur.

« Un Pim's ? marmonna Merlin, la bouche pleine.

— Non, merci. » Susan se pencha en avant et se prit la tête entre les mains. « Combien de temps ça va durer, ce cirque ?

— Qu'est-ce que tu entends par “ce cirque”, au juste ?

— Toi qui joues les gardes du corps, et moi qui suis la cible de malfrats et de gobelins.

— Eh bien, les gobelins de la foire de mai ne feront plus rien, répondit le libraire. Ils ont joué leur va-tout, je doute qu'ils aient la force de faire ne serait-ce qu'une danse de mai nocturne pendant quelques années.

— Ça ne répond pas à ma question.

— Ce n'est pas une question facile, intervint Viviane. Il y a plusieurs possibilités. La première, c'est qu'on découvre rapidement qui est ou était ton père et que cela nous permette ensuite de comprendre qui s'intéresse à toi et comment gérer la situation. À supposer qu'on puisse la régler de manière satisfaisante, tu ne courras pas plus de risques que n'importe quel autre mortel entré par hasard en contact avec l'ancien monde.

— Et j'imagine que les autres possibilités sont beaucoup moins positives me concernant », grinça Susan. Elle se tourna vers Merlin. « J'aurais préféré ne jamais te rencontrer !

— Dans ce cas, tu serais morte, à mon avis, ou prisonnière au moins, répondit celui-ci. C'est toi qui as choisi d'aller chercher Frank Thringley.

— J'allais partir quand tu es arrivé.

— Je ne crois pas, non. Il n'y avait qu'un seul moyen d'entrer et de sortir de cette maison : la fenêtre de l'étage. Je me demandais pourquoi les portes avaient été si soigneusement verrouillées et protégées. J'en ai conclu que c'était pour t'empêcher de sortir. Au moins jusqu'à ce que Thringley te remette à l'entité qui lui donnait des ordres.

— Vraiment ?

— Il dit la vérité, intervint Viviane. On est généralement capables de séparer le vrai du faux – un truc de droitier, tu vois. “Verum ponderet dextrum” : la main droite pèse la vérité.

— Et comme je te l'ai dit, tu m'as sauvé la vie ensuite, lui rappela Merlin. Ça veut clairement dire qu'on est faits l'un pour l'autre. »

La libraire renifla.

« Quoi que tu fasses, ne tombe pas amoureuse de mon frère. Les gauchers ne sont pas fiables dans ce domaine.

— Allez, Viviane ! Tu étais encore gauchère l'année dernière…

— Mais je ne le suis plus, si ? Qu'est-ce que vous avez tous avec les Pim's ? Si tu as fini de te goinfrer, on devrait emmener Susan voir grand-mère. Mieux vaut le faire maintenant, tant que le soleil brille.

— Il ne brille pas au sous-sol, fit remarquer Merlin.

— Le soleil affecte les choses, même si tu ne le vois pas, comme tu le sais parfaitement. Tout comme la lune. Allez ! »

Susan s'enfonça un peu plus dans son fauteuil, agrippée aux accoudoirs.

« Je n'irai nulle part tant qu'on ne me dira pas où ni pourquoi vous avez tous les deux l'air si nerveux à l'idée de voir votre propre grand-mère.

— Où, c'est facile, répondit Merlin. En bas. On pourrait sans doute parler de sous-sous-sous-sol. Plus bas que l'abri antiaérien de la guerre. Il y a un temple romain, un mithraeum… Quant à grand-mère… eh bien, comment dire...

— Ce n'est pas vraiment notre grand-mère à proprement parler. Ce sont… toutes nos grands-mères. Plutôt comme des vestiges spirituels qui occuperaient ces lieux, le coupa Viviane. Elles remontent à très loin, et on ne sait jamais bien à quelle… grand-mère précise on aura affaire. Elle varie.

— Donc, ce sont des fantômes ? demanda Susan.

— Nous n'utilisons pas ce terme. Nous les appelons des ombres – des vestiges mythiques d'entités fortement magiques autrefois vivantes…

— Bref, des fantômes, insista Susan. Sont-elles dangereuses ?

— Oui », répondit Merlin, en même temps que Viviane disait : « Non.

— Et non, poursuivit le gaucher. Ça dépend.

— Grand-mère n'est dangereuse que quand elle oublie que nous sommes parents, ou quand l'un des chiens décide qu'il n'aime pas notre odeur.

— Des chiens ? Quels chiens ?

— Eh bien, traditionnellement, les matriarches du clan Saint-Jacques ont toujours eu des chiens, et il y a donc les ombres de leurs chiens en plus des leurs.

— Et que se passe-t-il si elles oublient que vous êtes parents ou si les chiens n'aiment pas votre odeur ?

— On s'en va en courant, bien sûr. Le truc, c'est de rester près du portail. Et de porter des chaussures confortables. Tu es bien équipée de ce côté-là.

— Mais je ne suis pas du tout parente avec elles, protesta Susan.

— Oui, mais tu seras avec moi. Je te tiendrai la main, comme à la foire, promit Merlin.

— J'espère bien que non. Tu m'as tellement bien traînée partout que j'ai encore mal à l'épaule.

— En fait, vous savez quoi ? On peut mettre grand-mère de bonne humeur dès le début, s'exclama Viviane. Quelle que soit celle sur laquelle on tombe.

— Comment ça ? s'étonna Merlin. Ça leur arrive, d'être de bonne humeur ? Je ne l'ai rencontrée qu'une fois et elle était grincheuse comme pas possible. Et puis, comment tu le saurais ?

— Je suis déjà descendue trois fois et, contrairement à toi, je fais mes devoirs. Elle… enfin, toutes ses incarnations… aiment les cadeaux. Donne-lui ta rose de verre, Susan. L'œuvre de gobelins de la foire de mai. Elle pourra même sûrement la toucher. Elle va t'adorer.

— Je comptais la garder, soupira Susan.

— Elle ne durera que jusqu'au coucher du soleil, de toute façon, expliqua la libraire. C'est du travail de gobelin. Fabriqué sous le soleil, il disparaît au crépuscule.

— Oh. » Susan haussa les épaules et se leva. « D'accord. Je ne me rendais pas compte. Fallait s'y attendre. Autant la donner à votre... vos grands-mères, dans ces conditions.

— Si seulement on avait un os de gobelin en prime, marmonna Merlin. Pour le chien. J'espère que ce ne sera pas cet affreux lévrier irlandais, Nebrophonus. Ou bien ils sont tous comme ça ?

— La ferme, Merlin. » Viviane sourit à Susan. « Tout ira bien. Allez, viens. »

Susan jeta un dernier coup d'œil à la pièce avant de s'engager dans les escaliers. Elle ne comprenait toujours pas comment ils pouvaient être plus haut que les autres bâtiments mais, à part ça, tout avait l'air parfaitement normal. Le flux régulier du trafic sur Park Lane, les gens qui se promenaient dans Hyde Park, les traînées blanches des avions qui se dirigeaient vers l'aéroport d'Heathrow.

Dans l'escalier étroit qui ramenait à la maison elle-même, Merlin passa le premier tandis que Viviane fermait la marche.

« Votre vie est toujours comme ça ? demanda Susan alors que Merlin ouvrait la porte du cinquième étage. Une accumulation constante de problèmes avec des suçoteurs, des bogues, des gobelins et tout le reste ?

— Oh, non ! » Viviane se mit à rire. « Grands dieux, ce serait insupportable. Non, l'ancien monde est assez apathique de nos jours. On traverse une période très calme depuis le début des années soixante. De temps en temps, ça s'agite un peu, tout le monde court partout un moment, et puis le calme revient et on peut reprendre notre travail habituel. Très paisible. Comme le sera le reste de cette journée, je l'espère.

— Alors, qu'est-ce que vous faites quand vous n'êtes pas... euh... impliqués dans des trucs bizarres, comme dit l'inspecteur Greene ?

— Moi ? Je travaille à la vieille librairie trois jours par semaine, répondit Viviane comme ils franchissaient la porte et s'alignaient pour descendre les escaliers principaux à trois de front. Et j'en suis à la moitié de mon second diplôme à la London Business School.

— Tu fais une école de commerce ? dit Susan, dubitative.

— Je prépare un nouveau diplôme en gestion d'entreprise, à temps partiel. Ça s'appelle un MBA.

— Ploutocrate, commenta Merlin avec une certaine tendresse.

— Et toi ? demanda Susan au jeune homme. Tu as l'air de davantage "courir partout".

— Ça, c'est mon dynamisme naturel, répondit-il. Les gauchers font une plus grande part de notre travail visible, si on veut, dans la mesure où ce sont les agents de terrain. Et il y a l'entraînement, aussi. Mais, comme Viv, je travaille à la librairie au moins la moitié du temps. En général, je déplace des trucs, il faut bien le dire. Personne n'a l'air décidé à me laisser m'occuper des clients, alors que je doublerais les ventes, j'en suis sûr !

— Tu as fait un essai, rétorqua Viviane. Tu as surtout doublé le temps passé à discuter avec les clients et clientes au physique avantageux sans rien leur vendre.

— J'ai vendu cet exemplaire du *Grand Livre des nœuds* que personne n'arrivait à fourguer, protesta Merlin. Un bouquin relié à cinquante livres !

— Vendre un volume à cinquante livres en deux semaines, c'est bien moins utile qu'en écouler deux ou trois cents à deux ou trois livres pièce sur la même période. Et on m'a dit que tu n'avais rien réussi à vendre quand on t'a mis au contact de la clientèle ici, ce qui, vu les bibliophiles qui fréquentent les lieux, relève de l'exploit.

— Ils étaient tous vieux, grommela Merlin. Et puis Eric et Alison prenaient toujours les meilleurs.

— Le ministère public n'a rien à ajouter, railla Viviane.

— Ils pourraient peut-être m'affecter aux commandes spéciales. Ça vaudrait toujours mieux que la réserve.

— Tu t'énerverais en vérifiant la base de données bibliographiques et tu casserais le lecteur de microfiches. C'est pour ça que c'est un boulot de droitier.

— Tout le personnel est-il composé de libraires… aux mains spéciales ? » demanda Susan. Ils étaient arrivés au rez-de-chaussée, mais la descente se poursuivait. L'escalier se fit plus sombre puisqu'il n'y avait pas d'autre lumière que celle qui venait d'en haut.

« Pas tous, mais la plupart, répondit Viviane. Attendez une seconde. »

Ils s'arrêtèrent, deux niveaux sous terre – pourtant il y avait encore d'autres marches. La droitière passa la main sur le mur, où elle trouva un gros interrupteur industriel, qu'elle fit pivoter. Une lumière blafarde clignota au-dessus de leurs têtes, à peine suffisante pour éclairer les lettres fanées peintes d'un blanc cru sur une porte en acier rouillée : « Abri antiaérien, capacité 39 personnes ».

Elle révéla également une cagette posée par terre. Viviane s'agenouilla, y farfouilla et en retira trois bouts de chandelles fixés sur des soucoupes en porcelaine fêlée. Elle en confia une à Merlin et à Susan.

« Tends la main », dit-elle à la jeune femme avant de souffler sur la mèche avec un léger sifflement. Une étincelle quitta ses lèvres, et la bougie s'alluma – et faillit s'éteindre aussitôt : Susan l'avait lâchée et rattrapée dans le même mouvement. Elle la tint fermement, et la flamme grandit.

« Désolée. Je ne savais pas que tu faisais ce genre de choses.

— C'est facile, ici », assura Viviane. Elle alluma sa propre bougie d'un souffle, puis celle de Merlin. « Il y a pas mal de pouvoir mythique, et de plus en plus à mesure qu'on approche du vieux temple. Et de grand-mère.

— Et d'autres choses, ajouta Merlin.

— Quelles autres choses ? souffla Susan, sans bien savoir pourquoi elle murmurait.

— Oh, ne t'en fais pas, répondit-il. Grand-mère les tient en respect. On n'est plus très loin, maintenant. »

La température se mit à baisser à mesure qu'ils s'enfonçaient. Les murs n'étaient plus enduits ni faits en pierre, mais de roche gris pâle grossièrement équarrie. Des filets d'eau coulaient sur les parois et des gouttes tombaient du plafond. Après une descente qui parut à Susan durer plus longtemps qu'il n'aurait fallu pour parcourir deux étages, ils arrivèrent à une vaste caverne dont l'essentiel était indiscernable à la lueur de leurs bougies, à l'exception d'un portail de marbre massif aux pierres pâles dans l'obscurité et dont la gueule béante semblait plus noire encore que les recoins de la caverne. Le marbre était gravé de scènes de bataille, jugea Susan, mais il était difficile d'en être certaine.

« Il ne faut pas faire plus de trois pas au-delà du portail », murmura Viviane. Elle se rapprocha de Susan sur le côté droit, et Merlin en fit autant à gauche. « Reste sur la même ligne que nous. Ne passe pas devant. »

Ils franchirent ensemble le portail, chandelles tremblotantes, et s'arrêtèrent. Susan n'avait aucune idée d'où ils venaient de pénétrer. Elle ne voyait rien au-delà de l'étroit cercle de lumière dans lequel ils se tenaient, et leurs pas avaient résonné sur la pierre mal dégrossie comme s'ils se trouvaient dans une salle ou une cavité bien plus vaste. Il faisait encore plus froid, et la buée que produisait son haleine la força à remarquer qu'elle respirait trop vite. Elle s'imposa de retenir son souffle et expira très lentement, en comptant jusqu'à six. Elle ne voulait pas que le frère et la sœur s'imaginent qu'elle avait peur – même si c'était le cas.

« Par les dieux, marmonna Merlin. C'est bien Nebrophonus. »

Un immense lévrier irlandais émacié blanc comme la glace, les pattes raides, émergea lentement de l'obscurité en grondant.

« Ne bouge pas », souffla Viviane. Elle se rapprocha un peu plus de Susan, au point que leurs épaules se touchaient, tandis que Merlin glissait sa main droite dans le creux de son coude.

Le chien avança encore en reniflant, la tête haute – il l'avait immense et hirsute – et les babines retroussées sur une dentition impressionnante.

Il ne ressemblait pas à un fantôme, un vestige spirituel ou quoi que soit que Viviane avait mentionné. Il avait l'air bien réel. Susan n'avait pas menti concernant son affinité avec les chiens : ils lui obéissaient presque toujours. Mais cette affinité lui permettait aussi de savoir quand il valait mieux laisser les plus dangereux en paix.

« Nous amenons une amie, grand-mère, appela la libraire. Une amie qui t'apporte un cadeau. C'est moi, Viviane, et mon frère, Merlin.

— Les enfants d'Antigone, précisa Merlin. Fille du quatrième Henry, lui-même fils de Theresa, qu'on surnommait Mintie, elle-même fille de Serena.

— Serena, fille de Claude, second du nom, fils de Sophia, fille de la cinquième Guenièvre, première à user du nom de Saint-Jacques, dans la droite lignée qui remonte jusqu'au commencement », ajouta Viviane.

Un sifflement retentit dans le noir. Nebrophonus tourna la tête puis, sans se presser, comme un paquebot en manœuvre, décrivit un arc de cercle devant eux et regagna l'obscurité dont il était issu.

Quelques instants plus tard, une femme apparut devant le trio inquiet. Une petite vieille sévère vêtue d'une robe empire gris pâle toute simple, un fichu blanc comme neige autour du cou, une coiffe d'un bleu passé sur ses cheveux argent et un gant blanc à la main droite. Aux yeux de Susan, elle ressemblait fort à un vieux fou bien connu de Bath qui se promenait dans la rue habillé en Jane Austen dès qu'il parvenait à échapper à sa famille.

Les deux libraires firent la révérence, entraînant la jeune femme dans leur mouvement.

« Viviane et Merlin, hein », dit la femme. Ce n'était pas une question. Sa voix était à la fois douce et rugueuse, étrangement menaçante. « Venus rendre visite à leur vieille mamie. Mais vous voulez quelque chose… c'est toujours comme ça… »

Viviane s'abstint de répondre. Elle avança d'un demi-pas et prit la parole d'une voix enjouée.

« Je te présente notre amie Susan Arkshaw, grand-mère. Elle a un cadeau pour toi. »

Merlin poussa légèrement la jeune femme et lâcha son coude.

Susan s'avança encore moins que Viviane et tendit la rose tout en inclinant instinctivement la tête et en pliant le genou.

La grand-mère se saisit de la fleur de verre, qui redevint alors réelle, bien que toujours transparente. Sa tige plia et ses pétales frémirent tandis que la vieille dame la portait à son nez et inspirait profondément.

« Ah, dit-elle avec mélancolie. Cela fait fort longtemps que je n'ai pas senti le parfum d'une rose. Je te déclare la bienvenue, Susan Arkshaw. »

Susan sentit plus qu'elle n'entendit le soupir de soulagement que poussa Viviane, qui s'interrompit lorsque la grand-mère baissa la rose et regarda par-dessus la fleur, les yeux brillants de malice.

« Mais elle n'a pas de couleur. Elle devrait être rouge, mes chéris. Rouge, c'est la couleur des roses. Des roses et du sang. Toi, le gaucher, Merlin. Tu as une lame ou deux sur toi, mon chéri. Sers-t'en. »

Susan jeta un coup d'œil à Merlin, qui regardait un peu de côté : Nebrophonus était réapparu et le fixait, la mâchoire à trente centimètres environ de son entrejambe.

« Susan bénéficie de l'hospitalité des Saint-Jacques. » Viviane s'exprimait sur un ton confiant, mais sa main droite tremblait dans son gant. « L'eau et le pain… enfin, le thé et les biscuits, librement offerts. »

La grand-mère éclata d'un rire entre la toux et le suffoquement. Susan résista à une envie folle de prendre ses jambes à son cou.

Le lévrier lui sauterait immédiatement dessus, et les deux libraires n'avaient rien dit ni donné le signal de la fuite.

« Ah, que vous êtes sots, mes enfants. Je n'ai besoin que de quelques gouttes. Vous voulez connaître la famille de Susan, non ? Une goutte de couleur pour la rose ; une pour moi, que je démêle l'écheveau ; une pour Nebrophonus, en guise de friandise. C'est tout.

— Trois gouttes de mon sang, dit Susan. Et vous saurez me dire qui est mon père ?

— Ta famille, rectifia la grand-mère. Je ne peux pas donner de nom précis.

— Y a-t-il une contrepartie ? » demanda carrément Susan.

La grand-mère rit à nouveau.

« Il vaut parfois mieux ne pas savoir ce genre de choses, dit-elle. C'est tout.

— Viviane ?

— Ça devrait aller, murmura la libraire en penchant la tête vers Susan. Il nous arrive de lui donner aussi notre sang… De cette façon, grand-mère est plus connectée au nouveau monde, mieux capable de s'exprimer, et ainsi de suite. Les plus anciennes en particulier.

— Sinon, celles qui sont vraiment très vieilles deviennent incompréhensibles, souffla Merlin en se penchant vers l'autre oreille de la jeune femme. Elles utilisent de drôles de dialectes du latin, par exemple. Les pires parentes qu'on puisse avoir.

— Je ne suis pas sourde, fit la grand-mère. Je n'hésiterai pas à punir le manque de respect, jeune Merlin.

— Je suis désolé, madame », répondit-il aussitôt. Et pour une fois, il avait l'air sincère.

« Je n'ai pas toute la journée, reprit la vieille. Ou plutôt, cette rose ne vivra que ce jour, et j'aimerais en profiter pleinement. Que décidez-vous ?

— Vous aurez vos trois gouttes, madame », fit Susan. Une prudence innée et le souvenir de contes de fées la poussèrent à ajouter : « Mais pas une de plus, et en échange vous me direz qui est ma famille, et il n'y aura rien d'autre entre nous. »

Elle avança la main, paume vers le haut, index tendu. Une fine lame très pointue apparut dans la main gauche de Merlin, comme sortie de nulle part. Il prit doucement le poignet de la jeune femme dans sa main droite et lui piqua soudain le doigt. Une goutte de sang y perla.

« Premier sang pour Nebrophonus », décréta la grand-mère. Sur un signe de sa part, le lévrier approcha et passa sa grande langue rugueuse sur le doigt de Susan pour lécher la goutte. Il se détourna en remuant la queue, satisfait.

Une autre goutte se forma. La vieille tendit la rose et posa un pétale sur la perle frémissante. Le sang afflua dans la fleur et se répandit dans les pétales, qui prirent une teinte rouge flamboyante, et la tige elle-même se colora d'une nuance plus sombre – un genre de vert presque noir.

La grand-mère porta la fleur à son nez et la sentit à nouveau, son regard perçant brièvement voilé tandis qu'un sourire passait sur son visage délicat comme un petit oiseau coloré s'élance entre des arbres sombres et menaçants.

« Et une pour moi, pour déterminer ta lignée. » Susan sursauta lorsque la vieille femme prit sa main : elle n'avait rien d'un fantôme incorporel. Sa chair était ferme et plus froide encore que la salle.

La grand-mère porta la main de Susan à sa bouche et, de manière très pragmatique, comme si elle goûtait une cuiller de soupe, lécha le sang. Elle se tapota les lèvres du dos de la main et fronça les sourcils.

« Oh, dit-elle. C'est vieux, vieux… trop vieux pour moi… »

Elle pivota sur place et fut soudain une autre vieille femme, plus grande et très majestueuse dans sa robe bordeaux incrustée de pierres précieuses portée sur une tunique noire, le tout typique du XVe siècle. Ses cheveux étaient coiffés d'un voile bifide qui lui tombait sur les épaules de chaque côté, et elle portait un gant en daim à la main droite, surmonté d'une énorme émeraude au majeur.

Nebrophonus avait disparu lui aussi, remplacé par un terrier écossais beaucoup plus petit, allongé sur un coussin, qui adressa aux visiteurs un regard indifférent et bâilla à s'en décrocher la mâchoire.

« Nenni, voilà qui est plus ancien que moi, ma mie », fit-elle doucement avant de tourner comme pour une danse courtoise, la main tendue vers un partenaire invisible.

Il y avait à présent une véritable aïeule, une femme penchée sur un bâton de prunellier, vêtue d'une robe en tissu grossier ornée de rubans colorés au cou et aux poignets, et la main gantée de cuir. À ses côtés, son chien – une race éteinte ou absorbée de longue date, le poil jaune et bouclé, les oreilles larges et tombantes, et une expression satisfaite qui ne respirait pas l'intelligence.

Cette grand-mère-là s'exprima en latin, inclina la tête et pivota à son tour.

Susan lança un regard interrogateur à Viviane avant de se retourner vivement en la voyant fixer la grand-mère suivante.

Le visage de celle-ci était dissimulé par la capuche d'une robe blanche qui évoquait vaguement une toge romaine, et ses deux mains étaient gantées – des gants d'un rouge presque noir cousus de fragments de mosaïques qui étincelaient à la lumière des chandelles. Elle était assise sur une souche de chêne qui n'était pas là quelques secondes plus tôt, et le chien à ses pieds était un lévrier irlandais, très semblable à Nebrophonus, mais d'un brun chatoyant plutôt que blanc.

Elle débita quelques mots de latin, s'interrompit et repoussa sa capuche. Elle était moins vieille que les autres – cinquante ans, peut-être –, et la pâleur de ses cheveux n'était pas due à l'âge : ils étaient naturellement blond vénitien. Elle sourit d'un air plus bienveillant que les autres grands-mères et poursuivit dans un anglais bizarrement accentué, où l'emphase portait toujours sur un mot inattendu.

« Ce sera plus simple pour vous, oui ?

— Oui, merci », fit Susan.

La grand-mère passa la langue sur ses lèvres.

« Ancien en effet, déclara-t-elle. Pas moins que le sang des Doyens, les Anciens Souverains, les Assermenteurs, les Suzerains, la lignée des Grands Rois et des Grandes Reines. Dilué d'essence mortelle, mais toujours puissant, très puissant. Prenez garde, mes enfants, car si celle-ci hérite du pouvoir de son géniteur, elle pourrait même vous asservir, avec du sel, du fer et assez de sang. »

Sur ce, grand-mère, chien et souche s'évanouirent, et les trois chandelles s'éteignirent dans un courant d'air, laissant les jeunes gens dans le noir complet.

Chapitre neuf

Je fus jeune jadis, ainsi que tu me vis
Plus qu'une étincelle, tel un incendie
Pareil au soleil éblouissant, mais de fait
Au point du jour, chanté par l'alouette

« Bon, qu'est-ce que ça voulait dire, tout ça ? » demanda Susan tandis qu'on la poussait à l'arrière du taxi d'Audrey, où Viviane et Merlin la rejoignirent. Elle nota que le bâton de prunellier avait repris sa place au-dessus des pare-soleil, et Audrey lui adressa un clin d'œil de bienvenue. « Et je croyais qu'on allait manger dans votre salle de pause ?

— On prendra un morceau quelque part », répondit Viviane, qui les avait fait remonter en hâte des profondeurs et traverser la librairie, poussant Susan pour éviter Eric et une autre libraire, qui avaient tous deux tenté d'engager la conversation. « Les sandwiches sont toujours calamiteux, ici. Garniture au pâté d'anchois, tu vois le genre.

— Ignobles, renchérit Merlin. Écoute, il faut que je me change, on pourrait s'arrêter chez moi et se faire monter quelque chose. Je dois pouvoir me le permettre pour cette fois.

— Se faire monter quelque chose ? Te le permettre ?

— Merlin vit dans un hôtel, expliqua Viviane. Il nous appartient, mais l'hébergement ne comprend que la chambre : les repas sont strictement facturés. C'est à Northumberland House, près de la vieille librairie, et quasi indispensable pour les jeunes gauchers, qui ont pour la plupart les deux pieds dans le même sabot en matière de travaux domestiques.

— Eh ! protesta Audrey.

— J'ai dit "pour la plupart", tu n'en fais évidemment pas partie, répondit Viviane. Et puis, tu n'as jamais vécu à Northumberland House, si ?

— Sans compter qu'elle n'est plus de la première jeunesse, souffla Merlin à Susan.

— J'ai toujours créché avec ma mère sur Grove Road, sans doute que ça changera jamais, fit Audrey en ignorant la pique du jeune homme. À part quand j'étais à Wooten, bien sûr, et puis à Durham.

— Durham, l'université ? Et Wootton, qu'est-ce que c'est ? Un rapport avec l'histoire de Tolkien, *Smith de Grand Wootton* ? s'enquit Susan. Je vous croyais tous membres de la même grande famille étendue qui vivait dans une maison hantée ou je ne sais quoi, mais vous avez tous un accent différent…

— Racontes-y, Viv, t'es droitière, toi, fit Audrey en accélérant comme une folle pour profiter d'une brève fenêtre d'insertion dans la circulation continue qui pulsait le long de l'artère de Park Lane. « Oui, j'ai tiré deux ans en fac d'histoire à Durham, et j'ai lâché pour rejoindre un groupe – je suis batteuse, tu vois. Direction Northumberland House, alors ? J'espère qu'y aura pas de problème avec les lions sur Trafalgar Square.

— Comment ? » s'exclama Susan en bondissant en avant au point de presque passer la tête par le guichet. Surprise, Audrey pila, et le taxi qui les suivait se déporta avec un grand coup de klaxon, manquant de peu leur pare-chocs arrière. « Les lions ? Vous voulez dire les statues ?

— Je blaguais, fit Audrey tandis qu'elle accélérait dans un cliquetis métallique pour réintégrer le flux de voitures. Après les follets qui vous sont tombés dessus, et tout le tralala. Les lions se promènent pas en journée, et jamais au mois de mai.

— Mais il leur arrive de se promener ? » insista Susan en se rasseyant comme Audrey quittait brusquement Park Lane pour prendre la voie qui longeait le Hilton – un hôtel assez laid construit dans les années 60 – pour couper vers Piccadilly en évitant les bouchons du rond-point de Hyde Park Corner. « C'est juste que... ma mère... elle voulait toujours qu'on aille à Trafalgar Square, et elle s'adossait à une statue pour me raconter des histoires de lions qui se réveillaient... et je croyais qu'elle inventait tout pour amuser sa petite fille.

— En réalité, les statues ne s'animent pas, elles ne bougent pas, précisa Merlin. Les entités qu'on appelle les lions étaient là bien avant les statues, la place et même la ville. Ils ne ressemblent même pas à des lions. En revanche, ils sont féroces, rugissent et chassent en troupe. Et ils aiment la viande crue. Marrants pour personne. Mais ils dorment profondément et ne se réveillent pas d'eux-mêmes.

— Je pense que maman devait avoir connaissance de l'ancien monde...

— Pour répondre à ta question sur notre "grande famille étendue", la coupa aussitôt Viviane, on tient plutôt du clan dispersé. On a tous un parent qui n'est pas libraire, vois-tu. C'est un peu comme chez les catholiques intégristes : quand on en épouse un, il faut accepter que les enfants soient élevés d'une certaine manière. Ça implique d'aller à l'école à Wooten Hall – avec un seul *t* et un *e*, à la différence du Wootton de Tolkien, mais j'imagine qu'il avait dû en avoir vent. Les auteurs de fantasy sont des plaies pour nous ! Wooten Hall se trouve dans le Gloucestershire. Nous y sommes pensionnaires à partir de l'âge de sept ans. Voilà pourquoi nous n'avons pas tous le même accent : il est plus ou moins figé à sept ans, et puis on rentrait chez nous aux vacances et on le renforçait encore.

Bien que certains, et je ne donnerai pas de noms… aheum… Audrey… n'hésitent pas à exagérer un peu le leur.

— Un peu de cockney, c'est parfait pour soutirer des pourboires monstres aux Amerloques, lança leur chauffeuse. T'imagines même pas comme ils lâchent la maille… »

Elle s'interrompit en gloussant comme un gémissement unanime emplissait l'habitacle.

« Je ne sais pas comment tu trouves le temps de prendre des passagers normaux, commenta Viviane. Ni le cran, d'ailleurs. Que feras-tu si Merrihew le découvre ?

— Je partagerai les gains, répliqua Audrey. Merrihew a une âme de pirate. Tant que je mets pas le bazar dans les opérations, bien sûr. Chose que je ferais jamais. »

Susan était encore en train de digérer l'information concernant les parents des libraires, mais aussi les propos de la grand-mère. Elle avait remarqué que Viviane évitait ce sujet, tout comme celui de sa mère. Bref, elle ne voulait pas parler de ses parents du tout – du moins pas dans la nouvelle librairie ni dans le taxi. Ce qui sous-entendait qu'elle préférait qu'Audrey et les autres libraires n'en sachent rien.

« Donc, à propos de père », commença-t-elle avec une certaine malice. Comme elle s'y attendait, la droitière l'interrompit sans délai.

« Ne déjeunons pas au Northumberland, dit-elle. Ce n'est pas bien terrible. Je connais un pub tranquille tout près…

— Je croyais que tu étais fauchée, fit remarquer Merlin.

— C'est le cas, s'indigna sa sœur. Tu n'auras qu'à payer.

— On peut se faire monter des hamburgers, dit-il. Je n'aurai pas besoin de régler avant la fin du mois.

— C'est moi qui paye, à condition que personne ne fasse de folies, intervint Susan. J'ai touché mon salaire hier.

— Ah, tant mieux », répondit Merlin.

Dans le même temps, Viviane s'insurgeait : « Hors de question ! Merlin a de l'argent, c'est juste qu'il ne veut pas le dépenser.

— Bref, je voulais savoir : qui est votre père ? » dit Susan tandis que Merlin pestait tout bas contre les sœurs, sans toutefois nier qu'il avait potentiellement un peu d'argent.

« C'est un archéologue. Il a rencontré maman sur un chantier de fouilles où… les choses ont mal tourné. Elle lui a sauvé la vie, ils sont tombés amoureux. Mais être marié à l'un de nous, ce n'est pas facile. Ils se sont doucement éloignés et, bien sûr, une fois qu'on est partis en pension…

— On le voit de temps en temps, ajouta Merlin, d'une voix dénuée de toute dévotion filiale. Il s'appelle Richard Upbright. C'est un archéologue assez renommé. Il enseigne la préhistoire européenne à Cambridge.

— Merlin Upbright », tenta Susan.

Le libraire frémit. « Pitié, non.

— Ce n'est pas pire qu'Arkshaw. Et même plutôt mieux. Je me demande comment s'appelle mon père…

— On va le découvrir, l'interrompit Merlin.

— Qu'a voulu dire ta grand-mère quand…

— Oh, regarde, un chariot de brasserie ! J'adore les chevaux de trait. »

Un énorme chariot aux armes de la brasserie Greene King occupait une voie et demie et bloquait la circulation derrière lui. Avec leurs œillères, les quatre Clydesdales qui y étaient attelés se montraient – à l'image de leurs conducteurs en blouse – parfaitement indifférents aux occupants frustrés des voitures derrière eux.

« Moi pas, rétorqua Audrey. Les véhicules à cheval, ça devrait être interdit en ville. C'est ni fait ni à faire. Les routes sont assez encombrées comme ça, et ils livrent même pas vraiment de bière. Les canassons, ça devrait pas être… »

Alors qu'elle poursuivait sa diatribe sur les problèmes de circulation dans la capitale, Susan se pencha vers Viviane pour lui murmurer à l'oreille :

« Pourquoi tu ne veux pas que je parle de ce que m'a dit ta grand-mère devant les autres libraires ?

— Oh, mais qu'ils sont beaux, ces chevaux ! Ça ne me gêne vraiment pas de traîner derrière eux ! » s'exclama vivement celle-ci puis, très vite, la tête tournée vers l'épaule de Susan pour qu'Audrey ne voie pas sa bouche dans le rétroviseur, elle siffla furieusement : « Plus tard, d'accord ?

— Je veux dire, la relève de la garde, c'est une chose ; quand on passe par le Mall, on s'y attend, mais ils font ça à horaires réguliers, prévisibles, c'est pas des canassons qui se radinent n'importe quand n'importe où… »

Susan acquiesça et se renfonça dans son siège. Audrey continua de parler de l'intrusion de chevaux et autres animaux domestiques ou sauvages sur les routes de Londres, passa aux piétons qui faisaient n'importe quoi et enchaîna sur un monologue à propos de l'un de ses livres préférés : *Le Mystère du Hansom Cab,* de Fergus Hume. Apparemment, c'était un roman du XIXe siècle à propos d'un conducteur de fiacre à Melbourne, en Australie, et Susan ne voyait pas bien ce qui en faisait un genre de mythe fondateur pour une chauffeuse de taxi londonienne. En tout cas, le discours d'Audrey à son sujet, semé de temps à autre de ses réactions à l'environnement automobile actuel, assura la conversation jusqu'à ce qu'ils dépassent le côté sud de Trafalgar Square, s'élancent dans Northumberland Street et s'arrêtent devant un immense hôtel victorien un peu décrépit.

Alors qu'ils descendaient de voiture, une famille composée de deux parents excédés et leurs trois enfants entre trois et six ans au milieu de nombreux bagages empilés sur le trottoir entreprit de monter. La mère déclama d'une voix forte à l'accent américain du Middle West : « Chauffeur, nous devons être à Heathrow au plus vite.

— Vous faites pas de bile, la belle ! On s'ra sur l'autoroute en moins de deux ! » lança Audrey en descendant pour aider à charger les valises, avec un petit salut narquois.

« Venez, le temps que je me change, dit Merlin.

— Il faut que tu fasses "au plus vite", railla Viviane. Je meurs de faim ! »

Susan pénétra dans l'hôtel derrière le jeune homme. Le hall d'entrée – imposant mais décrépit, comme l'extérieur – était bondé : une horde de clients s'enregistraient à la réception pour un genre de conférence. Environ soixante-dix pour cent d'hommes – car les autres nations étaient encore à la traîne par rapport aux réformes égalitaires que le Royaume-Uni avait mises en place après-guerre –, qui se connaissaient tous, semblait-il, malgré les accents et les tenues en provenance du monde entier.

« Des dentistes, lâcha Merlin d'un air maussade. Cinq cents, je crois. Le bar sera infréquentable, ce soir. »

Susan remarqua deux adolescents qui traînaient près de l'une des massives colonnes de fausse pierre du hall. Leur style nouveau romantique évoquait un croisement entre Boy George et Adam Ant, à grand renfort de dentelles, falbalas et mascara, mais tous deux avaient aussi la main gauche gantée de blanc.

« Ils sont aussi des vôtres ? » demanda-t-elle à Merlin tandis qu'ils se frayaient un chemin au milieu de la foule des dentistes, qui paraissaient beaucoup moins sérieux que ne le devraient des dentistes assistant à un grand événement professionnel : bon nombre portaient des chemises hawaïennes, par exemple.

« Non, renifla Merlin. Je dirais qu'ils sont en pleine confusion musicale : ils n'arrivent pas à décider s'ils veulent être Michael Jackson ou un membre de Duran Duran. Les nôtres *travaillent* ici. Tu vois cette porteuse ? C'est la cousine Heather.

— Mais elle a les deux mains gantées…

— C'est une porteuse ! Il faut bien se protéger les mains. Porter des bagages, c'est usant.

— *Billie Jean* nous a été bien utile pour ce qui est de passer inaperçu, intervint Viviane en revenant sur les adolescents soucieux de leur style. Aujourd'hui, tout le monde nous prend pour des fans de Michael Jackson. On ne me demande presque plus pourquoi je ne porte qu'un gant depuis la sortie de cette chanson.

— Pourquoi ne pas en porter aux deux mains, ça éviterait les questions, non ?

— Mais dans ce cas, on nous demanderait constamment pourquoi nous portons des gants, fit la libraire, comme si c'était une réponse.

— Venez, on va prendre les escaliers », dit Merlin. La queue devant les deux ascenseurs curieusement sous-dimensionnés s'étirait sans fin, encore compliquée par les dentistes qui, entrant ou sortant des cabines, s'arrêtaient pour se saluer, se serrer la main et s'embrasser tandis que les portes essayaient en vain de se fermer autour d'eux.

« Tu vis à quel étage ? » s'enquit Susan, déjà fatiguée de monter et descendre des escaliers, même si dans cet hôtel au moins ils ne mèneraient pas à des lieux aussi étranges que dans la nouvelle librairie, présumait-elle. En réalité, elle était fatiguée tout court : elle n'avait pas dormi depuis l'apparition du Kexa, et il s'était passé tant de choses depuis…

« Au sixième. Allez, on fait la course ! »

Il accéléra et monta le grand escalier quatre à quatre avec des airs de Diane chasseresse qui firent se retourner un certain nombre de têtes, féminines comme masculines. Ni Susan ni Viviane ne courut derrière lui : elles continuèrent à monter du même pas. Voire un peu plus lentement, peut-être.

« Il est toujours comme ça ?

— Il ne connaît que deux modes de fonctionnement : ON ou OFF, répondit Viviane. Mais plus vite il sera chez lui, moins on aura à attendre pendant qu'il se change. »

Quelque chose dans son ton fit hausser le sourcil à Susan.

« Tu verras. Merlin et les fringues… »

Viviane avait raison. Quand elles ouvrirent la porte de la chambre 617, Susan eut d'abord l'impression d'entrer dans un grand dressing, jusqu'à ce qu'elle aperçoive un lit étroit masqué par les rangées serrées de portants. Des portants à roulettes, manifestement subtilisés dans divers entrepôts ou magasins de mode. Il y avait là toutes sortes de vêtements d'hommes et de femmes, des tenues de soirée aux robes de plage. Un portant était entièrement consacré au jean, dans toute sa glorieuse diversité : des pantalons aux vestes, des Levi's classiques aux œuvres d'art trouées, rapiécées et travaillées qui avaient sans doute un jour défilé sur les podiums.

Encombrant un peu plus la petite pièce, des livres s'entassaient sous les portants. Presque exclusivement des éditions de poche, au dos orange typique des Penguin, aussi loin que le regard de Susan portait. Ils étaient classés par ordre alphabétique d'auteur, en piles de six ou sept, et paraissaient relativement neufs, bien que manifestement lus : des marque-pages ordinaires émergeaient de certains, et un volume – *La guerre du roi 1641-1647*, de C.V. Wedgwood – gisait sur le lit, maintenu ouvert à la moitié environ par une pince à linge.

Merlin n'était pas en vue avant qu'une porte jusque-là dissimulée aux yeux de la jeune femme ne s'ouvre, bousculant un portant pour révéler une toute petite salle de bain dépourvue de baignoire mais dotée d'une cabine de douche qui devait faire les deux tiers de la taille nécessaire pour qu'un adulte y tienne debout. Merlin se dressait dans l'encadrement de la porte, vêtu d'un pantalon de cuir noir, d'une chemise blanche à jabot et d'une veste en cuir bordeaux. Il avait aussi gagné une grande moustache tombante qui faisait l'effet d'une limace à poils blonds coincée sous son nez.

« Je suis prêt ! déclara-t-il. Susan, n'hésite pas si tu veux enfiler autre chose.

— J'aime bien cette combinaison de travail », répondit-elle.

Viviane fit la grimace. « Merlin, cette moustache… Sérieusement… »

Le jeune homme caressa son nouvel accessoire.

« Pas mal, hein ? Un copain qui faisait partie d'une compagnie d'opéra me l'a donnée avec un tas d'autres trucs quand ils ont cessé leur activité, l'année dernière. C'est la moustache du général de brigade dans *Les Pirates de Penzance.* »

Susan hocha la tête, soulagée qu'elle n'ait pas poussé toute seule en quelques minutes. Il s'était décrit comme « polymorphe », et elle s'était dit qu'il s'agissait peut-être d'une manifestation du phénomène.

Merlin s'éclaircit la gorge et entonna, d'une puissante voix de baryton :

Je suis du général de brigade moderne l'exemple parfait,
En végétaux, animaux et minéraux, moi je m'y connais…

Viviane lui sauta à la gorge. Le frère et la sœur oscillèrent dans tous les sens, envoyant les portants valser sur leurs roulettes, jusqu'à ce que Merlin parvienne à émettre un faible : « Stop ! D'accord, je ne chanterai plus.

— Parfait, répondit Viviane. Allons manger, je meurs de faim. »

Mais Susan ne bougea pas. Elle ferma la porte derrière elle et s'y adossa.

« Qu'est-ce qui m'oblige à continuer comme ça ? Je n'irai nulle part et surtout je ne paierai le déjeuner à personne tant que vous ne m'aurez pas expliqué pourquoi vous ne vouliez pas que les autres libraires apprennent ce que votre grand-mère a dit de mes ancêtres, affirma-t-elle. Je nage manifestement dans un océan de vastes emmerdes, et j'aimerais bien savoir quelle direction prendre pour m'en sortir.

— Je crois que l'adjectif devrait s'appliquer à océan plutôt qu'à emmerdes. Tu devrais dire "un vaste océan d'emmerdes"… commença Viviane.

— Réponds à ma question ! »

Merlin cligna des yeux et haussa les sourcils. Sa sœur plissa le front.

« Elle a besoin de savoir, plaida le jeune homme.

— Je sais ! Écoute, Susan, d'après grand-mère, tu n'es pas tout à fait une mortelle ordinaire.

— Continue.

— Merlin t'a expliqué, je crois, que le paysage mythique est constitué de plusieurs couches, et d'ordinaire assez localisé. Entités et environnements sont en général confinés à des zones géographiques précises et souvent à des heures particulières du jour ou de la nuit, des phases de la lune, ce genre de choses. La météo même peut les contraindre, comme dans le cas des choses qui ne sortent qu'après l'averse ou quand il neige. Et elles sont tenues par la coutume et le folklore de se comporter de certaines façons, d'accomplir certaines actions, et bien sûr elles sont globalement en sommeil de nos jours.

» Mais, au-dessus de ces entités locales qui se comptent par dizaines de milliers, il y a environ neuf cents êtres supérieurs capables de commander à ces inférieurs dans des limites beaucoup plus lâches, qui peuvent être géographiques, saisonnières, temporelles ou autres. Encore une fois, ils sont globalement en sommeil, mais le potentiel existe. Plus important peut-être, s'ils étaient malencontreusement réveillés, ils ont le pouvoir de s'attacher de nouveaux vassaux et de s'assurer de leur loyauté quasi absolue par des moyens magiques. Nous les appelons les Doyens ou les Anciens Souverains, ou parfois les Grands Rois ou Grandes Reines des fées.

— Comme Obéron et Titania ? fit Susan.

— Shakespeare en savait trop, marmonna Merlin.

— Plus ou moins, oui. Deux Anciens Souverains ont porté ces noms, bien qu'ils ne ressemblent pas aux personnages décrits dans *Le Songe d'une nuit d'été*. Leur pouvoir immense s'exerce sur une grande partie de ce qu'on appelle aujourd'hui l'Angleterre, mais dans la limite d'un seul jour : le solstice d'été. Et ces deux-là ne se sont pas manifestés dans le monde présent depuis au moins six ou sept cents ans.

— Mais quel rapport entre les Anciens Souverains et moi ?

— Ton père doit en être un », répondit carrément Viviane.

Susan resta bouche bée.

« Un bon nombre d'entités mythiques sont capables de s'incarner pour courir le monde, bien qu'en général sous une forme plus vulnérable et limitée, ajouta en hâte Merlin, voyant que Susan était provisoirement sans voix. Sous leur forme mortelle, ils peuvent faire des enfants avec des gens ordinaires. D'après grand-mère – qui se trompe rarement –, tu es l'un de ces enfants. »

Susan expira lentement, soudain consciente qu'elle retenait son souffle. Elle ferma aussi les yeux et la bouche le temps de compter jusqu'à trois avant de reprendre.

« Et c'est un problème parce que…

— Ça ne se produit pas souvent, et en général le parent n'est pas une entité notable, donc on ne s'en soucie pas, dit Viviane. Mais s'il s'agit de quelqu'un d'important… Vois-tu, les Doyens les plus puissants peuvent soumettre à peu près n'importe qui, issu de l'ancien monde ou du nouveau. Nous y compris. Les Saint-Jacques, les libraires gauchers et droitiers.

— Donc l'enfant d'un Ancien Souverain, c'est une très mauvaise nouvelle, ajouta Merlin.

— Et, par le passé, notre politique à l'égard de ces enfants a consisté à… les exécuter quand on les découvre », conclut Viviane.

Merlin se pencha pour ramasser son sac en poil de yak. Sa main gauche reposait dessus, et Susan eut soudain une conscience aiguë du revolver qu'il contenait et des autres armes que le jeune homme portait sans doute ailleurs sur sa personne.

Chapitre dix

Un humble libraire d'autrefois
Faisait des auteurs très grand cas
Mais ce n'était que comédie
Car dans les faits, pardi,
Jamais un auteur il n'aima

« En tout cas, c'est ce qu'on nous a appris à l'école », reprit Merlin. Il fouilla dans le sac en poil de yak, y trouva un peigne écaille de tortue et entreprit de soigneusement lisser sa moustache trop grande.

« Il n'y a pas eu d'enfant métissé mythique-mortel depuis longtemps, fit Viviane. Enregistré par nos services, du moins. Le dernier remonte à 1818, si je me rappelle bien. Il faudrait que je vérifie.

— D'accord. Vous allez me tuer ?

— Grands dieux, non ! s'exclama Viviane. Les choses étaient plus simples à l'époque, et nous avions plus de liberté de manœuvre. Imagine le tollé, aujourd'hui. Et puis, si tu possédais le pouvoir d'un Doyen, je le sentirais. Or ce n'est pas le cas.

— Je ne tue pas mes amis, ajouta Merlin. Pas intentionnellement, en tout cas.

— Mais Thurston et Merrihew sont non seulement très vieux, ils sont aussi très *vieux jeu*, et pire encore, paresseux à l'extrême.

Ils voudraient sans doute au moins t'enfermer parce que ce serait le plus simple, et ils pourraient même opter pour la résolution traditionnelle du problème. Il vaut donc mieux qu'ils ignorent ta filiation le plus longtemps possible. Ce qui, d'après moi, durera à peu près deux jours puisque Merrihew est retournée à Wooten – officiellement pour s'occuper de l'école mais en réalité pour pêcher – et que la nouvelle librairie a acquis la bibliothèque de Sir Anthony Blunt, de sorte que Thurston sera occupé à la cataloguer et à jubiler pendant le même temps, voire plus encore. Ces deux-là s'intéressent davantage à leurs activités ordinaires qu'à nos responsabilités plus ésotériques.

— Et c'est pour ça qu'ils devraient prendre leur retraite et laisser des gens plus compétents prendre les rênes, commenta Merlin. Mais c'est une autre histoire. En tout cas, nous disposons d'environ quarante-huit heures pour découvrir la véritable identité de ton père.

— En quoi ça va nous aider ? » demanda Susan. Elle ne se sentait pas du tout impliquée, comme s'il ne s'agissait pas vraiment d'elle. Il s'était passé trop de choses en trop peu de temps, et voilà qu'elle risquait de périr aux mains de ceux qu'elle avait pris pour une force du bien. C'était comme si l'inspecteur Greene lui avait calmement annoncé que la police avait l'ordre de tirer à vue sur elle.

Et puis il y avait cette révélation sur son père.

Un être mythique, pas même humain…

« Eh bien, certains des Anciens Souverains sont beaucoup plus malintentionnés que les autres, expliqua Viviane. Bon nombre sont passifs, et il y en a même de bienveillants. Les Assermenteurs, par exemple, qu'on appelle ainsi parce qu'ils certifient les serments que d'autres prêtent plutôt que de réduire en esclavage des entités inférieures ou des gens normaux.

— Les Assermenteurs résident souvent dans des pierres, précisa Merlin. Qui finissent par se confondre avec la propriété qu'on leur attribue. Donc jurer sur la pierre de Fingael, par exemple, est réputé produire un serment inviolable parce que Fingael… euh… habite cette pierre – je crois que c'est la meilleure façon de le décrire.

— Tu es en train de dire que mon père pourrait être une pierre ?

— Eh bien, les entités mythiques ont en général un domicile physique primaire : une pierre, une colline, un vieil arbre, un bout de rivière, une source ou… ce genre de choses… À l'évidence, ton père ne peut pas être simplement une pierre, un bassin ou je ne sais quoi, puisqu'il a forcément dû prendre une apparence mortelle pour… »

Merlin laissa sa phrase en suspens sous le regard noir de Viviane.

« Je ne comprends toujours pas très bien en quoi découvrir l'identité de mon père nous aidera, insista Susan. Après tout, si c'est une des entités malveillantes, ce sera encore pire, non ?

— Pas nécessairement, tempéra Viviane. La connaissance est source de pouvoir, comme on dit. Et nous préférons en général nous entendre avec les entités mythiques plutôt que de prendre des mesures drastiques.

— Et puis, ajouta son frère, il ne s'agit pas uniquement de ton père. Je suis certain qu'il est lié d'une façon ou d'une autre – et toi aussi – à ceux qui ont assassiné notre mère.

— Merlin… » commença Viviane, mais Susan la prit de vitesse.

« Tu n'as peut-être pas tort. J'ai repensé à tous ces voyages à Londres. Celui de 1977, pour mes douze ans, était différent. Maman était enthousiaste à l'idée de rencontrer quelqu'un – pas un homme, à mon avis, sinon elle se serait comportée autrement – et elle a été déçue que ça ne se fasse pas. Et… j'avais oublié jusqu'à ce que tu parles d'une fleuriste… Nous avons reçu un bouquet magnifique à l'hôtel cet après-midi-là, et le type de la réception était très impressionné qu'il vienne de chez une fleuriste très réputée de Kensington, qui était très tendance à l'époque. Je n'ai jamais su qui l'avait envoyé, mais je suppose… que l'expéditeur aurait pu être ta mère.

— Quoi ? s'exclama Merlin. Mais il n'y avait rien dans le rapport de police…

— Elle sortait de chez la fleuriste, dit Viviane, les yeux rivés sur le mur, évitant ceux de Susan. Mais elle avait les mains vides. Elle a dû demander à ce que les fleurs soient livrées.

— Quelle bande de tocards ! s'emporta le jeune homme. Dès le début, ils n'ont pas enquêté comme s'il s'agissait d'un meurtre.

— C'était il y a six ans, poursuivit sa sœur. Je doute que la fleuriste ait encore ses registres, mais je vais vérifier auprès d'elle. J'imagine que ta mère ne se souviendrait de rien ?

— Il y a peu de chances, en effet. Mais il est impossible de savoir ce dont elle se rappellera ou non. Je lui passerai un coup de fil ce soir ou demain, je lui demanderai.

— La question, c'est : pourquoi ta mère aurait-elle voulu rencontrer la nôtre ? s'étonna Merlin.

— Elle était droitière ou gauchère ? demanda Susan.

— Les deux, répondit Viviane. Oui, c'est possible, bien qu'inhabituel. Maman était ambidextre, mais à l'époque elle travaillait surtout avec les droitiers, pas tant sur le terrain.

— Vous savez sur quoi elle travaillait ? Ce qui l'intéressait ?

— On était à l'école, donc non.

— Quand j'ai commencé à étudier le dossier l'année dernière, j'ai posé la question, dit Merlin. Mais personne ne voulait en parler : les aînés estimaient que je perdais mon temps, et tout le monde a suivi leur exemple. Mais d'après la cousine Onyeka, maman aimait travailler seule : elle adorait “percer des mystères”.

— On aime tous “percer des mystères”, renifla Viviane. C'est pour ainsi dire la définition d'un droitier.

— Mais pas en solo, contra Merlin. Je veux dire, vous adorez la surenchère intellectuelle et démolir les théories les uns des autres.

Et puis vous collaborez énormément. Y a-t-il un seul droitier dans une des librairies ou n'importe quel poste avancé qui fasse quelque chose dont personne n'est au courant, où personne n'est impliqué ou n'a envie d'intervenir ?

— Tu as raison. Personne ne travaille tout à fait seul. Je n'y avais jamais vraiment réfléchi. Maman ne parlait pas beaucoup, de toute façon. Elle était très réservée.

— Alors, imaginons qu'elle ait découvert la preuve qu'un enfant était né d'un Ancien Souverain, à l'aube du 1er mai, près de Glastonbury, dit Susan. Elle aurait sûrement voulu creuser, non ?

— Carrément. Mais quelle preuve ? demanda Viviane. Qu'est-ce qui aurait pu l'amener à apprendre que tu existais, Susan, et qui était ta mère ? »

La jeune femme n'avait pas de réponse.

« Si nous arrivons à découvrir l'identité du père de Susan, on comprendra peut-être, répondit Merlin. Et à partir de là, on pourrait peut-être aussi déterminer quel criminel – ou quelle entité de l'ancien monde acoquinée avec des criminels – veut mettre Susan hors course.

— Me mettre hors course ?

— "Tuer" sonnait trop brutal, se justifia le jeune homme avec un grand sourire. Et puis, je ne crois pas qu'on veuille vraiment te tuer, sinon on t'aurait tiré dessus à distance ou un truc du genre. Ces deux malfrats avec leur van, c'était une tentative d'enlèvement. Quant aux gobelins... c'était peut-être pour t'écarter, ou alors c'était une prison provisoire, avant de te remettre à leur commanditaire.

— Et le *Raud Alfar* qui me tirait dessus, d'après toi ? C'était bien pour tuer.

— C'est différent, mais ça se tient. Les *Raud Alfar* sont férocement indépendants. L'enfant d'un Ancien Souverain ne peut que les effrayer – tu pourrais exiger leur allégeance et les forcer à te servir. Ils accueilleraient donc avec joie l'occasion de te supprimer avant que tu n'entres en possession de tes pouvoirs – voilà d'ailleurs une autre question intéressante : la nature et l'étendue de tes pouvoirs potentiels.

— Les *Raud Alfar* de Highgate doivent donc savoir qui tu es, et par conséquent connaître ton père, fit Viviane, songeuse. Je me demande comment ça se fait.

— Tu pourrais aller leur poser la question, suggéra Merlin.

— Je tiens trop à la vie, frérot. Il n'y a qu'à la Saint-Jean qu'ils ne nous accueilleraient pas par une volée de flèches, tu le sais bien, et c'est dans trop longtemps.

— Donc, retour à la case départ, conclut Susan. Nous devons découvrir l'identité de mon père. La seule chose qui a changé, c'est que vous devrez peut-être me tuer quand on sera fixés. »

Tandis qu'elle parlait, une prise de conscience s'opéra en elle. Non seulement elle devait découvrir l'identité de son père, mais elle devait le trouver tout court. Que les libraires soient ou non favorables à leur rencontre.

« Bon résumé, lança Merlin d'un ton joyeux. Allons manger, et on réfléchira à la façon d'identifier ton père sans être obligés de te tuer. Ah, tiens, j'ai trouvé ceci, donc tu n'auras même pas besoin de payer. »

Avec un geste théâtral, il sortit de la poche de sa veste un billet froissé de vingt livres et l'agita sous le nez des deux filles.

« Après toi », dit Viviane. Elle se pencha sur le côté pour souffler à Susan : « Je te l'avais dit. Il a toujours des sous planqués quelque part. Ne paye jamais pour lui. Il risquerait d'y prendre goût.

— Je ne suis pas sourd, ma chère sœur », fit le jeune homme d'un ton chantant. Il ouvrit la porte, sortit dans le couloir et revint à l'intérieur d'un bond en claquant la porte.

« Qu'est-ce qu'il y a ? s'enquit Viviane.

— Je ne sais pas », répondit-il avec raideur. Il avait la main gauche dans son sac bariolé. « Il y a un truc qui cloche. »

Viviane approcha de la porte en plissant le nez. Susan huma l'air à son tour. Il planait une vague odeur qu'elle ne reconnaissait pas.

« Ça sent le laurier, fit vivement la libraire.

— Peut-être un grand amateur de savon d'Alep ? suggéra Merlin sans conviction.

— Et un soupçon d'amarante, ajouta Viviane. Il ne s'agit pas d'un obsédé de l'hygiène. Je détecte là-dessous un subtil relent de chair en putréfaction.

— Mais il n'y en a plus aujourd'hui ! Il n'y en a pas eu depuis plus de trois cents ans ! s'exclama Merlin. Et s'il y en avait un, comment franchirait-il les protections ?

— Je ne sais pas. Mais cette odeur, c'est typique…

— Je devrais jeter un œil », fit-il, mais il ne rouvrit pas la porte. À la place, il sortit la main de son sac et la passa entre deux trenchs Burberry sur le portant le plus proche pour s'emparer d'un vieux sabre de cavalerie légère à la garde incurvée en bronze doré, la poignée garnie de galuchat et au pommeau en tête de lion. « Tu ferais mieux d'appeler la réception, Viv. »

Elle acquiesça et chercha autour d'elle.

« Derrière l'imper en PVC », indiqua Merlin.

Viviane poussa un portant et souleva un imper rose vif pour révéler un téléphone sur une table de chevet un peu éloignée du lit. Elle souleva le combiné, composa le 0, et le *clic-clic-clic* familier du cadran revenant à sa position d'origine parut curieusement étrange et menaçant à Susan.

« Qu'est-ce que c'est ? » demanda-t-elle. Merlin ne lui avait jamais paru si inquiet, pas même dans le brouillard, quand la bogue les suivait à la trace. Et Viviane était manifestement secouée.

« À l'odeur, un fils-du-chaudron, répondit-il. Ils sentent les fleurs funéraires et la mort… et j'ai perçu une espèce d'anomalie qui ne ressemble à rien que j'ai déjà rencontré.

— Mmm… Et qu'est-ce que c'est, un fils-du-chaudron ?

— Un mort qu'on a ramené à la vie en le plongeant dans un chaudron magique», fit-il d'un ton très factuel, étouffant manifestement sa propre réaction. «Ce qui, incidemment, les rend très, très difficiles à re-tuer. Il faut les réduire en petits morceaux, qu'on brûle ensuite. Du coup, les armes à feu ne sont pas très utiles. Ah, et ils sont totalement sous le contrôle du maître ou de la maîtresse du chaudron et deviennent des genres de marionnettes, comme une extension de l'esprit du gardien du chaudron.

— Attends… Un chaudron magique?

— Oui. Une casserole géante, quoi. Suffisamment grande pour y tenir debout. Tu en as vu un, dans le tableau sur la porte, à la nouvelle librairie.

— Et ils peuvent ramener les morts à la vie? Comme des zombies, un peu?

— Largement pire que les zombies classiques qu'on trouve dans la fiction, répondit Merlin. Parce que, comme je te le disais, ils sont contrôlés par le gardien du chaudron. Donc ils sont intelligents. Et si le cadavre est suffisamment frais quand il plonge, il n'a même pas *l'air* mort.»

Susan réfléchit quelques secondes. «Tu as une autre lame?»

Dans son dos, Viviane discutait avec la réception d'une voix pressante.

«Il y en a une sous le lit, fit le jeune homme. Tu sais te servir d'une épée?

— J'ai fait quatre ans d'escrime au collège. Sabre et fleuret. Donc je peux au moins tenter de tailler… des choses.

— D'accord. Sabre? Prends celui-ci, alors.»

Il lui tendit son arme, poignée devant, et fouilla sous le lit pour en tirer une lame droite beaucoup plus ancienne. Sa garde ovale étroite et aplatie était faite de bronze massif, la poignée incrustée d'ivoire, et une émeraude brute en ornait le pommeau.

«Quelqu'un sait que c'est toi qui l'as? demanda Viviane en raccrochant.

— J'ai signé le registre », répondit Merlin sur un ton évasif qui frappa Susan mais pas Viviane.

« D'accord, je ne pense pas que le cousin Armand croie vraiment qu'il y ait matière à s'inquiéter sur la seule base de l'odeur, mais il suit les procédures. Il n'y a que trois gauchers dans l'hôtel pour l'instant, mais ils couvrent les escaliers d'évacuation, Armand le hall d'entrée, et l'équipe d'intervention a quitté la vieille librairie, sous la direction de... la tante Una. »

Merlin fit la grimace.

« C'est quoi, le problème avec tante Una ? demanda Susan.

— Les rapports intergénérationnels, expliqua Viviane. À ses yeux, les gauchers de moins de soixante ans ne valent rien et ne servent à rien. Merlin étant l'un des plus jeunes, elle s'en prend encore davantage à lui qu'aux autres. Pour être honnête, elle estime aussi que Merrihew n'est plus à la page et qu'elle devrait la laisser prendre les commandes.

— On ferait bien de jeter un œil au couloir », intervint Merlin. Il avait parlé comme pour s'en persuader lui-même. Susan étouffa un frémissement. Si lui, il avait peur...

« Le côté positif, s'il s'agit d'un fils-du-chaudron, c'est qu'il doit être sous contrôle, sinon il n'aurait jamais pu monter, fit Viviane.

— Tu veux dire que leur maître peut en perdre le contrôle ? s'inquiéta Susan.

— Je ne sais que ce que j'ai appris à l'école : je n'ai pas davantage creusé la question. Mais à ce que je comprends, plus on contrôle de fils-du-chaudron, plus on est assailli par leurs sens et leurs perceptions en plus des siennes. Historiquement, c'est souvent comme ça que le problème s'est réglé : un gardien du chaudron présomptueux tentait d'en diriger trop et perdait le contrôle.

— Qu'est-ce qui se passe dans ce cas-là ? Ils se figent, ou ils tombent raides morts ou autre issue utile du même genre ? »

Susan positionna correctement ses pieds et fléchit les jambes avant de se familiariser avec le poids du sabre de cavalerie en exécutant quelques coups de taille et un coup d'arrêt au ralenti. Il était beaucoup plus lourd qu'un sabre d'escrime et équilibré différemment. Des lettres compliquées s'étalaient sur la lame, qui avait apparemment servi à Waterloo à un certain Cornet *Untel Untel*, de tel ou tel régiment de hussards. Les noms étaient si usés et l'écriture si travaillée qu'ils en étaient indéchiffrables.

« Si seulement, répondit Viviane. Ils perdent l'intelligence de celui qui les contrôle pour se transformer en…

— Bêtes stupides et féroces, compléta Merlin. Qui ne savent que haïr tout et tout le monde, de sorte qu'ils se retournent contre ce qui est le plus proche. Y compris leurs semblables, et c'est toujours ça de pris. Prêtes ? »

Viviane hocha la tête.

« Tu ne veux pas prendre un sabre ? demanda Susan, pour qui trois vaudraient mieux que deux face à des monstres immortels à tailler en petites pièces. Je parie que Merlin en a encore une demi-douzaine planqués ici.

— Les droitiers ne se battent pas à l'aide d'armes matérielles, répondit la libraire. Les gauchers sont là pour ça.

— Reste un peu en arrière, dit Merlin à Susan. S'il y a un fils-du-chaudron, vise son flanc gauche, je m'occuperai du droit. Commence par les genoux, qu'on le mette à terre. Et ne me touche pas.

— D'accord.

— Viv, tu fais sauter ses yeux ou tout ce que tu peux.

— Je vais essayer. Ça dépend de qui est dans sa tête, hein.

— C'est bien ce qui m'inquiète », fit doucement le jeune homme. Il leva la vieille épée de la main gauche et ouvrit lentement la porte de la main droite.

Le couloir de l'hôtel n'avait pas l'air différent de quand ils étaient montés : il dégageait une impression de grandeur triste et fanée, avec son papier peint souvent rapiécé aux motifs de lys bleus et de couronnes roses sur fond beige, et sa moquette autrefois bleu roi, désormais passée et banale, si usée au milieu qu'il ne restait presque plus de velours et que l'on en distinguait la trame. Il régnait là le genre de pénombre perpétuelle caractéristique d'une certaine classe d'hôtels qui ne remplacent que la moitié des ampoules grillées dans les espaces publics.

« Il est parti, fit Merlin.

— Où ça ? Dans une chambre ? » Viviane huma l'air. « L'odeur s'est presque dissipée.

— Il est peut-être retourné aux ascenseurs, dit le jeune homme. S'il était correctement habillé, il ne sauterait pas aux yeux des gens ordinaires... »

Une porte s'ouvrit soudain trois chambres plus loin, et le trio se retourna, mais ce n'était qu'un couple âgé qui sortait d'un pas lent, chacun enfilant son imperméable et tenant son parapluie.

Susan regarda le sabre qu'elle avait en main et le ramena contre son corps. Elle jeta un coup d'œil à Merlin, qui ne se donna pas cette peine : il appuya sa lame sur son épaule de manière très ostentatoire.

« Ils ne vont pas voir nos armes ? grinça la jeune femme.

— Viviane est là pour ça, répondit Merlin. Elle va leur obscurcir l'esprit.

— Mettez-vous contre le mur et restez tranquilles », ordonna la libraire.

Merlin et Susan obéirent et reculèrent. Le vieux couple approchait, serpentant légèrement tout en discutant à voix basse à propos de la bouilloire de leur chambre, qui n'était pas assez grande pour remplir une théière digne de ce nom. Ils avaient apporté la leur, et lors de leur dernier séjour – pour le couronnement de la reine, trente ans plus tôt –, les bouilloires étaient plus grandes, la chambre plus propre et lumineuse. Tout était mieux.

« Pas un mot », souffla Viviane. Elle prit une profonde inspiration, qu'elle retint tandis que les deux vieux arrivaient à leur niveau. Ils passèrent devant eux sans même remarquer Merlin,

Susan ou leurs armes. Ils arrivèrent aux ascenseurs, et l'homme enfonça lentement le bouton d'appel de la cabine à trois reprises sans qu'aucun des deux ne jette un regard en arrière.

Viviane expira et secoua la tête comme pour s'éclaircir les idées.

« Je vais appeler Armand. Le prévenir que le fils-du-chaudron pourrait bien être redescendu par l'ascenseur.

— On ferait mieux de rentrer dans la chambre et d'attendre l'équipe de tante Una, de toute façon. » Merlin tapota sa lèvre supérieure. « Et je crois que cette moustache est peut-être un peu trop… vigoureuse. Il faut que je m'en débarrasse. »

Ils battirent en retraite dans la chambre du jeune homme, qui se faufila aussitôt dans la salle de bain en laissant la porte entrouverte.

Susan n'abandonna pas le sabre : son poids dans sa main la rassurait. Viviane décrocha le combiné et appela la réception.

« Armand ? Merlin pense qu'il a peut-être pris l'ascenseur. Aucun signe ? Et les protections n'ont pas été compromises ? Une porte de service, quelque chose dans ce genre-là ? »

Elle écouta la réponse, puis raccrocha. Merlin sortit de la salle de bain, la moustache en moins.

« Armand n'a rien vu, déclara Viviane, le front plissé. Et personne n'a pris les escaliers. C'était peut-être quelqu'un qui avait abusé d'un parfum inhabituel, en fin de compte.

— Je ne pense pas, fit sombrement le jeune homme. J'ai senti une présence. Une anomalie indéfinissable.

— Alors comment a-t-il franchi les protections ?

— Les fils-du-chaudron doivent-ils être invités, comme les vampires ? demanda Susan.

— Les vampires n'existent pas, répondirent en chœur le frère et la sœur.

— Et les suçoteurs ne comptent pas, ajouta Merlin.

— Cet hôtel, comme tous nos bâtiments, est protégé contre les créatures hostiles – ce qui inclut bien sûr les fils-du-chaudron.

Les limites sont tracées et les protections renouvelées deux fois par an : au 1er mai et la veille de la Toussaint. J'imagine que l'une d'elles aurait pu être mal établie, voire brisée à l'aide de sang frais et de mercure, mais on s'en serait sûrement rendu compte… »

Le téléphone sonna. Viviane décrocha avant la deuxième sonnerie.

« Oui, c'est moi. Merlin l'a senti le premier, et ensuite j'ai détecté l'odeur. Laurier, amarante et pourriture, sans aucun doute. On pense qu'il a pris l'ascenseur. J'ai demandé à Armand de vérifier les protections… Oui… Oui… Celle qui a été enlevée par les gobelins de Mayfair… Oui… Elle est… Non, on ne bouge pas. »

Elle raccrocha.

« Tante Una veut qu'on reste ici. Ils vont quadriller chaque étage. Elle en a référé à Thurston, mais Merrihew est encore dans le train.

— À ton avis, elle nous croit ? » demanda Merlin.

Viviane réfléchit un instant puis secoua la tête : « Non, mais elle tient à bien faire les choses. »

Merlin s'assit sur son lit, posa la pointe de son épée sur le sol – où elle fit un trou dans la moquette déjà usée jusqu'à la corde – et plaça les mains sur le pommeau et son menton par-dessus.

« On ne devrait peut-être pas attendre, dit-il lentement.

— Quoi ? Tante Una a été très claire. C'était un ordre. »

Le jeune homme fronça les sourcils.

« Certes. Mais je pense au fils-du-chaudron. S'il y en a un, comment a-t-il été créé, et par qui ?

— Mmm… » Viviane récita de mémoire : « Le chaudron de pierre a été brisé par Corabec du peuple d'Ishur, ses morceaux jetés à la mer aux quatre coins de la Grande-Bretagne ; le chaudron de cuivre est perdu depuis l'époque d'Antonin le Pieux et n'a jamais refait surface ; le chaudron de bronze a été déclaré idolâtre et fondu la première année du Commonwealth de Cromwell ; le chaudron de fer est à nous, sous la protection du gardien du calice. »

Elle marqua une pause avant d'ajouter : « C'est ce que dit l'histoire officielle, en tout cas.

— Le dernier fils-du-chaudron est né du chaudron de bronze en 1643, c'est ça ? fit Merlin.

— Oui.

— Mais le chaudron de bronze n'existe plus, fondu par les Têtes-Rondes de Cromwell. Celui de pierre ne peut plus nuire non plus. Personne n'a vu le chaudron de cuivre depuis qu'Hadrien a bâti son mur. Qu'est-ce qui reste ? »

Viviane secoua la tête. « Bah, le nôtre. Le calice. Mais il est impossible…

— Minute ! l'interrompit Susan. Vous possédez l'un de ces chaudrons ? Vous, les libraires ?

— Oui, le chaudron de fer, mais on le qualifie de calice, expliqua Merlin. Ça sonne plus respectable.

— Et on n'y plonge pas de morts pour les ramener à la vie, ajouta Viviane.

— À quoi vous sert-il, alors ? »

Le frère et la sœur s'entre-regardèrent.

« C'est un secret, bien sûr, dit Merlin. Mais tu comprendrais sans doute par toi-même de toute façon.

— Les chaudrons ne sont pas uniquement destinés à fabriquer des monstres. En réalité, ils ne sont pas du tout faits pour ça : il s'agit d'un détournement de leur usage. Ce sont des reliques mythiques qui amplifient tous les types de magie et qui ont des usages très variés. Chacun des chaudrons a ou avait des pouvoirs uniques en plus de ses propriétés habituelles…

— Oh, allez, dis-lui, Viv, s'impatienta Merlin.

— On y plonge les mains quand on a sept ans, lâcha Viviane. C'est ce qui fait de nous ce que nous sommes, même si nul ne peut deviner si nous serons gaucher ou droitier.

— Pourquoi uniquement les mains ?

— Parce que si on immerge entièrement dans le chaudron une personne bien vivante, il se brise et son pouvoir est perdu à jamais, répondit le jeune homme. Ah, et puis la personne en question meurt.

— Donc quelqu'un pourrait se servir de votre chaudron, ou calice, ou ce que vous voulez pour fabriquer des fils-du-chaudron ?

— Non, rétorqua Viviane.

— Ce n'est pas impossible, concéda Merlin.

— C'est extrêmement improbable, poursuivit fermement Viviane. Jamais le gardien du calice ne... Non... Il est beaucoup plus probable que nous ayons fait erreur et qu'il n'y ait pas eu de fils-du-chaudron. Une coïncidence olfactive. Après tout, tu as parlé de savon d'Alep, qui contient de l'huile de laurier, et j'ai peut-être imaginé l'amarante, et une odeur corporelle déplorable...

— J'ai perçu une présence malfaisante, j'en suis sûr. J'ai soudain eu l'impression qu'un vent glacé soufflait au fond de moi. J'ai dû me retenir de frissonner.

— Tu couves peut-être un rhume.

— Et s'il y en a quand même un... » commença Susan. Mais elle s'interrompit comme on toquait vigoureusement à la porte.

« Qui est-ce ? lança Merlin.

— Le service d'étage avec une foutue bouteille de champagne... À ton avis ?

— Tante Una », dirent ensemble les deux libraires.

Merlin ouvrit la porte.

Une motarde habillée de cuir noir des pieds à la tête, avec un gilet de sécurité fluo marqué « Urgence – Livraison de livres » porté ample par-dessus la veste, entra comme une Valkyrie vengeresse secouant sa longue chevelure noire, un casque décoré d'une tête de mort réfléchissante coincé sous le bras. Très séduisante, elle avait la peau brune et paraissait une trentaine d'années. On aurait cru un modèle antillais habillée façon Suzi Quatro dans une publicité pour Harley-Davidson. Ou pour du rhum très coûteux. Voire les deux. Sauf qu'elle ne souriait pas : elle avait l'air très contrariée.

Elle portait des gants de moto aux deux mains, mais celui de droite était de simple cuir noir alors que l'autre était renforcé au niveau des articulations à l'aide de chaînes métalliques qui évoquaient une cotte de mailles médiévale.

« Merlin, je ne suis pas étonnée que tu me fasses perdre mon temps, dit-elle en ignorant Susan. Mais de ta part, Viviane, c'est inattendu.

— Ce n'est pas une perte de temps, tante Una », répondit calmement Viviane.

Un talkie-walkie couina à la ceinture de la motarde. Elle s'en saisit et le tint à une certaine distance de son oreille. Une voix d'homme résonna.

« Bon, on trouve pas ce que t'as dit.

— D'accord, fit Una. Et toi, Darren ? »

Une seconde voix, plus douce, répondit par la négative.

« Diarmuid ? demanda Una.

— Non, rien à signaler. On monte sur le toit.

— Sabah ?

— Rien ici. »

La tante rangea le talkie-walkie à sa ceinture.

« Et tu es certaine que je ne perds pas mon temps ?

— J'ai senti une odeur de laurier et d'amarante, et un relent de chair en putréfaction », affirma Viviane. Face à l'incrédulité d'Una, elle n'avait plus l'air aussi assurée. « Et Merlin a perçu une présence. À qui as-tu demandé de vérifier les protections ? C'est un boulot de droitier.

— Oncle Jake… Quoi ? Il était disponible.

— Ce n'est pas son domaine d'expertise, protesta Viviane.

— Est-ce qu'il en a seulement un ? marmonna son frère.

— Oui, répondit la jeune droitière. Il a une connaissance encyclopédique des romanciers de 1920 à 1950, anglais et traduits.

— Je veux dire… Oh, laisse tomber.

— Oncle Jake est tout à fait capable de juger si une protection a été compromise ou non, trancha Una. Donc, tu as senti quelque chose, Merlin a *ressenti* quelque chose, et vous sautez à la conclusion qu'il s'agit d'un fils-du-chaudron, alors qu'il n'y en a pas eu depuis plus de trois cents ans. Dites-moi donc pourquoi il y aurait un fils-du-chaudron ici, qui l'aurait fabriqué et le dirigerait. »

Merlin haussa les épaules. Viviane plissa le front.

« Cette journée sort un peu de l'ordinaire, expliqua-t-elle. Les gobelins ont entraîné Merlin et Susan dans la foire de mai mythique. Et avant ça, deux malfrats mortels ordinaires dont l'esprit avait été trafiqué ont tenté d'enlever Susan. Donc, s'il y avait un fils-du-chaudron, il était sans doute là pour elle.

— Pourquoi ? » Una lança à Susan le regard soupçonneux qu'un chef réserverait à un boucher s'apprêtant à lui fourguer du lapin en le faisant passer pour du poulet.

« On ne sait pas encore très bien, s'empressa de répondre Merlin. Nous nous intéressons au père de Susan. Les aînés nous ont demandé de découvrir son identité.

— Alors vous devriez vous y employer. » Son talkie-walkie stridula ; elle s'en empara et aboya : « Quoi ?

— Rien trouvé. On est tous de retour à la réception, chou blanc à tous les étages. Oncle Jake dit que tout est fin calé. Ça veut dire que tout va bien, j'imagine.

— Retour à la boutique, alors, dit Una. Et je ne prends pas Jake comme passager. Tu t'en charges, Diarmuid.

— Pourquoi moi ?

— Parce que j'ai dit. Terminé.

— Je vais aller jeter un œil aux protections moi-même, décida Viviane. Jake n'a pas pu vérifier toutes les entrées. Celles de la cuisine, par exemple.

— Bonne idée. Perds ton temps plutôt que le mien. À plus tard. »

Elle pivota sur un talon et sortit d'un pas furieux, comme un cyclone qui change de direction après le passage de l'œil.

« J'imagine qu'il ne s'agissait pas d'un fils-du-chaudron, dit Viviane. On est juste… nerveux. »

Merlin ne répondit pas tout d'abord. Puis il parla, d'une voix lente et pensive.

« Je ne me rappelle pas précisément le cours qui portait là-dessus, mais il n'y avait pas quelque chose sur l'utilisation de rats ou d'oiseaux morts par les gardiens des chaudrons ? Qu'est-ce qu'il leur arrivait ?

— La même chose qu'aux humains. Les oiseaux étaient bel et bien utilisés, davantage que les rats ; les deux étaient toutefois plus difficiles à contrôler, apparemment. Une histoire de sensations. Et de vol.

— Dans ce bâtiment, le seuil des portes et des fenêtres est protégé. Mais qu'en est-il des canalisations d'égout et autres ? Les rats peuvent les remonter.

— Les principales conduites d'eau sont protégées, et sans doute tous les gros tuyaux, dit Viviane. Mais certaines pourraient avoir été oubliées.

— Un rat fils-du-chaudron ferait un espion parfait. Envoyé pour localiser quelqu'un, par exemple.

— On en revient toujours à qui, pourquoi, et avec quel chaudron, fit Viviane. Écoutez, je crois qu'on est juste un peu trop nerveux. Déjeunons, puis allons à la vieille librairie pour que les tantes jettent un œil à la carte de bibliothèque de Susan. Si elles parviennent à l'identifier, on poursuit cette piste. D'accord ?

— On va dire que oui », fit Merlin. Il regarda Susan.

« On peut emporter les lames ? demanda celle-ci.

— Je vais prendre un sac, répondit aussitôt le jeune homme, comme Viviane commençait à dire « Non », avant de se raviser.

« Je ne peux pas embrumer l'esprit de trop de gens à la fois, les avertit-elle. Alors n'allez pas brandir inutilement vos broches à rôtir. »

Merlin dénicha un sac de cricket en cuir vintage orné d'un monogramme doré cryptique formé des lettres PDBW, défit les sangles et l'ouvrit pour y glisser soigneusement les armes après les avoir replacés dans leur étui respectif. Susan vit avec intérêt son sabre rentrer dans un étui en fer doublé de bois, tandis que l'épée de Merlin réintégrait un lourd fourreau en vieux cuir cerclé de bronze verdâtre et pourvu d'une pointe dans le même métal. On aurait cru qu'il avait passé mille ans dans une tourbière.

« Si ça ne te dérange pas de le porter, dit-il en tendant le sac à Susan, je pense qu'il vaut mieux que j'aie les mains libres.

— Avec plaisir », répondit la jeune femme. Elle y fourra également son ballot de vêtements et lui imprima un mouvement de balancier expérimental. Le sac bien lourd ferait une arme correcte à lui seul, même sans en tirer d'abord les lames. Un coup violent mettrait facilement un adversaire à terre.

« Au moins, un rat serait plus facile à réduire en pièces », lâcha Merlin. Il ouvrit la porte et ajouta : « Plus difficile à repérer, aussi. Et s'il tentait une attaque-surprise… »

Il hésita, puis dit : « Vous savez quoi ? Même si leur cafétéria propose des plats tout aussi ignobles que celle de la nouvelle librairie, pourquoi on n'irait pas directement à la vieille librairie pour manger ? On oublie le pub. Si on se dépêche, on peut sans doute se faire emmener par les motards d'Una. C'est toujours sympa. À condition de ne pas tomber à la renverse.

— Et l'union fait la force, conclut Viviane. Tu penses vraiment qu'il y avait un fils-du-chaudron sous une forme ou une autre, n'est-ce pas ? »

Sans un mot, Merlin pressa le pas vers l'ascenseur. Les deux filles n'attendirent pas sa réponse, et ils traversèrent tous les trois rapidement le couloir. En approchant du but, ils se précipitèrent tous pour enfoncer le bouton d'appel de la cabine. L'index gauche de Merlin s'y posa le premier.

Chapitre onze

Sois auteur si tu veux – ou non,
Tout le monde s'en fiche
Range tes étagères – ou non,
Bécote ou tue tes amours
Contente-toi d'écrire

Chevaucher à l'arrière d'une Honda CB400N Superdream, derrière un gaucher à la fois libraire, livreur et manifestement dérangé – dont la conception de la circulation en ville devait beaucoup à la broderie, piquant à droite, à gauche, se faufilant entre les véhicules lents ou arrêtés, toujours à grande vitesse – était conforme à la promesse de Merlin : sympa. Un peu plus effrayant néanmoins car il bruinait, que la route était humide et qu'une chute à la renverse paraissait plus probable que prévu quand on avait un sac de cricket sous le bras gauche et qu'on ne pouvait se tenir au pilote que du droit.

Susan, Merlin et Viviane arrivèrent à la vieille librairie après une pointe de trois minutes sur Charing Cross Road. Sabah lança « Terminus ! » à Susan au niveau du trottoir devant la boutique et lui accorda à peu près cinq secondes pour descendre avant de s'éloigner dans un grondement avec Una et les autres, le long d'une contre-allée, vers un garage ou un quai de chargement hors de vue de l'autre côté du bâtiment.

La vieille librairie était elle aussi un édifice de cinq étages datant de l'époque georgienne, pourvu toutefois à une extrémité d'une tour de style victorien, mais elle n'avait rien à voir avec la nouvelle librairie de Mayfair. Au rez-de-chaussée, côté rue, de grandes vitrines proposaient à gauche de la porte-tambour centrale un magnifique présentoir du *Nom de la Rose*, d'Umberto Eco, accompagné d'un château en carton, et à droite, une sélection de thrillers et de romans policiers tout nouveaux disposés en une série de pyramides, dont *La Petite fille au tambour*, de John Le Carré, *Les Allées du pouvoir*, de Jeffrey Archer, et *Comme un vol d'aigles*, de Ken Follett. De plus petits présentoirs sur le côté de chaque vitrine mettaient en lumière la non-fiction, comme pour lester les histoires inventées qu'ils encadraient, dont *Vie de John Milton*, de A.N. Wilson, une biographie de Frida Kahlo et un livre d'anecdotes sur Hollywood par William Goldman, qui attira l'attention de Susan car, à sa connaissance, elle était l'une des rares dans le monde à avoir lu *Princess Bride*. Ceux devant qui elle l'évoquait n'en avaient jamais entendu parler. Sa mère avait acheté le roman parce que William Goldman était l'auteur du script de son film préféré : *Butch Cassidy et le Kid*.

Par contraste avec la discrète plaque en cuivre de la nouvelle librairie, celle-ci était équipée d'un panneau en néon vert d'un mètre de haut proclamant : « La vieille librairie, tous les livres neufs, tout de suite » et d'un deuxième plus petit qui annonçait en orange vif : « Penguin : collection intégrale ».

Contrairement à l'autre boutique, celle-ci fourmillait de clients : un flux continu de chalands entrait et sortait par la porte-tambour centrale et la plus petite adjacente, surveillées par deux petites femmes d'âge mûr qui avaient l'air jumelles. Elles vérifiaient les sacs avec entrain et jetaient des regards réprobateurs chargés d'infamie à un étudiant qui avait commis l'erreur de se croire chez Foyles et dont le pardessus imposant dissimulait des livres volés. Il s'appliqua tout à coup à remettre tous les volumes dérobés en place sans qu'un mot ait été prononcé, percevant confusément la menace inhérente aux mains gauches gantées et à la jovialité des jumelles.

Susan, Merlin et Viviane eurent droit à un signe de tête et un sourire de leur part – les tantes Kristen et Kersten, murmura Viviane – alors que la porte-tambour les recrachait dans une merveille de librairie bien éclairée, dont les étagères clairement ordonnées et étiquetées s'étendaient dans toutes les directions, le personnel demandait aimablement « Puis-je vous être utile ? » et les confortables fauteuils placés dans des coins stratégiques accueillaient tous un lecteur.

« Par ici », dit Viviane en passant devant la caisse centrale, où un trio d'assistants à la main droite gantée de coton encaissait une file continue de clients qui faisaient la queue avec une aisance toute britannique le long d'un présentoir de magazines et de journaux. On mettait ceux du soir en rayon, et tous affichaient des unes similaires, qui captèrent l'attention de Susan.

Le *Sun* clamait « Rififi fatal chez les malfrats ! » ; le *Daily Mirror,* « Frénésie meurtrière dans les bas-fonds » ; le *Times*, « Accès de violence dans les milieux du crime organisé » ; et le *Guardian*, « Plusieurs meurtres au sein de la pègre ».

Aucun des employés ne leur adressa la parole, mais Susan remarqua que tout le monde souriait à Merlin et qu'on gratifiait Viviane de signes de tête graves qui n'étaient pas de simples saluts. Elle eut l'impression d'être également la cible de regards curieux, mais sans plus. Comme elle accompagnait Viviane et Merlin – et clairement dans le cadre d'une mission vu leur pas rapide –, personne ne lui prêta davantage attention.

Viviane tourna à gauche devant les étagères « Nouveautés fiction », suivit l'allée dédiée aux « Nouveautés non-fiction » et poursuivit vers le fond du magasin, où l'on distinguait un large escalier de faux marbre aux rampes de bronze qui emmenait au sous-sol et dans les étages, près d'un vieil escalator aux marches en bois qui montait en cliquetant et d'une pancarte « Ascenseurs » qui indiquait la droite.

Un panneau lumineux portant le logo des éditions Penguin en noir et une flèche rouge pointée vers le bas clignotait au-dessus des escaliers. Viviane et Merlin suivirent cette direction et dégringolèrent quelques marches avant de s'asseoir tous les deux sur la rambarde de bronze lisse et de terminer dans une glissade, comme si le naturel revenait au galop.

Susan s'était brièvement arrêtée pour regarder le panneau d'information près de l'escalator, notant qu'il y avait trois étages au-dessus – avec entre autres les rayons jeunesse, cartes et atlas, et livres techniques – et deux en dessous – d'abord la collection intégrale Penguin au rez-de-chaussée bas, puis les bonnes affaires, les invendus soldés et les disques au deuxième sous-sol.

Quand elle se retourna, Merlin et Viviane glissaient déjà le long de la rambarde plus vite qu'elle ne pourrait descendre les marches, et elle suivit donc leur exemple. Mais elle serrait contre elle le sac de cricket, ce qui rendait son équilibre plus précaire, et elle faillit chuter deux fois en gagnant l'étage suivant, avant d'atterrir d'un bond mal assuré dans une vaste salle orange à l'extrême, évitant de peu la collision avec une énorme silhouette de pingouin qui indiquait : « Penguin – La collection intégrale : tous les volumes disponibles. »

Beaucoup de publications Penguin avaient désormais des couvertures illustrées, mais leur dos restait globalement orange, et vu la quantité incroyable de livres accumulée ici sur les étagères, peu étaient présentés de face, d'où la couleur férocement dominante, même s'il y avait aussi quelques sections de livres au dos vert – les policiers –, bleu – la non-fiction –, et ainsi de suite.

Cette partie de la librairie était très fréquentée elle aussi, toutefois les acheteurs actifs le cédaient ici aux flâneurs et à quelques lecteurs acharnés manifestement décidés à dévorer des livres entiers sur place. Le libraire droitier de ce niveau haussa les sourcils et dit à Viviane quelque chose que Susan ne parvint pas à saisir tandis qu'ils filaient vers une porte au fond de la salle, marquée « Accès réservé au personnel ».

« C'est la partie du magasin que je préfère, déclara Viviane d'un air satisfait. Très en pointe. Tous les soirs, on appelle l'entrepôt Penguin de Harmondsworth avec la liste des ISBN des livres vendus le jour-même, et on obtient le réassort en deux ou trois jours, alors qu'avec les autres éditeurs il faut des bons de commande papier et des semaines d'attente. C'est très efficace.

— Le mieux, c'est le déballage des nouveautés, dit Merlin. Surtout quand on ne sait pas ce qui a été commandé et que le contenu du carton est donc une surprise.

— C'est très relaxant », approuva Viviane.

Merlin se tourna vers Susan. « C'est une autre des raisons pour lesquelles les Saint-Jacques sont libraires. Ou essentiellement libraires. Les livres nous aident à ancrer notre âme. Ou à les ré-ancrer. Surtout nous, les gauchers, vu les choses qu'on est amenés à faire.

— Écrire aide aussi, ajouta Viviane. La poésie, en particulier. Nous sommes tous des poètes, à notre façon. »

Elle toqua à la porte de la main droite. Celle-ci s'ouvrit sans intervention humaine apparente, révélant un long corridor mal éclairé à demi-bloqué par des cartons entassés en provenance de divers éditeurs : Penguin, William Collins, Hooder & Stoughton, Pan Macmillan, Oxford University Press, Victor Gollancz Ltd et d'autres.

Viviane les guida le long du couloir jusqu'à une porte d'acier qui portait elle aussi une affiche « Accès strictement réservé au personnel ! » Elle toqua de nouveau. Un judas s'ouvrit pour qu'un observateur invisible puisse vérifier qui se trouvait là ; quelques instants plus tard, on entendit un lourd verrou tourner et la porte s'ouvrit sur Darren, l'un des motards gauchers qui faisaient partie de l'équipe d'intervention d'Una.

La porte en acier menait vers une vaste zone de stockage ouverte dominée par de hautes étagères métalliques chargées de cartons de livres et un long bureau de tri où s'empilaient les volumes ; plus loin, un quai de déchargement et son niveleur, près desquels s'alignaient six motos et une Jensen Interceptor bleue jusqu'à une porte à enroulement fermée, de la taille d'un gros camion. Une plus petite porte métallique adjacente était ouverte. L'un des motards d'Una se tenait là, un L1A1 SLR en travers du dos – un semi-automatique que Susan reconnut comme étant celui des soldats de UNIT dans *Doctor Who*.

Les autres motards de l'équipe d'intervention travaillaient à la table de tri, ainsi que quatre jeunes libraires droitiers et gauchers. Ils ouvraient des cartons, pointaient les stocks et déposaient les livres dans des paniers prêts à être emportés dans la partie idoine de la boutique, ou emballaient avant expédition les commandes passées par correspondance ou par téléphone.

Quant à Una, elle était installée dans un transat en aluminium près du quai de chargement, où elle lisait *Chaleur et poussière*, de Ruth Prawer Jhabvala, tout en buvant du thé dans un grand mug bleu. Un sabre semblable à celui de Merlin gisait à terre non loin, ainsi qu'un fusil à canon scié. Elle leva le nez de son livre à leur arrivée, renifla et se replongea dans sa lecture.

« Je ne me rendais pas compte de la taille de cette librairie, dit Susan. Elle doit être encore plus grande que Foyles.

— Et bien meilleure, renchérit Viviane. Nous sommes tous des libraires *professionnels*. Suivez-moi.

— Foyles a un charme auquel ma sœur est insensible, fit Merlin. Moi, j'aime bien toutes sortes de librairies, pas juste les nôtres. »

Viviane lui jeta un regard plein de mépris et tourna à gauche. Ils traversèrent l'entrepôt jusqu'à une autre porte, marquée « Issue de secours », puis montèrent cinq volées de marches jusqu'à ce que Susan estima prudemment être le haut de l'immeuble – bien que ce ne fût peut-être pas le cas s'il fallait se fier à la nouvelle librairie. L'issue de secours à cet endroit s'ouvrait sur un atelier charmant, sous une verrière victorienne. Il pleuvait toujours épisodiquement, et des gouttes frappaient les vitres avant de ruisseler lentement. Par temps ensoleillé, la lumière aurait été magnifique mais, ce jour-là, la luminosité naturelle était secondée par une rangée de très grandes lampes art déco fort originales qui couraient le long de la principale poutre en acier.

Le sol était couvert d'un vieux plancher chaleureux en chêne, dont bon nombre de lattes atteignaient une longueur inusitée, comme si on les avait taillées dans le mât d'un grand navire. Deux tables de travail occupaient le milieu de la salle, et on distinguait le long des murs : une presse à relier pourvue d'un grand bras rotatif ; un pied d'appareil photo ; une machine à coudre industrielle ; un poste de collage doté d'une hotte aspirante ; un massicot et une table de découpe ; un ordinateur TRS-80 et une imprimante matricielle sur un étroit bureau en acajou qui aurait pu figurer au mobilier d'un bateau ; un bureau face à face garni de cuir vert entouré d'un liseré doré sur lequel reposaient pas moins de six machines à écrire, d'une Underwood des années 20 à une Brother toute récente intégralement en plastique ; une armoire à plans douze tiroirs de la moitié du XVIIIe siècle, en acajou flammé poli ; et une horloge de parquet française Second Empire au cadran finement ouvragé. Il y avait également plusieurs autres petites tables de travail à la finalité moins claire, pourvues d'étagères à outils ou à papyrus, vélin, papier et carton, et autres supports d'écriture.

À la table la plus proche, une femme d'une cinquantaine d'années aux cheveux noirs bouclés mêlés de gris examinait une page d'une immense bible médiévale reliée de cuir et de fer, qui avait même conservé sa chaîne. Elle ne portait pas de gants, et ses deux mains brillaient de l'éclat argenté que Susan avait aperçu à la nouvelle librairie sur la cousine Sam.

Sa voisine avait peut-être dix ans de plus. Elle occupait un fauteuil roulant léger aux jantes chromées. Sa chevelure était entièrement blanche, et elle était plus frêle. Elle s'affairait à séparer avec délicatesse des pages agglomérées d'un papier affreusement fin, à l'aide d'une petite spatule en os ou en ivoire et de longues pinces. Comme les autres femmes, elle portait un tailleur-pantalon blanc bien taillé – presque un uniforme tropical de la marine. Elle aussi se passait de gants sur ses magnifiques mains argentées.

« Oui, murmura Viviane. Elles sont ambidextres toutes les deux. »

À son ton, Susan comprit que Viviane aimerait l'être elle aussi.

« Tante Zoë, tante Helen ! » appela Merlin.

Les deux femmes poursuivirent leur tâche pendant quelques secondes puis, presque en même temps, se redressèrent et se tournèrent vers leurs visiteurs.

« Bonjour, très chers, dit la plus proche. Nous avons reçu un mot de Thurston disant que vous viendriez nous soumettre une petite énigme. Mais nous sommes un peu trop occupées pour l'instant. Pourriez-vous revenir…

— Non, je crains que non, la coupa Viviane. Je suis navrée, mais je crois que l'affaire est plus urgente que le grand-oncle Thurston ne le pense. Euh, au fait, je vous présente Susan Arkshaw. Susan, notre tante Helen et, derrière elle, la tant Zoë. »

Helen cligna des yeux et releva sa loupe sur son front comme un chevalier relèverait sa visière. Zoë fit la moue et se pencha en avant, haussant les sourcils dans l'attente d'une nouvelle intéressante.

« Nous pensons qu'il pourrait y avoir un lien avec ce qui est arrivé à maman, fit doucement Merlin.

— La pauvre Antigone », soupira Helen. Derrière elle, Zoë hocha la tête. « Eh bien, que voulez-vous nous montrer ?

— Une carte de prêt de bibliothèque », répondit Viviane en poussant Susan à s'avancer. « J'ignore quelle bibliothèque, et le nom du détenteur de la carte est effacé. Il y a aussi un étui à cigarettes produit par Harshton & Hoole en 1964 – je sais, c'est de l'argent, pas du papier, mais il y a ce motif… sur lequel j'aimerais avoir votre opinion. Il me rappelle quelque chose.

— Voyons ça ! » déclara Helen en reculant son fauteuil roulant pour tendre sa main droite luisante. Zoë se leva et vint se planter derrière sa cousine.

Susan sortit l'étui à cigarettes de la poche de sa combinaison, l'ouvrit et la tendit à Helen, qui en tira la carte de bibliothèque et la tint à la lumière en la retournant plusieurs fois. Zoë observa attentivement puis saisit à son tour la carte lorsqu'Helen la lui tendit par-dessus son épaule sans tourner la tête.

Elle examina ensuite l'étui à cigarettes et sourit aussitôt.

« Oh, ils ont des artistes vraiment doués, chez Harshton & Hoole, dit-elle. Je leur pardonnerais presque d'avoir renoncé aux livres lors de la grande scission de 1553.

— Vous savez ce que c'est, alors ? s'enquit Susan.

— Je le saurai sous peu », répondit Helen. Elle fit rouler son fauteuil jusqu'à l'une des petites tables et fouilla dans les boîtes qui s'y trouvaient. « De la cire dure, de la cire dure… ah, voilà !

— Oh, s'exclama Susan. Une empreinte ! J'aurais dû y penser. »

Helen brandit une boule de matériau noir d'encre et le ramena jusqu'à sa table avec l'étui à cigarettes. Elle déposa l'étui sur un épais billot marqué « Fortnum & Mason » dans un coin en lettres pyrogravées, plaça une feuille de papier dessus et y frotta la cire dure. Une image noire se forma peu à peu. Au début, on eut l'impression d'un simple assemblage de petites lignes, mais en quelques secondes, celles-ci prirent soudain un sens, bien qu'encore légèrement abstrait.

« C'est une montagne, dit Merlin. Ou une colline. Avec des nuages.

— Oui, fit Helen, songeuse. Des lignes très simples, dont les plus fines sont presque invisibles sur l'argent, d'où la nécessité d'en faire une empreinte pour bien les discerner. Ça me rappelle quelque chose, un pan d'un paysage plus vaste, une peinture ou un dessin… Je suis certaine que ça va me revenir…

— Merci beaucoup, dit Susan. Ça nous avance déjà énormément. Si je… nous… arrivons à découvrir où se trouve cette montagne…

— Elle n'a pas beaucoup de traits distinctifs, marmonna Merlin.

— Et la carte de bibliothèque ? fit Viviane.

— Son origine ne pose pas de problème, répondit Zoë, surprenant Susan par son accent américain nasillard. Elle vient de la bibliothèque Robert Southey, l'une des plus petites bibliothèques privées, qui n'a malheureusement pas duré. Elle a fermé en 1967, et sa collection a été vendue à la London Library, qui en a aussi absorbé les abonnés.

— Et le nom ? intervint Susan. Je me disais qu'il commençait peut-être par un *O*.

— Plutôt un *C*, à mon avis, estima Zoë. Dans ce genre d'institution, le nom de famille était souvent écrit en premier, je crois distinguer la trace de la virgule qui sépare les noms. La bonne nouvelle, c'est que même si l'encre est presque complètement passée, nous pouvons sans doute la faire ressortir grâce à un procédé photographique à base de lumière ultraviolette.

— Merci, répéta Susan. Je vous suis très reconnaissante.

— Mais nous n'avons pas de lampes à UV ici. C'est une amie au musée qui fait ce genre de travaux spécialisés pour nous, expliqua Zoë. Quand elle a le temps.

— Je crois que c'est vraiment urgent, déclara Viviane.

— Je vais appeler Jocelyn et voir si elle peut faire ça demain matin. Nous avons déjà rempli des demandes annuelles de financement afin d'obtenir des lampes UV pour notre chambre noire, mais on nous les refuse à chaque fois. Je crois que Thurston n'en veut pas parce qu'elles viennent d'Amérique, maintenant : le producteur local a fait faillite il y a quelques années.

— Fabriqué en Grande-Bretagne, persifla Merlin.

— Allons, allons, mon cher, tempéra Helen. Tu as toi-même été fabriqué en Grande-Bretagne. Nous savons encore produire beaucoup de belles choses neuves, et qui connaît mieux que nous la valeur de l'ancien ?

— Je sais », soupira le jeune homme. Il adressa à sa tante un sourire si éclatant et enjôleur que Susan se sentit obligée de détourner le regard, de peur que ses jambes ne se mettent à flageoler. « Je dois être… je ne sais pas… tendu.

— Et affamé », ajouta Viviane. Elle consulta l'horloge. « Il est plus de quatre heures et nous n'avons toujours pas déjeuné !

— Il y a du *stargazy pie* à la cafétéria aujourd'hui, la fameuse tourte avec les têtes de sardines qui dépassent », annonça joyeusement Helen.

Les autres frémirent.

« Et des sandwiches corned-beef et chutney façon Branston. »

Le visage de Susan s'éclaira à cette nouvelle, et elle se retint de passer la langue sur ses lèvres. Merlin, lui, n'avait pas l'air enthousiasmé.

« Je suis certaine que Jocelyn au musée nous aidera dès qu'elle le pourra, assura Helen. De quoi s'agit-il, d'ailleurs ? »

Susan regarda Merlin, qui se tourna vers sa sœur.

« L'étui et la carte appartenaient probablement à mon père, expliqua la jeune femme, gênée. Nous essayons de découvrir qui il est parce que… eh bien, un gardien *raud alfar* m'a tiré dessus, et des malfrats ainsi que les gobelins de la foire de mai ont essayé de m'enlever. Et tout ça semble être lié à mon père.

— Qu'a dit grand-mère ? demanda Zoë. D'après Thurston, vous l'avez vue ce matin. Laquelle était-ce ?

— La plus vieille, à la fin », répondit Viviane. Elle hésita. « Euh…

— Nous ne dirons rien à Thurston et Merrihew », promit Helen. Elle se tourna vers Susan. « Oui, je lis un peu dans les pensées. Et je vois que notre vieille mémé t'a dit quelque chose qui t'effraie.

— En effet, lâcha lentement Susan. Apparemment, mon père est un des Anciens Souverains, du plus vieux sang.

— Ce qui expliquerait tout », concéda Helen. Elle approcha de la jeune femme et leva ses mains lumineuses. « Puis-je toucher ton visage, mon enfant ? Tu ne sentiras rien.

— Euh, oui, j'imagine », répondit Susan, mal à l'aise. Elle se pencha en avant et la tante posa doucement les mains sur ses joues, en un geste qu'elle aurait pu avoir pour un tout petit. Elle retint son souffle pendant une longue, longue minute dans la pièce silencieuse – Susan osait à peine respirer elle-même. Puis elle expira, se radossa dans son fauteuil et posa ses mains luisantes sur ses genoux.

« Il y a bel et bien une étincelle d'un grand pouvoir ancien en toi, déclara-t-elle. Rien qu'une braise… mais une braise peut allumer un puissant incendie. As-tu eu un anniversaire important récemment ?

— Le 1er mai, répondit Susan. J'ai eu dix-huit ans.

— J'ignore ce qu'est ce pouvoir et d'où il vient, fit Helen. Et même s'il grandira. Mais il me paraît la promesse de quelque chose à venir… » Elle hésita un instant, puis poursuivit doucement : « Je ne voudrais pas être porteuse de mauvaises nouvelles, mais je soupçonne – et ce n'est qu'un soupçon, note bien, je n'ai aucune certitude – que tu n'aurais pas cette étincelle en toi si ton père était encore présent dans l'ancien monde ou le nouveau. Ça ressemble à un don transmis en héritage, une petite portion d'une magie bien plus grande et qui n'est plus là.

— Vous voulez dire que mon père est mort ?

— Les Doyens ne meurent pas exactement, tempéra la libraire. La plupart dorment et ne se réveilleront peut-être jamais, mais ils sont là. Certains se sont estompés au point qu'on ne les perçoit presque plus. Mais quelques-uns ont été… retranchés, pourrait-on dire. Totalement détruits. Si c'est le cas ici, j'en suis navrée.

— Pas grave, répondit calmement Susan. Je me suis toujours dit qu'il devait être mort. Sinon, il aurait… je ne sais pas… il m'aurait écrit, au moins. J'ai ma mère, j'ai passé mon enfance dans une maison heureuse, j'ai de la chance.

— Et très faim, je parie, intervint Viviane. Peut-on laisser la carte de bibliothèque à Helen et Zoë ? Allons manger, et ensuite on te ramènera chez toi.

— Oui, dit la jeune femme. J'ai faim. Et je suis fatiguée. J'avais oublié, mais j'ai passé la moitié de la nuit debout après avoir vu le Kexa qui m'observait depuis le toit de l'abri de jardin.

— Un Kexa, en prime ? » s'étonna Zoë. Elle fronça les sourcils. « Le mot de Thurston ne mentionnait pas la moitié de tout ça. Uniquement les gobelins de la foire de mai.

— Il y a aussi eu un fils-du-chaudron à Northumberland House, révéla soudain Merlin.

— Quoi ? s'exclamèrent les deux tantes.

— On n'a pas de certitude. J'ai perçu sa présence, et Viv a senti une odeur de laurier, d'amarante et de putréfaction, ajouta-t-il. Mais Una et son équipe n'ont rien trouvé, et oncle Jack a vérifié les protections, qui étaient apparemment intactes.

— Thurston et Merrihew ont-ils été informés ?

— Una dit avoir appelé Thurston ; Merrihew est sans doute encore en route pour Wooten. »

Les deux ambidextres échangèrent un regard que les autres interprétèrent à raison comme l'expression du peu de confiance qu'elles avaient dans les dirigeants des libraires.

« Nous veillerons à suivre cette histoire, dit Helen.

— Je me demande s'ils ont informé le gardien du calice, fit Zoë, songeuse. Je crois que les circonstances l'imposent.

— J'en doute, grommela Merlin. Le grand-oncle Thurston est en extase devant l'acquisition d'une bibliothèque privée, et Merrihew en a après la carpe géante du lac de la vieille glaisière. Une fois de plus.

— Mmm… commenta Helen.

— Et puis, continua Merlin, s'il y avait un fils-du-chaudron, comment a-t-il été fabriqué ? Qui possède un chaudron à part nous ? »

Helen et Zoë secouèrent la tête.

« Non, Merlin, dirent-elles à l'unisson. Le gardien du calice ne le permettrait jamais.

— Mais…

— Non, répétèrent-elles ensemble très fermement.

— Nous informerons le gardien du calice, même si les aînés ne l'ont pas fait, déclara Zoë. Je peux faire un saut dans la Serpentine demain. »

Susan la regarda d'un air hébété, mais elle n'eut pas l'occasion de demander ce qu'elle pouvait bien vouloir dire car Helen lui posa une question :

« Tu loges avec Merlin à Northumberland, Susan ?

— Non, répondit la jeune femme en se sentant rougir.

— Elle loge chez Mrs. London. Tu sais, la pension que la division spéciale nous réserve pour y caser les bizarroïdes, expliqua Merlin. Même si elle ne joue pas très franc jeu, vu qu'elle y a placé deux transfuges soviétiques et un ancien infiltré dans un groupe pacifiste dont la couverture n'a pas tenu.

— C'était donc ça ? » hoqueta Susan, qui était restée perplexe face à ses colocataires. Leur réticence à dévoiler leur identité ou la raison de leur présence était encore plus forte que la sienne.

« Est-ce suffisamment sécurisé ? s'enquit Zoë. Tu as parlé d'un Kexa ?

— La pension bénéficie des protections habituelles, dit Viviane. Elle est en terrain neutre – aussi neutre que possible à Londres, en tout cas. Aucune entité connue de l'ancien monde n'y réside ni ne la revendique. Et aucun Ancien Souverain n'exerce son autorité dessus.

— Et j'y serai avec Susan, ajouta Merlin.

— Dans la pension au sens large, précisa Susan. Pas dans ma chambre précisément. »

Merlin hocha la tête, comme s'il n'avait rien sous-entendu de plus. Peut-être n'avait-il réellement rien sous-entendu, songea Susan. Elle se demandait quelle interprétation était la pire. Il n'était pas aussi égocentrique et vaniteux qu'elle l'avait cru, mais il n'en était pas moins séduisant…

« Bien qu'il ne soit pas rare que certaines des entités mineures et des dilettantes humains soient aussi des criminels au sens classique du terme, ce genre de travail de commande de la part de gobelins – qui n'obéiraient en aucun cas aux instructions d'un simple mortel – combiné à l'activité de gangsters sort largement de l'ordinaire. Ça ne peut pas être une coïncidence. Et selon toi, c'est lié à ce qui est arrivé à ta mère ?

— Je ne sais pas, mais je pense que ça vaut le coup qu'on creuse, fit Merlin.

— Sans aucun doute, dit Zoë. Si Jocelyn ne peut pas s'occuper des photos au British Museum demain, je trouverai quelqu'un d'autre. Quoi qu'il en soit, ce sera fait en milieu de matinée. Appelle-moi.

— Je passerai, intervint Viviane. Je serai là de toute façon : je suis de service demain en caisse.

— Oh, s'exclama Susan, moi aussi je travaille demain ! J'avais oublié, avec tout ce qui s'est passé… Mais j'imagine que je serai en sécurité au pub ?

— Je serai avec toi, décréta joyeusement Merlin. Comme un rémora accroché à une baleine. Non. Un truc plus agréable : comme une fraise dans du champagne… »

D'un bon coup de coude dans l'estomac, Viviane lui fit expulser tout son air, et il se calma.

« Soyez prudents, les enfants », leur recommanda Helen. Elle fit pivoter son fauteuil et regagna son bureau.

« Oui, soyez très prudents, insista Zoë. Et ne goûtez surtout pas l'abominable tourte qu'ils servent en bas ! »

Chapitre douze

Les nouvelles sont charmantes
Les romans inventent
Les pièces me tentent
Mais les poèmes chantent

Susan et Merlin regagnèrent finalement la pension de Mrs. London à près de sept heures car, après leur déjeuner fort tardif – au cours duquel ils évitèrent soigneusement le *stargazy pie* –, ils durent d'abord passer à Northumberland House pour y déposer Viviane, qui voulait jeter un œil aux protections des lieux, et permettre à Merlin de boucler une valise en cuir ridiculement grande, pourvue de nombreuses sangles. Sur l'insistance du jeune homme – bien aidé par le tact de Viviane pour obtenir satisfaction –, ils voyagèrent dans l'un des taxis des libraires, cette fois conduit par le très silencieux et très concentré cousin Wendover plutôt que par Audrey.

Épuisée, Susan ne rêvait que de prendre un bain et de se coucher, mais cela lui fut refusé lorsque, tandis qu'ils traversaient l'entrée, la porte de ce que la logeuse appelait la salle commune s'ouvrit sur l'inspecteur Greene, vêtue exactement de la même façon que la semaine précédente, quand elle avait amené Susan depuis le commissariat de Highgate. Un style particulier.

« Il était temps, grommela-t-elle en leur faisant signe d'entrer. Allez, venez. On se dépêche.

— Peut-on discuter demain ? demanda Susan. Je suis rétamée.

— Non, parce que j'ai besoin de savoir ce que c'est que ce bordel, répondit Greene en reculant pour les laisser entrer. De même que mon collègue du Crime organisé, qui nous fait l'honneur de sa présence. Susan Arkshaw, Merlin Saint-Jacques, permettez-moi de vous présenter le surintendant principal Holly.

— Reg Holly ! » clama un homme corpulent d'âge mûr – un genre d'ancien boxeur qui avait dû être beau et portait un costume croisé trois-pièces sur une chemise d'un blanc éclatant. Une grosse montre au bracelet argent pointait sous son poignet mousquetaire, fermé par des boutons de manchette dorés aux armes d'un club nautique qui lui donnaient une allure de banquier plus que d'officier de police. « Appelez-moi Reg. »

Le regard de Merlin passa de Holly à Greene.

« C'est une affaire qui concerne les libraires, déclara-t-il. Personne en dehors de votre unité n'est accrédité, Greene. Aucun policier classique. Vous le savez.

— Te bile pas, mon gars, fit Reg. Le poste de Greene était à moi, autrefois, jusqu'à ce que je me tourne vers d'autres horizons professionnels – j'ai d'ailleurs suggéré à la jeune Mira ici présente de tourner la page – ha ha – parce que travailler avec vous autres libraires ne la mènera nulle part. Et regardez-moi aujourd'hui : surintendant principal en charge de ce que j'appelle le crime mal organisé.

— L'accréditation historique du surintendant principal n'a pas été révoquée, dit posément Greene.

— Et j'ai passé un coup de fil à Merrihew pour voir si ça dérangeait que je m'impose, ajouta Reg. Pas de problème, qu'elle a dit. Alors me voilà. »

Susan s'affala dans un fauteuil. Merlin resta debout à regarder Holly d'un air méfiant.

« Vous devez être Susan… Arkshaw », dit l'homme en l'observant avec attention. Il avait de petits yeux cruels, trouvait-elle, et elle détourna le regard. « Une nouvelle venue dans le genre d'affaires où se fourrent les libraires.

— Miss Arkshaw ne relève pas de votre responsabilité, intervint Greene. Monsieur le surintendant.

— Ce que j'aimerais savoir, poursuivit Reg en ignorant sa collègue, c'est ce que votre arrivée et le... euh... départ de notre cher ami et peu regretté Frank Thringley ont à voir avec deux gars de Birmingham venus vous enlever sur le pas de votre porte ?

— Monsieur, j'aviserai la directrice adjointe de... » tenta de glisser Greene. Mais Holly s'entêta.

« La mafia de Birmingham, le crime organisé, c'est de *mon* ressort », gronda-t-il à l'adresse de l'inspectrice. Quand il se retourna vers Susan, toutefois, son visage était de nouveau serein. « Je me demande donc quel rapport ont l'arrivée d'une certaine Susan Arkshaw, le décès de Frank Thringley, malfrat du nord de Londres *et* suçoteur, la tentative d'enlèvement de ces branquignoles *et* la soudaine flambée de violence entre – et au sein de – un certain nombre de gangs d'ordinaire policés à Londres, Birmingham, Liverpool, Manchester, Leeds et Newcastle. Ou, en d'autres termes, la seule Grande-Bretagne qui compte, puisque les Écossais et les Gallois – ou quatre-vingt-dix pour cent d'entre eux – continuent leurs petites affaires sans rien remarquer.

— Quoi ? fit Susan. Ça n'a rien à voir avec moi !

— Maintenant, comme il n'y a rien d'écrit, aucune déclaration – comme d'habitude avec vous autres – je n'ai appris que ce matin, grâce à des sources informelles, votre existence et votre présence quand Frank Thringley s'est fait dézinguer par Mr. Merlin Saint-Jacques ici présent...

— Vous n'êtes pas impliqué dans cette opération et vous n'auriez pas non plus dû être informé de...

— La ferme, Greene. Je vous ai déjà dit que j'en avais causé à Merrihew et qu'elle m'autorisait à parler à qui je veux. »

Encore une fois, le chien d'attaque disparut lorsqu'il se retourna vers Susan. Elle fronça les sourcils en se demandant pourquoi diable il se donnait ce mal – comme si elle manquait de remarquer combien il était grossier envers Greene. Il pourrait se montrer doux comme un agneau avec elle, elle n'en saurait pas moins que c'était un parfait abruti.

« Bref, c'était il y a une semaine, donc je pourrais éventuellement me dire que la recrudescence de chamailleries n'est pas liée au reste. Mais ce matin, deux gars du gang des bouteilles de lait se pointent ici, tentent un enlèvement et se font châtier, ayant négligé la présence de votre Mr. Merlin à la porte, armé d'un foutu canon à main. Pourquoi étaient-ils là ? Quel est le lien ?

— Pourquoi vous ne le leur demandez pas, *Reg*? suggéra Merlin, même s'il connaissait déjà la réponse.

— Je leur ai demandé, une fois que l'équipe de Greene en a eu fini, et leur cerveau ressemblait à une purée de pois. Ils ne savaient pas où ils étaient, ce qu'ils faisaient ni pour qui. À mon avis, ils avaient subi une intervention aux mains de quelqu'un que vous autres libraires êtes censés empêcher de nuire – voire aux vôtres, qui sait ? Ce que j'aimerais savoir, c'est qui se balade là dehors en abîmant la matière grise de mes malfrats de base.

— Nous aimerions bien le savoir aussi, répondit Susan. Surtout moi, vu que je n'ai pas envie de subir d'autres tentatives d'enlèvement.

— Et il n'y a rien que vous puissiez me dire ? » insista Reg. Il prit une mine qu'il estimait manifestement douce et implorante, mais ses oreilles en chou-fleur et son nez cassé lui donnaient plutôt l'air d'un carlin légèrement fêlé.

« Je ne sais rien sur les gangs de Londres ou d'ailleurs », répliqua la jeune femme. Elle se détourna, peu désireuse de croiser le regard de Holly. Elle y avait aperçu quelque chose, un bref éclair. L'espace d'une seconde, il l'avait toisée comme un chat particulièrement cruel face à un oiseau blessé.

« Et de votre côté ? » demanda Reg à Merlin. Il avait retrouvé son air lisse et impersonnel d'officier de police. « Vous avez quelque chose à me dire ?

— Non, fit le libraire, laconique.

— Vous savez forcément quelque chose ! protesta Holly. Écoutez, ça fait dix-huit ans que je fais ce boulot, et tout était parfaitement tranquille. D'accord, il y a de la criminalité, les gangs font leurs petites affaires, mais avec une certaine méthode et entre eux, ou en tout cas ils ne s'en prennent qu'à des crapules. Rarement un meurtre ou même un passage à tabac impliquant un honnête membre de la société. Rien qui fasse les gros titres de la presse ou de la télé. Je prends ma retraite dans six mois. J'avais un bilan impeccable, et aujourd'hui tout se casse la gueule. Vous savez forcément quelque chose. Miss Arkshaw, vous êtes la fille adoptive de Thringley ou un truc du genre, non ? Allez, j'ai besoin d'aide !

— Je ne suis pas la fille de Frank Thringley, adoptive ou non ! s'offusqua Susan. C'était un vieil ami de ma mère.

— Ah, j'ai dû me tromper. Qui est votre père, alors ? Je n'ai que le nom de votre mère. Elle habite près de Bath, c'est ça ? Jolie ville, magnifique campagne autour. »

Susan se demanda s'il était en train de la menacer. Rien dans le ton de sa voix ne le laissait entendre, et ses paroles étaient innocentes. Mais elle avait le sentiment que c'était le cas. De toute façon, elle en avait sa claque du surintendant principal Holly.

« Je ne peux rien faire pour vous, conclut-elle fermement. Je suis vraiment fatiguée et je vais aller prendre un bain et me coucher.

— D'accord, d'accord, capitula Reg en levant les bras. On jette le vieux flic au rebut. Mais si vous craignez réellement une autre tentative d'enlèvement, vous feriez mieux de me donner un coup de main. Je peux vous aider. D'ailleurs, que diriez-vous que je prête à Mira Greene deux officiers pour surveiller cet endroit de plus près ? Je n'ai rien contre l'unité M, mais si un groupe de vrais gangsters londoniens se pointe avec tout l'équipement… eh bien, je ne donne pas cher de vos chances.

— Nous gérons la situation, merci, monsieur, assura Greene. Et ça irait à l'encontre des consignes strictes du directeur : aucun de vos officiers ne doit se frotter aux libraires et à l'ancien monde.

— À mon sens, c'est des criminels de ce monde-ci que vous devriez vous méfier, Miss Arkshaw, dit Reg à Susan en ignorant sa collègue. Mais c'est vous qui voyez. Au cas où vous changeriez d'avis, voici ma carte. »

Ni Susan ni Merlin ne fit mine de la prendre, et il la laissa donc tomber sur la table basse avant de sortir d'un pas raide. Greene pivota sur ses talons et le suivit. Ils entendirent les deux policiers discuter dans l'entrée.

« J'ignorais que vous preniez votre retraite, monsieur. Costa del Sol ?

— Je vous emmerde, Greene. Marrez-vous donc. Vous savez bien que je resterais si je pouvais. On me pousse vers la sortie. Et ce sera plutôt la Costa del Cumbria, vu le montant de ma retraite. D'ailleurs, je n'aime pas beaucoup vos sous-entendus. La Costa del Sol, comme si vraiment j'étais corrompu !

— Bonne chance, monsieur. »

La porte claqua sur la fin de la réponse véhémente de son collègue : « Espèce de… ! »

Greene revint dans la pièce quelques secondes plus tard.

« Navrée. Holly est un zombie, c'est à peine s'il fait semblant de bosser. La seule raison pour laquelle les gangs se tiennent à carreau depuis si longtemps, c'est qu'il leur fiche une paix royale ! C'est un sale fumiste qui passe sa vie au golf, en arrêt maladie et autres. Et je suis persuadée que c'est aussi un pourri : on ne peut pas être aussi inefficace par accident. La seule surprise, c'est qu'on ait attendu si longtemps pour le pousser dehors. Maintenant, racontez-moi ce qui se passe.

— C'est une affaire qui regarde les libraires, dit Merlin.

— Et quand ça recouvre des questions policières, ça me regarde aussi, rétorqua Greene. Dommage qu'il n'y ait pas d'autre interlocuteur pour moi chez vous que Thurston. Ou Merrihew, qui n'est jamais dans aucune des deux boutiques et qui, quand je l'appelle à la campagne, met une demi-heure à venir prendre la communication : ça me coûte une fortune. J'ai dû appeler Thurston *trois fois* aujourd'hui, et on m'a systématiquement dit qu'il était trop occupé pour répondre à mes questions.

— Il est effectivement très occupé, fit Merlin. À déballer la bibliothèque personnelle de Sir Anthony Blunt. Enfin, l'ex-Sir, j'imagine, vu qu'on lui a retiré son titre de chevalier.

— Le traître ? Est-ce que les Soviétiques sont impliqués...

— Non, bien sûr que non ! la coupa le jeune homme. Désolé. Thurston m'irrite, moi aussi. Il n'y a aucun lien. C'est juste que Blunt avait une bibliothèque extraordinaire, riche de premières éditions et de livres rares. Ça les met dans tous leurs états, à la nouvelle librairie, et Thurston n'a pas une seule cellule grise à consacrer à autre chose. J'aimerais bien qu'il prenne sa retraite.

— Euh, est-ce que ça arrivera un jour ? demanda Greene. Je n'ai que des archives très limitées et ce que j'ai découvert par moi-même, à l'usage, mais il semble que Thurston et Merrihew dirigent les opérations des Saint-Jacques depuis 1887. »

Susan sursauta. « Depuis 1887 ?

— Oui, c'est à peu près ça, fit Merlin d'un ton las. Pour Thurston. Merrihew est responsable des gauchers depuis plus longtemps encore : 1815, quelques mois après Waterloo. On a tendance à vivre très vieux. Enfin, si on ne se fait pas tuer. Écoutez, il vaut vraiment mieux que vous ne sachiez pas ce qui se trame potentiellement. Je veux dire, malgré votre boulot, vous restez une mortelle. De manière générale, plus vous en savez, plus vous êtes en danger.

— C'est ma réplique, ça, commenta Greene. Miss Arkshaw est-elle en danger ? »

Merlin hésita avant de répondre : « Je crois que oui, même si les aînés sont d'un autre avis. Je vais jouer les gardes du corps auprès d'elle un moment – je passerai la nuit ici – et les taxis effectueront une ronde régulière.

— D'après Mrs. London, quelque chose a éprouvé les protections la nuit dernière. Il semble que vous ayez appelé cette créature un Kexa. Bien évidemment, mon prédécesseur n'a jamais mentionné son existence au cours de ma "formation" parfaitement risible, et je n'y ai trouvé aucune autre référence. Qu'est-ce que c'est qu'un Kexa ?

— Mrs. L a l'ouïe fine, déplora le libraire. Un Kexa est un chat à cigüe. Et vous pouvez consulter *Le Rameau d'or*... Non, attendez... Vous avez raison, il n'est pas mentionné dans la version qui a finalement été imprimée. Bref, le Kexa est un serviteur qu'on invoque grâce à l'urne funéraire sacrée d'un chat de pharaon. Les Romains en ont apporté quelques-unes ici d'Égypte, mais nous en avons récupéré la plupart au fil des ans. Pas toutes, manifestement. C'est une créature très dangereuse, mais elle n'a pas pu entrer, et elle ne se manifeste que par une nuit claire, et quand la lune n'est ni nouvelle ni pleine.

— Comme ce soir, remarqua Greene. Peut-on tirer sur un Kexa ? Je veux dire – est-ce que des balles en viendraient à bout ?

— En théorie, oui. Mais ils sont très difficiles à toucher parce qu'ils se déplacent entre ce monde et un ailleurs qui n'est pas... euh... ici. Remarque, ce serait peut-être plus facile que de se battre contre des follets...

— Pourquoi ? demanda Susan.

— Il faut quelque chose de vieux pour taper sur un gobelin. Du fer ou de l'acier – de l'acier pré-industriel, s'entend – de plus de trois cents ans. Ou de la pierre. Ou du vieux bois. Comme le bâton d'Audrey.

— Des civils risquent-ils d'être mis en danger à cause de la chose ou la personne qui en a après Susan ? À propos de gobelins, j'ai cru comprendre qu'il s'était produit un événement inhabituel à Mayfair ce matin ?

— Aucun civil n'a été mis en danger, assura Merlin. Les follets ne voulaient que nous. Ils nous ont emmenés hors du temps et ont embrumé l'esprit de ceux qui se trouvaient là pendant les quelques secondes nécessaires pour ce faire.

— À l'exception d'une touriste américaine, ajouta Susan en bâillant. Mais je crois qu'elle a mis ça sur le compte du jet lag.

— La situation de Miss Arkshaw…

— Appelez-moi Susan. Vous l'avez fait tout à l'heure.

— La situation de Susan, quelle qu'elle soit, risque-t-elle de se résoudre dans un avenir proche ? Voire très proche ?

— Je ne sais pas, fit Merlin. Mais comme on dit si bien dans la police, l'enquête suit son cours.

— Tout ça va peut-être se tasser, suggéra Susan, pleine d'espoir. Et je pourrai chercher mon père… Bref, il faut que je monte. Je ne tiens plus debout.

— Je viendrai vérifier que tout va bien tout à l'heure, promit Merlin. Euh, n'oublie pas ton sac de cricket !

— Ah, oui. » La jeune femme ramassa le sac contenant les lames et ses vêtements sans relever le regard interrogateur et légèrement incrédule de Greene, puis elle quitta la pièce. Elle manqua percuter Mrs. London, armée d'un plumeau rose, qui faisait mine de nettoyer l'entrée. Mister Nimbus était assis dans les escaliers – un chat noir très distingué avec des chaussettes blanches. Il étrécit les yeux en fixant Susan. Pas exactement méfiant, mais prudent, comme s'il estimait qu'il fallait non pas garder un œil sur elle, mais les deux.

« Bonne nuit, Mrs. London. Je vais me coucher tôt.

— Sage décision, répondit la logeuse. Voulez-vous que je vous monte une tasse de thé ?

— Non, merci. Je vais prendre un petit bain et, hop, au lit. Je suis certaine que je dormirai avant que ma tête se pose sur l'oreiller.

— *Viens sommeil, ô sommeil, nœud certain de la paix*», récita Mrs. London à la surprise de Susan.

Elle était couchée quand Merlin frappa à sa porte.

« Susan ? C'est moi, Merlin. Je peux entrer ?

— Euh, oui », répondit-elle, un peu nerveuse – et contrariée de l'être. « Je suis au lit. »

Merlin ouvrit la porte et passa la main dessus en quête du verrou, qu'il fit jouer plusieurs fois. Rien de suggestif.

« Ne ferme pas ta porte si je ne te le demande pas, recommanda-t-il. Et garde tes vêtements et tes bottes à portée de main. Au cas où on serait obligés de décamper en vitesse. »

Susan, qui se sentait agréablement détendue depuis le bain et tout à fait en sécurité sous ses draps, se redressa tant bien que mal. Son cœur se serra brièvement à l'idée de révéler ainsi que son pyjama n'était pas l'un de ses chouettes t-shirts de groupes musicaux mais un maillot beaucoup trop grand à l'effigie des Wombles, les créatures à fourrure de la série jeunesse éponyme. Mais de toute façon, elle voulait rebuter Merlin. Non ? Une petite voix lui soufflait de prendre le risque : que se passerait-il au pire ? Elle n'était pas obligée de reproduire les déboires de sa mère avec des hommes très séduisants.

« Quoi ? Tu veux dire que… tu penses qu'il va encore se passer quelque chose ? Ici ?

— Non, je veux juste être prêt, fit Merlin. Façon scout, Baden-Powell, tout ça. Et… et… euh… Viviane a appelé. L'une des protections de Northumberland House était bel et bien compromise. Pas un tuyau ni un égout. Une protection censée empêcher les gens malveillants d'entrer par une porte de service dans le local technique de climatisation. Quelqu'un a versé du sang frais mêlé de vif-argent – du mercure, pour toi – sous la porte, ce qui émousse les protections mineures…

— Du sang frais !

— Euh, oui. Quelqu'un doit avoir été tué quelques minutes plus tôt et tout près, bien que nous n'ayons pas encore trouvé de cadavre. En tout cas, la protection était compromise, et une personne malintentionnée pouvait donc entrer. Ce qui ne paraissait pas problématique à première vue car les plans ne montraient aucune communication entre le local technique et l'hôtel lui-même, mais Viv y a découvert un vide sanitaire qui permet d'accéder à la laverie, de sorte que…

— Il se peut qu'il y ait eu un fils-du-chaudron. »

Susan jaillit hors du lit en un clin d'œil et ouvrit le sac de cricket pour en sortir le sabre qu'elle considérait déjà comme le sien.

« Oui, c'est sans doute une bonne idée », commenta Merlin avant de prendre son épée.

Susan posa le sabre contre le lit, la poignée à portée de main, et retourna sous les couvertures. Ses bottes, sa combinaison et – plus embarrassant – ses sous-vêtements formaient un tas informe au pied du lit, de façon à permettre un enfilage facile si les circonstances l'exigeaient.

« Les limites de cette maison bénéficient de protections de haut niveau et d'alarmes contre les intrus plus classiques, expliqua le libraire. Viviane est en route pour vérifier les protections. L'inspecteur Greene a décidé de rester également, et il y aura des patrouilles de police renforcées sur Milner Square. J'aimerais mieux qu'elle ne soit pas là s'il se présente une situation que je dois régler moi-même, mais il paraît qu'elle peut être bien utile si nous subissons une attaque de gangsters. Au fait, je suis dans la chambre à côté, et Mira de l'autre côté du couloir…

— Ah, parce que c'est Mira, maintenant ? » fit Susan. L'inspectrice était trop vieille pour succomber au charme de Merlin, non ? Elle devait avoir au moins trente ans, peut-être même trente-cinq.

« Il nous arrive de nous appeler par nos prénoms, dit gravement le jeune homme. Mais c'est une relation professionnelle, tu comprends.

En tout cas, c'est tout pour la pension, à part Mrs. L. Les Russes et la taupe qui s'est fait virer d'un groupe antinucléaire ont été provisoirement relogés.

— Comment ça, c'est trop risqué pour eux ?

— Oui. Et ils n'étaient pas censés se trouver là, en vertu de notre accord avec la police. La division spéciale essaie sournoisement de faire des économies budgétaires à nos dépens. Tout ira bien. Dors un peu. À quelle heure commences-tu le travail, d'ailleurs ? Et… où ça, au juste ?

— Onze heures. Au Cygne-aux-deux-couronnes. Cloudesley Street.

— Eh bien, on se voit au petit-déjeuner, à une heure civilisée – disons huit heures et demie, répondit Merlin. Tu veux un bisou pour t'endormir ?

— Je ne crois pas, non », fit Susan après un instant d'hésitation. La prudence l'emportait encore, bien que cela lui demandât un gros effort de volonté et de bon sens. « J'ai le sentiment que tes "bisous" pourraient entraîner un manque de sommeil certain.

— Une autre fois, peut-être. » Il sourit et sortit.

Un peu plus tard, on frappa de nouveau à la porte. Susan se réveilla en sursaut. Il faisait noir, et la chambre n'était que partiellement éclairée par la lumière de la place, qui créait des ombres menaçantes.

« Susan ? C'est Viviane. Je peux te parler une minute ? »

Ensommeillée, la jeune femme s'assit dans le lit et s'essuya le coin des yeux. Sans même y réfléchir, elle passa la main sur la poignée du sabre à son chevet.

« Oui, entre. »

La porte s'ouvrit sur Viviane, à contre-jour dans la lumière du couloir. Elle avait troqué son tailleur-pantalon contre un jean bleu foncé, une chemise kaki et une veste aviateur vintage marron foncé doublée en peau de mouton et, l'espace d'un instant, Susan crut que c'était Merlin qui se faisait passer pour sa sœur.

« Excuse-moi de t'avoir réveillée. Tu vas bien ?

— Oui », fit Susan en se frottant à nouveau les yeux. Elle était un peu plus réveillée. « Et toi ? »

La libraire ne répondit pas à sa question et ne bougea pas de la porte.

« J'ai vérifié les protections autour de la maison, et elles sont toutes opérantes, dit-elle. Mais…

— Mais quoi ? » s'enquit Susan. Elle était un peu irritée de s'être fait réveiller.

« Nous… les droitiers… nous avons souvent des prémonitions – des visions, même, pour certains. D'un avenir possible et du passé. Comme le cousin Norman, que Merlin t'a bêtement décrit comme un oracle inversé, je crois.

— Et ?

— J'en ai eu une. Pas exactement une prémonition. Plutôt le sentiment très net que je dois te donner quelque chose, sauf que je ne suis pas sûre que ce soit la bonne chose à faire.

— De quoi s'agit-il ? »

Viviane fronça les sourcils. Susan ne l'avait jamais vue aussi indécise. Comme Merlin, elle paraissait toujours omnicompétente. Et voilà qu'elle se dandinait d'une jambe sur l'autre à la porte, hésitante.

« Allez. Tu m'as réveillée, pour maintenant. De quoi s'agit-il ? »

La libraire grimaça comme sous le coup d'une brève douleur, puis s'avança enfin en lui tendant trois sachets de sel et un vieux couteau à beurre muni d'un manche en os.

« Garde ça sur toi, dit-elle. La lame est en bon acier de Sheffield et elle a été affûtée pour que tu puisses faire couler du sang.

— Euh, pourquoi je voudrais faire ça ? » protesta Susan. Elle ne prit pas les objets offerts. « Oh, ta grand-mère en a parlé… du sel, du fer et du sang… mais qu'est-ce que ça veut dire ?

— C'est une méthode par laquelle les Anciens Souverains et d'autres lient des gens… ou des choses… à leur service, expliqua Viviane. L'un des moyens les plus sûrs et les plus simples pour toi, si tu entres en possession de ce pouvoir. Mélange un peu de ton sang avec du sel sur le plat de la lame ; demande-leur de l'ingérer, s'ils sont d'accord. Sinon barbouilles-en une plaie ouverte, ou poignarde-les s'ils rechignent. Ton sang, le sel et l'acier asserviront n'importe qui ou n'importe quoi dont tu auras besoin, à quelques exceptions près. Il faut que tu leur donnes un ordre en même temps. Un truc comme "Tu es à mon service" ou "Je suis ton maître", tu vois le genre.

— "Je suis ton maître" ? Mais je ne veux asservir rien ni personne ! s'exclama Susan, révulsée. Je veux dire : qu'est-ce qui se passe, ensuite ? Ils me suivent partout à jamais, serviles et à genoux… ou tout organe équivalent ?

— Non, répondit Viviane. Tu peux les libérer. C'est simple : tu poses la main sur leur tête – ou équivalent – et tu dis un truc du genre "Par mon sang, le sel et l'acier, je te libère". Ou tu peux leur ordonner d'aller vivre leur vie jusqu'à ce que tu les appelles, ou de dormir jusqu'à ce que tu aies besoin d'eux, ou toute variation de ton choix, en réalité. Et le lien faiblira avec le temps s'il n'est pas renouvelé ou que tu n'as pas recours à une méthode ou un autre pour le renforcer.

— Je pourrais faire ça à n'importe qui ? Cette histoire de barbouiller une plaie ouverte… Je pourrais par exemple griffer quelqu'un dans son sommeil et lui appliquer la mixture ?

— Oui. Si tu hérites réellement du pouvoir de ton père. Ce qui n'est pas garanti.

— C'est affreux ! éclata Susan. Je ne veux pas être capable de soumettre des gens, des entités ou qui que ce soit !

— Tout ça pourrait rester purement théorique. Et même si tu obtiens ce pouvoir, tu n'es pas obligée de t'en servir. Mais je crois qu'il faut que tu sois au courant…

— Je n'en veux pas », trancha la jeune femme. Elle se rallongea et remonta les couvertures par-dessus sa tête. Je ne veux ni du couteau ni de ce fichu sel ! Va-t'en et laisse-moi me rendormir !

— D'accord. Excuse-moi. »

Viviane fit demi-tour et marcha sur la combinaison abandonnée au pied du lit. Après un instant d'hésitation, elle se pencha et glissa les sachets de sel dans une poche latérale et le couteau dans la longue et fine poche destinée à accueillir un mètre pliant. Elle esquissa un sourire : Susan finirait peut-être par effectuer un asservissement *en règle*, qu'elle le veuille ou non.

La libraire quitta la chambre en fermant doucement la porte derrière elle.

Merlin était dans le couloir. Il avait enfilé un pantalon noir, des baskets noires et un col roulé noir sous un gilet pare-balles marqué « Police » devant et derrière. Il portait sa vieille épée du côté droit et le Smython dans un étui à gauche, crosse vers l'avant, façon as de la gâchette : il s'attendait manifestement à des problèmes, quoi qu'en pensent les autres.

« Comment l'a-t-elle pris ?

— Elle a refusé, répondit Viviane. Mais j'ai glissé le couteau et le sel dans les poches de sa combinaison.

— Je ne comprends toujours pas comment elle en a déniché une à sa taille, dit Merlin.

— J'espère ne pas avoir commis une grave erreur, fit sa sœur, pensive.

— Tes prémonitions sont justes dans quatre-vingts pour cent des cas. Tu te rappelles quand papa a failli nous attraper il y a trois ans en revenant à l'improviste alors qu'on était en train de piquer cette excellente bouteille de champagne dans la cave ? Si tu n'avais pas pressenti son arrivée, on en entendrait encore parler.

— Un Dom Pérignon 1959, soupira Viviane. On ne l'a pas apprécié à sa juste valeur.

— Parle pour toi. Mais revenons à nos moutons. Est-ce que tu as une idée précise de ce pour quoi Susan aura besoin de sel et d'acier ? Quelque chose de clair ?

— Non. » Elle frissonna. « Mais je pressens un danger.

— D'accord. Mais où et quand ?

— Je ne sais pas. Je devrais peut-être rester là aussi. Je comptais retourner à la nouvelle librairie pour consulter les archives de Harshton & Hoole, voir si on a des éléments sur cet étui à cigarettes. Un motif de montagne et un cadeau pour sceller un traité ou un marché, ça ne doit pas être très courant. Il y a peut-être des courriers qui en parlent. Ce qui implique de consulter les microfiches, puisque tout ce qui date d'avant 1979 est parti à la mine de sel.

— Je te laisse ce plaisir », lâcha Merlin.

Viviane leva la main droite : « Évidemment. Alors, je reste ou j'y vais ?

— Vas-y. Les protections sont toujours fonctionnelles. Greene est là, de même que Mrs. L, et il y a les alarmes. Les trois taxis vont tourner pendant la nuit, et il y a une équipe supplémentaire de la D11 – deux voitures – qui patrouille depuis Tolpuddle Street, ce soir, si ce sont vraiment les gangsters qui sont à craindre, comme dit le surintendant Holly.

— Qui ça ?

— Le surintendant principal Holly. Chef de la division Crime organisé, mais il occupait le poste de Greene il y a quelques années. Il était là un peu plus tôt, à poser des questions.

— C'est inhabituel, commenta Viviane. Sans précédent, même.

— D'après Greene, c'est un fumiste à deux doigts de la retraite qui fait le minimum syndical. Il est furieux à cause d'une flambée de violence entre gangs qu'il estime liée à Frank Thringley. Et Susan. Parce qu'elle y était et que ces malfrats de Birmingham ont essayé de l'enlever.

— Encore cette histoire de gangs. Je crois que je vais examiner le dossier de Holly, pendant que j'y suis.

— Reg Holly, précisa Merlin. Fais attention : ne demande pas son dossier par les canaux habituels. Greene dit qu'il est influent. Et il a l'air dans les petits papiers de Merrihew.

— D'accord. Je vais voir ce que j'arrive à trouver, et je passerai tôt demain matin avant d'aller travailler à la boutique. Tu as l'intention de dormir ?

— Pas sûr.

— Fais attention à toi, idiot de frère », recommanda Viviane en traversant le couloir. Elle se retourna en haut des escaliers. « Et prends soin de Susan. Je l'aime bien.

— Moi aussi », répondit-il. Il fronça les sourcils en se demandant pourquoi. Susan ne ressemblait à aucune de ses conquêtes précédentes, ni physiquement ni par son comportement ou ses origines. Elle était séduisante, certes, mais il y avait autre chose. Il aimait sa façon de bouger, de parler et le calme avec lequel elle avait accueilli tout ce qui lui arrivait, alors que ça devait être incroyable pour qui ne s'était jamais frotté à l'ancien monde.

Il réalisa que ce qu'il commençait à ressentir pour elle n'avait rien de désinvolte. Pourtant la désinvolture était son mode par défaut – et il ne voulait pas autre chose. Ou du moins, il n'en avait jamais voulu…

Chapitre treize

Une ombre frôle le mur épais
D'autres traversent le couloir
En nombre elles vont bondir, danser, tomber
Mais il leur faut à la fois lumière et obscurité
Car nulle ombre ne rampe dans la nuit noire

Susan se réveilla une nouvelle fois, au cœur de la nuit. Pendant quelques instants, elle se demanda ce qui l'avait tirée du sommeil, jusqu'à ce qu'elle ait suffisamment repris ses esprits pour reconnaître une cloche – une cloche très bruyante, comme une alarme incendie, mais un peu étouffée. Le bruit venait de plus bas dans la maison.

Deux secondes plus tard, Merlin frappait à sa porte. Très vigoureusement.

« Susan ! C'est moi. Debout ! Habille-toi ! »

Il entra quelques instants plus tard et se précipita vers la petite fenêtre qui donnait sur le jardin en portant la main à ses yeux comme une vive lumière blanche inondait soudain l'arrière de la maison. Le fracas de la cloche était pire avec la porte ouverte.

Susan bondit hors du lit et dans ses sous-vêtements sans se donner la peine d'ôter son t-shirt géant des Wombles. Elle se glissa presque par lévitation dans sa culotte et son soutien-gorge, puis remonta la combinaison de travail sur le tout en y rentrant son t-shirt.

« Qu'est-ce qui se passe ?

— Une alarme s'est déclenchée derrière la maison : ça allume les lumières du jardin et ça fait sonner une cloche dans la chambre de Mrs. L », répondit Merlin qui se tenait près de la fenêtre, la tête prudemment inclinée pour regarder dehors. « Baisse-toi et n'approche pas. »

Susan se concentra sur ses lacets.

« Merde ! » s'écria le jeune homme. Il quitta la fenêtre, sortit de la chambre en courant et beugla depuis le haut des escaliers : « Greene ! Ne tirez pas tant qu'ils ne sont pas carrément dans le jardin ! Ne... »

Quatre détonations en rapide succession l'interrompirent. Il revint pour regarder à nouveau par la fenêtre.

« Purée... Bien pensé. Susan, prends ton sabre et verrouille la porte.

— Qu'est-ce qui se passe ?

— Une ruse. Deux hommes armés équipés de gilets remplis de vif-argent. Greene a versé leur sang à la limite de la propriété. Le sang mêlé au mercure est capable d'annuler brièvement même ces protections puissantes et... c'est bien ce que je pensais... il y a un fils-du-chaudron. Verrouille ta porte ! »

Il sortit en ôtant son gant, dévoilant sa main gauche argentée.

Susan empoigna le sabre, le sortit de son fourreau et alla verrouiller la porte avant de retourner près de la fenêtre, le cœur battant comme jamais.

Comme Merlin, elle resta sur le côté et se pencha prudemment pour jeter un œil. Un type vêtu d'une robe d'hôpital ouverte dans le dos avançait lentement sur la pelouse, bien visible sous les projecteurs. À première vue, il ressemblait à un ivrogne un peu perdu qui se concentrerait un peu trop pour marcher droit ; puis elle remarqua que sa tête était inclinée selon un angle bizarre et, avec une frayeur terrible, que son ombre n'avait rien d'humain : il s'agissait d'une masse grouillante de vrilles nébuleuses reliée à son corps par les talons uniquement, et qui ne reproduisait pas du tout ses mouvements.

Susan retint son souffle comme de nouveaux coups de feu résonnaient. Quelqu'un – Greene ou Mrs. London – tirait depuis la porte de derrière. Elle vit les balles frapper le fils-du-chaudron, des fragments de chair et d'os voler aux points d'impact sur la tête et la poitrine, mais il n'y avait pas de sang, et c'est à peine si la créature chancela – comme sous l'effet d'une bourrasque, rien de plus.

Puis Merlin fut là, avec sa vieille épée. Il dépassa l'homme en courant à une vitesse incroyable tout en visant ses genoux. Mais celui-ci accéléra soudain, bondit par-dessus la lame et se contorsionna, manquant de peu d'attraper le libraire au passage. Merlin se retourna, et il y eut soudain un échange de coups très rapides, épée contre mains crochues. La lame tailla des morceaux de la créature, mais on avait l'impression qu'elle ne tirait que des copeaux d'un bout de bois dur, et Susan inspira brusquement comme le fils-du-chaudron ratait de peu le bras du jeune homme. Elle savait d'instinct qu'une fois qu'il l'aurait empoigné, il ne lâcherait plus prise.

Merlin recula vers l'abri de jardin. Il s'efforçait d'éloigner la créature de la maison, comprit-elle. Mais celle-ci était obnubilée par sa tâche : elle avança d'un pas vers le libraire, puis fit soudain demi-tour et courut vers la porte, où elle se retrouva face à Mrs. L maniant une épée à deux mains – une grossière copie de claymore façon faussaire de Glasgow. Elle porta un coup oblique à l'épaule de son adversaire, mais elle n'avait pas la vivacité d'un libraire gaucher. Le fils-du-chaudron évita sa lame et, d'un coup de poing, l'envoya voler jusque dans le potager, où elle atterrit rudement et resta immobile.

Mais elle l'avait ralenti – peut-être au prix de sa propre vie. Merlin arriva par-derrière et, pivotant sur place, porta des deux mains un coup titanesque au cou de la créature, à l'endroit où sa tête était déjà un peu détachée suite à ce qui avait dû tuer l'homme. Le coup le décapita, et sa tête alla heurter la barrière.

Même ainsi, le corps pivota et se dirigea à tâtons vers le libraire. Horrifiée, Susan regarda son ami cogner, cogner, cogner encore, en changeant sans cesse de côté et en reculant pour éviter de se faire attraper. Près de la barrière, la tête esseulée tirait la langue et faisait jouer sa mâchoire dans un vain effort pour se retourner, de façon à sortir le nez du gazon et y voir clair.

Un bruit dans la chambre poussa la jeune femme à faire volte-face. Un discret *poum*, comme un unique coup de tambour étouffé. Elle ne distingua rien dans la pénombre, mais un autre *poum* retentit tout près.

Quelque chose lui tomba sur la figure. Elle y porta aussitôt la main et sentit un liquide. Elle leva les yeux tandis que de multiples hypothèses lui passaient par la tête. Il n'avait pas plu tant que ça, le toit n'avait jamais fui jusqu'alors...

Un pan circulaire de plâtre et de liteau s'écrasa soudain du plafond près de la porte, et un nuage de poussière blanche se forma. Du sang – Susan en avait la conviction – jaillit de là où il avait été répandu pour briser les protections magiques du toit. Le corps d'un homme mort ou mourant suivit quelques instants plus tard. Même sans plus de lumière, elle vit qu'on lui avait tranché la gorge d'une oreille à l'autre. Du mercure coulait doucement du gilet de sauvetage qu'il portait, lui aussi éventré. Des traînées argentées se répandaient lentement au milieu du sang plus fluide.

Susan leva son sabre et se prépara en criant de toute la puissance de ses poumons et avec tous les muscles de sa gorge : « Merliiiiiiin ! Merliiiiiiin ! »

Des gobelins dégringolèrent en nombre par le trou – deux, voire trois à la fois, un véritable torrent de créatures qui atterrissaient les unes sur les autres, roulaient, bondissaient et gloussaient d'un rire étrangement doux et lointain, comme étouffé sous un oreiller. Ils ressemblaient physiquement aux follets de Mayfair – des enfants gauches au visage émacié et aux joues rouges –, mais ceux-là étaient exclusivement vêtus de tabliers en cuir qui, pendant leur chute et leur culbute au sol, se relevaient sur des jambes pareilles à des bâtons reliées directement au tronc, sans fesses ni organes génitaux. Un peu comme des Barbie ou des Ken raccourcis, ratatinés, faits de chair grossière.

Susan porta un coup au premier en se raidissant en vue de l'impact, du jaillissement de sang et de l'horreur. Mais la lame traversa le gobelin, tablier de cuir compris, comme de la fumée. La jeune femme perdit l'équilibre en rencontrant si peu de résistance et fit presque un tour sur elle-même.

En un clin d'œil, les gobelins étaient sur elle, et leurs mains avides n'eurent aucun mal à l'attraper. Elle lâcha le sabre, dont le métal n'était pas assez ancien pour toucher ces envahisseurs du pays des fées, et déchaîna ses pieds et ses poings.

« À l'aide ! À l'aide ! Des gobelins ! »

Les gobelins se pendirent aux bras et aux jambes de la jeune femme, l'entraînant vers le bas. Dès qu'elle fut à terre, ils la bâillonnèrent avec sa taie d'oreiller et entravèrent ses chevilles et ses poignets à l'aide de cordelettes en cuir, l'immobilisant, et la soulevèrent aussitôt au-dessus de leur tête, en une étrange parodie de slam en concert de métal. D'autres gobelins se déversèrent par le trou pour former une pyramide aux nombreux étages. Susan leur fut confiée, et ils la soulevèrent jusqu'au trou percé dans le toit. Il était ouvert sur le ciel, à présent, les ardoises retirées et une section de poutre brisée. Il y avait là un autre cadavre : un skinhead adolescent, égorgé, dont le sang avait servi à briser les protections. Une bouteille de mercure vide gisait près de lui, étiquette marquée d'une tête de mort bien visible.

Les gobelins firent traverser le toit à leur prisonnière. Elle se raidit dans un effort pour se libérer et les forcer à la lâcher, mais elle était tenue par au moins une douzaine de ces créatures – six de chaque côté. Ils avançaient sans peine en dépit de la pente du toit et l'emportèrent jusqu'à la maison voisine. Les bobines de barbelé qui barraient la voie s'étaient recroquevillées de part et d'autre, coupées en deux.

Susan persistait à lutter et parvint à se défaire du bâillon, qui avait été noué en toute hâte. Mais elle avait la bouche sèche et le souffle court. Les gobelins progressèrent d'un pied sûr et rapide sur le toit voisin et le suivant, puis celui d'après, jusqu'à atteindre la dernière maison du bloc. Il y avait là une échelle de corde, qu'ils empruntèrent en masse pour descendre dans le jardin. Susan ferma les yeux à cette occasion, persuadée qu'ils allaient la lâcher. Mais les petits êtres étaient extrêmement forts pour leur taille, et très agiles. Ils agrippèrent les barreaux d'une main et des mâchoires – pourvues de quatre dents – tout en tenant solidement la jeune femme de l'autre main, à quatre sur une même ligne.

Ils la déposèrent au milieu du jardin et reculèrent avant de s'égailler soudain dans toutes les directions, comme des cafards effrayés par la lumière.

L'espace d'un instant, Susan crut que Merlin était venu à la rescousse, avant de rouler sur elle-même et de découvrir la silhouette noire d'un loup absolument énorme. Il faisait la taille d'un minibus et occupait presque la moitié du jardin. Ses yeux, plus grands que les lampadaires de la rue, brillaient d'un rouge terne comme des braises couvertes de cendres. Sa gueule immense était ouverte sur des crocs d'ivoire jauni longs comme l'avant-bras et une langue d'obscurité sinueuse.

« Merlin ! » hurla Susan en retrouvant son souffle. Elle se contorsionna comme une chenille pour s'éloigner de l'énorme bête, mais celle-ci posa une patte formidable sur sa tête, la maintint en place et se pencha en ouvrant sa gueule immense. La jeune femme leva ses jambes entravées et lança un coup de pied à la jointure des mâchoires. Mais son attaque ne rencontra ni fourrure ni chair. Elle eut plutôt l'impression de sauter de très haut dans de l'eau froide, une sensation de fluidité saisissante, et des fourmillements lui parcoururent soudain les pieds jusqu'au mollet.

Le loup baissa un peu plus la tête, et ses mâchoires se refermèrent sur le ventre de Susan – non, il les rapprocha sans les refermer complètement, le museau dans le gazon, positionnant sa gueule afin de pouvoir ramasser la jeune femme de la manière la moins dangereuse possible. Susan cessa de se tortiller quand elle comprit ce que faisait l'animal, et celui-ci enfonça lentement son museau pour s'assurer une bonne prise. S'il avait voulu la dévorer, raisonna-t-elle, il l'aurait gobée tout de go, sans se soucier des dégâts.

Elle avait raison. Le loup glissa sa mâchoire inférieure sous son corps et la souleva lentement, laissant sa tête et ses pieds pendre de chaque côté de sa gueule. Encore une fois, elle n'avait pas l'impression de se trouver entre les dents d'une créature vivante. Bien que fermement maintenue, elle avait une drôle de sensation : comme si les crocs du loup n'étaient pas entièrement là ou tout à fait présents dans le monde réel. Elle avait le sentiment déplaisant de flotter comme sur un liquide huileux, beaucoup plus porteur que l'eau, et avec suffisamment de pression pour l'empêcher de se libérer.

Elle resta immobile tandis que le loup inclinait la tête pour la faire glisser légèrement en arrière, en sécurité juste derrière ses grandes canines.

« Susan ! »

C'était la voix de Merlin. À en juger par le son, il se trouvait sur le toit de la maison. Elle tourna la tête et hurla, mais le loup pivotait déjà. Alors qu'il se tendait pour bondir, il y eut comme un choc mou et l'animal frémit en glapissant – Susan le sentit autant qu'elle l'entendit –, puis il sauta, arrachant un cri à la jeune femme, secouée par la réception malgré l'étrange effet amortisseur des mâchoires surnaturelles du loup.

Ce bond les amena à Waterloo Terrace, à une cinquantaine de mètres de la pension. Le loup accéléra aussitôt et adopta un rythme soutenu, tout en bougeant la tête le moins possible afin de ne pas blesser Susan. Elle vit les lampadaires défiler sans réussir à évaluer leur vitesse, mais l'animal était rapide. Ils dépassèrent une voiture, puis une autre en tournant vers le nord sur Upper Street.

Il y avait là une longue file de camions et de voitures, mais le loup ignora la voie de circulation, contournant les véhicules plus lents et utilisant les deux côtés de la route, quitte à sauter par-dessus la circulation quand c'était nécessaire. Les conducteurs ne virent pas la créature – ou ils ne réagirent pas à sa présence. Pas d'écart ni de freinage d'urgence. Susan ferma les yeux à l'occasion de plusieurs dépassements pour lesquels le monstre avait mal évalué la vitesse d'un véhicule en sens inverse. Même si les humains ne le voyaient pas, il évitait autant que possible les collisions, ce qui soulageait un peu la jeune femme. Lui survivrait peut-être à un choc frontal à pleine vitesse. Elle, non – elle le savait.

Le loup ne s'arrêta pas au feu rouge. Il courait si vite et la tenait à un angle si déroutant, avec les bâtiments et les lumières qui défilaient, qu'il était impossible pour Susan de déterminer où ils allaient. Jusqu'à ce qu'ils tournent à angle droit au niveau de Highbury Corner et qu'elle retrouve ses repères.

Il prenait l'A1, sur Holloway Road. Retour vers Highgate et la demeure de Frank Thringley, songea-t-elle. Retour vers là où tout avait commencé.

Susan bougea lentement les mains à la recherche d'un bout de dent acéré pour y user la corde, mais il n'y avait rien de tel. Elle voyait très clairement les crocs géants, elle se savait maintenue entre eux, mais quand elle frottait ses poings liés contre la surface de la dent sous elle, elle ne sentait qu'une étrange semi-résistance. Ses mains s'y enfonçaient légèrement puis remontaient, et ses efforts ne lui valaient que de nouveaux fourmillements.

Susan abandonna cette idée et s'efforça d'incliner la tête pour mieux voir où ils allaient. Au début, cela se limita à la circulation et des rues banales de Londres, mais elle aperçut ensuite la grande arche du pont d'Archway Road, confirmant son intuition quant à leur destination, pour finir d'autant plus déconcertée quand le loup omit de tourner sur Muswell Hill Road et choisit de rester sur la route A1.

Encore et encore, vers l'autoroute M1

En direction du nord. Toujours le nord.

Merlin jura comme le Fenris bondissait au loin avec Susan entre ses puissantes mâchoires. Son épée s'était enfoncée profondément dans la croupe du loup, côté gauche, alors qu'il visait l'arrière de sa tête. La blessure le ralentirait, mais sans doute pas tout de suite, et l'arme avait si bien pénétré la chair qu'elle scellait aussi la plaie, de sorte qu'il n'y aurait pas de traînée sanglante évidente à suivre.

Évidente pour un droitier, Merlin l'espérait, puisqu'il ignorait quant à lui comment suivre la piste de l'ichor perdu par une créature mythique qui existait tout en n'existant pas à la fois dans le monde contemporain.

Il courut sur les toits vers la pension pour gagner le trou percé dans le toit. Le mort ici était un skinhead – épingles à nourrice dans le lobe de l'oreille, chaînes accrochées au pantalon. Sans doute un type du coin qui n'avait aucune idée qu'on allait le sacrifier pour permettre aux gobelins de franchir les protections du toit. Les hommes qui avaient péri dans le jardin, tués par l'inspecteur Greene, n'étaient probablement pas au courant non plus, même s'ils avaient dû se demander pourquoi on leur faisait porter ces vestes équipées de tuyaux remplis de mercure. Merlin se posait des questions à ce propos : Greene ignorait-elle vraiment qu'il ne fallait pas verser de sang sur les protections ou faisait-elle partie du complot qu'il soupçonnait fortement ? Mais ceux qui avaient organisé tout ça étaient peut-être prêts à leur tirer dans le dos de toute façon afin de faire couler le sang et le mercure, et Greene les avait simplement pris de vitesse.

Il se laissa tomber dans la chambre de Susan, où il remarqua que le cadavre portait aussi une veste lestée de mercure. D'âge mûr, celui-ci avait un étui pour une grosse paire de cisailles à la ceinture et des anneaux tatoués autour des doigts, indiquant qu'il était le disciple d'une entité malveillante. Un de ceux que les Saint-Jacques appelaient les « adeptes de sectes mortuaires ». Celui-ci devait savoir à quoi servait la veste, et il s'était offert en sacrifice de son plein gré. Il avait sûrement tué le skinhead sur le toit avant d'aller intentionnellement à la rencontre de sa propre mort.

Les cloches sonnaient à toute volée dans le couloir, et Merlin entendait des sirènes en approche.

Il dévala les escaliers et trouva Greene à la fois au téléphone et sur sa radio, alternant entre l'écoute de l'un et les ordres aboyés dans l'autre. Elle leva les yeux vers lui.

« Les librairies ont été informées ? demanda-t-il.

— Oui, fit-elle. J'ai commencé par ça. Vos équipes d'intervention sont en route.

— Je vais emballer le fils-du-chaudron, l'informa Merlin.

— Qu'est-ce que… »

Il était déjà parti. Il entra dans la cuisine et ouvrit tous les placards jusqu'à trouver les casseroles. Une énorme marmite et son couvercle en mains, il sortit dans le jardin.

Greene avait installé Mrs. London le dos contre le mur de la maison, le pistolet sur les genoux. Elle n'avait pas de blessure visible, mais du sang perlait au coin de sa bouche, et elle était très pâle.

Elle était consciente.

« Les côtes en miettes, enfoncées dans les poumons aussi… et sans doute tout le reste, souffla-t-elle comme le libraire la regardait.

— L'ambulance est en route », dit-il. Il hésita. « Est-ce que vous aviez expliqué les protections à Greene ? Et l'effet qu'aurait sur elle du sang frais combiné au mercure ?

— Non, haleta-t-elle. Je croyais qu'elle était au courant. C'est le problème… avec ce boulot… personne ne sait ce que les autres… savent déjà… ou sont censés savoir.

— Pas faux, répondit Merlin en soupirant. Euh, puis-je faire quelque chose pour… »

La salive de suçoteur ne pouvait hélas pas être appliquée sur des blessures internes. Et les droitiers avaient des pouvoirs de guérison.

Mais il n'était pas droitier.

« *Un somme, et nous nous éveillerons éternels…* » murmura-t-elle avant de fermer les yeux.

Merlin la laissa et traversa la pelouse jusqu'aux différents morceaux du fils-du-chaudron, qui se tortillaient dans un effort pour se rejoindre et reconstituer un corps. Mais le jeune homme l'avait découpé en nombreux petits morceaux qu'il avait écrasés dans l'herbe humide, de sorte qu'ils n'étaient pas allés bien loin.

Il avait laissé la tête intacte, sachant que les droitiers voudraient lui parler. Elle se trouvait encore dans le potager, mais elle avait parcouru un peu de distance en s'aidant du menton. Il se pencha pour la récupérer dans la marmite et maintint fermement le couvercle comme la tête se servait de sa langue et de son menton pour se cogner contre les flancs du récipient en acier inoxydable. Il emporta le tout vers la maison en prenant soin d'écraser à nouveau les morceaux éparpillés sur la pelouse, dans une drôle de danse.

Près de la porte, il remarqua que la logeuse ne respirait plus et que sa tête avait roulé sur le côté. Du sang mousseux et rouge vif coulait franchement de sa bouche.

« *Et la Mort ne sera plus ; Mort, tu mourras* », murmura-t-il. Il posa la marmite et s'assit dessus en se penchant pour refermer doucement les yeux de Mrs. London de sa main argentée.

Chapitre quatorze

Printemps, pousses vertes
Triomphe du renouveau
Mort, ton étreinte brisée

Viviane arriva à la pension de Milner Square cinq minutes après les équipes d'intervention des deux librairies et – semblait-il – tous les véhicules d'urgence possibles. Le bord du square devant la maison était encombré sur toute la longueur : un fourgon, deux motos, un 4x4 blindé et deux voitures de police, deux ambulances, une moto-ambulance et deux camions de pompier, dont un doté d'une échelle pivotante qui se déployait vers le toit de la troisième maison après celle de Mrs. London. Il y avait des agents en uniforme devant presque chaque porte, qui renvoyaient chez eux les gens qui ne cessaient de sortir pour voir ce qui pouvait bien se passer. L'extrémité nord du square était bloquée par deux taxis des libraires et une douzaine de motos appartenant à l'équipe d'intervention de la vieille librairie.

Viviane était dans le troisième taxi, conduit par Audrey, qui s'exclama : « Sapristi ! » et se gara sur le trottoir à l'angle sud du square. Viviane fut dehors avant même qu'Audrey n'ait éteint le moteur.

Deux agents armés et nerveux devant la porte de la pension levèrent leur pistolet mitrailleur HK MP5, puis le baissèrent quand la libraire présenta son badge et la laissèrent accéder au policier sans arme qui prenait le nom des intervenants au fur et à mesure de leur arrivée. Il contempla quelques instants son badge, grimaça et lui fit signe d'entrer sans rien écrire.

Comme elle montait les marches du perron, des ambulanciers sortirent avec un corps sur un brancard, et elle dut se pousser. Une couverture verte couvrait le visage du mort, mais Viviane remarqua ses chaussures et s'arrêta net, choquée.

Les confortables chaussures à bout carré de Mrs. London, qu'elle achetait chez un fournisseur médical qui avait mystérieusement survécu jusque-là. Des chaussures à la Florence Nightingale.

« Au revoir, Mrs. L », murmura-t-elle avant d'entrer.

Greene était au téléphone dans l'entrée, presque au garde-à-vous, et son interlocuteur aimait manifestement le son de sa propre voix. Viviane – qui, comme tous les droitiers, avait l'ouïe particulièrement fine – distinguait presque tout de son propos, et notamment le terme *démenti*, répété avec force. L'inspectrice plaça la main sur le combiné et dit : « Merlin est derrière. »

Viviane se précipita. Son frère, la main gauche ornée d'une manique à motif cachemire en lieu et place d'un gant, se tenait au milieu de la pelouse illuminée et parlait très sérieusement à Una, qui pour une fois l'écoutait attentivement.

Le jeune libraire avait le pied sur une marmite qui émettait des bruits sourds. Les autres gauchers de l'équipe d'intervention ramassaient… des bouts de viande frétillants… sur la pelouse, à l'aide de fourchettes et de pinces à barbecue, avant de les jeter dans une demi-douzaine de casseroles plus petites – selon une certaine logique, sans doute, vu qu'ils ne les mettaient pas systématiquement dans la plus proche. Trois droitiers de la nouvelle librairie prenaient des notes et dessinaient des croquis des morceaux, tandis que deux autres inspectaient à quatre pattes les protections au fond du jardin.

Il y avait deux cadavres près d'eux, juste à la limite – des hommes en bleu de travail et masque de cochon, étendus dans des mares de sang coagulé et de mercure toujours chatoyant. L'un d'eux tenait encore un fusil à canon scié, l'autre gisait près d'un pistolet mitrailleur Sterling. Trois techniciens de scène de crime en combinaison protectrice bleue et surchaussures se tenaient dans un coin en attendant leur tour et évitaient soigneusement de regarder ce que faisaient les divers libraires. Ils avaient tous enfilé des gants qui leur remontaient jusqu'au coude et ils tripotaient nerveusement leur masque à gaz.

Viviane les entendait murmurer à propos du MI5, d'armes chimiques et biologiques et de la zone de recherche militaire de Porton Down – on leur avait assuré qu'ils ne risquaient rien, mais ils n'y croyaient pas. Elle ne leur prêta pas attention.

« Un fils-du-chaudron, fit-elle tout bas derrière son frère en comprenant de quoi il s'agissait. Des casseroles différentes pour les différents morceaux, de façon à ce qu'il ne puisse pas se reconstituer, pas vrai ? Et j'imagine que la tête se trouve dans cette marmite. »

Merlin se retourna. Il avait une mine affreuse.

« Viviane, ils ont Susan.

— Quoi ? Qui ça ?

— Ils ont fait tout ça pour l'enlever. Les hommes tués ici et sur le toit : du sang frais et du mercure pour briser les protections. Ensuite ils sont passés à travers le plafond de sa chambre. Des gobelins d'Islington – tu sais, la bande des tabliers en cuir. Ils l'ont emmenée dans un jardin, quelques maisons plus loin, et un Fenris l'a emportée. Je lui ai balancé mon épée et je l'ai touché mais, à en juger par le bond qu'il a fait, il n'a pas dû être gravement blessé.

— Un Fenris ? Lequel ?

— J'en sais rien !

— Il n'y en a que sept en Angleterre, répondit sa sœur. As-tu repéré un signe distinctif ? Des poils argentés sur la truffe ? Des orteils surnuméraires ? Une queue plus large ?

— Non, non, il faisait noir et c'était un foutu loup énorme, alors je n'ai pas pris le temps de vérifier son identité ! J'étais sur le toit, il se préparait à bondir, j'ai jeté mon épée comme une lance, et tu sais combien c'est difficile. J'ai manqué la tête, j'ai eu l'arrière-train. J'ai cru un instant que ça suffirait à l'arrêter : la lame s'était enfoncée profondément. Mais l'épée est restée dans la blessure, et le Fenris s'est tiré.

— L'épée ? *Cette épée-là ?* Tu l'as perdue aussi ?

— Je ne l'ai pas perdue : elle est fichée dans la croupe d'un loup qui se dirige vers le nord, protesta Merlin. Et dès que j'aurai terminé ici, je vais retrouver ce monstre, Susan et l'épée.

— Tu as terminé, fit Una. Mais tu ne peux pas foncer comme ça au nord. Les aînés vont vouloir te voir dès que possible. Merrihew a même négocié un transport en hélicoptère depuis Hereford *de nuit*, et tu sais combien elle déteste ça.

— Les aînés peuvent attendre, répondit le jeune homme. Je les appellerai sur le trajet.

— Comment vas-tu découvrir où le Fenris a emmené Susan ? demanda Viviane. Et que feras-tu si l'épée tombe en cours de route ?

— Je ne suis pas inquiet pour l'épée, rétorqua-t-il. Elle trouvera le moyen de retourner auprès du gardien du calice s'il le faut ; elle le fait toujours, non ? C'est pour Susan que je me fais du souci. Qui a pu – et su – se donner tout ce mal pour l'enlever, et pourquoi ? Quatre… cinq mortels sacrifiés, les gobelins d'Islington suffisamment effrayés pour kidnapper Susan en sachant que ça les met sur notre liste noire pour des années, l'un des sept loups sacrés d'Angleterre forcé de s'improviser ravisseur…

— Oui », fit Viviane. Elle hésita. « C'est peut-être son propre père, bien sûr.

— Quoi ? s'étonna Una.

— Besoin d'en savoir plus, contra aussitôt Merlin avec un regard appuyé à sa sœur.

— Oui, eh bien, je crois que j'ai bien besoin d'en savoir plus, moi », fit Una d'un air menaçant. Elle désigna la marmite remuante sur laquelle le jeune homme gardait le pied posé. « Un *fils-du-chaudron* qui attaque une des résidences protégées qu'on a mises en place avec la police métropolitaine ? C'est moi la gauchère la plus gradée ici. Balance.

— C'est justement parce qu'il y avait un fils-du-chaudron que je veux garder cette information ultra secrète.

— Comment ça ? »

Merlin inspira profondément.

« Qui a un chaudron ? demanda-t-il si bas qu'Una dut se pencher vers lui. Et qui se rend le plus souvent à Silvermere ?

— Les aînés... » Una laissa sa phrase en suspens. « Tu ne crois pas sérieusement que...

— Je ne sais pas, répondit le jeune homme, gêné. Mais je veux me concentrer sur l'opération de récupération de Susan en mettant le moins de monde possible au courant de ce que nous faisons, d'accord ? »

Una resta muette pendant trois longues secondes.

« On en a parlé à tante Helen et tante Zoë, intervint Viviane. Elles pensent que les soupçons de Merlin ne sont pas fondés, mais elles vont consulter le gardien du calice, que Thurston et Merrihew le fassent ou non. »

Una hocha lentement la tête. Elle fixa le jeune gaucher d'un œil très attentif.

« Viviane t'accompagne ?

— Bien sûr, assura aussitôt celle-ci.

— Vous appellerez depuis la route, au moins toutes les deux heures », dit Una. Et ce n'était pas une question.

« Oui », promit Merlin.

Una leva la main gauche et agita les doigts.

« Allez-vous-en, alors. Soyez finauds. »

Merlin ôta son pied du couvercle, fit demi-tour et s'éloigna. La marmite s'agita vigoureusement, Una planta son pied dessus et, quand elle releva la tête, le frère et la sœur étaient déjà rentrés dans la maison.

La gauchère prit une profonde inspiration et se tourna vers l'un de ses collègues.

« Darren, file-moi ta ceinture.

— Pourquoi ?

— Pour ficeler cette fichue marmite.

— Mais je vais perdre mon pantalon. T'as une ceinture aussi.

— Oui, mais je ne veux pas perdre mon pantalon non plus. Oh, ne fais pas cette tête. Va voir si tu peux trouver un peu de ficelle ou de corde. Ou de la rubalise. Les flics en auront. Va m'en chercher. »

Merlin et Viviane se dépêchaient de monter les escaliers. Merlin ramassa son gant et se défit de la manique ; il glissa le Smython et d'autres objets dans son sac en poil de yak et prit sa valise pendant que Viviane scrutait le trou du plafond. Les deux techniciens de scène de crime – un homme et une femme – en train d'examiner le corps qui avait atterri dans la chambre leur tournèrent le dos en se parlant à l'oreille. L'homme trouvait Viviane mignonne et ne parut même pas gêné quand la femme le mit en garde en décrivant la libraire droitière comme « une de ces barbouzes *vraiment* bizarres ».

Pour sortir de la maison, ils durent d'abord contourner Mister Nimbus, tapi dans l'entrée, les poils hérissés sur le dos. Il observait en plissant les yeux la porte extérieure par où avait disparu le corps de Mrs. London et que le surintendant principal Holly essayait à présent de franchir, tandis que l'inspecteur Greene faisait de son mieux pour l'en empêcher.

Il paraissait peu probable qu'il ait été en train de courir à trois heures du matin, pourtant le surintendant portait des baskets et un jogging bleu marine avec une caricature de Bruce Lee côté gauche, au-dessus de l'inscription « Opération Poulet », et il avait une serviette noire autour du cou. Il avait l'air plus jeune, moins corpulent et plus efficace que ce matin-là, dans son costume trois-pièces.

« Vous ne devriez pas être là, monsieur le surintendant, insistait Greene. Vous connaissez la procédure. Aucun officier supérieur identifiable ne doit être vu sur les lieux d'un incident impliquant les LIBER MERCATOR SPECIAL. Nous avons établi un cordon autour du square, mais quelqu'un pourrait avoir un téléobjectif et réussir une photo, ou l'un des voisins pourrait prendre un cliché et le vendre aux journaux. Vous êtes connu. Vous devez partir tout de suite.

— Je m'en irai quand j'aurai jeté un petit coup d'œil, rétorqua Holly. Il y a des corps, pas vrai ? Des gars du coin, avec des armes ? Je peux sûrement les identifier direct et vous faire gagner beaucoup de temps.

— Non, monsieur, s'entêta Greene. J'ai eu la directrice adjointe il y a quelques minutes. Elle a confirmé que l'opération était sous ma responsabilité. Vous devez partir immédiatement, sinon je vous ferai évacuer. »

Elle regarda derrière Holly les deux officiers en faction devant la porte, dont l'expression imperturbable se fissura légèrement à la perspective de devoir brutaliser un officier supérieur.

« Il faut que vous partiez, monsieur », répéta Greene.

Holly gloussa et leva les mains. La manche de son survêtement glissa, révélant un peu du gros bracelet de montre argenté que Merlin avait déjà remarqué, au moins inconsciemment.

« D'accord, d'accord, vous avez raison. Mais dès que vous savez qui étaient les intrus, je veux que vous me transmettiez l'info. Je dois absolument découvrir la source de toute l'agitation actuelle entre les gangs, et le plus tôt… »

Il aperçut Merlin et Viviane, baissa aussitôt les bras et sortit pesamment en marmonnant « … sera le mieux. »

Greene le regarda s'éloigner.

« Il mijote quelque chose », dit-elle tout bas aux deux libraires, la voix noyée sous le bruit de fond des gens qui parlaient, des radios, des moteurs de véhicules qui ronronnaient dans la rue, et même de l'hélicoptère qui tournait lentement au-dessus de leurs têtes. « Je ne sais pas quoi.

— Il est certainement plus au courant de nos affaires que je ne m'y attendais », commenta Viviane sur le même ton. Elle jeta un regard à Merlin. « Tu as remarqué son bracelet de montre ? Un genre de charme. À quoi il sert, en revanche, je l'ignore. Et d'où il vient.

— J'ai remarqué. Je ne savais pas ce que c'était, mais ça a retenu mon attention.

— Peut-être que des libraires le lui ont donné quand il occupait votre poste, dit Viviane à Greene. Sans doute un charme défensif quelconque. Il n'a pas été là longtemps, pourtant : de 1959 à 1964. Ensuite il a rejoint la police judiciaire… la CID, en tant qu'inspecteur-chef, et l'antigang en tant que surintendant en 1975, pour passer surintendant principal en 1979.

— Vous vous êtes renseignée, commenta Greene. Y a-t-il autre chose que j'aie besoin de savoir ? Je veux dire, en plus de tout le reste que j'ignore ?

— Merlin l'a trouvé suspect, c'est tout. Et il est rare que quelqu'un qui n'est pas actif dans notre domaine porte un charme. Pourquoi se montre-t-il aussi curieux ?

— Je n'en sais rien, marmonna Greene. Il ne s'était jamais imposé jusque-là. Comme je l'ai déjà dit, il passe pour le surintendant principal le plus paresseux de la police métropolitaine. Il ne me manquait vraiment que plus que ça. C'est un officier très expérimenté, qui a des relations partout. Au moins, il prendra bientôt sa retraite.

— Il prétend avoir l'autorisation de Merrihew pour venir fouiner, intervint Merlin. C'est sans doute vrai : trop facile à vérifier. Mais pourquoi Merrihew serait-elle d'accord pour qu'il se mêle de cette affaire ? »

Personne ne lui répondit, mais Viviane lui adressa un regard résigné.

« Ouais, c'était sûrement trop compliqué de refuser, conclut-il. Il y a des priorités : la pêche, la vieille carpe…

— Comment avez-vous dit qu'on appelle le monstre que vous avez dû tailler en pièces, déjà ?

— Je n'ai rien dit, répondit le jeune homme. C'est un fils-du-chaudron.

— Est-ce que… Est-ce qu'il y en a d'autres dans les parages ?

— J'espère sincèrement que non, mais c'est tout à fait possible.

— J'imagine qu'on pourrait se procurer un lot de machettes dans un surplus de l'armée ou un truc du genre…

— Vous feriez mieux d'emprunter des épées et des haches d'armes à un musée. Ils en ont plein à la Tour de Londres, précisa Viviane. Le vieil acier, c'est le plus efficace. »

Greene la dévisagea. « Vous êtes sérieuse.

— Oui. Je commencerais à prendre des dispositions dans ce sens dès maintenant, à votre place. »

Greene gémit et grimaça. « Et vous soutenez toujours que vous ignorez ce qui se passe ?

— On l'ignore réellement, assura la jeune femme.

— Mais ça semble bien tourner autour de Susan, concéda Merlin.

— Qui s'est fait dévorer par un loup géant, dit l'inspectrice. Oui, je vous ai suivi, Merlin, mais à mon rythme, vu que je ne suis pas à moitié elfe ou je ne sais quoi. J'ai vu ce qui se passait depuis la fenêtre de sa chambre. J'aurais dû insister pour qu'elle rentre immédiatement chez elle quand on l'a récupérée…

— Elle ne s'est pas fait dévorer, la coupa Merlin. Le Fenris l'a emmenée quelque part et s'est donné beaucoup de mal pour ne pas la blesser, donc je présume que celui qui en a après elle la veut vivante, et en bonne santé. Nous allons découvrir où elle se trouve et la sauver. À moitié elfe, hein ? Je n'aurais pas cru que vous étiez une fan de Tolkien. Ou de lecture, d'ailleurs, en toute honnêteté. Tout dans les bras, rien dans la tête. Sans vouloir vous vexer.

— Je fréquente pas mal vos librairies, par la force des choses, répondit Greene. Je lis. Et vous savez, quand on dit "sans vouloir vous vexer", c'est qu'on va tenir ou qu'on a tenu des propos très vexants.

— Oui. Désolé.

— Je crois que je préfère C. S. Lewis à Tolkien, poursuivit-elle. La sorcière blanche me fait penser à certains de mes collègues. Bonne chance pour retrouver Susan. Et dès que vous pouvez me dire quelque chose… faites-le. D'accord ? »

Elle se retourna vers le combiné du téléphone, où une voix très hautaine différente de la précédente s'était lancée dans une longue péroraison, lui demandant ce qui se passait et s'il y avait moyen de mettre les événements sur le dos des terroristes de l'IRA.

Les deux jeunes libraires se glissèrent hors de la maison, passèrent devant le policier chargé d'enregistrer les entrées et les agents en faction. Aucun signe du surintendant principal Holly – toutefois les feux arrière d'une Jaguar XJ série III qui s'éloignait marquaient sans doute son départ au nord du square, puisque le cordon de police la laissa passer. Il y avait encore beaucoup de bruit – des véhicules dont le moteur tournait au ralenti, l'hélicoptère qui décrivait des cercles au-dessus de la maison, les voisins à qui on demandait constamment de rentrer chez eux et les passants qui tentaient d'entrer sur le square et se faisaient rembarrer aux points de contrôle établis aux entrées nord et sud ainsi que sur le passage Almeida, cet accès piéton presque dissimulé dans un coin.

Audrey attendait près de son taxi en observant le ciel et en fumant. L'air sombre, elle tapota sa cigarette à leur approche. Elle devina à leur mine que les événements étaient graves.

« On a besoin de ton taxi, Audrey, commença Merlin.

— Pas de problème. On rentre à la nouvelle librairie ?

— Non, je veux dire qu'il faut qu'on l'emmène plus loin, hors de Londres, précisa Merlin. Mais tu peux être notre chauffeur, si tu veux.

— Oh là ! Attends un peu, dit-elle. Qu'est-ce qui se passe ?

— Ils ont été attaqués par un fils-du-chaudron accompagné de gobelins d'Islington, et un Fenris a enlevé Susan, expliqua Viviane. On doit le suivre. Vers le nord.

— Quoi ? s'exclama Audrey en crachant son mégot. Vous avez appelé Thurston ? Qu'a dit Una ?

— Nous n'avons pas appelé Thurston. Una nous a dit d'y aller, fit Merlin. Écoute, il y a quelque chose d'un peu pourri au royaume de Danemark, dirait Shakespeare. On ne sait pas qui trempe là-dedans. Mais on doit récupérer Susan, et ça implique de poursuivre le loup sans le dire à personne.

— Quelque chose de pourri… tu ne veux quand même pas dire…

— Peut-être pas pourri, juste léthargique, tu vois ce qu'on veut dire, la rassura Viviane. Notre but, c'est de récupérer Susan et de revenir ensuite. Mais on ne veut pas en parler à Thurston ou à quiconque aux librairies parce qu'il y a clairement une fuite quelque part. Intentionnelle ou non.

— Alors pourquoi me le dire, à moi ?

— Parce qu'on te fait confiance. Maintenant, on peut avoir ton taxi ?

— Una a donné son accord ? Et vous y allez tous les deux ? »

Viviane acquiesça, tandis que Merlin faisait la grimace.

« C'est quoi le problème ? Tout le monde a peur que je fasse des bêtises si je suis tout seul ?

— C'est un peu ça, répondit Audrey. Oh là là, Merrihew va sûrement me tuer… »

Elle hésita quelques secondes, puis jura tout bas.

« Allez-y, alors. Les clés sont sur le contact. Vous savez vous servir de l'émetteur radio ?

— Oui », fit Merlin, alors que sa sœur répondait « Non. »

« Le contrôle ne vous recevra plus quand vous aurez passé la M25 à peu près, expliqua Audrey. Euh, d'ailleurs si vous y allez incognito, comme qui dirait, j'imagine qu'il vaudrait mieux que j'appelle maintenant pour dire à l'oncle Desmond que je vais rester là un moment ?

— Bonne idée. » Merlin claquait doucement des doigts de la main droite – un geste caractéristique chez lui des moments d'impatience et d'anxiété.

Audrey ouvrit la portière et se pencha à l'intérieur. Ils entendirent le cliquetis et le bourdonnement de la radio, le « Contrôle, vous me recevez ? » d'Audrey et le désinvolte « Ouais, quoi ? » de l'oncle Desmond, puis la tante déclara : « Des, ici numéro trois, je vais être là un moment, à mon avis. Je verrouille Nelly et je vais me prendre un petit thé quelque part. »

Elle se releva alors que la voix crépitante de Desmond accusait réception de l'information avec indifférence.

« Autant faire ce que j'ai dit, hein ? leur lança-t-elle. Soyez prudents, d'accord ? »

Le frère et la sœur hochèrent la tête. Merlin posa rapidement sa valise à l'arrière, balança son gilet pare-balles et le fourreau vide sur ladite valise et s'installa derrière le volant, son sac en poil de yak posé tout près pour avoir facilement accès à son revolver. Viviane grimpa à l'arrière et s'assit au milieu, pour discuter plus facilement à travers le guichet.

Audrey fit mine de sursauter en voyant le gaucher prendre le volant, mais sans grande conviction, et elle se dirigea vers le passage Almeida en allumant une nouvelle cigarette.

« Alors, tu as un plan ? demanda Viviane en se penchant en avant pour parler à son frère. Comment va-t-on s'y prendre pour trouver Susan ?

— Non, je me disais juste que tu en aurais un, répondit Merlin. C'est le cas, pas vrai ? Je l'ai vu à ta tête quand je parlais à Una. »

Il profita du rayon de braquage incroyable du taxi pour effectuer un demi-tour à l'entrée du square, manquant de peu une Rover 3500 de la police qui accélérait sur les vingt mètres qui les séparaient du barrage comme si elle était la première sur place et que chaque seconde comptait. « J'imagine que c'est ça, mon plan, maintenant que j'y pense. Que toi, tu en aies un. Alors vas-y.

— L'épée était bien enfoncée dans la blessure du Fenris ?

— Oui.

— Donc si on localise l'épée, on a aussi le Fenris et Susan – au moins jusqu'à ce qu'il l'ait livrée ou que son commanditaire l'ait récupérée.

— Oui.

— Donc, on trouve l'épée, on trouve le loup, on trouve Susan. Et comme le fer – et cette lame en particulier – ralentira le loup, on a une meilleure chance de le rattraper.

— Oui... mais... concrètement, comment on fait ? »

Viviane brandit le fourreau de façon à ce que son frère le voie dans le rétroviseur. Il sursauta et fit un léger écart, inquiétant les agents en faction au barrage, qui s'écartèrent beaucoup plus vite de son chemin. Il leur adressa un petit signe coupable.

« Bien sûr. J'avais oublié. Euh... ça marche comment, déjà ?

— Parce que tu l'as su un jour ?

— Euh, non, en fait », reconnut Merlin en engageant le taxi sur Theberton Street.

Viviane posa le fourreau en travers de ses genoux et ôta son gant. Sa main droite luisait dans l'habitacle sombre, mais elle la couvrit de la gauche et les posa toutes les deux sur le fourreau. Très lentement, elle inspira pendant une bonne vingtaine de secondes, retint son souffle au moins une minute, puis expira tout aussi lentement.

« L'épée se déplace rapidement, elle doit encore être fichée dans le loup », dit-elle. Elle réfléchit quelques instants. « Mais pas aussi vite qu'elle ne pourrait. Le fer doit déjà affecter le Fenris. Il se trouve à une cinquantaine de kilomètres au nord-nord-ouest. Prends l'A1 et passe-moi l'atlas routier d'Audrey, là-bas. Pas l'index des rues de Londres, j'ai vu un vrai atlas de Grande-Bretagne – oui, celui-là.

— Qu'est-ce qu'on fait une fois qu'on a récupéré Susan ? Si on y arrive…

— Je ne sais pas, répondit Viviane. Je ne sais pas… »

Chapitre quinze

Ô loup, regard fixe et gueule vorace
Point ne t'adonne au carnage, veux-tu
Jamais ta souffrance je n'ai voulu
Non ! Jamais n'ai espéré que trépasses
Viens, bon chien, près de l'âtre prends ta place

Le rythme du loup se fit plus souple lorsqu'ils atteignirent la M1 et qu'il put emprunter la bande d'arrêt d'urgence et filer plus vite que le trafic, ce qui signifiait qu'il allait au moins à 130 km/h. Susan bougeait lentement ses poignets et ses pieds d'avant en arrière dans l'espoir de desserrer ses liens, puisqu'il n'y avait rien sur quoi user les cordes. Le loup n'avait pas l'air de s'en rendre compte mais, pour autant qu'elle le sût, ses mouvements n'avaient eu aucun effet.

Elle se sentait étrangement calme malgré sa position entre les mâchoires d'un loup géant qui l'emmenait à grande vitesse vers une destination inconnue. C'était sans doute un effet du choc, se disait-elle, même si elle ne pensait pas avoir été sérieusement blessée quand la bête l'avait prise entre ses crocs. Elle avait le dos et les épaules en compote, mal au cou, aux bras et aux jambes, mais ça restait supportable. Elle était un peu inquiète à l'idée que sa circulation ait été coupée, mais ses liens n'étaient pas aussi serrés qu'elle l'avait d'abord craint.

Depuis combien de temps le loup l'avait-il enlevée ? Elle n'en avait aucune idée. Tout s'était déroulé si vite, dans un premier temps, et la situation était si étrange. Plus d'une heure, à son avis, mais peut-être beaucoup plus, qui sait ?

« Anticipe », s'exhorta-t-elle. Elle avait plus d'une fois participé à des ateliers scolaires sur comment réagir face au danger, mais dans la mesure où on y recommandait de hurler et de partir en courant lorsque quelqu'un essayait de vous faire monter dans sa voiture, cela ne l'aidait pas beaucoup. Elle ne se rappelait aucun conseil à appliquer si vous vous faisiez réellement enlever. Rester calme, peut-être ? À l'école, c'était la consigne générique en cas de problème. Rester calme.

Elle était calme. Trop. Et elle n'avait rien trouvé d'autre à faire que de continuer à solliciter lentement ses liens, avec pour seul effet prévisible de s'user la peau plus qu'autre chose. Mais si elle parvenait à les desserrer suffisamment pour se libérer, alors elle pourrait réagir quand… si… le loup la recrachait ou la laissait partir. Il faudrait qu'elle fasse vite, parce qu'on l'attendrait sûrement à l'arrivée.

Le loup avait été envoyé par quelqu'un, tout comme les gobelins et les hommes qui avaient été tués pour briser les protections. Quelqu'un de l'ancien monde, qui exerçait aussi son pouvoir sur la pègre du nouveau.

Susan réfléchissait. Des protections qu'on pouvait désactiver en répandant dessus du sang humain ne lui paraissaient pas très utiles. Mais d'après ce qu'avaient dit Merlin et Viviane, l'ancien monde et le nouveau n'avaient que peu de contacts en général, et tuer des mortels pour briser des protections devait être une pratique très inhabituelle.

« Oh, mon dieu ! » s'exclama-t-elle en relevant la tête et en se raidissant par réflexe – suffisamment pour inciter le loup à serrer les mâchoires. « Il devait y avoir quelque chose ou quelqu'un d'autre là-bas pour tuer ces gens ! Merlin dit que les gobelins ne tuent pas ! »

Le loup gronda comme en réponse, ou pour lui ordonner de se taire. Elle obéit et s'efforça de déterminer où ils se trouvaient. Aveuglée par les lumières de l'autoroute et le vent qu'elle se prenait en pleine face, elle peinait à voir les panneaux mais, une fois de temps en temps, elle en déchiffrait un. Elle était encore sur la M1, toujours en direction du nord.

Au bout d'un moment, elle ferma les yeux car le vent les faisait larmoyer, et l'éclairage public était trop lumineux et irritant. Elle tomba bientôt dans un demi-sommeil, un état second probablement lié au choc émotionnel.

Elle reprit brutalement conscience quand le loup trébucha, manqua tomber et referma violemment sa gueule sur elle. Ses crocs lui parurent soudain beaucoup plus fermes et présents. Elle poussa un cri et se débattit quelques instants avant que les mâchoires de la bête ne se rouvrent un peu, que ses crocs ne redeviennent nébuleux et moins solides, suffisamment pour lui permettre de respirer.

Il faisait encore nuit, mais l'aube approchait. La circulation augmentait, mais surtout dans l'autre sens. Le loup dépassait les quelques véhicules qui circulaient de leur côté et grimpait une longue colline. Susan repéra un panneau, mais celui-ci indiquait seulement « Échangeur 36 km », ce qui ne l'aidait guère car elle n'avait jamais pris la M1 et n'avait aucune idée de la position des principaux échangeurs.

Mais elle avait eu moins de mal à lire le panneau que les fois précédentes car le loup allait moins vite dans la montée. Il apparut bientôt à Susan qu'il avait des difficultés. Pour la première fois, elle se rendit compte qu'il ne respirait pas – pas du tout. Elle aurait dû sentir son haleine passer sur elle dans un sens puis dans l'autre. N'importe quel chien ou loup aurait haleté en fournissant pareil effort. Mais il n'y avait aucun mouvement respiratoire.

Et pas plus de salive, songea-t-elle quelques instants plus tard. C'était un soulagement, mais c'était aussi déconcertant.

Son ravisseur avait l'apparence d'un loup géant, mais qu'était-il réellement ?

La créature ralentit encore et gronda, exaspérée cette fois. Elle tourna la tête de chaque côté pour observer son flanc. Susan se tordit le cou pour essayer d'y voir quelque chose et, quand le loup tourna de nouveau la tête, elle vit ce qui le gênait.

L'épée de Merlin, la vieille épée, saillait de son arrière-train, côté gauche, et une longue traînée d'un sang épais couleur d'or dégoulinait le long de sa patte, lent et visqueux comme du miel.

C'était sans doute la source du bruit mou et du glapissement qu'elle avait entendus, songea-t-elle. Même si la lame n'avait pas eu d'effet au début, elle faisait manifestement souffrir le loup à présent, et elle le ralentissait. La situation lui parut tout de suite beaucoup moins désespérée, toutefois elle savait que tout dépendrait de l'enchaînement des événements. Toute opération de sauvetage devrait intervenir avant que le loup ne parvienne à destination et ne la livre à son commanditaire, quel qu'il soit.

S'il arrivait à destination…

Il se remit en mouvement, mais il boitait beaucoup et traînait la patte arrière gauche. Il ne poursuivit pas l'ascension de la colline sur la bande d'arrêt d'urgence : il quitta carrément l'autoroute, franchissant une barrière basse pour traverser un champ de trèfle moissonné précocement et semé de bottes de foin. Après le champ, le loup emprunta une voie étroite ; il se déplaçait désormais lentement et prudemment, vigilant quant à une collision de face. Une fois, il dut bondir de côté pour éviter un Land Rover et, par la suite, tout en suivant globalement la route en direction de l'ouest, l'animal s'efforça de passer par les champs qui la bordaient de chaque côté.

Il n'y avait plus de grands panneaux autoroutiers, et il faisait encore trop noir pour que Susan puisse lire les vieux panneaux indicateurs blancs portant les noms des routes locales, même en allant moins vite. De toute façon, elle doutait fort de les reconnaître... Elle restait perplexe face au changement de direction opéré par son ravisseur, qui lui avait paru déterminé à garder le cap au nord. Son départ de la M1 semblait soudain et imprévu.

En réalité, le loup avait l'air aussi perdu que Susan – en tout cas, il cherchait son chemin. Il s'arrêtait à la moindre intersection pour humer l'air et le sol, manœuvre très inconfortable pour la jeune femme, qui était secouée à chaque fois.

Au bout d'un moment, elle remarqua que le ciel s'éclaircissait : le soleil se levait. La lumière n'était qu'un piètre réconfort. Elle avait mal partout, et ses liens lui paraissaient toujours aussi serrés malgré ses efforts.

Le loup quitta de nouveau la route pour emprunter cette fois un sentier équestre qui pénétrait dans un bois, une très vieille forêt dont Susan n'avait pas réussi à déchiffrer le nom sur le panneau à l'entrée du sentier. L'animal était si imposant qu'il devait se faufiler entre les arbres, courbant fort les branches et agitant les feuilles mais, curieusement, rien ne cassa ni ne tomba, de sorte que son passage laissa peu de traces.

Il boitait toujours, mais il avançait d'un pas plus assuré, comme s'il avait enfin trouvé ce qu'il cherchait.

Le sentier bifurquait pour grimper une petite colline nue, mais le loup le quitta pour s'enfoncer plus loin dans la vieille forêt. Les arbres poussaient encore plus dru à cet endroit, au point que Susan aurait juré qu'il lui serait impossible de passer, mais l'animal y parvint en se serrant entre chênes, hêtres et bouleaux. Il veillait à ne pas cogner sa prisonnière contre les troncs, toutefois cela n'avait pas l'air de le gêner pour lui-même.

La forêt finit par s'éclaircir à nouveau, la pente se fit de moins en moins abrupte jusqu'à ce qu'ils atteignent un plateau. Le loup émergea dans un vallon, comme une clairière naturelle au cœur des bois. Au milieu se trouvait un petit bassin d'environ six mètres de diamètre, entouré de pierres basses et moussues sur tout le périmètre. Un genre de puits. Des jacinthes des bois poussaient là à profusion et, un autre jour, dans d'autres conditions, Susan l'aurait trouvé serein et magnifique.

Le loup inclina la tête et posa délicatement la jeune femme près du puits, mais elle sentit malgré tout l'impact. Il but ensuite brièvement, recula de quelques pas et s'allongea pour lécher la plaie autour de l'épée, tout en veillant à ne pas toucher l'arme.

Susan se contorsionna et roula un peu plus loin, vers une zone moins dure, tout en éprouvant la solidité de la corde autour de ses poignets. Elle la sentit céder légèrement, peut-être assez pour libérer une main, mais le loup cessa de lécher sa blessure et la regarda. La jeune femme s'immobilisa et attendit que la bête reprenne avant de faire à nouveau jouer la corde – plus discrètement, cette fois.

Un merle mâle lança un chant plein d'espoir depuis un arbre tout proche, mais on n'entendait aucun bruit d'origine humaine. La vieille forêt était ainsi depuis des siècles, sans intervention humaine – ceux qui avaient cerclé de pierres la source naturelle avaient disparu depuis longtemps, et le chemin qui y menait était oublié de tous, à l'exception des créatures de l'ancien monde. Des gens habitaient à cinq kilomètres du bois, mais aucun sentier ni piste ne s'approchait du vallon, et même ceux qui avaient fréquenté cette forêt toute leur vie auraient été stupéfaits d'apprendre l'existence de ce puits.

Susan s'efforçait d'extraire sa main gauche de ses entraves quand le bassin se mit à bouillonner d'écume. Elle l'entendit d'abord et dut rouler sur le flanc pour voir ce qui se passait.

Les eaux de la source coulaient sur les pierres qui l'entouraient, et la surface écumait comme si un vent violent soufflait sur le vallon. Mais il n'y avait pas de vent, les lieux étaient sereins, les arbres alentour impassibles, leurs feuilles immobiles. L'éclat du soleil levant bannissait lentement l'ombre. La journée s'annonçait magnifique, du moins sur le plan météorologique.

Une main d'eau claire tourbillonnante émergea du puits et se posa sur une pierre – ses doigts fins se plièrent, ses longs ongles d'écume blanche s'y enfoncèrent profondément. Une autre main suivit, et après quelques tâtonnements, une femme faite d'eau se dressa bientôt au bord du puits. Elle était presque transparente, et l'onde pure tournoyait de ses pieds à sa tête. Mais ses yeux étaient noir et rouille comme les taches d'une truite, des algues vertes dessinaient ses lèvres, et sa chevelure ressemblait à une perruque – une masse de joncs bleu-vert en équilibre précaire sur toute cette eau.

Sans rien dire, le regard de Susan passa de la femme aquatique au loup. Ce dernier se mit à geindre, implorant, et baissa la tête en signe de soumission.

« Quel événement amène le Fenris d'Onundar Myrr à mon puits, chargé d'un si étrange fardeau ? » demanda la femme en jetant un coup d'œil à Susan. Sa voix sans âge, douce et liquide, était néanmoins lointaine, comme si elle venait de partout alentour au lieu de ses lèvres d'algues, qui bougeaient à peine. Un petit poisson glissa hors de sa bouche tandis qu'elle parlait. Elle l'attrapa dans la paume de sa main, et le poisson s'y introduisit et remonta l'intérieur de son bras.

Le loup gémit à nouveau.

La femme quitta le puits et s'avança sur l'herbe en laissant dans son sillage une traînée de vase plutôt que des empreintes de pas boueuses. Elle marcha près du loup qui gisait, truffe baissée, dans une grande souffrance, et elle passa une main aqueuse dans la fourrure de son flanc. Elle arriva à l'épée, sous laquelle le sang avait coulé et séché, et elle s'arrêta.

« Là ! Là ! Voilà un métal que des êtres tels que toi ou moi ne peuvent toucher, Fenris. L'épée doit être retirée… mais je ne peux pas le faire. »

La femme se retourna vers Susan en parlant. Son visage avait beau être fait de liquide transparent – seuls ses yeux et ses lèvres comportaient de la couleur –, Susan crut y lire une expression. Un vague haussement de sourcils, même si elle n'en avait pas.

« Je l'ôterai, proposa-t-elle. Si vous me libérez. »

Le loup gronda, mais se calma quand la femme posa un doigt aqueux sur son énorme mufle.

« Le Fenris voudra te reprendre, prévint-elle.

— J'aurai l'épée, à ce moment-là », fit Susan, tout en pensant pour elle-même que cela ne changerait pas grand-chose face à un monstre qui devait bien peser vingt tonnes. « Et il est blessé, affaibli. »

Le loup gronda encore et montra les dents.

« Elle, rectifia la femme. Ce Fenris est une femelle. Si l'épée reste dans sa plaie, elle… mourra, comme disent les humains.

— J'ai promis de l'ôter. Si vous me détachez.

— Pour une mortelle, tu es remarquablement sereine en ma présence, constata la femme. Et en celle du Fenris. La plupart des mortels que je croise tremblent de peur, s'enfuient en courant ou s'effondrent en tenant des propos incohérents.

— Je… Je ne suis qu'à demi mortelle », répondit Susan. C'était une drôle de chose à dire, mais elle sentait instinctivement qu'elle ne devait pas montrer de faiblesse. Un vague souvenir lui fit ajouter : « Et puis, j'ai déjà rencontré un être qui vous ressemble, je crois. Dans la rivière, à la maison… C'est marrant, j'oublie toujours, et puis je me rappelle, et ensuite je me dis que c'était un rêve.

— À demi mortelle ? Tu m'as l'air tout à fait mortelle… »

Elle s'approcha doucement, sans jamais marcher droit, et s'agenouilla près de la jeune femme. Elle posa un doigt prudent sur son front, laissant un peu d'humidité sur sa peau. « Ah. Tu possèdes un peu de magie, qui s'exerce sur les animaux par exemple. Mais il y a aussi la promesse de bien plus à venir, peut-être, de la part de ton puissant père. Mais pas tout de suite, Susan. Pas tout de suite.

— Vous connaissez mon nom ! Et celui de mon père ? Qui est-ce ?

— Un être bien plus ancien et plus puissant que moi », fit l'autre sans répondre à la question. Elle se retourna vers le Fenris. « Je connais ton nom, comme je sais celui de toutes les créatures vivantes autour de mon puits. Viens, la louve sait que je dois offrir mon assistance à ceux qui viennent la quérir à ma source, or tu as les moyens de m'aider à la fournir. »

Elle se pencha de nouveau en avant, et Susan hurla comme une anguille jaillissait soudain hors de la main de la femme ; ses dents pointues brillèrent, et le poisson trancha la corde autour de ses poignets puis de ses chevilles, avant de retourner d'un mouvement sinueux dans le corps de la femme, pour disparaître dans ses eaux cristallines apparemment vides.

« Brrr… » frissonna Susan. Elle voulut se lever, mais ses jambes étaient si raides et percluses de crampes qu'elle dut se mettre à quatre pattes avec des sanglots de douleur.

La femme tendit une nouvelle fois la main vers elle, et Susan eut un mouvement de recul. Mais aucune anguille n'émergea de ses mains, qu'elle passa doucement sur son corps sans tout à fait la toucher. Une légère brume tomba de ses doigts et vint moucheter sa combinaison et sa peau. En même temps que la brume, Susan sentit un contact frais – non pas comme de la glace, mais plutôt comme une main maternelle sur un front fiévreux. Ses crampes se dénouèrent, son dos cessa de la faire souffrir, et ses mains bougèrent sans douleur.

Susan se leva, et s'inclina par réflexe.

« Merci, euh… Que… Qui… Quel nom dois-je vous donner ?

— Il y a bien longtemps, les mortels appelaient mes eaux le puits de Morcenna, répondit la femme en lui rendant son salut. Un nom qui en vaut un autre. Ôteras-tu l'épée, à présent ? Le métal se diffuse dans le sang de la louve. Chaque instant qui passe l'empoisonne un peu plus.

— Oui », dit Susan. Elle vint se planter devant l'animal, tremblant intérieurement face à l'immensité du monstre – et plus particulièrement de ses mâchoires et ses crocs. Elle ne l'avait pas aperçu clairement, dans la pénombre du jardin sur Milner Square.

Elle s'adressa directement à la louve, d'une voix forte et claire. « Si je retire l'épée, me laisseras-tu tranquille ? »

La bête secoua négativement la tête. L'éclat de ses yeux se ternissait, ses gencives prenaient une teinte jaunâtre, et sa bouche écumait.

« Elle est tenue d'obéir à celui qui l'a asservie, expliqua Morcenna dans son dos. Ôteras-tu l'épée ou non ? »

Susan hocha la tête sans oser répondre. Elle déglutit et longea le corps de la louve en s'efforçant de réfléchir. L'épée était profondément enfoncée. Elle serait difficile à retirer. Mais si elle s'enfuyait aussitôt vers les arbres… Elle jeta un coup d'œil à la zone la plus dense, où les chênes poussaient dru. Si elle parvenait jusque-là, son ravisseur aurait peut-être du mal à l'en sortir : elle pouvait le frapper au museau… mais il n'avait eu aucun problème à traverser le bois très dense…

« À chaque instant qui passe, l'épée l'empoisonne », insista Morcenna.

Susan inspira profondément, attrapa l'épée des deux mains et tira de toutes ses forces. Toutefois elle ne rencontra aucune résistance : la lame sortit comme d'un fourreau bien huilé. La jeune femme partit à la renverse, trébucha sur la margelle, laissa tomber l'épée et glissa dans le puits, s'immergeant complètement avant que ses mouvements paniqués ne lui permettent de remonter à la surface.

« Bon sang ! s'exclama Viviane. Le loup a quitté l'autoroute. Arrête-toi ! »

Merlin immobilisa le taxi sur la bande d'arrêt d'urgence, près d'un champ fraîchement moissonné. Le soleil se levait et la circulation s'intensifiait, même si c'était surtout en direction du sud, de l'autre côté du terre-plein central.

« Ils sont à l'ouest de notre position, tout près, précisa Viviane. Et le Fenris a beaucoup ralenti. Ton épée doit faire son effet. Je vais jeter un œil à l'endroit où il est entré dans le champ – je crois que c'était quarante ou cinquante mètres en arrière.

— Dépêche-toi, lui recommanda Merlin. On n'est pas censés s'arrêter ici. Je ne veux pas attirer l'attention. De quiconque. »

Il sortit et ouvrit le capot pour donner l'impression que le taxi était en panne : fournir aux gens une justification évidente évitait qu'ils n'aillent chercher plus loin. Viviane franchit la barrière latérale et s'enfonça dans le champ. Bien qu'il eût été récemment moissonné et qu'il n'y eût guère plus que du chaume entre les bottes de foin, on discernait clairement le chemin suivi par le loup. Certes, vu sa nature, il ne laissait pas d'énormes empreintes de pattes, mais de mystérieuses traces déroutantes pour une personne normale. Si la créature s'était allongée un moment dans des trèfles encore hauts, elle aurait créé un cercle de culture.

La libraire suivit les traces à travers le champ sur une centaine de mètres en observant la distance entre les empreintes. Il y avait aussi des taches de sang, même si elles n'étaient pas visibles pour un mortel normal et pas aussi fréquentes ni larges qu'elle l'avait espéré.

Elle faisait demi-tour lorsqu'une Rover 3500 de la police se rangea sur la bande d'arrêt d'urgence à une vingtaine de mètres derrière le taxi, gyrophare en marche, mais sans sirène. Les portières des deux côtés s'ouvrirent et les officiers sortirent mais ne s'avancèrent pas.

Merlin se tenait devant le véhicule, penché sur le moteur. Au lieu d'aller à la rencontre des policiers, il s'agenouilla, et Viviane le vit sortir le petit Beretta qu'il gardait dans son étui de cheville.

Elle regarda de nouveau les officiers, qui avaient dégainé leur revolver et tenaient le taxi en joue par-dessus leurs portières ouvertes. Elle se mit à courir en prenant une immense inspiration.

La déflagration plus douce du .25 Beretta résonna une fraction de seconde après le *bang* des .38 Smith & Wesson des policiers.

Chapitre seize

minuit sur les joncs et l'eau immobile
le silence de la nuit
pourtant si tu écoutes
attentivement
tu pourrais l'entendre
approcher
plus près
plus –

Merlin fit feu deux fois depuis l'avant-gauche du taxi, gagna le côté droit en restant baissé et tira encore à deux reprises. La vitre arrière du taxi se brisa sous les balles des policiers et le pare-brise se fissura, mais les projectiles passèrent loin du libraire.

Après ces premiers tirs, il ne se passa plus rien.

Merlin se laissa tomber à plat ventre et rampa le long de la voiture pour aller voir de plus près. Il vit une policière à terre et rampa un peu plus loin, prêt à tirer si nécessaire. Mais son collègue était lui aussi blessé. Merlin se releva et se précipita en avant. Il arriva en même temps que Viviane de l'autre côté, qui propulsa du pied un revolver sous le véhicule de police avant de s'agenouiller pour prodiguer les premiers secours à l'officier.

Merlin s'occupa de celle qui était plus près de lui. Elle gisait sur le dos, les mains pressées sur le côté droit de son cou, et du sang lui coulait entre les doigts. Elle leva les yeux vers le libraire, l'air sonnée. Non par la douleur, mais par la stupéfaction.

« Mais qu'est-ce qui se passe ? demanda-t-elle. Qu'est-ce qu'on fait sur la M1, bon sang ?

— Ça va aller », promit Merlin d'une voix apaisante. Il avait visé son épaule droite, pas son cou. Il écarta les mains de la policière, ouvrit sa veste et fit un effort pour masquer son inquiétude. Ça se présentait mal.

Il prit une ampoule de salive de suçoteur dans la petite poche de sa manche, en cassa le sommet, en fit tourner le contenu dans sa bouche avant de le cracher sur la blessure. Le liquide luisait, formant comme des ruisseaux brillants au milieu du sang plus sombre.

Viviane apparut, chargée d'un kit de premiers secours trouvé dans le coffre de la voiture de police. Elle l'ouvrit, y prit une compresse et l'appliqua fermement sur le cou de la blessée.

« Bandage ! dit-elle

— Pourquoi le ciel est-il si bleu ? demanda la policière. Si bleu…

— Comment va l'autre ? » s'enquit Merlin. Il souleva la tête de la femme pour passer le bandage autour de son cou.

« Il est mort. » Viviane retroussa légèrement son gant, de manière à révéler quelques centimètres de peau argentée à la base du pouce, qu'elle maintint contre la plaie en inspirant. Au bout de quelques secondes à retenir son souffle, elle expira.

« Mort, sans doute possible ? fit Merlin à voix basse.

— La balle a ricoché sur la portière, pénétré dans l'œil puis le cerveau. Il est mort sur le coup.

— Merde. Merde, merde, merde.

— Celle-ci survivra, je pense. » Viviane retira sa main et réajusta son gant. « Mais il n'y a pas que la blessure : quelqu'un est intervenu sur son esprit. Je ne saurais pas dire qui, ni si ça va durer. »

Des voitures ralentissaient : leurs occupants regardaient la scène, bouche bée. Merlin releva le nez en entendant une voiture s'arrêter derrière eux, et il ramassa aussitôt son pistolet. Il s'agissait d'une Vauxhall Estate récente, maculée de boue. Une femme chaussée de bottes en caoutchouc et vêtue d'un genre de blouse d'hôpital verte jaillit du côté passager, les mains en l'air. Le conducteur, quant à lui, s'aplatit aussi bas qu'il le put tout en gardant un œil sur les libraires.

« Je suis vétérinaire ! lança nerveusement la femme. Je peux vous aider ? S'il vous plaît ?

— Oui, cria Merlin. Dites à votre ami de continuer jusqu'à la prochaine borne d'appel d'urgence et de demander qu'on envoie une ambulance et la police ! Vous pouvez prendre le relais ici. »

La Vauxhall repartit. La circulation avait augmenté, et il y avait désormais un flot régulier de véhicules, mais tous ralentissaient à présent pour observer la scène, ce qui provoquerait un embouteillage de plusieurs kilomètres et finirait par attirer très bientôt l'attention. Il était aussi possible que l'un de ceux qui les avaient dépassés se soit déjà arrêté à une borne d'appel d'urgence pour prévenir les secours.

La vétérinaire se précipita vers eux en gardant les mains en l'air. Merlin ramassa le .38 de la policière pour qu'elle ne soit pas tentée de jouer les héroïnes, contourna la voiture et s'y glissa en enjambant l'homme qu'il avait tué, afin de vérifier l'émetteur-récepteur radio VHF.

« L'autre officier est mort, expliqua Viviane à la vétérinaire. Maintenez la pression sur sa plaie. Je pense qu'elle s'en tirera. »

Comme Merlin s'y attendait, la radio était encore réglée sur la fréquence générale de Londres, parfaitement inutile ici, dans le Leicestershire. S'il s'était agi d'une intervention autorisée, les agents auraient contacté la police locale et convenu d'une fréquence à l'avance, ou ils se seraient au moins branchés sur le canal général local. Il ressortit et fit signe à sa sœur. La vétérinaire gardait les mains sur la compresse appliquée sur la plaie, entièrement concentrée sur sa patiente. Elle ne regardait pas du tout Merlin et Viviane.

Les deux libraires regagnèrent rapidement leur taxi.

« Comment as-tu su ? demanda Viviane.

— C'est une voiture de la police métropolitaine et non pas locale. Ça m'a mis la puce à l'oreille. Et puis leurs mouvements n'étaient pas naturels, quand ils sont sortis du véhicule. Ça m'a rappelé les malfrats qui s'en sont pris à Susan. La policière, là-bas, ce n'est pas le choc qui la poussait à demander ce qu'elle faisait sur la M1 : elle ignorait réellement comment elle était arrivée là. Quelqu'un a trafiqué son esprit !

— Je sais, fit doucement Viviane. Je te l'ai dit.

— J'ai attendu qu'ils ouvrent le feu avant d'en faire autant et, merde, je tirais pour blesser !

— Je sais, répéta-t-elle. Allez, il faut qu'on y aille. »

Merlin referma brutalement le capot et sauta dans le siège conducteur. Il dut attendre un peu pour réussir à s'insérer dans le trafic, et il se demandait si quelqu'un allait tenter de les arrêter, par exemple en les emboutissant, ou autre manœuvre tout aussi stupide. Mais les gens qui avaient été témoins de la scène avaient déjà été emportés par le flot incessant de véhicules. Ceux qui passaient à présent ne voyaient qu'un taxi londonien noir vaguement déplacé – un spectacle rare mais pas du tout impossible sur une autoroute – quittant une scène d'accident dans lequel une voiture de police était impliquée.

« On ferait mieux d'abandonner le taxi. La police du Leicestershire le recherchera bientôt. Pour eux, il s'agit du meurtre d'un officier de police. Il faudra au moins quelques jours pour tout éclaircir avec Londres, déclara Merlin comme ils s'éloignaient. J'aurais tellement voulu ne pas avoir à tirer. »

Il resta muet quelques secondes, puis inspira et reprit : « On va devoir voler une autre voiture. Et appeler Thurston.

— Merrihew doit aussi être à la nouvelle librairie, maintenant », fit Viviane sans enthousiasme. Elle avait de nouveau le fourreau sur les genoux. « Ils auront activé la salle d'opérations au grand complet. Première fois depuis le début des années 60, je crois.

— Où est l'épée ? Et, j'espère, le loup et Susan ? »

La libraire se concentra en bloquant sa respiration. Son visage ne rougit pas, mais sa main argentée se mit à briller au point qu'un mince rai de lumière s'échappa de sous son gant.

« À six kilomètres à l'ouest. Et je crois… Oui, ils sont à l'arrêt.

— On va prendre la prochaine sortie, décréta Merlin. À la première voiture vide qu'on voit, on fait l'échange. »

Ils étaient tous les deux très doués en vol de voiture, effractions en tout genre et crochetage de serrures. Cela faisait partie du programme enseigné à Wooten. Les gauchers effectuaient l'essentiel de ces tâches, mais comme il était courant de changer de main dominante dans l'adolescence et jusqu'à la vingtaine, l'école formait tous les élèves comme s'ils étaient destinés à travailler sur le terrain, au moins jusqu'à ce que leur latéralité soit fixée et que les droitiers se désintéressent de ce genre d'activités.

Merlin jeta un coup d'œil à sa sœur dans le rétroviseur. Elle avait l'air très troublée.

« Ces officiers, là, dit-elle. Leur véhicule. Immatriculé A163SUY. Il était sur Milner Square, près de la pension. »

Merlin fouilla ses souvenirs.

« En effet, répondit-il. Garé à l'extrémité nord. Avec les mêmes officiers à l'intérieur.

— On a dû les envoyer à nos trousses presque immédiatement. Ils auraient pu nous rattraper depuis longtemps et nous arrêter.

— Mais ils se sont contentés de nous suivre. Jusqu'à ce qu'on se range sur le côté.

— Donc celui ou celle qui leur a donné des instructions a fait simple. Suivez-les jusqu'à ce qu'ils s'arrêtent, puis tirez pour tuer.

— Qui ou quoi pourrait insérer ce genre d'instruction dans un esprit mortel ? pensa Merlin à voix haute.

— Un Ancien Souverain sur son propre domaine. » Viviane hésita, puis ajouta. « Un gardien du chaudron, sans doute n'importe où – les chaudrons n'ont pas de limites géographiques et, parmi leurs caractéristiques plus spécifiques, ils donnent des pouvoirs sur les esprits mortels. Et l'un d'entre nous aurait pu le faire. Un libraire droitier puissant.

— On aurait perçu la présence d'un Doyen, dit Merlin. Tout le monde l'aurait perçue. Una et ceux des équipes d'intervention aussi. »

Le silence s'installa pendant près d'un kilomètre comme ils réfléchissaient tous les deux.

« Sortie, annonça Merlin en tournant à gauche. Cap à l'ouest, c'est ça ?

— Nord-ouest », rectifia Viviane. Elle consulta l'atlas routier ouvert à côté d'elle sur le siège. « Prends l'A50.

— D'accord. Qui faisait partie de l'équipe de la nouvelle librairie ? J'ai aperçu Silas et Rory…

— Oncle Silas, tante Esther, les cousins Rory, Stewart et Darius.

— Est-ce que l'un d'eux…

— Je ne pense pas, le coupa Viviane. Ils sont tous compétents, contrairement au cousin Jake. Mais maintenir une compulsion meurtrière pendant des heures… Thurston en serait capable, évidemment… Et le grand-oncle Feroze, la grand-tante Évangéline à Wooten, la grand-tante Sheena…

— La grand-tante Sheena ? C'est qui, ça ? » demanda Merlin en fronçant les sourcils. Ils étaient sur un gros rond-point à la sortie de la M1. Il prit la direction de l'A50, déjà en quête d'une voiture à voler. Ils ne disposaient sans doute que de quelques minutes avant que tous les policiers du Leicestershire ne se lancent à la recherche d'un taxi londonien noir.

« Elle dirige Harshton & Hoole à Birmingham, répondit Viviane. Tu ne l'as jamais rencontrée ?

— Je n'ai jamais eu affaire aux orfèvres. Et les ambidextres ? Pourraient-ils imposer ce genre de compulsion ?

— N'importe lequel en serait capable, dit Viviane. Mais… je n'arrive pas à croire qu'ils le feraient. »

Merlin ralentit en apercevant un hôtel Travelodge doté d'un grand parking ; il s'y engagea en visant une place sur laquelle le taxi serait invisible de l'hôtel et de la route, près d'un pauvre bosquet qui se dressait au milieu de l'étendue d'asphalte, résultat d'une mystérieuse démarche de préservation des espaces naturels.

« Et le surintendant ? Il était là, il est suspect.

— Mais il en est incapable, assura Viviane. Aucun adepte mortel ne peut obliger quelqu'un à tuer. Ou alors peut-être dans l'instant, mais pas sur plusieurs heures.

— N'empêche qu'il vaudrait le coup qu'on se penche sur son cas. Tu dis qu'il est passé de l'unité M à la CID avant de finir à l'antigang. Son nom ne figurait pas dans le dossier, mais je me demande s'il n'était pas impliqué dans l'enquête concernant la mort de maman.

— Dommage qu'on ne soit pas à la vieille librairie, j'aurais pu regarder, fit Viviane, agitée. Je ne suis plus censée aller sur le terrain.

— Tu étais encore gauchère il n'y a pas longtemps.

— Ça me semble pourtant très loin. Qu'est-ce que tu penses de cette Austin 1300, là ?

— Non. On aura peut-être besoin d'une voiture rapide. En plus, on la croirait à deux doigts de perdre ses roues. »

Viviane se redressa sur son siège et pointa l'index : « La Ford Capri, là !

— Tu te prends pour Bodie dans *Les Professionnels*, ou quoi ?

— Elle me plaît bien, répondit Viviane. Et alors ? Tu aimes bien Raelene Doyle, toi…

— Doyle est de loin la plus jolie des deux », déclara Merlin.

Il arrêta le taxi et ils sortirent rapidement mais sans trop de hâte. Merlin récupéra son sac en poil de yak et sa valise ; Viviane se chargea de sa ceinture, du fourreau et de l'atlas routier.

Le bosquet les masquait à la vue de tous, sauf de la dernière rangée de voitures du parking, mais personne ne les regardait. Ils remontèrent la file sur trois voitures, Merlin posa sa valise, sortit de sa botte un genre de mètre ruban métallique qu'il glissa dans la portière, le long de la vitre, et ouvrit la Capri en trois secondes. Il se précipita dans l'habitacle pour déverrouiller les autres portières avant de démarrer à l'aide des fils. Viviane jeta ses affaires sur le siège arrière, y fourra également la valise de son frère et s'installa sur le siège passager avant pile au moment où le moteur se mettait à rugir.

Quarante secondes plus tard, ils étaient de retour sur l'A50, cette fois dans une Ford Capri 3.0 Mk 11 couleur argent à capote vinyle noire, exactement comme celle de la série *Les Professionnels*.

« L'épée est toujours au même endroit ? s'enquit Merlin.

— Je vérifie », répondit sa sœur, qui dut se pencher pour attraper l'atlas et le fourreau. « Continue vers l'ouest. »

Susan émergea haletante et crachotante, appuyée sur la margelle du puits, et chercha désespérément son arme des yeux. Mais elle avait fait demi-tour sur elle-même dans l'eau et regagné le mauvais côté. L'épée était totalement hors de portée et le Fenris, debout, avait déjà l'air en meilleure forme. Ses yeux brillaient à nouveau et ses gencives n'étaient plus blanchies d'écume.

La louve géante se dirigea vers elle sans boiter de manière visible, et ouvrit les mâchoires.

« Non », fit Morcenna en se dressant sur son chemin. Elle paraissait toute petite devant la bête, insubstantielle et liquide.

Le Fenris gronda sans grande conviction – on aurait presque cru un glapissement prolongé.

« Non, je ne permettrai pas qu'on s'en prenne à ceux qui viennent à mon puits. Tu le sais, et tu as été guérie. Maintenant, tu dois partir. »

La louve inclina la tête et bondit dans les airs, où elle se transforma en un vol de dizaines de corbeaux plus ou moins immatériels dessinant une vague forme de loup. Les oiseaux s'élancèrent d'un même mouvement dans le ciel déjà éclairci par l'arrivée du jour. Tandis que les corbeaux montaient en cercle, ils se firent de moins en moins consistants, comme s'ils se fondaient dans un vent invisible qui les emportait vers le nord.

« Qu'est-ce que... Comment...

— Elle n'occupait dans ce monde que la place nécessaire pour te porter, expliqua Morcenna. Les loups sacrés ont de nombreuses formes, à la consistance variable. Elle a pris les airs pour apporter plus vite la nouvelle de son échec à celui qui l'a asservie.

— Et qui est-ce ? demanda Susan.

— Une personne dotée d'un grand pouvoir, répondit la femme en haussant les épaules. Toi aussi, je t'ai guérie des blessures légères que tu portais, et je te demande donc de quitter mon puits. Emporte l'épée, je ne veux pas de son poison ici.

— Euh, d'accord. » Elle se leva dans un bruit de succion et fit le tour de la margelle pour ramasser l'épée. « Pouvez-vous me dire combien de temps il me reste avant que le Fenris n'arrive à destination ?

— Il va au rythme du vent, dans les sphères supérieures, dit Morcenna. Il pourrait se rendre n'importe où dans les anciennes limites de la Grande-Bretagne en une heure, ou deux, ou trois.

— Bien, fit Susan. Euh, merci. Pourquoi ne m'avez-vous pas dit que le Fenris serait obligé de me laisser tranquille ? Je veux dire, avant que je n'accepte de le débarrasser de l'épée ?

— Je voulais voir ce que tu ferais. » Les minces lèvres faites d'algues s'ouvrirent sur des rangées successives de minuscules dents de poissons très perturbantes. « Bien que je doive offrir mes soins à tous ceux qui se présentent à mon puits et que je ne laisse personne d'autre faire de mal à mes visiteurs, il m'appartient de décider ce que je fais d'eux après les avoir guéris.

— Ah, d'accord, rit nerveusement Susan. Merci. »

Elle hésita, puis inclina une nouvelle fois la tête. Morcenna en fit autant.

« Je… je vais y aller. » La jeune femme regarda autour d'elle. Le vallon était cerné de bois denses, et il n'y avait aucune trace de sentier. Elle montra ce qu'elle estimait être l'est, soit la direction d'où elle était venue. « De quel côté est la sortie ?

— De tous les côtés », répondit Morcenna. Elle plongea dans son bassin, se muant en un flot d'eau claire et pure et finissant dans une gigantesque éclaboussure, comme si on l'avait versée hors d'un immense verre invisible.

« D'accord », murmura Susan. Elle regarda l'épée dans sa main. Bien qu'elle fût manifestement très ancienne, sa lame étincelait, et son tranchant visiblement affûté lui fit renoncer à sa première idée de la glisser dans la jambe de sa combinaison afin de ne pas terrifier les premiers promeneurs qu'elle croiserait. Elle exclut également de la tenir derrière son dos car ce serait encore plus effrayant.

« Peut-être que personne ne se formalisera, marmonna-t-elle pour elle-même. Une jeune folle à la coupe punk portant une combinaison de travail émerge d'un vieux bois avec une épée. C'est excentrique, pas cinglé à faire peur. Pas de mouvements brusques. Je demande à utiliser un téléphone. Tout se passera bien. »

Susan s'éloigna du puits de Morcenna en direction du bois et de ce qui lui paraissait être un trou possible dans la végétation, vers ce qu'elle tenait pour l'est.

« Il y a un téléphone », dit Viviane en désignant une cabine rouge familière, en face d'un café en bord de route. « On ferait mieux de donner des nouvelles – ça fait plus de deux heures.

— Quand on aura récupéré Susan, répondit Merlin. Et s'ils se remettaient en route ? Ou que l'épée était tombée ? On n'a pas de temps à perdre.

— Les aînés vont être furieux, l'avertit Viviane. D'autant plus que...

— Je sais, je sais ! Je ne voulais pas tuer ce pauvre policier ! Où est-ce que je tourne ?

— La prochaine à droite. Il y a un vieux bois. À mon avis, le Fenris s'y est réfugié.

— C'est peut-être son terrier, fit Merlin.

— Tu as vraiment oublié tout ce qu'on a appris à l'école, hein ? Il n'y a pas de tanière de Fenris dans les environs. Il a dû venir de plus loin au nord, mais cela laisse encore plusieurs possibilités.

— Alors pourquoi s'est-il arrêté ?

— Je ne sais pas. » Ni l'un ni l'autre ne voulait envisager à voix haute que l'épée ait pu tomber et que Susan et le loup soient repartis depuis longtemps.

— Police locale derrière nous, annonça calmement Merlin. Deux véhicules en arrière. »

Viviane ne se retourna pas, mais elle se pencha vers son frère pour regarder dans le rétroviseur.

« S'ils nous suivent au prochain tournant, c'est probablement que le vol de la voiture a déjà été signalé et qu'ils ont fait le lien avec le taxi, dit-il. Je n'ai vraiment pas envie de tuer d'autres innocents.

— Ils nous auraient obligés à nous ranger, ou ils auraient essayé, contra Viviane. Et ceux-là ne seront ni armés ni sous l'emprise d'une compulsion meurtrière. Je peux sans doute les endormir s'il le faut. On y est. Spendborough Road. Tourne ici. »

Merlin ralentit et mit son clignotant, dans les règles, avant de tourner sur la petite route étroite. Les deux véhicules qui le suivaient poursuivirent sur l'A50, de même que la voiture de police.

« Essaye la radio, dit-il. Qu'on voie si… si l'incident de l'autoroute fait les gros titres ou s'ils ont diffusé une mise en garde ou un appel à témoins. »

Viviane s'exécuta. La voiture s'emplit aussitôt des notes du *Moonlight Shadow* de Mike Oldfield à plein volume. Elle baissa le son et enfonça l'un des cinq boutons de présélection pour atterrir sur une autre station, elle aussi en train de diffuser *Moolight Shadow*. Elle appuya sur le bouton suivant et obtint une voix sèche et snob dissertant sur les habitudes des campagnols. Le quatrième bouton fit retentir « Recondita Armonia », un air de la *Tosca* de Puccini, et le dernier un entretien confus avec un pasteur du Somerset à propos des élections législatives à venir et des inondations, qui dans son esprit au moins étaient liées d'une façon ou d'une autre.

« Remets *Moonlight Shadow* », dit Merlin.

Viviane enfonça le bouton, et la musique se déversa de nouveau dans l'habitacle.

« J'ai faim, ajouta-t-il une minute plus tard. Aurais-tu quelque chose à manger ?

— Non. » Viviane inspecta la boîte à gants dans l'espoir d'y trouver du chocolat ou un sachet de chips, mais elle ne contenait qu'un paquet de cigarettes John Player Specials à moitié vide, une boîte d'allumettes et une lampe torche dont les piles étaient à plat.

« On devrait prendre une autre voiture quand on aura trouvé Susan, fit Merlin.

— D'après ce que je perçois, l'épée se trouve… ils sont… au milieu du bois, dit Viviane. Il faudra qu'on y aille à pied, de toute façon.

— Par chance, j'ai dans ma valise des tenues adaptées à l'extérieur, lança le libraire. Pour toi aussi, si tu veux. Une charmante jupe en tartan et le chapeau assorti. »

Elle fit la grimace.

« Mais tu peux choisir autre chose. Il faut qu'on change d'apparence. Tu veux la moustache d'opéra ? Je l'ai apportée. Et une perruque.

— Non, merci. Mais un chapeau, c'est une bonne idée. Tu te rends compte qu'on sera obligé d'abandonner cette valise tôt ou tard ?

— Hélas, oui, répondit Merlin. Mais je pense que la police aura une sacrée surprise en la découvrant.

— À cause de son contenu ?

— Peut-être. Mais la valise elle-même est très spéciale. Elle a appartenu à Noël Coward, le dramaturge.

— Bien sûr… commenta Viviane sans masquer son scepticisme.

— Ses initiales figurent sous la poignée, et son étiquette personnelle à l'intérieur, insista le jeune homme. Je l'ai achetée pour vingt livres au marché de Portobello.

— Vingt livres ? Tu aurais dû demander à Paddington de marchander à ta place. En même temps, il n'aurait sûrement pas été dupe, lui. Ça m'attriste un peu qu'un ours de fiction soit plus malin que mon frère. »

Merlin ne releva pas. Au bout d'une minute ou deux, Viviane tenta de faire la paix.

« Tu finiras bien par la récupérer, ta valise. Au bout du compte.

— Mmm. Ton optimisme est bienvenu. On continue ? On arrive à un embranchement vers le nord-ouest. »

La route menait en périphérie d'une ville anonyme des Midlands, toute de brique rouge et de béton des années 60 ; des magasins et des restaurants proposant des plats à emporter s'intercalaient entre les maisons de chaque côté.

« Continue tout droit pour l'instant, dit Viviane. On ne rentre pas dans la ville, on aura dépassé cette partie dans quelques minutes, il y a deux ronds-points. Ensuite on prend à gauche sur Old Forest Way. »

Ils poursuivirent, accompagnés de *Moonlight Shadow* puis de *Sweet Dreams (Are Made of This)* par Eurythmics ; ils tournèrent sur la route étroite et légèrement affaissée tandis que le DJ listait les titres qu'ils avaient écoutés et annonçait la chanson suivante : *A Winter's Tale,* de David Essex. À ce moment-là, ils tendirent tous les deux le bras pour éteindre la radio, et la main gauche de Merlin heurta brièvement la droite de Viviane.

Chapitre dix-sept

L'arbre est fort
Mais le vent l'est plus encore
Le roc est fort
Mais la mer l'est plus encore
Le soleil est fort
Mais le chagrin l'est plus encore

Susan marcha pendant au moins deux heures selon sa propre estimation, bien qu'elle ne fût sûre de rien car sa Swatch s'était arrêtée à 2h16, soit à peu près l'heure à laquelle les gobelins s'étaient emparés d'elle. Elle savait qu'elle avait déjà parcouru beaucoup, beaucoup plus de chemin dans le bois que le Fenris à l'aller, pourtant elle était également persuadée de ne pas avoir dévié. La forêt était si dense qu'il était difficile de distinguer le soleil mais, de temps à autre, il y avait un trou suffisant entre les feuilles pour lui permettre de le voir et de se faire une idée raisonnable d'où se trouvait l'est.

Elle ne se rappelait pas non plus une pente si longue. Elle n'était pas très raide, mais vu que la jeune femme devait se frayer un chemin entre de gros chênes, sous des branches de bouleau qui s'étalaient et l'éraflaient, et contourner des fourrés d'aubépine et de houx, la tâche s'avérait très fatigante, et le bois semblait se prolonger à l'infini.

Aucun signe du sentier équestre non plus, mais Susan se souvenait qu'il suivait la crête à l'endroit où le loup était descendu dans cette vallée secrète et touffue. Donc si elle continuait de monter, elle finirait par tomber dessus, et de là elle pourrait regagner la route et trouver un téléphone pour appeler les secours.

Qui appeler au juste ? Elle se posait la question. Composer le 999 serait le plus simple, et la police informerait les libraires. Mais un léger doute la taraudait, car Merlin soupçonnait qu'un des libraires pourrait être de mèche avec la personne ou la chose qui s'efforçait de l'enlever. Il vaudrait donc peut-être mieux faire profil bas.

Elle y réfléchit et s'arrêta pour reprendre son souffle et vérifier le contenu de ses poches. L'étui à cigarettes de son père se trouvait dans la poche poitrine gauche, au rabat correctement boutonné. Elle avait environ quinze livres et un mouchoir dans sa poche pantalon gauche et… elle sentit quelque chose dans la longue poche à mètre – elle en sortit le couteau à beurre. Vérifiant alors sa poche droite, elle y trouva plusieurs sachets de sel humides, gonflés, mais toujours entiers.

Lorsqu'elle toucha le sel et l'acier, un choc la parcourut. Une exaltation et une tension soudaines la traversèrent des pieds à la tête tandis que le pouvoir latent en elle s'animait. Instinctivement, Susan remit aussitôt le couteau et le sel dans ses poches et leva les mains, comme si en les éloignant d'eux, elle pouvait éviter le phénomène étrange en cours.

La sensation d'éveil et d'anticipation reflua sans totalement disparaître. L'impression frissonnante qu'un événement essentiel allait se produire resta lovée en elle.

« Non, murmura-t-elle. Je n'en veux pas. Garde tes pouvoirs. »

La sensation reflua un peu plus, comme un bébé qui s'assoupit mais peut se réveiller en hurlant à la moindre occasion. Que Susan comptait bien ne pas lui fournir.

Elle repoussa le chêne contre lequel elle était adossée et se remit en marche, résolument concentrée sur ses problèmes immédiats plutôt que sur ce qui se passait en elle. Avec seulement quinze livres en poche, il lui paraissait difficile de se cacher. Elle chercha comment contacter Merlin ou Viviane à l'insu des autres libraires. Elle pourrait appeler la vieille librairie, se faire passer pour une amie portant un autre nom… mais ils ne seraient sans doute pas sur place.

Avec un peu de chance, ils étaient à sa recherche, peut-être par des moyens magiques. Mais la personne à qui le Fenris ferait son rapport agirait de même, et la louve connaissait exactement la dernière position de Susan, donc ses ravisseurs avaient l'avantage. S'éloigner était par conséquent une priorité absolue. Elle pourrait s'inquiéter de tout le reste une fois à bonne distance du puits et du bois.

Au moins, le contact de Morcenna l'avait débarrassée de ses bobos et autres douleurs. Malgré ses vêtements humides, elle se sentait étonnamment en forme. Elle était vivante, libre… et marcher au milieu des arbres et respirer un air propre lui faisaient du bien – le bruit constant de Londres avait disparu, remplacé par les sons plus doux des chants d'oiseaux et le froufrou des petits animaux dans le sous-bois, peut-être des hérissons ou des lapins…

Elle s'arrêta à cette idée. Elle n'entendait en tout et pour tout que des bruits de la nature. Pas d'avion au-dessus de sa tête, pas de lointains bruits de circulation en provenance de l'autoroute ou d'une voie plus proche. Rien. Mais le Fenris n'avait pas parcouru beaucoup plus d'un kilomètre après avoir quitté la route, et elle venait d'en faire au moins trois.

« Bien sûr ! marmonna-t-elle. C'est un bois mythique. Beaucoup plus étendu qu'il ne devrait une fois qu'on est dedans. Mais comment faire pour en sortir ? »

Elle y réfléchit encore un moment. Le bois ne lui faisait pas la même impression que la foire de mai : pas de couleur sursaturée ni de sentiment d'étrangeté ici. Elle n'avait rien vu qui paraissait déplacé, et elle devinait que la solution pour en sortir ne résidait pas là.

À la place, elle prit une profonde inspiration et s'adressa d'une voix forte aux arbres qui l'entouraient – sans crier, juste de son ton le plus poli et sonore.

« Pourriez-vous s'il vous plaît me laisser sortir ? J'aime beaucoup ce bois, mais j'ai besoin de partir ! »

Tous les bruits légers se turent à ses paroles, les bruissements s'interrompirent, la brise cessa de jouer dans les branches hautes. Tout devint parfaitement immobile et silencieux. Mais Susan sentit quelque chose changer ; un mouvement trembla un instant au coin de son œil gauche. Elle se retourna lentement, prête à brandir son épée.

Tandis qu'elle pivotait, les petits bruits revinrent. La brise souffla dans les arbres, soulevant les feuilles et agitant les branches. Un petit animal à fourrure se faufila dans l'épais sous-bois. Un merle appela de nouveau – peut-être le même mâle plein d'espoir que dans le vallon, venu lui tenir compagnie.

Deux hêtres très hauts, auréolés de vert, s'étaient penchés l'un vers l'autre pour former un portail, derrière lequel on distinguait un chemin grossier. Ni les hêtres ni le chemin n'étaient là quelques instants plus tôt.

Susan s'inclina et dit « Merci » avant de s'engager sur le sentier. Presque aussitôt, le bois s'éclaircit. Il n'y avait plus de fourrés de ronces, les chênes étaient plus éloignés les uns des autres, les bouleaux entre eux plus petits et leurs branches moins crochues. Elle voyait même le ciel et le soleil – qui paraissait beaucoup plus haut que la dernière fois qu'elle l'avait aperçu.

Quelques minutes plus tard seulement, elle entendit d'autres bruits un peu plus loin. Le craquement d'une branchette cassée par un pied, le murmure de branches écartées, le frottement de pieds sur le sol… Des gens venaient vers elle.

Elle se baissa et quitta le sentier – non sans hésiter brièvement, au cas où il disparaîtrait – et se faufila derrière le tronc d'un gros chêne de façon à pouvoir jeter un œil tout en restant cachée. Bien sûr, la forêt restant très dense, c'était valable dans les deux sens, et elle ne voyait pas très loin.

Il y avait au moins deux personnes, songea-elle. Peut-être davantage. Elle les entendait approcher, puis ils s'arrêtèrent à leur tour et elle entendit de vagues murmures. Elle retint son souffle afin de se débarrasser du léger bruit de sa respiration pour mieux entendre. Ils recommençaient à avancer vers elle, plus bruyants à présent, le pas lourd et…

« Susan ! »

La jeune femme se retourna en levant instinctivement son épée. Merlin l'avait approchée sans bruit par-derrière, une dague dans la main gauche. Elle ne baissa pas sa lame, mais il faisait déjà disparaître la sienne. Littéralement. Elle se volatilisa en un clin d'œil, sans que Susan voie où elle était passée. Peut-être dans la manche de sa veste en velours, que le jeune homme considérait manifestement adaptée pour s'aventurer à la campagne et qu'il avait accompagnée d'un chemisier crème sur une jupe écossaise discrète, de bas verts et de bottes en caoutchouc très chics de chez Hunter, avec les attaches latérales, ainsi que ce qui ressemblait à première vue à un béret vert surmonté d'un pompon. Son sac en poil de yak bariolé ornait toujours son épaule.

« Qu'est-ce que tu as sur la tête ? » demanda Susan. Sa mine soulagée montrait clairement que ces quelques mots étaient l'expression de son plaisir à le retrouver.

« Un béret traditionnel écossais, voyons », fit Merlin comme si c'était l'évidence. Il lui tendit les bras en souriant. Susan s'y blottit quelques instants, puis ils reculèrent tous les deux comme s'ils venaient de se rappeler qu'ils avaient un rendez-vous urgent.

« J'étais inquiet, fit le jeune homme.

— Moi aussi, répondit Susan. Qui est-ce qui fait autant de bruit ? »

Merlin regarda derrière elle et cria : « Viviane ! Susan est ici ! »

La libraire les approcha de front, sans plus prendre la peine de marcher à pas lourds « pour faire diversion ». Elle portait un jean, une chemise à carreaux, un chapeau de paille à large bord dont le fond écrasé avait été relevé et des baskets Adidas. À son épaule pendait un sac de voyage aux couleurs de la compagnie aérienne British Caledonian, et elle transportait le fourreau de la vieille épée.

« Oh, le ciel soit loué ! s'exclama Viviane. Où est le Fenris ?

— Parti. » Susan souffla et baissa sa lame ; son cœur commençait à se calmer. « L'épée de Merlin… Tu l'as gravement blessée, mais il a fallu un moment pour que le métal fasse son effet. Alors elle… c'était une louve… elle a fait un détour pour se faire soigner au puits de Morcenna, par là-bas. Morcenna l'a guérie, mais elle a refusé de laisser la louve m'emmener. Alors le Fenris s'est transformé en un vol de corbeaux et est parti vers celui ou celle à qui il obéit.

— Morcenna ? répéta Merlin.

— Ça doit être une fée des eaux, avec un nom pareil », remarqua Viviane. Elle fronça les sourcils. « Heureusement qu'elle n'avait pas faim.

— Quoi ? s'étrangla Susan.

— Les fées des eaux sont assez imprévisibles. Pour les mortels qui leur rendent visite, c'est une chance sur deux : se faire aider ou se faire dévorer. Non pas qu'elles aient besoin de manger. Mais elles aiment bien, de temps en temps.

— J'ai vu ses dents », dit Susan dans un frisson.

Viviane lui tendit le fourreau, et elle fut heureuse de ranger l'épée. Quand sa lame était nue, sa présence et son tranchant la mettaient toujours mal à l'aise, comme si l'arme avait *envie* de tuer.

« Te rappelles-tu des détails concernant le Fenris ? demanda Viviane. Je saurais peut-être l'identifier. Avait-elle des poils gris sur le museau ou…

— Morcenna l'a saluée comme étant le Fenris de quelque part qui sonnait comme One-under Mere. »

Merlin haussa le sourcil en posant un œil interrogateur sur sa sœur.

« Onundar Myrr, fit celle-ci. Le lac Windermere.

— Ça t'aide ? s'enquit Susan.

— Ça sera utile, je n'en doute pas. Mais je vais devoir consulter les archives. Je ne me rappelle pas que le Fenris du lac Windermere soit associé à un Doyen en particulier… Il faut qu'on se manifeste, Merlin. On doit demander à Thurston et à l'équipe de la nouvelle librairie si…

— Je ne suis toujours pas certain que ce soit une bonne idée, la coupa-t-il. Mais une chose est sûre : il faut qu'on s'en aille d'ici de toute façon. »

Il désigna un point distant dans le ciel – un point distant pour Susan, du moins. Elle mit quelques secondes à comprendre que ce devait être un hélicoptère, le temps qu'il se rapproche un peu.

« Un hélicoptère de la police, fit le jeune homme. Qui longe l'A50. J'espère qu'il ne recherche pas déjà notre nouvelle voiture.

— Quelle heure est-il ? » demanda Susan en levant le poignet pour régler sa montre. Elle fonctionnait à nouveau, mais elle n'était bien sûr pas à l'heure. « J'étais un peu désorientée dans le bois, et le soleil a l'air beaucoup plus haut que…

— Il est midi moins dix », répondit Viviane sans prendre la peine de consulter une montre. Susan y vit un don supplémentaire des droitiers et régla sa Swatch. « Je suis contente que tu aies trouvé comment sortir du bois. On en longe l'orée depuis deux heures à la recherche d'un point d'entrée. On n'avait pas avec nous le bouquin qui aurait pu nous dire comment apaiser ou forcer l'entité concernée.

— J'ai demandé au bois de me laisser sortir », fit Susan. Elle ignora le regard qu'échangèrent le frère et la sœur. « Euh, pourquoi faut-il qu'on se cache d'un hélicoptère de la police ?

— Merlin a été obligé de tirer sur un policier. Enfin, deux. Mais l'un des deux est mort.

— Quoi !

— Je ne voulais pas le tuer, assura Merlin d'un air piteux. Mais une fois que les coups sont partis… Bref, ils ont tiré les premiers. Ils étaient soumis à une compulsion, comme les malfrats qui ont essayé de t'enlever et ceux qui ont assassiné maman. Quelqu'un… quelque chose… a altéré leur esprit.

— Tout tirer au clair va prendre du temps, et nous n'avons pas pu appeler les aînés pour nous expliquer, dit Viviane. En attendant, la police du Leicestershire et sans doute celles de tout le pays vont être à la recherche des deux personnes qui ont tué un flic sur la M1.

— Oh », fit Susan. Puis : « Oh ! S'il est réellement midi moins dix, Morcenna a dit que le Fenris arriverait à destination en quelques heures. Il a déjà dû donner ma position exacte à celui qui m'attendait.

— Deux bonnes raisons de décamper, donc, fit Merlin, qui fournissait un effort visible pour se ressaisir. Tu n'aurais pas un livre sur toi, Susan, par hasard ?

— Non.

— Dommage.

— On n'a pas le temps de lire, Merlin, fit doucement Viviane.

— Je sais, je sais, répondit-il. Je me disais que quelques pages, en marchant… ça attendra. J'aurais dû glisser des bouquins avec mes fringues. Je n'ai pas réfléchi. Allez, on y va.

— Où va-t-on ? » demanda Susan tandis que Merlin partait devant, comme d'habitude. « Pourquoi veut-il un livre ?

— Il a tué quelqu'un. Et ça le bouleverse, naturellement. Les gauchers ont une grande aptitude à la violence, et ils ont besoin de… compenser, en quelque sorte… en lisant calmement ou en composant des poèmes. Il s'en remettra.

— Et où va-t-on ? insista la jeune femme.

— C'est une bonne question. Loin d'ici, dans un premier temps.

— Oui, mettons de la distance avec ce bois », intervint Merlin. Il avait trouvé le sentier équestre, et il s'arrêta pour leur permettre de le rattraper. Il contemplait à présent le ciel. « Si on y arrive. Crotte ! »

L'hélicoptère remontait l'A50 de l'ouest vers l'est et s'éloignait. Mais, à quelques kilomètres au nord, une nuée d'étourneaux s'élevait depuis un champ éloigné – des petits oiseaux par milliers, rassemblés en un nuage noir qui évoquait étrangement une énorme main dont les doigts auraient tâté la terre. Les oiseaux se déplaçaient vers le centre du bois dans une série de tours capricieux et de tonneaux vers le haut ou vers le bas.

« C'est naturel, ça ? demanda Susan.

— Ça pourrait, répondit Merlin. Mais je parie que non.

— C'est clairement l'œuvre d'un Doyen, ajouta Viviane. Et même d'un gardien du chaudron. Ça franchit trop de limites magiques pour qu'il s'agisse de quelqu'un d'autre. » Elle fixait le nuage mouvant d'oiseaux, fascinée. « Je n'avais jamais vu de nuée auparavant, naturelle ou non. C'est très beau. Ou ça le serait si celle-ci ne cherchait pas après nous.

— Ils seront là dans moins de dix minutes, lança Merlin. Allez ! »

Ils avaient laissé la Capri sur une aire de stationnement d'Old Forest Way, là où commençait le sentier équestre. Mais, alors qu'ils approchaient, Merlin s'arrêta et leva la main. Viviane et Susan le rejoignirent et s'accroupirent. Ils étaient encore en limite de la forêt, mais Susan aperçut une voiture grise à travers les arbres.

« Qu'est-ce qu'il y a ? murmura Viviane.

— L'hélicoptère revient vers nous, dit Merlin. Attendons qu'il passe. »

Susan entendait le flap-flap-flap de l'appareil sans pouvoir dire s'il se rapprochait, jusqu'à ce que soudain le bruit se fasse beaucoup plus fort et que l'hélicoptère les survole quelques secondes plus tard, assez bas.

« S'il poursuit son chemin, tout va bien, murmura Merlin à Susan. Sinon, c'est que le vol de la voiture que nous avons prise a déjà été signalé et qu'ils ont fait le lien avec le taxi.

— Le taxi ?

— On a emprunté celui d'Audrey pour partir à ta poursuite », expliqua Viviane.

Le bruit de l'hélicoptère diminua. Merlin se tordit le cou pour examiner ce qu'il pouvait du ciel entre les arbres.

« Il retourne vers l'ouest, dit-il. Venez. »

Il repartit en hâte. Cette fois, les deux filles firent leur possible pour ne pas se laisser distancer. Merlin déverrouilla la voiture et démarra pendant que Viviane ouvrait la porte côté passager et avançait le siège pour permettre à Susan de se glisser à l'arrière.

« Pas beaucoup de place, là-dedans », dit-elle en posant épée et fourreau sur le sol, un peu surprise de découvrir la valise de Merlin.

« On n'avait pas un choix infini, répondit-il.

— Surtout qu'il fallait qu'on ait l'impression d'être dans un épisode des *Professionnels*, ajouta Viviane. Je suis Bodie, et lui c'est Doyle.

— Donc je me retrouve à être Georgina Cowley ? Merci bien…

— C'est elle la cheffe, quand même, répondit Viviane.

— Oui, et elle a trente ans de plus que les deux autres.

— Mais c'est encore une dure à cuire. » Il fit ronfler le moteur, passa la première pour s'engager sur la route, tout en se penchant en avant pour regarder le ciel à travers le pare-brise. « Viviane, est-ce que tu vois l'hélico ou les oiseaux ?

— Pas trace de l'hélicoptère, répondit-elle après avoir baissé sa vitre pour plus de visibilité. La nuée se dirige vers le milieu du bois.

— D'accord. » Il appuya sur l'accélérateur et la voiture rugit en réaction, dérapant légèrement comme elle quittait l'aire de stationnement et accélérait sur la chaussée.

« Doucement, recommanda Viviane. Il ne faudrait pas attirer l'attention. »

Merlin ralentit à cinquante km/h en hochant la tête.

« Où va-t-on, alors ? demanda Susan.

— D'abord, on doit trouver un téléphone et se signaler, répondit Viviane. J'ai demandé à la cousine Linda d'examiner les archives des orfèvres, et tante Zoë devrait avoir obtenu les photos UV de la carte de bibliothèque. On a besoin de connaître ces informations avant toute chose.

— En effet. » L'étrange sentiment d'effervescence, d'appréhension mais aussi d'impatience resurgit en elle à ces mots. C'était un peu comme si le pouvoir qui grandissait en elle voulait lui aussi savoir – avait *besoin* de savoir – qui était son père. La résolution de cette énigme l'amènerait à... la complétude.

« Thurston et Merrihew voudront intervenir, si nous appelons, avertit Merlin.

— Je sais, répondit calmement Viviane. Il faut prendre le risque.

— Prendre le risque ? répéta Susan. Ils doivent sûrement tout savoir sur moi, maintenant, non ?

— Ils savent peut-être depuis le début, fit gravement Merlin.

— Qu'est-ce que tu veux dire ?

— Merlin pense que Thurston ou Merrihew pourrait bien être derrière ces tentatives d'enlèvement. Et donc également responsable de la compulsion qui a poussé les policiers à nous tirer dessus.

— Quoi ?!

— Mais je dois dire que cet incident précis me laisse à penser qu'ils ne sont pas impliqués – du moins, pas directement.

— Je ne sais pas… » commença Merlin. Mais sa sœur ne le laissa pas poursuivre.

« Ils sont incontestablement paresseux et ils négligent complètement leurs responsabilités. Je suis d'accord qu'ils devraient prendre leur retraite. Et ils pourraient bien en savoir plus qu'il n'y paraît sur le père de Susan et sur celui qui veut s'emparer d'elle. Mais ils ne pèchent que par omission, pas activement. Je n'arrive pas à croire qu'un des deux pousserait des officiers de police à nous tuer. Ni qu'ils organiseraient l'assassinat de maman. »

Merlin, concentré sur la route, mit quelques secondes à répondre.

« Je ne sais pas… Je crois… Je me méfie. Mais je ne sais pas. Je leur en veux de ne pas faire tout ce qu'ils devraient. J'imagine que la paresse et la négligence sont plus plausibles que toute autre interprétation…

— Et les fils-du-chaudron ? » intervint Susan. Elle gardait un souvenir très net de l'horrible bonhomme au cou tordu qui traversait la pelouse, suivi par son ombre abominable. « Helen et Zoë ont dit qu'ils ne pouvaient pas être issus de votre calice, je sais bien, mais vous y croyez ?

— Helen et Zoë en savent plus long que moi sur notre calice et le gardien, fit Merlin. N'empêche, j'aimerais quand même bien l'entendre de sa bouche…

— Les aînés vont poser problème de toute façon, reprit Viviane. Qu'ils soient activement impliqués ou non, ils vont vouloir cacher tout ça sous le tapis, voire appliquer la bonne vieille solution au problème que Susan représente. Il faut qu'on découvre ce que…

— Je crois qu'il faut que je rejoigne mon père », dit soudain Susan. Elle semblait surprise, comme si c'était une révélation pour elle. Elle fronça les sourcils et répéta : « Il faut que je rejoigne mon père.

— Euh, d'après la cousine Helen, il est probablement… mort, fit remarquer Viviane.

— Et je suis à peu près sûre que ce n'est pas le cas. Je serais bien en peine de l'expliquer mais, même si je préférerais que ça n'arrive pas, le pouvoir que m'a donné mon père est en train de… se réveiller, on dirait. Et j'ai le sentiment pressant que je dois le trouver, où qu'il soit, quelle que soit son identité.

— Tu as une intuition là-dessus ? demanda Merlin. Sa localisation, je veux dire. On arrive à un croisement. Jusqu'à maintenant, je m'éloignais juste des oiseaux, mais si tu as une direction plus précise…

— Le nord », répondit Susan. Elle pointa soudain du doigt. « Vers le nord. C'est tout ce que je sais.

— Si ton père est toujours en vie, il est possible qu'il ait lui-même envoyé le Fenris, fit prudemment Merlin. Ce serait logique, après tout. Un Ancien Souverain qui récupère son enfant…

— Pourquoi ne me l'aurait-il pas dit ? Il aurait pu appeler ! Ou rendre visite à maman. Je crois que celui qui veut m'enlever est l'*ennemi* de mon père, et donc le mien.

— Il faudrait vraiment qu'on trouve un téléphone, insista Viviane en secouant la tête. On a besoin d'informations complémentaires. Ça doit rester notre objectif principal.

— Continue à surveiller la nuée, dit Merlin. Et l'hélicoptère. Et il faut qu'on change de voiture. »

Chapitre dix-huit

La nuit m'enveloppe d'obscurité
Les nuages masquent les étoiles et la lune
Je ne vois rien, n'entends rien
Je n'existe peut-être même pas

Ils roulèrent vers le nord-ouest sur une route de campagne – une étroite bande d'asphalte à peine plus large que la voiture, bordée de champs plats aux clôtures barbelées où poussaient du trèfle et d'autres plantes fourragères. Un paysage rural extrêmement morne, à l'opposé de l'Angleterre pittoresque, verte et riante des touristes.

Susan regardait la nuée d'étourneaux par la lunette arrière. Le vaste nuage mouvant d'oiseaux se trouvait à présent au-dessus du bois. Ses doigts noirs tâtonnants aux contours nébuleux s'abattaient au milieu des arbres et remontaient pour rejoindre l'immense masse restée dans les airs.

« Je crois qu'ils ont compris que je n'étais plus dans le bois », dit-elle.

Tandis qu'elle parlait, la nuée se sépara en quatre versions plus petites d'elle-même, et chacun de ces nuages palpitants fila vers le nord, le sud, l'est ou l'ouest. De plus petites vrilles jaillissaient de chaque groupe et balayaient routes et champs, étendant les recherches dans toutes les directions.

« Les ornithologues vont être intenables, dit Viviane. Est-ce que tu vois l'hélicoptère ? Moi, non. »

Susan scruta le ciel autant qu'elle pouvait depuis la lunette arrière.

« Non.

— Il y a une cabine téléphonique », annonça Viviane.

Merlin secoua la tête et dépassa la cabine qui se dressait, fière et solitaire, à l'intersection de deux routes de campagne. C'était l'un des nouveaux modèles, en verre et acier, et elle avait un peu l'air tombée tout droit de l'espace.

« On est encore trop près de la nuée. Elle est trop isolée, on nous repérerait sans problème, dit-il. Arrêtons-nous au prochain village de taille raisonnable, on trouvera un téléphone devant un pub ou autre part.

— Maintenant que j'y pense, je meurs de faim, dit Susan. Est-ce qu'on peut prendre quelque chose à manger ?

— On ne peut pas s'arrêter trop longtemps, il faut qu'on s'éloigne, prévint Merlin. Mais j'ai faim aussi… J'imagine que tu pourrais prendre des sandwiches ou un truc tout prêt. Viviane et moi devrions probablement rester hors de vue autant que possible, même si la police recherchera un homme et une femme plutôt que deux femmes. Ou trois, d'ailleurs.

— La nuée m'inquiète, intervint Viviane.

— Mais les oiseaux sont loin derrière nous à présent, fit Susan en regardant à nouveau en arrière. Que peuvent-ils faire, de toute façon ?

— Nous tuer ou nous assommer assez facilement, je dirais. Imagine te faire percuter par un millier d'étourneaux lancés à pleine vitesse. Et puis, n'importe quelle entité capable de lever une nuée et de l'envoyer fouiller le bois mythique de quelqu'un d'autre est capable de pas mal de choses, expliqua la libraire. J'ai vraiment besoin de parler à des droitiers expérimentés.

— Qui que ce soit, il doit posséder un chaudron, fit Merlin. Invoquer une nuée d'étourneaux est peut-être la moindre des prouesses dont il est capable. Et il pourrait bien à voir des fils-du-chaudron à proximité. J'aimerais bien savoir duquel il s'agit.

— À supposer que ce ne soit pas le nôtre, c'est forcément le chaudron de bronze ou de cuivre, raisonna Viviane. À moins qu'il en existe d'autres dont nos supérieurs n'ont pas daigné nous parler. Certains ont toujours prétendu que le chaudron de bronze n'avait pas été fondu en fin de compte, malgré les récits de témoins et le rapport du commandant Claypole. J'ai rédigé un essai sur le sujet au lycée. Et bien que le chaudron de cuivre n'ait pas été vu depuis l'époque romaine, il est seulement présumé manquant. Peut-être le Doyen qui l'a en sa possession s'est-il simplement endormi avec dans une profonde caverne et qu'ils viennent de se réveiller.

— Mais pourquoi s'en servir maintenant ? protesta Merlin. Et pourquoi essayer d'enlever Susan ? Après tout, il aurait été beaucoup plus facile de l'enlever chez elle, avant même que nous n'apprenions son existence. Pourquoi maintenant ?

— Peut-être que le responsable ignorait tout de son existence, fit lentement Viviane. Jusqu'à ce qu'elle se présente chez Frank Thringley.

— Mais Frank me connaissait déjà, dit Susan. Il envoyait des cartes de vœux à chaque Noël, adressées à "Jassmine et Susan".

— Certes, mais il se taisait peut-être pour ses propres raisons, répondit Merlin. Il gardait un atout dans sa manche.

— Il y avait d'autres gens chez Frank, n'est-ce pas ? demanda Viviane. Quand tu y es arrivée. T'es-tu présentée comme Susan, la fille de Jassmine ? »

La jeune femme réfléchit.

« Oui. Un type a répondu à la porte, celui qui avait un fusil à canon scié dans son sac de courses. Je me demande… même à ce moment-là je n'étais pas aussi effrayée que j'aurais dû. J'ai dit que j'étais Susan Arkshaw. Et il y avait un autre homme dans la pièce quand Frank m'a parlé. Un garde du corps, je suppose. Oh, j'oubliais… Frank m'a demandé comment allait ma mère, en l'appelant par son prénom. Il a dit qu'il était content de me voir… et que je "tombais à point nommé".

— Frank devait indubitablement des comptes à quelqu'un de plus haut placé, et ses gens aussi, sans doute – du moins après sa mort, déclara Merlin. Et si cette personne était en réalité issue de l'ancien monde, et que plus haut dans la hiérarchie se trouvait une entité mythique ?

— Ce serait la première fois qu'un des Anciens Souverains se serait à ce point mêlé des affaires des mortels, commenta Viviane. Je veux dire, les suçoteurs et les métamorphes, les demi-fées en tous genres, quelques entités qui aiment prendre une apparence mortelle, ceux-là peuvent se compromettre avec la pègre. Et sans doute les adeptes des sectes mortuaires, mais je ne les qualifierais pas de criminels, plutôt de terroristes. Et ils ne s'associent en général qu'avec des entités mineures ou éventuellement d'importance moyenne, les sanguinaires, celles qui exigent des sacrifices humains. À ma connaissance, aucun Ancien Souverain n'a jamais frayé avec des criminels mortels. Pourquoi le feraient-ils ?

— Pour prendre l'avantage sur d'autres, suggéra Merlin. Les mortels ne sont pas tenus par les mêmes contraintes que ceux de l'ancien monde. Avoir à la fois des entités mythiques et des serviteurs mortels à tes ordres, ça donne plus de pouvoir, non ? Quand il s'agit de briser des protections magiques, par exemple.

— Oui, concéda Viviane. Mais c'est tellement inhabituel. Ou ça l'était, jusqu'à maintenant. »

Elle n'avait pas l'air convaincue mais, en même temps, elle était clairement incapable de réfuter cette hypothèse.

« De toute façon, ça ne change pas notre objectif principal, affirma Merlin. Qui est de nous tirer vite fait d'ici, puis d'identifier le père de Susan…

— Et de m'amener jusqu'à lui, intervint la jeune femme.

— Ou pas, fit Merlin.

— Il nous faut absolument plus d'informations », conclut Viviane en adressant un sourire à Susan pour adoucir la rebuffade de son frère.

Susan avait envie de dire qu'ils *devaient* l'y emmener, elle en ressentait violemment le besoin en son for intérieur. Mais elle garda la bouche close et y réfléchit. Peut-être ce sentiment était-il en réalité une compulsion. Peut-être son esprit avait-il été altéré de la même façon que celui des malfrats de Birmingham ou des policiers qui avaient essayé de tuer Merlin.

Elle ne pensait pas, car elle se sentait bien par ailleurs, et tout à fait saine d'esprit. Mais cela l'inquiétait malgré tout.

Ils étaient parfaitement seuls sur leur petite route, mais ils approchaient d'une intersection avec une route plus importante où défilait un flot régulier de véhicules.

Viviane consulta l'atlas routier tandis que Merlin ralentissait avant le panneau STOP. Susan contemplait un champ banal de plus, une étendue nouvellement moissonnée, couverte de balles de foin. Elle fut surprise de voir un épouvantail perché sur une croix au milieu du champ, puisqu'il n'y avait pas de récoltes à protéger. Elle n'avait pas vu d'épouvantail à l'ancienne depuis son enfance, et déjà à l'époque le fermier local qui l'avait fabriqué le destinait uniquement à amuser ses enfants plutôt qu'à un usage pratique. Celui-ci était un modèle classique, comme Worzel Gummidge dans les romans de Barbara Todd : de vieux habits bourrés de paille, une citrouille à moitié pourrie pour tête et d'étranges gobelets roses en guise d'yeux – les jolis plissés qu'on utilisait pour faire des cupcakes…

L'épouvantail tourna la tête. Susan sentit son regard sur elle, et leurs yeux se croisèrent.

« Épouvantail ! »

Viviane et Merlin se retournèrent. L'épouvantail leva une jambe aux allures d'échasse, la tirant hors de terre, puis il souleva l'autre, s'avança et se pencha de manière à pouvoir utiliser les longs bâtons qui lui servaient de bras afin de courir, un peu trop semblable à un insecte de cauchemar.

« Zut ! » s'exclama Viviane, et Merlin accéléra brusquement, envoyant la voiture déraper dans le virage ; les pneus crissèrent, et le véhicule qui avait dû ralentir pour les laisser passer sur la route principale klaxonna.

L'épouvantail changea de direction et bondit en avant, mais comme Merlin dépassait une Fiesta un peu lente et accélérait encore, il comprit manifestement qu'il ne réussirait pas à le rattraper. À la place, il se redressa de toute sa hauteur, renversa en arrière son affreuse tête de citrouille pourrie et poussa un hurlement sinistre, qu'ils entendirent même par-dessus le rugissement du moteur.

Puis il tomba en pièces : les bouts de bois, la paille et les vieux habits culbutèrent dans le sens de sa course, laissant une traînée de débris dans le champ.

« Un guetteur, lâcha Viviane. Pourquoi l'as-tu regardé, Susan ?

— Quoi ? J'étais juste curieuse !

— Il a senti ton regard, expliqua la libraire. Il ne nous aurait pas remarqués sans ça, dans la voiture.

— Que font les oiseaux ? demanda Merlin. On est peut-être suffisamment loin pour qu'ils n'aient pas entendu son avertissement.

— Ils se répandent encore dans toutes les directions depuis le bois, répondit Susan. Je n'en vois aucun se diriger vers nous.

— Cet épouvantail ne sera pas le seul guetteur, dit Viviane. Si tu en vois un autre, ne le regarde pas directement. Ni aucune sculpture bizarre, ou ce genre de choses.

— Comment suis-je censée ne pas regarder ? » se fâcha la jeune femme. Elle était lasse, affamée, toujours humide et fatiguée d'être l'objet de tant d'attention hostile.

— Tu peux regarder, mais ne croise pas leurs yeux, précisa Merlin. Merde ! »

Il jura comme un tracteur tirant une longue remorque chargée de foin s'engageait sur la route moins de deux cents mètres plus loin, ralentissant instantanément les trois véhicules qui précédaient la Ford. Il n'allait pas à plus de quinze kilomètres par heure.

« Les étourneaux ne nous ont pas repérés et l'hélicoptère n'est pas en vue. Tout va bien, le rassura Viviane.

— On va dire ça », grommela Merlin en freinant pour se joindre à la file derrière le tracteur.

Une seconde plus tard apparut une Ford Granada de la police qui roulait vers eux sur la voie d'en face. Elle passa sans se presser, et ils virent le conducteur et son collègue scruter les voitures derrière le tracteur et sa remorque.

« Redresse-toi, Susan, dit Merlin. Ils cherchent deux personnes, pas trois, rappelle-toi. »

La Granada se rapprocha, toujours à la même vitesse. Elle ralentit au niveau de la Capri. Merlin y jeta un coup d'œil et sourit ; Viviane la regarda aussi, et Susan releva la tête en se demandant si, comme avec le guetteur, elle devait éviter les yeux des policiers.

La voiture les dépassa, et les trois compères poussèrent un soupir général. Suivi quelques instants plus tard par un hoquet tout aussi partagé comme la Granada pilait dans un crissement de pneus, entamant un demi-tour en trois temps, et allumait gyrophare et sirène.

Merlin appuya à fond sur l'accélérateur, la Capri fit un écart pour changer de voie et s'élança en rugissant du mauvais côté de la route avant de se rabattre devant le tracteur juste à temps pour éviter de percuter de plein fouet une Mini, qui sortit de la route et finit sur l'accotement boueux, sans bloquer – hélas ! – la voiture de police qui les poursuivait à présent.

Merlin passa la vitesse supérieure, le compteur bondit de cinquante à quatre-vingts puis cent dix, ce qui parut à Susan beaucoup, beaucoup plus rapide que son trajet dans la gueule du loup même si ce n'était pas le cas, car la route de campagne étroite et inégale n'avait rien d'une autoroute.

« Ils sont après la voiture, fit sombrement Merlin, s'accrochant au volant comme il perdait l'adhérence des roues arrière au virage suivant – un tournant pourtant doux, qui n'aurait posé aucun problème à cinquante kilomètres par heure. « Ils vont rappeler l'hélicoptère aussi. Attachez vos ceintures !

— Euh, il n'y en a pas à l'arrière, fit Susan.

— Accroche-toi, dans ce cas, trancha le jeune homme. Viviane, peux-tu les endormir quand je m'arrêterai ? Je refuse de tuer un innocent de plus.

— Oui ! » s'exclama la libraire, qui avait resserré sa ceinture et agrippait le tableau de bord à deux mains. Les articulations de sa main sans gant étaient blanches. « S'arrêter, c'est une bonne idée !

— Prépare-toi ! » s'écria Merlin.

Ils arrivaient sur un village dont les maisons se regroupaient près de la route, la rétrécissant un peu plus – un goulot d'étranglement aveugle impossible à aborder à toute vitesse. Mais, juste avant, sur la droite, il y avait un chemin fermé par une barrière, qui menait à un champ.

« On s'arrête ! » hurla Merlin. Il freina brutalement, rétrograda de plusieurs vitesses, tira sur le frein à main et fit tourner le volant. Le côté droit de la voiture se souleva et, l'espace d'un instant terrifiant, ils se crurent à deux doigts du tonneau, avant qu'elle ne retombe sur ses roues et ne parte en glissade arrière dans un abominable crissement de pneus. La Granada arrivait droit sur eux jusqu'à ce que Merlin enfonce à nouveau l'accélérateur et que le policier fasse un écart à gauche pour poursuivre sa route tandis que le libraire ralentissait suffisamment le mouvement de la voiture vers l'arrière pour que la collision avec la barrière tienne moins du crash que d'un arrêt maîtrisé – qui envoya voler le portail en mille morceaux et ratatina le hayon de la Capri.

Viviane et Merlin furent dehors en quelques secondes, d'un bon coup de pied dans leur portière respective, mais Susan mit un peu plus longtemps à se dégager. Elle récupéra l'épée et se redressa à temps pour voir la Granada s'arrêter dans une glissade de l'autre côté de la route. Les portières s'ouvrirent mais, avant que les agents puissent faire autre chose que sortir, Viviane se planta devant la voiture, leva les bras et inspira profondément. Quand elle expira et baissa les mains, les deux hommes tombèrent sur la chaussée.

De loin, on aurait dit qu'on leur avait tiré dessus avec un silencieux.

Merlin se pencha à l'intérieur de l'habitacle pour attraper le sac British Caledonian de Viviane et son propre sac en poil de yak. « Allez ! Il faut qu'on bouge !

— Pour aller où ? » demanda Susan. Le tracteur et les voitures qui le suivaient s'étaient arrêtés, et des gens en sortaient pour se rincer l'œil – ou pour intervenir, peut-être : le fermier tirait un pieu métallique de sa remorque, dans l'intention manifeste de s'en servir comme d'une matraque.

« Vers le taillis, là-bas, pour commencer », fit Merlin en désignant un groupe de bouleaux de l'autre côté du champ. Mais il n'y avait en tout et pour tout qu'une douzaine d'arbres cernés de pâtures – rien qui offrît une protection digne de ce nom. « Viv, peux-tu embrouiller les témoins pour qu'on puisse se rabattre vers le village en quittant le taillis ?

— Je peux essayer », répondit-elle d'un ton mal assuré. Le fermier s'avançait à présent sur la route, suivi de deux autres personnes, dont une armée d'un démonte-pneu.

Merlin sortit le Smython de son sac. Susan retint sa respiration et faillit lui crier de ne tuer personne, mais il pointa le revolver de côté et tira deux balles dans l'accotement devant les bons citoyens en approche. La double détonation, les mottes de terre qui volèrent à l'endroit de l'impact et la vue de l'arme eurent l'effet désiré. Le fermier et ses acolytes repartirent en courant s'abriter derrière le tracteur.

« Courez », lança Merlin.

Ils coururent en direction du taillis, contournant une mare de boue au milieu du champ. Merlin les emmena derrière les arbres, hors de vue de la route, mais ils ne pouvaient pas aller plus loin sans redevenir visibles au beau milieu des pâtures.

« Tu es prête à nous dissimuler ? dit-il à Viviane.

— Deux minutes maximum, répondit-elle. À quoi bon ?

— Ça suffira. » Il pointa le doigt vers le village, à une cinquantaine de mètres sur une rue adjacente qui partait de l'endroit où l'artère principale rétrécissait entre les maisons. Il y avait là un pub peu engageant, un bâtiment en briques qui datait des années 60, avec une grande pancarte noir et blanc « Restauration » au-dessus de l'enseigne, trop éloignée pour que Susan y discerne le nom de l'établissement. « Vous voyez ce pub ? C'est lui qu'on vise. Ils auront un téléphone, on appellera et on obtiendra les infos sur le père de Susan.

— Mais… mais ça va bientôt grouiller de policiers ici, commença Viviane. On devrait peut-être se rendre…

— On aura au moins dix minutes, fit Merlin.

— Et on sera coincés dans le pub ! Qu'est-ce que tu envisages ? Un siège ? On ne peut pas…

— Non. Il y a un étang dans le pré communal. Regardez, on le voit par le trou entre le pub et la maison d'à côté. »

Viviane le dévisagea.

« En quoi est-ce utile ? s'enquit Susan.

— Un gaucher pour ouvrir la voie, un droitier pour suivre la ligne tellurique, fit Merlin en regardant sa sœur droit dans les yeux. Je sais que c'est traditionnellement le rôle de Thurston et Merrihew, mais il n'est pas nécessaire que ce soit eux, si ? On en est capables.

— Et on emmènerait Susan ?

— Où ça ? demanda l'intéressée.

— Tu as une autre idée ? fit Merlin en ignorant la question de Susan.

— Comme je le disais, on pourrait se rendre à la police.

— La nuée est en mouvement, il y a des guetteurs dans les champs, et celui qui en a après Susan n'hésiterait pas à l'enlever dans un commissariat. Et à nous tuer si on se mettait en travers de son chemin.

— Mais c'est la fille d'un Doyen ! Et si on se trompait sur son compte ?

— Je suis là, je vous signale ! protesta Susan.

— On t'expliquera plus tard, trancha Viviane.

— Ce sera en dernier recours, d'accord ? plaida Merlin. Allez, il ne faut pas perdre de temps.

— Euh… » Viviane hésita, puis hocha soudain fermement la tête en prenant une inspiration très profonde. Retenant son souffle, elle leva les bras, paume vers le haut. Puis elle abaissa lentement les mains et les joignit ; une lueur argentée brillait en limite de son gant. Elle plaça la main droite sur la tête de son frère. Susan hoqueta en voyant le libraire frémir et devenir transparent. Pas tout à fait invisible – elle discernait encore une vague silhouette si elle regardait droit vers lui – mais presque. Viviane toucha ensuite la tête de Susan, avec le même résultat, puis se tapota elle-même le crâne et, sans attendre, se précipita vers le pub, la respiration toujours bloquée.

Susan lui emboîta le pas et manqua percuter Merlin, qui y voyait manifestement plus clair qu'elle puisqu'il fit un écart. Elle baissa les yeux en courant et faillit tomber tant il était perturbant de ne pas se voir.

Ils atteignirent la route devant le pub – qui s'appelait les Armes d'Ambrose, Susan le voyait à présent –, puis Viviane réapparut soudain devant elle, s'arrêta et se pencha pour vomir. Quand elle eut terminé, elle inspira plusieurs fois profondément. Susan vit Merlin réapparaître et baissa les yeux pour découvrir ses pieds et ses jambes en train de retrouver leur substance.

« Désolée, haleta la libraire. J'ai pas pu…. maintenir le camouflage !

— Bien essayé, dit Merlin. Il faudra qu'on se presse un peu plus, j'imagine. »

Il prit le Smython dans son sac et se précipita vers la porte du pub. Susan le suivit. Viviane fermait la marche d'un pas plus lent.

Il n'y avait qu'un client à l'intérieur : un homme d'une soixantaine d'années, très surpris, en vêtements de travail et béret, qui s'apprêtait à mordre dans un sandwich fromage-chutney quand Merlin fit irruption.

« Dehors ! ordonna le jeune homme en faisant signe avec son revolver. Et laissez le sandwich. »

Le type posa son sandwich et se dépêcha de sortir.

« Hé ! Qu'est-ce qui se passe ? » s'écria la tenancière, une femme raisonnable et imposante, qui sortit de derrière son bar en agitant son tablier comme si Merlin était un coq errant entré par mégarde. « Range-moi ça, ne fais pas l'imbécile.

— Je suis sincèrement navré », dit le libraire. Il passa l'arme dans sa main droite, s'avança et posa fermement sa main gauche gantée sur l'épaule de la femme, avant de presser du bout des doigts sur des nerfs clés. Elle poussa un cri perçant et s'effondra, les jambes soudain molles. Merlin la propulsa en avant et lui fit franchir la porte d'une poussée aussi douce que possible.

« Ferme le verrou, lança-t-il à Susan. Viv, trouve le téléphone. Je vais vérifier qu'il n'y a personne d'autre. »

Il alla jusqu'à la porte derrière le bar, tendit l'oreille quelques instants puis sortit. Viviane scruta la pièce sans repérer de téléphone et poussa une porte battante menant à une salle plus petite. Susan tourna la clé de la porte principale et poussa les verrous haut et bas.

« Susan ! cria Merlin depuis quelque part dans le bâtiment. Regarde ta montre et préviens-moi quand cinq minutes auront passé. C'est tout ce qu'on a. »

Susan regarda son poignet : sa Swatch s'était de nouveau arrêtée. De l'humidité perlait sous le verre, souvenir du puits de Morcenna.

« Elle ne marche plus ! » lança-t-elle.

Le jeune homme ne répondit pas.

Elle haussa les épaules. Elle retourna dans la grande salle et y trouva une horloge, comme elle s'y attendait. Elle réglait à nouveau sa montre dans l'espoir futile que celle-ci finirait par sécher, quand elle aperçut un mouvement par la fenêtre, qui fit naître une peur soudaine. Elle courut s'assurer que les fenêtres étaient bien fermées et vit la tenancière et le client qui était sorti de son plein gré. Ils se trouvaient de l'autre côté de la route et parlaient à une femme portant un col ecclésiastique. Cette dernière leur prêta une oreille attentive, puis ils s'éloignèrent rapidement tous les trois.

« Je crois que le pasteur est parti chercher de l'aide ! cria Susan.

— Pas étonnant, répondit Merlin, qui arrivait dans son dos. Quelqu'un s'est sans doute déjà servi de la radio de police dans la Granada. J'aurais dû la neutraliser. Ne t'en fais pas pour ta montre, on a peut-être un peu plus de temps que je ne croyais. Viv, tu es au téléphone ?

— Oui ! fit une voix depuis l'autre salle.

— Il y a une porte dans la cuisine, fit Merlin. On passera par là, on traversera le parking puis le pré jusqu'à l'étang. Donne-moi l'épée. »

Susan lui remit la vieille lame, qu'il boucla sur sa ceinture.

« Pourquoi est-ce qu'on va à l'étang ? » demanda Susan en fronçant les sourcils.

Là encore, le jeune homme s'abstint de répondre. Cette fois, c'était parce qu'il regardait par la fenêtre.

Susan en fit autant. Le ciel s'assombrissait au-dessus du champ à l'est, et elle entendit et sentit soudain une vibration basse et régulière, le vrombissement grave de milliers d'ailes…

« Les oiseaux, dit-elle. Les étourneaux ! »

La nuée s'était reconstituée et s'abattait sur les champs. Des vrilles composées de centaines d'oiseaux bondissaient en avant des milliers présents dans le corps principal, touchant presque le sol avant de rebondir, inspectant chaque creux du sol ainsi que l'arrière de chaque arbre et de chaque bâtiment.

« Viv ! Il faut qu'on y aille tout de suite ! »

Chapitre dix-neuf

Où se trouve Silvermere ?
À mille lieues d'ici comme aucune
Où trouverai-je la voie secrète ?
Si tu l'ignores, nul ne te le dira

Le cri de Merlin résonna dans tout le pub tandis qu'il attrapait Susan par le coude et l'entraînait loin de la fenêtre avant de la pousser derrière le bar.

Viviane quitta la deuxième salle comme une flèche, mais son frère ne l'avait pas attendue. Susan et lui franchirent en trombe la porte de derrière et traversèrent en courant le parking semé de nids-de-poule jusqu'au pré communal. L'étang au milieu du pré était à peu près rond et mesurait seulement une vingtaine de mètres de diamètre. Son eau claire était bordée de roseaux. Susan n'avait aucune idée de la raison pour laquelle ils se précipitaient dans cette direction, mais un bref coup d'œil par-dessus son épaule lui confirma ce qu'ils fuyaient : des vrilles denses et fouineuses composées de milliers d'oiseaux.

Merlin s'arrêta au bord de l'étang et s'agenouilla. Il regarda à son tour en arrière et vit les doigts inquisiteurs de la nuée éprouver les fenêtres du pub, s'introduire par la cheminée, s'acharner sur les portes. Des oiseaux s'assommaient, se brisaient le cou et tombaient comme des miettes autour de chaque vrille, mais il y en avait toujours davantage qui descendaient de la vaste masse pulsatile dans le ciel.

Le bourdonnement s'était fait rugissement, de plus en plus fort.

« J'espère que ça va marcher », dit-il en ôtant le gant de sa main gauche. Celle-ci brilla d'un pâle éclat argenté sous le soleil alors qu'il tendait les doigts et les enfonçait dans l'eau tout en murmurant quelque chose.

Derrière eux, la multitude d'oiseaux fondit sur le toit du pub, tomba en cascade sur le parking et remonta, lançant des vrilles vers les trois amis et l'étang. Des centaines, voire des milliers d'étourneaux apparemment déterminés à leur rentrer droit dedans. Bon nombre d'entre eux mourraient, leur corps fragile brisé ; mais, à cette vitesse, tous ces petits becs et serres feraient l'effet d'autant de mitraille ou de clous projetés en un cône meurtrier par un engin explosif improvisé.

Les eaux s'écartèrent sous la main de Merlin, rejetées de chaque côté, et le fond de l'étang se déroba, la boue disparaissant pour révéler des marches grossières taillées dans la terre, et la vue parfaitement incongrue d'une porte familière. Une porte de chambre d'hôtel portant le numéro 617.

La chambre de Merlin au Northumberland.

Le libraire dévala les marches, Susan et Viviane sur ses talons, alors même que le premier doigt de la nuée atteignait le pré et bloquait complètement le soleil. Le bourdonnement de toutes ces ailes battantes ressemblait à présent au rugissement d'une cascade se déversant derrière eux.

Merlin ouvrit brusquement la porte et attrapa la main de Susan pour l'attirer à l'intérieur. Viviane suivit et referma la porte d'un coup de pied, tandis que retentissait soudain un roulement de tambour ou un staccato de mitraillette : les oiseaux la percutaient comme des dizaines de petits missiles à plumes.

Puis, ce fut le silence.

« Où sommes-nous ? » demanda Susan en regardant autour d'elle. Ils se trouvaient dans une obscurité presque totale, mais elle avait une sensation d'espace, et l'air – bien qu'immobile – était mordant : elle sentait le froid sur son visage. La seule lumière émanait de la main argentée de Merlin et, quelques instants plus tard, de celle de Viviane lorsqu'elle ôta son gant. Mais cela suffisait à peine à éclairer leur visage et le sol sous leurs pieds. Qui, nota Susan, n'était pas la vase typique d'un fond d'étang, mais de la pierre.

« Nulle part, fit doucement Merlin. Quelque part. Un endroit entre deux mondes. Viviane ? »

Il faisait de plus en plus froid à chaque seconde. Susan frissonna.

« Viviane ! » la pressa Merlin dans un souffle de vapeur blanche.

« Nous sommes en haut d'une petite colline, au printemps, quand l'air n'est ni chaud ni frais », dit celle-ci avec un geste de la main comme pour indiquer un paysage à contempler. « Sous un croissant de lune dans un ciel clair, si plein d'étoiles que nous distinguons notre chemin. »

Susan cligna des yeux. Le ciel s'était éclairé de millions d'étoiles, et un mince croissant de lune y trônait. Dans la soudaine clarté, elle vit qu'ils se tenaient effectivement sur une petite colline semée de bruyère violette et de pierres tombées. Mais au-delà de la colline et du ciel s'étendait une obscurité absolue, une absence totale de lumière et de détail.

La sensation intense de froid grandissant disparut. Leur souffle ne montait plus en volutes blanches bien visibles.

« La vieille route suit la ligne tellurique, la vieille route nous montre le chemin », déclama Viviane avec un nouveau geste. Sa main argentée brillait plus fort, autant que les étoiles et la lune, tandis que celle de son frère ne luisait plus que faiblement.

Une route apparut devant eux, qui descendait la colline et traversait le vide noir. Une route de terre droite, accueillante, avec un peu de gravier et beaucoup de nids-de-poule, et des fleurs des champs sur ses bordures herbeuses. Mais de chaque côté régnaient les ténèbres.

« Susan, tiens bien la main de Merlin et reste juste derrière moi », recommanda Viviane. Elle s'engagea sur la route et se mit en marche, la main levée devant elle, comme si elle avait besoin de sentir le chemin ou si elle risquait de tomber sur un obstacle invisible.

La main droite de Merlin serra fort la gauche de Susan – un contact qui la réconforta. Il avait la peau chaude, la sienne était encore glacée. Mais elle ne bougea pas.

« Où allons-nous ? » demanda-t-elle doucement.

En dehors de leur voix et de leurs pas, il n'y avait aucun bruit.

« Silvermere, répondit Merlin à voix basse. Où réside le gardien du calice. On peut l'atteindre à travers n'importe quelle étendue d'eau, mais on passe en général par le lac de la vieille carrière, à Wooten, où Merrihew essaye de pêcher la vieille carpe. Les aînés ouvrent la voie et guident celui qui s'y rend. Viv et moi ne l'avons jamais fait seuls.

— Quelle distance… Combien de temps doit-on marcher jusque-là ? » demanda Susan. Elle s'efforçait de s'exprimer calmement, mais elle était tout sauf calme. L'espace qui les entourait, au-delà de la route, avait un côté angoissant et profondément perturbant.

« Ça dépend », dit Merlin. Susan remarqua que son regard dardait sans cesse vers les côtés, attentif à quelque chose dans ce néant, par-delà la voie étroite.

« Ça ne sera pas long », assura Viviane, confiante. Elle les devançait de quelques pas, mais elle ne s'arrêta pas pour leur parler et ne tourna pas la tête. « N'oublie pas de continuer à marcher sur la route, quoi qu'il arrive.

— Comme l'ancienne voie tellurique dans le bois de Highgate, dit Susan à Merlin. Ça veut dire qu'il y a une entité comme la bogue dans les parages ?

— Pas comme la bogue, fit Viviane, rassurant momentanément la jeune femme. Mais il y a des entités complètement séparées du monde, qui pourraient chercher à y retourner en nous utilisant comme vaisseau, ajouta-t-elle sans quitter la route des yeux. Elles ne peuvent pas nous faire de mal si nous restons sur la route sans réagir à leur séduction.

— Ah, d'accord», fit Susan. Elle accéléra un peu pour se rapprocher de Viviane. L'obscurité autour de la route lui paraissait encore plus hostile maintenant qu'elle savait qu'il y rôdait bel et bien des choses animées de mauvaises intentions.

— J'ai beaucoup d'informations à vous transmettre, reprit Viviane. On ne pourra peut-être pas parler à Silvermere. Je ne suis pas certaine de ce qu'il se passera là-bas. Le temps s'y écoule d'une manière étrange, et il comporte d'autres bizarreries. Lors de mes visites précédentes, certaines des personnes avec qui j'étais partie ne semblaient pas y être en même temps que moi. Et certaines sont aussi revenues séparément.

— Que veux-tu dire ?» demanda Susan, nerveuse. Son imagination bondit aussitôt à l'idée de rester toute seule dans ce néant obscur. Les étoiles brilleraient-elles, et y aurait-il une route sans Viviane et sa main droite argentée ?

« C'est le gardien du calice qui décide ce qui se passe à Silvermere, qui peut venir et repartir, et à quelles conditions, expliqua Viviane. Ne t'en fais pas, on y arrivera, et quitter Silvermere est bien plus facile qu'y entrer : le gardien du calice s'en charge. Mais on ne pourra peut-être pas tous se parler, et il se peut qu'on soit séparés au retour. Donc il faut que vous sachiez ce que j'ai appris de tante Helen et tante Zoë. Elles ont fini par recueillir beaucoup d'informations et, même si je ne sais pas encore ce que ça veut dire, au moins on commence à…

— Tu les as eues, alors ? la coupa Merlin. Thurston et Merrihew n'ont pas détourné l'appel ?

— Thurston est intervenu à la toute fin. Il était dans tous ses états, il nous a ordonné de nous rendre en allant au commissariat le plus proche et d'attendre des conseillers "plus vieux et plus avisés". » C'était bizarre, cette façon de leur parler sans se retourner, pensa Susan. Sa voix en paraissait presque désincarnée. « Mais j'ai d'abord parlé à Zoë et Helen, et elles ont tout laissé tomber pour travailler sur cette affaire. Susan, la carte de bibliothèque était au nom de "Coniston virgule Rex".

— Rex ! s'exclama la jeune femme. Alors mon père s'appelle Rex ?

— Pas tout à fait, poursuivit Viviane. Dès qu'elle a vu ça, Helen s'est rappelé où elle avait déjà vu le dessin de l'étui à cigarettes. C'est… baisse les yeux ! »

Susan obéit. L'espace d'un quart de seconde, elle entraperçut une vaste ombre qui oblitérait la lune et les étoiles, ainsi que deux yeux brillants et singulièrement fascinants, avant de se concentrer sur les talons de Viviane. Elle s'obstina à les fixer. L'ombre se retira, mais elle sentait une présence non loin, et une lueur violette persistait dans son champ de vision.

« Ne regarde pas et tout ira bien », promit Merlin juste derrière elle. Une déclaration légèrement contredite par la rapidité avec laquelle il avait dégainé sa vieille épée, qu'il brandit haut de la main gauche tandis que la droite se resserrait sur celle de Susan. « Garde les yeux baissés. Comme dit Viviane, ça ne peut pas nous toucher sur la route, seulement nous inciter à la quitter.

— Qu'est-ce que c'est ? » demanda Susan. Elle espérait s'exprimer d'une voix calme, sur le ton de la conversation. Elle sentait la présence de la chose, qui avançait au même rythme qu'eux, vaste forme d'ombre qui s'approchait autant qu'elle osait du chemin.

« Une entité ancienne et oubliée, bannie il y a très longtemps, répondit Viviane. N'y prête pas attention. Comme je disais, Helen a reconnu la gravure sur l'étui à cigarettes comme une interprétation stylisée d'un tableau de J.M.W. Turner intitulé *Une vue de la région des lacs*.

— Et ? » fit Susan. Elle avait du mal à ne pas regarder de côté : elle devait fournir un effort considérable pour maintenir son regard sur le dos de la libraire. Il y avait dans ces yeux violets quelque chose qu'elle avait envie de revoir...

« Baisse la tête ! » aboya Merlin.

Elle manqua se tordre le cou en inclinant de nouveau la tête. Elle ne s'était pas rendu compte qu'elle relevait progressivement les yeux, ce qui la perturbait beaucoup.

« Donc, Turner, *Une vue de la région des lacs* », répéta-t-elle d'une voix plus forte pour se détourner de l'attrait de la créature qui rôdait près d'eux.

« On considère en général qu'il s'agit d'une vue du Vieil Homme de Coniston, dit Viviane.

— Qui est une montagne, fit Susan.

— En effet. Mais le Vieil Homme de Coniston est aussi l'un des Anciens Souverains. Or "Rex" signifie "Roi" en latin.

— Mon père est le Vieil Homme de Coniston ? lâcha Susan. C'est à peine mieux qu'une pierre. »

Mais, malgré sa réaction, quelque chose dans le nom « Vieil Homme de Coniston » résonnait en elle : la sensation d'effervescence et d'attente se fit plus intense, comme si son heure se rapprochait sans cesse.

« Il n'est pas à proprement parler la montagne, précisa Merlin. Je veux dire, c'est plutôt qu'il... l'habite au plan métaphysique. C'est le siège de son pouvoir. Les tantes avaient-elles autre chose à ajouter ?

— Oui, répondit Viviane. Je n'étais pas allée très loin dans l'examen des archives sur microfiches de Harshton & Hoole quand j'ai eu vent de l'incursion... à la pension. Mais j'ai demandé à la cousine Linda de continuer et d'informer Helen de ce qu'elle trouverait. C'est-à-dire presque rien, ce qui est déjà suspect en soi. L'incendie a manifestement été très *sélectif*...

— Qu'a-t-elle trouvé ? » la pressa Susan. Elle peinait à garder les yeux rivés sur les talons de la libraire, et elle avait maintenant l'impression d'entendre une musique discrète émaner des ténèbres – une douce mélodie qui lui donnait envie de tourner la tête pour mieux l'entendre et la fixer dans son esprit.

« La copie carbone de l'inventaire d'un coffre-fort dans l'atelier principal de Birmingham, qui incluait *deux* étuis à cigarettes en vermeil "à des fins de conciliation", marqués comme livrés.

— Qu'est-ce que ça veut dire ? » demanda Susan d'une voix forte. Elle secouait la tête pour essayer de se débarrasser de cette mélodie incroyablement obsédante et d'autant plus intrigante qu'elle n'arrivait pas à discerner toutes les notes. Elle ressentait le besoin très vif de s'arrêter et de tourner la tête pour écouter, comme une démangeaison insupportable. Se concentrer sur autre chose était sa seule solution pour éviter de poursuivre la musique et de plonger son regard dans les yeux qu'elle savait à quelques pas seulement, rivés sur elle…

« Et *deux* ? Pourquoi deux étuis à cigarettes ? ajouta-t-elle. Deux ! Deux ! »

Dans son dos, Merlin entonna un autre air de Gilbert et Sullivan, tiré de l'opéra-comique *H.M.S. Pinafore* cette fois : « Un matelot anglais est une âme leste ». Il chantait d'une voix rauque, très monocorde, fort différente du baryton mélodieux qu'il avait utilisé à l'hôtel. C'était une manœuvre plus efficace, nota Susan, pour bloquer le chant des sirènes qu'émettait la créature qui les accompagnait dans les ombres près de la route. La mélodie surnaturelle accrochait aux notes non altérées, mais les dièses et les bémols la repoussaient.

« Il est possible de se concilier ou de distraire presque n'importe quelle entité mythique par des offrandes ; c'est dans leur nature », dit Viviane. Elle avait adopté un ton monotone, ennuyeux et pompeux – là encore, manifestement une tactique pour contrer le chant des sirènes. « Elles aiment les métaux précieux, les bijoux, les belles armes et ainsi de suite, que Harshton & Hoole fabriquent pour nous aider quand nous avons besoin de conclure un marché.

— Donc les libraires essayaient d'organiser quelque chose entre mon père et… qui ça ? » demanda Susan. Elle criait presque, mais ni le frère ni la sœur n'objectèrent. Cela contribuait à bloquer l'attrait de la musique.

« Je l'ignore, répondit Viviane, très frustrée. Mais quelqu'un le sait. L'un de nous, je veux dire.

— À mon avis, c'est Thurston », fit Merlin. Il inspira et se remit à chanter : « "Et le poing toujours prêt à cogner fort !"

— Peut-être. Mais il pourrait ne même pas s'agir de l'un des aînés.

— Alors mon père est le Vieil Homme de Coniston, cria Susan. Le Vieil Homme de Conisto-on-on-on-on !

— On dirait bien, fit Viviane d'une voix terne. Laisse-moi me remémorer ce que raconte l'*Index des Anciens Souverains et Principautés d'Angleterre*. Je ne me rappelle pas l'intégralité de l'entrée concernant ton père parce qu'il n'est pas étiqueté malveillant, or nous n'étudions de près que ceux-là, qui sont au nombre approximatif de six cent dix-neuf. En date de 1926, année de publication de la dernière édition de l'*Index*. La suivante se fait un peu attendre.

— "Jamais il ne s'incline devant la menace !", rugit Merlin.

— Très intéressant, beugla Susan. Continue ! »

La mélodie tentatrice s'intensifiait elle aussi, dans un effort pour percer la cacophonie du chant de Merlin, des longues explications de Viviane et des cris de Susan. Elle était magnifique mais incomplète, et chaque atome de la jeune fille brûlait de l'entendre correctement, de capituler et d'écouter le plus beau morceau qu'elle avait jamais entendu. Mais elle résistait au son et aux yeux violets, ouvrant la bouche pour toussoter en rythme avec l'air de Merlin, et fermant à demi les paupières pour ne plus voir que les talons de Viviane.

« Le Vieil Homme de Coniston règne sur une zone qui s'étend jusqu'à deux lieues au nord et à l'ouest de la montagne éponyme, et deux lieues au sud et à l'est du lac.

— Combien représente une lieue ?

— Un peu plus de cinq kilomètres et demi, répondit la libraire.

— "Son nez palpite, sa lèvre se retrousse, rugit Merlin. Ses joues s'embrasent et son front se plisse !"

— Est-ce que ça inclut le lac Windermere ?

— Au moins sa rive occidentale, à mon humble avis, répondit Viviane, très pratique et laconique. Ah… Le Fenris d'Onundar Myrr… Les loups sacrés d'Angleterre ne se soumettent à personne en particulier, mais ils pourraient être asservis un temps au moins par un Doyen assez puissant.

— Le Fenris qui m'a enlevée était indubitablement sous l'effet d'une compulsion, cria Susan. Merlin est d'avis que *père* pourrait l'avoir envoyé ! Je ne suis pas d'accord.

— La très distinguée et très savante ambidextre Helen estime fort probable que ton père ne soit plus vivant », affirma Viviane, toujours sur le même ton pédant. Susan peinait à l'entendre par-dessus le chant braillard de Merlin et la mélodie envoûtante. « Sinon tu n'aurais pas hérité le pouvoir qui a commencé à battre en toi.

— Je crois qu'il est vivant ! hurla Susan. Et je ne pense pas avoir le moindre pouvoir. Quelque chose semble attendre en moi, mais c'est tout. Sauf que je ressens un besoin urgent de rejoindre mon père, ce qui me fait dire qu'il est toujours là. Peut-être qu'il a réellement envoyé le Fenris me chercher…

— Ton paternel n'est pas hostile et n'exerce aucun pouvoir sur cette vieille Luan-Dun, chanta Merlin sur l'air de sa chanson, se contentant d'adapter les paroles. Il n'aurait pas tué les hommes, ni créé de monstres dans un vieux chau-au-dron.

— Mon collègue a un sens de la rime déplorable, mais il souligne un point important, débita Viviane. Que le Fenris ait ou non été envoyé par ton père, je crois qu'après avoir demandé conseil au gardien du calice, notre meilleure option sera peut-être d'aller voir le Vieil Homme de Coniston et de… »

Viviane disparut au milieu de sa phrase. Un instant plus tard, Susan sentit le sol se dérober sous ses pieds. La musique envoûtante cessa brusquement, et les ténèbres et l'ombre aux yeux violets furent au même instant remplacées par les rayons d'un chaud soleil reflétés sur les eaux d'un lac clair entouré de roseaux.

Susan se tenait juste au bord, dans cinq centimètres d'eau cristalline, avec du sable et des galets sous les semelles et de minuscules poissons d'argent qui tournaient autour de ses Docs. Devant elle s'étendait une étroite bande de plage, puis le sol s'élevait vers une île boisée ou peut-être une péninsule, car elle ne voyait pas si elle était reliée à la terre de l'autre côté. L'île mesurait au moins un kilomètre et demi de long, et le lac l'encerclait de chaque côté. S'agissait-il du sud, du nord, de l'est, de l'ouest ou d'autre chose ? Susan n'en avait aucune idée car, malgré sa chaleur bien agréable, elle ne voyait pas le soleil, où qu'elle tournât les yeux.

Derrière elle, le lac s'étendait sur une distance floue – aucune terre n'était visible. En tout cas, ni montagne ni colline, et la pièce d'eau était bien trop large pour se trouver dans la région des lacs en Angleterre. De plus, elle savait d'instinct qu'elle était ailleurs.

Elle vit un cormoran plonger et remonter avec un poisson frétillant. Le vent soufflait sur le lac en ne formant que de petites vagues. En fait, il était inconcevable que cet endroit ait jamais connu une météo plus agitée et que le lac ait jamais été houleux et dangereux.

C'était sans doute Silvermere. Quelque chose dans la perfection de la lumière dorée et la chaleur de l'air, à peine adoucie par une brise plaisante, suggérait qu'il s'agissait d'un endroit fabuleux. Il respirait la paix, la sérénité et un profond sentiment de repos. Dans d'autres circonstances, Susan aurait volontiers ôté ses chaussures et marché sur les bancs de sable, paressé au soleil, regardé vivre la nature.

Aucune trace de Viviane et Merlin. Ni de qui que ce soit, d'ailleurs.

Mais il y avait un chemin, un sentier battu entre les aulnes qui se penchaient sur l'étroite plage de galets. Le chemin poursuivait ensuite entre deux pierres grises saillantes, vers une forêt de chênes et de hêtres, de châtaigniers et de sorbiers ; des jacinthes des bois pointaient dans l'herbe entre les arbres. Un pouillot siffleur passa dans un bref éclat de vert et de blanc.

Susan sortit de l'eau et s'engagea sur le chemin.

Chapitre vingt

J'ai un beau sou tout brillant
Dans une porcherie je l'ai trouvé
Fortune faite, je vais de l'avant
Pourquoi ? Inutile de demander

Le chemin grimpait sur une vingtaine de mètres, puis le sol redevenait plat et le bois s'éclaircissait un peu, mais des protubérances rocheuses grises pointaient encore ici ou là. Un peu plus loin, sur un plus gros rocher était assise une petite fille. Une gamine de neuf ou dix ans à la peau brune, aux cheveux et aux yeux noirs, les pieds nus, qui portait un sarrau artisanal en laine naturelle. Dans un contraste saisissant avec la simplicité de sa mise, elle portait de lourds bracelets d'or à chaque poignet – des bijoux magnifiques constitués de nombreux torons d'or enroulés.

Un petit faucon argenté était perché sur son épaule, et ses serres traversaient le sarrau mais – étonnamment – pas la peau puisqu'il n'y avait pas de sang. Le rapace tourna vers Susan un œil féroce, jaune à la pupille noire, avant de s'élancer dans le ciel.

L'enfant leva la main en un geste de salut. Susan s'arrêta à bonne distance et l'observa prudemment.

« Bonjour, dit-elle. Je m'appelle Susan. Qui es-tu ? »

La gamine se dressa au sommet du rocher. Elle avait les genoux écorchés et les pieds sales.

« Je suis le gardien du calice », déclara-t-elle, et Susan fit un bond en arrière : contre toute attente, la petite fille avait une voix grave d'homme beaucoup plus âgé.

« Zut », lâcha le gardien du calice. Elle toussa plusieurs fois avant de reprendre d'une voix plus aiguë, douce et enfantine. « Ça n'est pas sorti comme prévu. Je me disais que t'apparaître sous ces traits adoucirait la rencontre pour toi. Mais il y a bien longtemps que je ne me suis pas incarné ainsi, et je te présente mes excuses.

— Sans problème », fit Susan. Un affreux soupçon lui effleura l'esprit, et elle le bannit aussitôt en posant une question directe : « Euh… Ce faucon, ce n'était pas… Merlin ?

— C'était un faucon merlin, certes, répondit le gardien du calice. Mais pas Merlin Saint-Jacques. Ni sa sœur, puisque je vois que vous redoutiez que ce ne soit le cas.

— Où sont-ils ?

— Ici.

— Nous sommes à Silvermere ?

— Oui. Le lac, l'île, la maison. Ils sont tous Silvermere. Toutefois, comme moi, ils peuvent apparaître sous différents traits pour différents visiteurs. Les Saint-Jacques, par exemple, ont une idée commune de ce que doit être Silvermere, et les lieux s'y plient donc », débita la gamine, bavarde.

Susan écouta cette explication d'adulte émanant de ce qui paraissait être un enfant enthousiaste mais qui était en réalité, elle le savait, une entité mythique très ancienne. Peut-être même un Ancien Souverain. À moins que le gardien du calice ne soit un genre d'hybride entre mortel et mythe, à l'image des libraires ? Et, songea soudain Susan, comme elle-même…

« De la même façon, ils partagent certaines attentes concernant le gardien du calice, et ce qu'ils voient y correspond. Viens te promener avec moi. »

L'enfant sauta sans peine du rocher et sourit brièvement d'un air espiègle. Le genre d'air qui, chez une vraie petite fille, aurait pu préluder à une farce innocente, mais qui alarma Susan vu qui elle était réellement.

« Tu es en sécurité ici », dit le gardien du calice, la mine sérieuse, le sourire évaporé. Susan se demanda si elle lisait dans ses pensées ou du moins détectait ses craintes. « À l'abri de tous tes ennemis. Jusqu'à ton départ, évidemment.

— Tous mes ennemis ? répéta Susan. Au pluriel. Donc il y en a plus d'un.

— J'ai dit ça, moi ?

— Oui. Sais-tu qui ils sont ? » demanda Susan.

La gamine hocha la tête.

« Peux-tu me le révéler ?

— Je pourrais. » Un sourire espiègle passa de nouveau sur son visage. « Mais je ne le ferai pas. Je ne suis pas censé intervenir dans les événements au-delà de Silvermere. Donc je m'en abstiens, globalement. À part peut-être un petit coup de pouce, ici ou là, rien de bien important.

— Mes ennemis, insista Susan. Au pluriel. Je suppose que tu ne te fendras pas d'un clin d'œil si je devine leur identité.

— Non », dit la petite fille. Elle marqua une pause et cligna plusieurs fois d'un œil puis de l'autre en succession rapide, avant de partir en sautillant. Susan la suivit, l'esprit ailleurs, absorbée à la pensée de ses « ennemis » et de leurs mobiles possibles.

Le gardien du calice cessa soudain de sautiller et s'arrêta en dérapant comme le chemin fourchait. Des deux côtés il poursuivait à travers bois, et les deux voies paraissaient identiques.

« Prend-on à main gauche ou à main droite ?

— Je ne sais pas, dit Susan. Où allons-nous ?

— Où veux-tu aller ? »

Elle ouvrit la bouche, la referma et réfléchit longuement. Une part d'elle-même n'avait qu'une envie : rentrer à la maison, se mettre au lit, remonter au-dessus de sa tête la couverture Moumines que sa mère lui avait faite quand elle avait huit ans et laisser Jassmine lui apporter d'un air distrait des tasses de thé froides, préparées des heures plus tôt. Elle avait même l'impression que ce serait possible, que cette étrange petite fille magique devant elle pourrait lui arranger ça. Mais elle savait aussi que la maison de sa mère ne constituerait qu'un refuge très temporaire. Les événements déjà mis en branle iraient à leur terme, qu'elle se cache ou non.

Et puis il y avait les libraires. Même si elle entretenait de sérieux doutes quant à Thurston et Merrihew, elle avait pleinement confiance en Merlin et Viviane, et les tantes ambidextres Helen et Zoë l'avaient impressionnée. Peut-être si elle pouvait se rendre à la vieille librairie serait-elle en sécurité, le temps que les libraires découvrent ce qui se passait…

Mais aucune de ces deux options ne sonnait juste. Susan savait où elle devait vraiment aller.

Elle rouvrit la bouche et parla d'une voix forte.

« Je veux rejoindre mon père. Je suis certaine qu'il n'est ni mort, ni parti ni toute autre solution envisagée par Helen et Zoë. Je veux me rendre au Vieil Homme de Coniston.

— Dans ce cas, tu iras, dit le gardien du calice. D'ailleurs, ces deux chemins t'y emmèneront. La question est : lequel choisiras-tu ?

— Où sont Merlin et Viviane ? » demanda encore une fois Susan. Elle regarda les deux chemins derrière la petite fille. Ils se ressemblaient beaucoup : les mêmes sentiers battus qui traversaient le bois. « Se trouvent-ils au bout de l'un de ces chemins ?

— Non.

— Mais ils vont bien ?

— Ils savourent un bon dîner, répondit la petite fille.

— Un dîner… » soupira Susan. Son estomac se noua, et elle se sentit brièvement faible, et un peu désorientée. Elle n'avait pris ni petit-déjeuner ni repas du midi, et il était déjà l'heure de dîner ? « Ils ne pouvaient pas m'attendre ?

— Ils ont provisoirement oublié que tu étais là.

— Quoi ?

— Le Silvermere des Saint-Jacques n'est pas pour toi, du moins pas cette fois. Tu peux traverser *ce* Silvermere en ma compagnie mais pas t'y attarder, ni manger ni boire, car tu n'as pas été invitée. J'ai autorisé Merlin et Viviane à t'amener, mais tu ne peux pas rester.

— Et je dois partir sans eux ? Sans Merlin et Viviane ? » fit Susan. Elle s'efforçait de paraître forte, mais elle ne put empêcher sa voix de trembler légèrement.

Le gardien du calice hocha la tête d'un air solennel.

« Il ne s'agit pas d'une de ces épreuves où un chemin mène à ma perte et l'autre à la rédemption, si ?

— Peut-être les deux mènent-ils à ta perte. Mais ils t'emmèneront indifféremment où tu dis vouloir aller.

— Je ne me contente pas de le dire, je veux vraiment y aller ! » protesta Susan. Elle prit une inspiration et se répéta, lentement et fermement. « Je *dois* aller voir mon père. Voir le Vieil Homme de Coniston. J'aimerais beaucoup recevoir l'aide de Merlin et Viviane, parce que je crois sincèrement que ce sont mes amis. Mais j'irai seule s'il le faut. Et je prendrai le chemin à main droite.

— Bien », dit la petite fille. Elle lui adressa un clin d'œil et ajouta : « Il est un peu plus rapide. »

Elles prirent le chemin de droite et continuèrent dans le joli bois semé de grands chênes et de minces frênes, de sorbiers ici et là, entre bourgeons et baies – leurs fleurs blanches n'avaient pas fini de tomber, et les baies rougissaient. Les rayons du soleil piquetaient le sol, et de nombreuses fleurs poussaient dans l'herbe de chaque côté du sentier : un tapis de jacinthes et des explosions de chélidoines, d'oseille, d'arum tacheté et d'ail des ours.

Mais Susan était trop affamée, fatiguée et globalement inquiète pour apprécier la beauté du bois. Elle avançait derrière le gardien du calice, qui marchait vite et sautillait à l'occasion, d'un pas encore plus rapide. La sensation d'effervescence et d'attente persistait en elle – elle grandissait même, contrebalancée toutefois par un fort sentiment d'effroi et de solitude.

Le sentier se mit à grimper légèrement, et elles parvinrent à une clairière herbeuse. La petite fille la traversa et escalada un rocher bizarrement plat et couvert de lichen qui sortait de terre, mais dont la plus grande partie était enterrée. Bien que l'affleurement parût tout à fait naturel à première vue, Susan se rendit compte qu'il s'agissait en réalité d'un obélisque un peu grossier et parfaitement énorme – plus grand encore que la fameuse Aiguille de Cléopâtre –, tombé sur le côté et partiellement enfoui : seuls les dix derniers mètres émergeaient de terre.

« Viens ! » lança la petite fille.

Susan gravit la face en pente de la grande pierre jusqu'au bout, où se tenait le gardien du calice. Elle fut étonnée de constater qu'elles étaient arrivées de l'autre côté de l'île, car les arbres lui avaient caché la rive. La pierre surplombait le lac. De l'eau claire clapotait sur la côte rocheuse de l'île en contrebas, une dizaine de mètres sous ses pieds. L'eau semblait très profonde, et les rayons du soleil n'éclairaient pas très loin sous la surface.

Le gardien désigna le lac.

« On y est.

— Comment ça ? fit Susan. Je dois sauter ? »

La marche était haute.

« Tu pourrais plonger, mais je te le déconseille. Si tu avances en marchant ici, tu feras de même là-bas.

— Et ce "là-bas" est proche de la montagne ? Du Vieil Homme de Coniston ?

— En effet, dit la petite fille. Allez, vas-y. »

Susan hésita en regardant l'eau noire. Elle jeta un coup d'œil au gardien du calice : pouvait-elle lui faire confiance ?

« Oui », dit la gamine. Avec un soupir exaspéré, elle ajouta : « Tu aurais dû sauter tout de suite. Maintenant, on a une complication inutile.

— Laquelle ? » demanda Susan, mais son interlocutrice avait disparu. Elle baissa les yeux, toutefois la petite fille n'était pas dans l'eau, ni sur la pierre ni dans la clairière. Elle n'était visible nulle part.

Mais quelqu'un d'autre était là.

La gauchère Merrihew, vêtue d'une veste de pêche sur une robe sans manche comme elle l'était à la nouvelle librairie, sauf qu'elle portait cette fois des bottes en caoutchouc plutôt que des souliers. Elle avait l'air contrariée, le visage renfrogné, et elle traversait la clairière d'un pas décidé.

Elle aperçut Susan et, aussitôt, un petit couteau brilla dans sa main. D'un petit geste du poignet, elle envoya la lame droit vers la tête de Susan, si vite que celle-ci eut à peine le temps de broncher pendant que l'arme accélérait vers son œil.

Pourtant, elle n'atteignit pas sa cible. L'instant d'avant, le couteau était dans les airs, la mort imminente, et le suivant, il était entre les doigts d'un grand type dégarni, chevelure et barbe blanches, qui lui rappela beaucoup son portrait favori de Charles Darwin par Walter William Ouless.

Mais ses grands yeux noirs et les bracelets d'or à ses poignets trahissaient son identité malgré le changement de sexe et le costume gris froissé qu'il portait en lieu et place du sarrau artisanal.

Sans doute possible, c'était un autre aspect du gardien du calice.

« J'interdis qu'on tue à Silvermere, fit-il sur un ton de reproche. Je l'interdis aux autres, en tout cas. Tu le sais bien, Merrihew.

— Vous ne devez pas vous ingérer dans les affaires des Saint-Jacques, gardien, répondit la libraire. C'est la loi.

— En-dehors de mes frontières, oui. » L'homme se tourna vers Susan et lui adressa un sourire énigmatique. « Mais ici, mon autorité est absolue. Tu peux nous laisser, Susan. Avance simplement vers l'eau. Tu arriveras où tu veux aller.

— Et je te suivrai ! cracha Merrihew. Et je ferai ce qui aurait déjà dû être fait. C'est la fille d'un Doyen, un danger immédiat et manifeste pour nous tous.

— Sacré titre pour un livre, cria Susan avec mépris. Quelqu'un devrait s'en servir. Vous savez bien que je ne présente aucun danger pour les Saint-Jacques. Non seulement vous êtes malpolie, mais en plus vous êtes une traîtresse, et Merlin et Viviane le savent. Je parie que vous avez aussi tué leur mère. »

Le gardien du calice soupira – un soupir de petite fille, étrange dans la bouche d'un vieil homme.

Les lèvres de Merrihew se pincèrent, et ses yeux s'étrécirent.

« Comment oses-tu ! Jamais je ne ferais une chose pareille. C'était une coïncidence, ou un accident !

— Ah, oui ? fit Susan. Je parie que vous étiez au courant. Et ces policiers que vous avez envoyés tuer Merlin et Viviane, hein ?

— Quoi ?

— Vous savez très bien ! »

La main de Merrihew se porta à la poche de sa veste, mais elle se figea comme le gardien faisait soudain tourner le couteau pour le tenir par le manche plutôt que la lame.

« Tu n'es rien de plus qu'une complication mineure dans une longue opération réussie », lança-t-elle. Elle avança lentement de quelques pas. « Une opération qui nous a beaucoup apporté et qui continuera de dispenser ses bienfaits dès que tu ne seras plus en mesure de causer des problèmes inutiles.

— Je parie que les tantes Helen et Zoë vous soupçonnent aussi, cracha Susan. Quoi qu'il m'arrive, vous êtes finie.

— Tu n'as aucune idée de la manière dont nous autres libraires menons nos affaires. » Elle leva sa main gauche gantée et refit un pas en avant. « Je commande aux gauchers – or les gauchers sont à la fois exécutants, chargés des exécutions et représentants de l'exécutif. Si je décrète que quelque chose doit être fait pour le bien de tous les Saint-Jacques, c'est le cas. Mais j'ai peut-être été trop vite en besogne. Le gardien refuse de me laisser te faire du mal ici. Nous devrions discuter plus calmement. »

Susan comprit alors que, faute de l'avoir tuée, Merrihew s'efforçait de la ralentir, de la retenir ou de retarder son départ. Elle doutait fort que cela tourne à son avantage.

« Je t'accorde un peu d'avance, murmura la petite fille à l'oreille de Susan, alors que le sosie de Charles Darwin se tenait encore devant elle. Mais pas grand-chose.

— Je te présente mes excuses pour le couteau, fit Merrihew en se rapprochant encore.

— Je vous emmerde ! » s'écria Susan. Elle fit demi-tour et s'avança dans le vide en levant les bras et en agitant les jambes, selon la méthode de saut qu'elle avait apprise lors des interminables leçons de natation à l'école, au cas où on devait absolument se jeter dans une eau d'une profondeur inconnue.

Merlin et Viviane s'étaient changés pour le dîner et se ressemblaient plus que jamais dans leur veste noire, leur chemise blanche amidonnée et nœud papillon noir sur un col rigide, même si Merlin avait opté pour un gilet gris clair et Viviane pour un bleu pâle. Ils avaient terminé leur soupe poireau-pomme de terre et faisaient un sort à des côtelettes d'agneau accompagnées d'une écrasée de pommes de terre et de petits pois, le tout arrosé d'un Bordeaux 1971 de chez un viticulteur inconnu (l'étiquette s'étant décollée), assurés qu'un chariot de desserts apparaîtrait sous peu. Viviane remplit le verre de Merlin et s'apprêtait à en faire de même avec le sien quand elle s'arrêta soudain, la bouteille penchée selon un angle périlleux – pas tout à fait en train de verser mais risquant fort de renverser.

« Merlin ! Qu'est-ce qu'on fait ici ? »

Celui-ci mangeait tout en lisant un exemplaire relié en lin vert de *Le Cœur et la raison*, de Dorothy Sayers, qui tenait ouvert, appuyé sur la salière et la poivrière en verre taillé surmonté d'un capuchon argenté.

« Pardon ? fit-il d'un air rêveur en relevant le nez.

Viviane répéta sa question.

Il finit de mâcher une bouchée d'agneau. Dévisagea sa sœur, puis balaya lentement du regard la salle à manger lambrissée, ses six autres tables drapées chacune d'une nappe immaculée, couvert mis, mais sans convives. L'énorme buffet en acajou qu'ils connaissaient bien, avec sa soupière en argent en forme d'huître, et ses hautes fenêtres à droite qui donnaient sur les bois car ils se trouvaient au troisième étage.

« Silvermere, dit-il vaguement. La salle à manger du haut. Pour le dîner… ou est-ce le déjeuner ? Nous sommes venus pour… euh… pour…

— Susan », énonça lentement Viviane, articulant comme si ce nom ne lui était pas familier ou qu'elle ignorait ce qu'il voulait dire.

Merlin blêmit et ferma son livre. Il regarda de nouveau autour de lui, plus alerte.

« Susan, répéta-t-il. On a amené Susan ici, et on l'a oubliée ! On est là depuis combien de temps ? »

Viviane reposa brutalement la bouteille et repoussa sa chaise.

« Pas très longtemps, dit-elle. On mourait de faim, on est venus tout droit manger. Mais Susan… »

Merlin repoussa sa chaise à son tour et glissa le livre dans son sac en poil de yak, qu'il passa sur son épaule.

« Il faut qu'on trouve le gardien du calice », déclara-t-il. Sa voix était calme, mais il serrait et desserrait les poings. « Est-ce que… Est-ce que Susan pourrait encore se trouver sur la route ?

— La route n'est pas là si je n'y suis pas, répondit Viviane. Elle est forcément arrivée à Silvermere. Parce que, dans le cas contraire…

— Quelquefois, je déteste cet endroit, s'emporta Merlin. Mais je ne m'en souviendrai sûrement pas.

— Tu t'en souviendras si tu le souhaites », affirma le gardien. Elle glissa les jambes hors du grand monte-plats qui pouvait apporter douze plats à la fois depuis la cuisine à l'étage inférieur et se leva en faisant tomber des miettes de sa blouse blanche. Ainsi qu'elle apparaissait toujours devant les plus jeunes libraires, elle ressemblait à une femme mûre, gentille mais ferme et directive – une version plus sympathique de Margaret Thatcher, en somme. Elle avait les yeux noirs et des bracelets en or aux poignets.

« Où est Susan ? demanda Merlin.

— À cet instant, elle traverse le bois en ma compagnie, direction la Pierre du Départ. En chemin vers le lieu qu'elle veut rejoindre, quel qu'il soit.

— Mais... elle a besoin de rester avec nous », protesta Merlin en ignorant le don d'ubiquité du gardien du calice – cet aspect-là de Silvermere était connu, et il s'en souvenait. « Elle doit être affamée, en plus, et on doit décider quoi faire !

— Dans la mesure où je ne l'ai pas conviée et où elle ne bénéficie pas de l'invitation permanente accordée aux membres de votre famille, elle ne peut pas rester.

— Ah, je... je croyais... je croyais que... que... ça ne... ça... ne poserait... poserait pas... pas de problème... de problème, balbutièrent le frère et la sœur en un drôle de duo.

— Comme vous dites, ça ne pose pas de problème, pour cette fois, répondit doucement le gardien. En tout cas, je pense que Susan sait où elle doit aller, voire ce qu'elle doit faire.

— Non, elle l'ignore, fit Viviane. Nous en sommes encore à comprendre ce qui se passe exactement.

— Avez-vous besoin de savoir "exactement" ? demanda le gardien.

— Non, reconnut Merlin. Viv ! Il faut qu'on arrive à l'obélisque avant que Susan ne tente d'aller où que ce soit.

— Il faut qu'on sache pour le fils-du-chaudron, dit Viviane en résistant à la poigne de son frère sur son bras. A-t-il été créé ici ?

Avec notre… votre calice ?

— Non. Le calice n'a jamais été utilisé de cette façon et ne le sera jamais, répondit très fermement la femme.

— Savez-vous quel chaudron a été utilisé ? Et qui l'a ?

— Je l'ignore. Je sais toutefois que les Saint-Jacques ont une connaissance incomplète des chaudrons… »

Elle se tut soudain, et sa main se leva. Un petit couteau brillant y apparut, comme tiré de l'air même.

« En voilà, une complication inutile, fit-elle, irritée.

— C'est le couteau de Merrihew ! s'écria Merlin. Avec la poignée en forme de feuille !

— Merrihew… répéta Viviane. Oh, non !

— Elle aime les couteaux, hein ? » fit le gardien.

Elle parla dans le vide, car les jeunes libraires avaient quitté la salle en courant, se débarrassant de leurs serviettes, qui voletèrent jusqu'au sol derrière eux comme des colombes surprises et accablées.

Chapitre vingt-et-un

Les roses peuvent être jaunes, et les violettes blanches
La haine devient tendresse ; l'amour, aversion franche
Rien n'est figé à jamais, les étoiles même mourront
Demander pourquoi, c'est tout ce que nous pouvons

Susan ne heurta jamais l'eau, ou du moins n'en eut-elle pas l'impression. L'instant d'avant, elle tombait, le suivant elle était sur la terre ferme, ailleurs – loin de Silvermere. L'air parfaitement idiote avec ses genoux pliés et ses bras tendus, sur la rive d'un lac, à mi-pente d'une montagne. Un randonneur barbu agenouillé la fixait par-dessus son réchaud fumant, qui avait commencé à siffler. Une timbale émaillée lui tomba des mains sur la rive rocailleuse, atterrit dans un tintement musical et roula jusqu'à un sandwich enveloppé de papier paraffiné.

« Est-ce que vous sortez du… » demanda-t-il, hésitant, en désignant le lac.

Elle ne répondit pas. Elle sentait un pouvoir monter dans tout son corps depuis les éclats de schiste sous ses pieds et rejoindre la sensation d'effervescence et d'attente qui s'était éveillée en elle le jour de son dix-huitième anniversaire. C'était son pouvoir, elle le savait, et il était centré en ce lieu, sous ses pieds et tout autour. Le petit lac derrière elle en faisait partie, et elle sut aussitôt qu'il était aujourd'hui connu sous le nom de Basses-Eaux alors que le long lac à l'est s'appelait les Eaux-de-Coniston – même si c'étaient autrefois les Eaux-de-Thursteinn.

Surtout, elle connaissait la montagne où elle se dressait aux deux tiers de la pente, son pic au sud et le chemin qui y menait en zigzag au milieu du schiste gris et de l'herbe brun-vert, son sommet enveloppé de nuages bas qui descendaient en rouleaux sous ses yeux.

Le Vieil Homme de Coniston, drapé de brume.

« Vous êtes sortie de l'eau », insista le randonneur. Ce n'était plus une question. « Mais vous n'êtes pas mouillée… »

Susan se regarda. Non seulement elle était complètement sèche, mais sa combinaison était de nouveau propre. Les accrocs laissés par les ongles des gobelins, les plis accumulés entre les mâchoires du Fenris et les taches qu'elle avait faites en errant dans les bois : tout avait disparu. Ses Docs brillaient comme des sous neufs, ce qui n'était jamais le cas – elle les cirait sans les lustrer.

Le gardien du calice l'avait pomponnée pour rendre visite à son père. Comme si elle avait six ans.

« Oui », dit-elle, à moitié étourdie par l'impression de pouvoir qui grandissait en elle. Elle regarda le soleil qui montait derrière le randonneur, mais était encore bas dans le ciel. C'était le matin, il devait être neuf ou dix heures, mais Merlin leur avait fait franchir la porte dans l'étang en début d'après-midi…

Elle avait perdu au moins une journée. Peut-être plus.

« Euh, et bonjour », ajouta-t-elle avant de s'engager rapidement sur le chemin. À chaque pas, elle sentait un peu plus du pouvoir de la montagne monter en elle, mais ce n'était qu'une fraction du total, et elle percevait également un genre de contre-courant, comme si quelque chose s'opposait au flux de la magie.

Quelqu'un s'efforçait de l'empêcher de récupérer le pouvoir de son père. Tant qu'elle n'aurait pas pris pleine possession de son héritage, elle serait vulnérable, même ici. Cela aussi la laissait perplexe. Elle savait au fond d'elle-même que son père était vivant : il ne s'était pas évaporé ou dissipé ou autre fin appropriée aux Anciens Souverains. Pourquoi son pouvoir venait-il à elle maintenant ? Et qui le retenait ?

« Hé, ne grimpez pas ! lui cria le randonneur. La météo se dégrade ! Votre tenue n'est pas adaptée ! »

Susan se rappela soudain que Merrihew était à sa poursuite. Et qu'elle ne voudrait laisser aucun témoin.

« C'est vous qui devez quitter la montagne ! répondit-elle. Le plus vite possible. »

L'homme réagit comme s'il avait été frappé par une flèche. Il recula, grogna et pivota sur place avant de s'élancer dans la pente sur le chemin de schiste et de cailloux, laissant derrière lui son sac, le réchaud encore sifflant et sa timbale émaillée.

« Mais soyez prudent ! » cria Susan, consciente qu'elle lui avait *donné un ordre.* Même si elle n'avait pas encore hérité de tout son pouvoir, ce qu'elle avait déjà suffisait à obliger un mortel à lui obéir. Au moins sur le domaine de Coniston Rex.

Le randonneur ralentit docilement, sans toutefois s'arrêter ni regarder autour de lui. Susan savait qu'il ne le ferait pas avant d'avoir atteint le village, plus bas, voire les rives du lac suivant.

Elle se demanda si elle avait le pouvoir de lever la brume qui enveloppait le pic. Elle leva les mains et ordonna au nuage de se dissiper. Rien ne se produisit, et elle ne perçut pas l'étrange étincelle qui avait traversé sa gorge et sa bouche quand elle avait sommé le randonneur de partir. Les éléments, semblait-il, étaient moins influençables que les gens. Ou bien cette magie-là était d'un tout autre niveau.

Elle reprit son ascension, se poussant physiquement jusqu'à presque courir, posant les mains sur les cuisses lorsqu'elle arriva au premier passage de marches grossières. Elle s'étonna de ne pas être davantage essoufflée. Elle avait beau être dans une forme raisonnable, la montée était raide, et elle la gravissait beaucoup plus vite qu'elle ne l'aurait fait d'ordinaire. Toutefois le pouvoir qui affluait en elle depuis les pierres sous ses pieds revigorait aussi chaque atome de son être. Elle se sentait pleine d'énergie, et la côte ne l'intimidait pas.

Mais en atteignant les premières fines vrilles de brume qui descendaient la pente, elle ressentit comme un pincement d'avertissement – quelque chose n'allait pas. Cette sensation l'étourdit un instant car elle venait à la fois de devant et de derrière, puis elle se figea en un clair sentiment d'une présence mauvaise dans son dos. Une menace.

Quelque chose ou quelqu'un qui n'aurait pas dû se trouver sur la montagne, qui lui voulait du mal.

Susan regarda par-dessus son épaule. En contrebas, Merrihew émergea de nulle part sur la rive du lac de Basses-Eaux. Elle renversa d'un coup de pied le réchaud encore fumant, et le discret sifflement que Susan n'entendait même plus s'arrêta enfin.

La libraire leva les yeux vers Susan, tira un petit pistolet – comme celui que Merlin gardait dans son étui de jambe – de sous sa veste de pêcheur et visa soigneusement pendant quelques instants, puis son bras retomba et elle se mit à courir. Manifestement, même pour un libraire gaucher, la distance était trop grande avec une arme si petite. Mais, bien que sans doute dix fois plus vieille que Susan, Merrihew grimpait nettement plus vite.

Susan s'élança, avalant les marches presque à quatre pattes, se poussant toujours plus fort. Elle haletait, la respiration sifflante, sous l'effet de l'effort et de la peur. Elle sentait ses omoplates se rapprocher dans l'attente d'un coup de feu imminent, et elle aurait voulu que la brume s'épaississe et descende plus vite, mais seules les premières vrilles du gros nuage l'atteignaient encore.

Le sentier vira bientôt sur la droite et se fit plus raide, mais sans marches. Il était aussi beaucoup plus difficile et moins bien marqué. Susan devait grimper au milieu des éboulis et des éclats de schiste, ce qui la ralentissait. Mais la brume finit quand même par s'épaissir, et elle devint plus froide et sombre. À la faveur de ce provisoire et fragile sentiment de sécurité, Susan renonça au rythme épuisant qu'elle s'était fixé et regarda vers le bas à travers la brume pour découvrir la silhouette indistincte de Merrihew à une soixantaine de mètres, bondissant comme un chamois sur les marches.

La libraire vit Susan ralentir et braqua son arme pour tirer quatre balles successives tout en continuant à sauter plusieurs marches à la fois. Les trois premières balles ratèrent leur cible et ricochèrent bruyamment sur les rochers au-dessus et en dessous de la jeune femme.

La quatrième la rattrapa alors qu'elle se remettait à courir et lui écorcha la cuisse gauche, trois centimètres au-dessus du genou. Elle eut d'abord l'impression d'un glaçon frotté sur sa peau, une douleur nette mais pas intense. Puis, comme elle poursuivait, celle-ci s'épanouit. Susan hurla – une fois –, mais il s'agissait d'un cri de rage plutôt que de peur. Elle jeta un coup d'œil à sa blessure, constata qu'elle était superficielle et non traversante, qu'elle n'était pas fatale ni peut-être même grave. Elle continua aussi vite qu'elle le pouvait.

Elle était proche du sommet, à présent, elle le sentait, et elle savait que son père s'y trouvait d'une manière ou d'une autre. Par-dessus tout, elle devait l'atteindre. Mais il y avait aussi ce pincement de mise en garde, cette sensation que quelque chose clochait. Le gardien du calice avait évoqué ses ennemis, au pluriel. Il y en avait un dans son dos, elle en était certaine. Elle avait le sentiment qu'un autre l'attendait plus loin. Mais elle n'avait pas d'autre choix que d'avancer. Merrihew voulait la tuer, et elle ignorait ce que son autre ennemi voulait.

Elle n'était plus qu'à vingt ou trente mètres du sommet. Si elle y parvenait avant que la libraire n'approche suffisamment pour la distinguer malgré la brume, si elle atteignait son père et réussissait à tirer davantage de magie de la montagne, alors peut-être elle pourrait agir pour sauver sa propre peau. Et puis elle avait le couteau et le sel. Elle n'avait pas l'intention d'asservir qui que ce soit, mais si la seule autre option était la mort…

Susan prit le couteau tout en avançant difficilement sur la rocaille ; elle en frotta la lame sur sa blessure pour la barbouiller de sang avant de le ranger dans sa poche mètre, hors de vue. Elle sortit l'un des petits sachets de sel mais n'osa pas s'arrêter pour essayer de l'ouvrir ; elle le garda donc en main et continua de progresser sur le chemin inégal.

Merlin et Viviane émergèrent du lac de Basses-Eaux au son de coups de feu.

« Beretta, calibre .25 », estima Merlin. Il marqua une brève pause pour ramasser quelque chose par terre et s'élança sur le sentier vers le sommet. Il ne voyait pas qui tirait ni sur quoi : la brume qui roulait majestueusement vers eux était trop épaisse. « Forcément Merrihew. Qui canarde Susan, j'imagine. Mais avec la brume… elle doit être très difficile à toucher. »

Il tentait de se rassurer, mais cela ne marcha ni pour lui ni pour Viviane, et ils accélérèrent tous les deux le rythme, pour ralentir presque aussitôt car leurs chaussures de soirée plates à semelle en cuir glissaient sur l'herbe et les cailloux. Merlin s'arrêta brusquement, s'assit, défit ses lacets d'un geste nerveux et se débarrassa de ses chaussures pendant que Viviane en faisait autant.

« Fichu Silvermere ! » jura Merlin avant de se remettre à courir. Ils formaient un drôle de duo, en tenue de soirée et à pieds nus, chacun avec une main qui brillait d'une lueur argentée car ils n'avaient pas pris le temps de récupérer leur gant blanc ni leur chapeau haut de forme en quittant la salle à manger en catastrophe.

Susan arriva prudemment au sommet du Vieil Homme de Coniston, le dos courbé. La brume était si épaisse qu'elle n'y voyait pas à plus de quelques mètres, mais elle savait qu'un cairn se dressait sur une plateforme un peu plus loin, de la même façon qu'elle connaissait la disposition de sa propre maison. Elle avait beau ne jamais être venue, cette montagne et tout le paysage alentour était comme gravé dans son esprit. Elle avança doucement, la brume s'écartant devant elle, parvint au cairn et s'arrêta.

Le surintendant principal Holly était assis sur la plateforme rocheuse, adossé au tumulus. Il était habillé pour la randonnée, et sa carrure solide était engoncée dans un anorak rouge et un pantalon militaire de camouflage gris neige, assortis de coûteuses bottes en Gore-Tex. Deux autres hommes… ou femmes… se tenaient à chaque extrémité de la plateforme. Ils ne portaient qu'un survêtement rouge du club de football d'Arsenal, des gants de laine grossière et de fausses Adidas. Leur capuche était remontée et un peu trop serrée, dissimulant presque la peau de leur visage, tachetée de bleu et de noir.

Il émanait d'eux une odeur d'amarante et de laurier, ainsi que la puanteur de la chair en putréfaction.

Ce n'étaient pas du tout des gens. Ou ce ne l'étaient plus. C'étaient des fils-du-chaudron.

« Il était temps que tu arrives, lâcha Holly. C'est Merrihew qui t'a tiré dessus ? »

Susan hocha lentement la tête. Son père se trouvait dans le cairn. Du moins son incarnation mortelle – elle le sentait. Elle sentait aussi que la résistance qu'elle avait décelée à son absorption du pouvoir de la montagne venait de Holly. Il l'avait détourné vers lui-même, d'une façon ou d'une autre, et s'efforçait de ne pas le lui rendre.

« Cette vieille chouette sait pourtant bien que j'ai besoin de toi vivante », ajouta-t-il. Sans qu'il parle ni ne fasse un geste, les deux fils-du-chaudron se mirent soudain en marche. Ils bondirent dans la brume, comme des rochers lancés par des catapultes. « Je ne peux pas me permettre de la laisser te tirer encore dessus, n'est-ce pas ? »

Il se leva en délogeant quelques pierres et s'étira en bâillant vers le ciel voilé de nuages. Susan aperçut son bracelet de montre argenté et, dans ces lieux, alors qu'elle entrait en possession de son pouvoir, elle l'identifia sans peine : il ne s'agissait pas d'un charme de protection mais de dissimulation.

Elle n'avait pas affaire à un policier mortel, mais à un Ancien Souverain habillé de chair humaine.

« Je n'aurais pas dû m'embêter à essayer de t'amener ici, pas vrai ? Vu que tu aurais fini par venir de toute façon, dit-il sur le ton de la conversation. Je pensais que les vieux libraires t'élimineraient tout de suite, donc j'ai dû agir vite. Dès que j'ai appris ton existence, évidemment, ce qui a beaucoup trop tardé. Il faut reconnaître que ton vieux père a bien joué ce coup-là, le finaud. »

Une salve de coups de feu retentit un peu plus bas.

« Dommage que Merrihew n'ait rien de mieux qu'un pistolet à bouchon sur elle », dit-il encore. Susan remarqua qu'il avait l'œil gauche dans le vague, sans doute parce que c'était celui qui voyait par les yeux morts de son serviteur. « Je miserais dix livres sur elle contre un seul fils-du-chaudron, mais pas contre deux. Pas sans une hache ou ce genre d'armement. »

Susan ne répondit pas. Elle l'observait, et elle laissa sa main droite glisser jusqu'à l'ouverture de sa poche à mètre. De la gauche, elle forma un poing, qu'elle leva à sa bouche en baissant les yeux, apparemment pour tousser, mais en réalité pour ouvrir le sachet de sel avec les dents.

« Je vais être très franc, Susan Arkshaw », poursuivit le surintendant. Il s'approcha en faisant jouer les articulations de ses mains puissantes. « J'ai asservi ton père et confisqué son pouvoir alors qu'il entretenait avec ta mère une liaison qui le rendait niais : il ne faisait pas attention et il était faible comme un nouveau-né dans sa chair de mortel. Quoique, j'admets avoir reçu l'aide de Merrihew pour l'attirer sur mon territoire. Mais il a trouvé une faille, pas vrai ? Il pouvait renoncer au pouvoir que je lui avais pris en faveur de son héritière quand celle-ci atteindrait la majorité, contournant ainsi les contraintes que je lui imposais ! »

Holly frappa du poing – qu'il avait énorme – dans sa paume, et l'impact résonna presque comme un autre coup de feu.

« Et maintenant tout mon pouvoir s'échappe vers toi, et les serments dont Coniston a été témoin se dénouent, ce qui est extrêmement contrariant ! Il faut qu'on les refasse. Voilà donc ce que je te propose : tu renonces librement au pouvoir de ton père en ma faveur, et tu t'en tires vivante. Ah, et ta mère aussi. »

Rien sur son visage ni dans ses mots ne trahissait que les hommes qu'il avait envoyés s'occuper de Jassmine avaient échoué face à ses gardiens issus du ruisseau, du ciel et de la terre. Mais Susan savait qu'il mentait. Ici, même avec un embryon de pouvoir, elle discernait la forme de ses mots et voyait s'ils sortaient de sa bouche bien droits ou déformés.

« Et mon père ? » Elle mit les mains derrière son dos et vida le sachet sur ses doigts en espérant qu'ils recueilleraient suffisamment de sel pour en déposer sur la lame.

« Il a fait son choix, répondit Holly. Il t'a tout transféré. Il s'efface, il ne sera bientôt plus. Oublie-le. »

Quelque chose là-dedans n'était pas vrai, mais une partie l'était malgré tout.

« Qu'arrivera-t-il à son pouvoir s'il ne me revient pas ? demanda Susan. Si vous me tuez avant. »

Holly eut un grognement hargneux.

« Il sera perdu. Gâché. Et j'en serai extrêmement mécontent. Le choix t'appartient. Ton père est fini, mais tu peux vivre.

— Vous vous êtes servi du pouvoir de mon père pour rendre des serments contraignants », dit Susan. Cette affirmation sonnait juste. Il s'agissait d'un aspect crucial du… du pouvoir de son père. Être témoin de serments et les rendre concrets, impossibles à briser. C'était un Assermenteur, qui liait l'un à l'autre ceux qui lui demandaient d'assister à leur serment et de le rendre contraignant. Son père faisait partie des Anciens Souverains bienveillants.

Et Holly était l'exact opposé. Un Doyen mal intentionné.

Il grogna encore puis cilla, et son œil dans le vague s'emplit de larmes, dont une roula le long de sa joue rougeaude.

« C'en est fini de Merrihew, dit-il. Elle m'a coûté cher, mais ça valait le coup.

— Et les autres libraires ? » s'enquit Susan en avançant d'un pas. « Même si je renonce au pouvoir de papa, que je vous laisse le prendre, ils nous tueront tous les deux, non ? »

Holly renifla.

« Pourquoi crois-tu que je me sois donné la peine d'étendre ma domination sur l'ancien monde et le nouveau, de rassembler sous mes ordres des créatures telles que bogues, gobelins, nixes et boggarts, croquemitaines, yallery et tous les autres, sans parler de m'abaisser à diriger les sinistres tueurs à gages et les malfrats de l'Angleterre mortelle ? Je compte liquider les libraires depuis le début. C'est l'idée, justement. Merrihew ne sera que la première à périr. Comme il sied à une dupe. »

Chapitre vingt-deux

On parla de marée sanglante
Car la mer même ne pouvait laver
Le sang de tant de victimes dans le temps qu'il faut
À ses eaux pour monter

Merrihew fit basculer une énorme pierre sur le deuxième fils-du-chaudron, mais il fut trop rapide. Il l'attrapa et la tira en arrière alors même que le rocher roulait vers eux. Elle eut les jambes écrasées jusqu'au genou, et une flaque de sang se forma autour de ses cuisses. Tant de sang…

L'autre fils-du-chaudron grattait le sol et grondait à deux mètres de là, cloué au niveau des coudes par deux scramasaxes du septième siècle que la libraire portait toujours dissimulés dans son dos, sous sa veste de pêche. Mais même le métal ancien enchanté à de nombreuses reprises n'empêcherait pas l'abomination de finir par déchirer sa propre chair et casser ses os pour se libérer.

Merlin émergea de la brume, sa vieille épée en main, Viviane sur les talons.

« Bien », grinça Merrihew. Elle pointa un doigt faible : « Découpe celui-ci en pièces avant qu'il ne se dégage. »

Merlin la dépassa, et son épée s'abattit encore et encore. Viviane s'agenouilla près de l'aînée et examina ses jambes brisées ainsi que le sang qui descendait la pente. Elle sortit de la poche intérieure de sa veste un flacon de salive de suçoteur avant de le ranger lentement.

« Oui, oui, je sais, lâcha Merrihew. Trop tard, trop tard. Tant pis. Je vais rejoindre la grand-mère.

— Non », fit une voix douce et calme – pourtant cet unique mot était définitif. Les trois libraires levèrent les yeux et, là, assise sur le rocher que Merrihew avait lancé par désespoir pour tuer le fils-du-chaudron – et elle-même, malencontreusement –, ils découvrirent la plus vieille grand-mère. La blonde vénitienne vêtue d'une espèce de toge. Son lévrier marron assis près d'elle grogna et montra les dents.

Ils paraissaient tous les deux parfaitement incarnés : ils n'avaient rien de fantômes ou d'esprits.

« Tu ne rejoindras pas nos rangs, poursuivit la grand-mère. Tu as trahi le clan. Nul ne pleurera ta mort, et ton nom sera rayé des listes.

— J'ai agi pour le bien des Saint-Jacques ! protesta Merrihew. J'ignorais tout du chaudron et des… autres affaires.

— Tu parles de maman ? » demanda Merlin.

Il avait laissé le fils-du-chaudron en morceaux sous des plaques de schiste pour venir se planter devant l'aînée. Il tenait négligemment la lourde épée, pointe vers le bas, à quinze centimètres au-dessus de l'œil de la vieille libraire. Il semblait à deux doigts de la laisser tomber.

« C'était un fâcheux concours de circonstances ! insista Merrihew. Elle avait rencontré Coniston et sa maîtresse à Londres, à leurs débuts, et plus tard elle a revu la femme, avec un enfant. Elle allait poser des questions. Elle aurait découvert ce qui était arrivé à Coniston. On ne pouvait pas la laisser faire, mais je ne voulais pas qu'elle meure ! Je n'étais pas au courant. Je ne l'ai su qu'après… »

La pointe de l'épée descendit de trois centimètres ; une rage froide déformait les traits de Merlin.

« C'est Southaw qui a tout organisé ! Il craignait qu'Antigone ne libère Coniston…

— Southaw ? répéta Viviane. Le Southaw de Londres ?

— Évidemment, le Southaw de Londres ! répliqua Merrihew. Tu en connais un autre ? »

Southaw était un Ancien Souverain très malveillant et néfaste auquel l'*Index* consacrait trois pages entières. L'un des principaux Doyens de Londres, toujours en lutte pour étendre son domaine au détriment de ses rivaux : la Chose Sous la Tour, la Bête de Camden, la Dame aux Primevères, la Pierre de Londres, et Oriel.

« Southaw m'a promis la paix, et il a tenu parole, insista Merrihew. Nous n'avons jamais connu de période aussi calme.

— Pour que tu puisses aller pêcher, commenta Viviane d'une voix déçue et cassante.

— Non, pas pour ça… Vous, les jeunes, vous ne comprenez pas la pression constante », murmura l'aînée. Elle avait perdu tant de sang que son visage en était émacié et sa peau presque translucide. Et puis, j'aurais pu arranger les choses. Vous auriez dû me dire qui était Susan… si cette dernière balle l'avait tuée… mais maintenant que Southaw a mis la main sur elle…

— Il est ici ? »

Merrihew pointa un doigt tremblant vers le sommet.

« Mais c'est impossible ! Nous sentirions la présence d'un Doyen… protesta Viviane.

— Il porte un charme. » Les yeux de la vieille libraire ne fixaient plus rien. Pour la première fois depuis bien des années, elle regardait en elle-même. « Peut-être, peut-être que j'ai commis une erreur… »

Viviane s'attendait à demi à voir Merlin lâcher l'épée pour lui percer l'œil et la cervelle. Mais il s'abstint. Il releva la lame et disparut dans un tourbillon de brume en bondissant sur le flanc de la montagne. Sa sœur hésita une seconde, s'inclina devant la grand-mère et s'élança après lui.

« Et Billie ? » murmura Merrihew en levant les yeux vers la grand-mère, même si elle ne voyait plus rien d'autre que la brume, rien que du blanc. Billie était son cocker spaniel, qui attendait patiemment à Wooten le retour de sa maîtresse.

« Nous prendrons Billie quand son heure viendra. Mais pour elle, pas pour toi. Ce ne sont jamais les chiens qui manquent à leur parole. »

Elle siffla, et le lévrier à ses côtés sauta du rocher. Il se dirigea vers Merrihew, qui détourna la tête comme les crocs de l'animal se refermaient sur sa gorge et lui arrachaient sa dernière étincelle de vie.

« Alors, que choisis-tu ? » demanda Holly. Il se tenait tout près à présent – une présence menaçante, pas uniquement par sa taille et sa carrure.

« Je ne… Je ne… », balbutia Susan, et elle s'élança, sortant sa lame et la passant à plat sur la paume de sa main gauche pour récupérer le sel d'un mouvement vif. Elle l'inclina enfin pour lacérer le torse du surintendant à l'aide du tranchant.

Toutefois, c'est à peine si le couteau entama l'anorak qu'il portait, et il ne traversa pas son pull. Il se mit à rire, et Susan frappa de nouveau, à hauteur de sa main, entaillant cette fois la chair. Mais le sang ne coula pas.

« Ah, Susan, Susan, tu as du cran, je te l'accorde », fit Holly en lui agrippant le poignet, qu'il tordit férocement pour la forcer à lâcher le couteau. Il la garda dans sa poigne et poursuivit d'une voix calme mais brutale. « On t'a mal appris. D'une, tu as oublié de réciter les paroles rituelles, mais tu ne peux pas m'asservir *moi* de cette façon. Je ne suis pas une petite légende mineure, un mythe pathétique né d'une source minable ou une pierre debout à laquelle se frottent les moutons. Je suis un Doyen, tu comprends ? *Vieux*, *méchant*, et *salement rancunier*. »

Il la repoussa, et le schiste lui entailla les mains quand elle voulut amortir sa chute.

« J'espérais que tu te montrerais raisonnable, dit-il. Mais je vois que je vais devoir procéder comme avec ton père et te *prendre* ton pouvoir. Ce qui implique d'abord de le déterrer, lui, j'imagine. Heureusement que ta mère avait de si longs cheveux. Je pourrai me servir de la même corde. »

Il se détourna et leva la main en direction du cairn, comme pour appeler un serveur dans un de ces détestables restaurants à l'ancienne où les clients payent la soumission du personnel. Son pouvoir, le pouvoir de son père, usurpé par Holly. Elle ne savait pas comment l'arrêter, mais elle essaya en souhaitant que la magie s'assèche, qu'elle reflue, qu'elle retourne à la montagne et l'envahisse plutôt que son ennemi.

Holly fit un pas de côté et lui asséna un coup de pied dans les côtes.

« Arrête ça ! »

Susan roula un peu plus loin, mais elle s'était déconcentrée. Quel que soit l'usage que le surintendant comptait faire de ce pouvoir, il en avait suffisamment, à présent.

Il claqua des doigts d'un geste désinvolte.

Le cairn bougea, et des pierres roulèrent dans la brume. La plateforme sur laquelle il était dressé s'ouvrit, et les pierres furent repoussées comme par une éruption interne.

« Viens voir ton papa », fit Holly. Il s'avança, certain que la jeune femme le suivrait.

Celle-ci se leva lentement, toute courbée, se tenant les côtes et faisant mine d'avoir eu bien plus mal qu'en réalité. Lentement, elle progressa entre les pierres jusqu'à l'endroit où se trouvaient précédemment le cairn et la plateforme.

« Laisse ce couteau, l'avertit Holly comme elle se penchait pour le ramasser. Finissons-en. Ils ont de la bonne bière et des sandwiches au bacon, au village d'en bas. Tu peux encore en profiter si tu décides de te montrer raisonnable. »

Susan secoua la tête et se concentra pour puiser davantage de magie dans la montagne. Elle sentait le surintendant s'efforcer de la lui reprendre, mais son emprise faiblissait. Elle avait droit à cette magie, et lui non.

« Le voici. C'est ton père. »

Susan baissa les yeux sur ce qui était dans les faits une tombe grossièrement taillée dans le sommet de la montagne et découvrit son père un mètre plus bas.

Le Vieil Homme de Coniston ne paraissait pas plus de quarante ans – pas vieux du tout. Ses cheveux cuivrés semés de mèches grises avaient poussé jusqu'à la taille et formaient presque un vêtement à eux seuls ; quant à sa barbe, elle était digne d'un poème d'Edward Lear et aurait pu accueillir le nid d'une dizaine de chouettes, d'alouettes et autres volatiles. Ses ongles étaient si longs qu'ils s'incurvaient sur eux-mêmes. Son pantalon à pattes d'éléphant violet pourrissait au niveau des ourlets, sa veste d'inspiration indienne était moisie aux poignets, et les fermetures éclair de ses bottes avaient rouillé.

Ses yeux entrouverts laissaient deviner des pupilles gris ardoise. Une moustache dissimulait sa bouche. Il avait les poignets et les chevilles entravées par de fines cordes attachées à des anneaux de fer vissés dans la roche.

Des cordes tissées de nombreuses mèches de… cheveux noir corbeau.

Les cheveux de sa mère. Des cordes d'amour pour lier un Doyen et lui prendre son pouvoir, bien plus efficaces qu'un simple asservissement à l'aide de sang, de sel et d'acier.

Des cordes qui lieraient tout aussi facilement l'héritière semi-mortelle du Doyen puisqu'elle aimait sa mère.

« Touchant, non ? Comme ce vieux conte de Noël. Pour lui acheter un cadeau, elle a vendu ses cheveux, sans savoir à quel usage je les destinais ; de son côté, il a pris le risque de visiter Londres pour être avec elle. Et ils ont tous les deux perdu.

— Une interprétation complètement stupide et erronée du *Cadeau des rois mages* », commenta Viviane, qui vint se planter près de Susan en émergeant de la brume.

Holly s'avança vers elles en levant le poing. Susan le sentit puiser du pouvoir dans la montagne malgré les efforts qu'elle-même lui opposait. Elle sentit d'autres pouvoirs également : le surintendant faisait appel à une magie lointaine – diminuée ici, mais il y en avait tant…

« Maudits libraires, vous ne savez vraiment pas vous… »

Merlin surgit dans son dos et lui asséna des deux mains un grand coup de l'ancienne épée à la base de la nuque. Il y eut un fracas assourdissant de métal heurtant le métal tandis que la tête de Holly s'envolait et allait rebondir sur le flanc de la montagne pour se perdre dans la brume.

Pas de sang. Le corps resta quelques instants debout avant de tomber lentement à genoux. Mais il ne bascula pas.

Un rire tonitruant leur parvint depuis la brume, suivi par la voix de Holly, affreuse et retentissante.

« Maintenant, je suis vraiment fâché ! »

Viviane inspira profondément et leva la main droite ; celle-ci se mit à briller plus fort, se reflétant sur les volutes de brume blanche. Merlin s'avança jusqu'à elle.

« Renvoie-le, fit-il brusquement à l'adresse de Susan. Interdis-lui ton domaine. Son vrai nom, c'est Southaw. Sers-t'en !

— Il contrôle encore l'essentiel du pouvoir de mon père ! »

Viviane hoqueta – elle bloquait toujours sa respiration. Merlin poussa Susan à terre et abattit le plat de sa lame sur le cou du corps décapité tandis que quelque chose jaillissait de la brume. L'objet percuta l'épée et rebondit dessus dans un nouveau bruit de métal, aussi fort qu'une cloche d'église à deux pas d'écart ; il aurait aussi heurté le jeune homme si celui-ci n'avait pas esquivé si vite que Susan le vit flou. Alors que la chose passait près d'elle, Viviane la frappa du plat de la main et expira un air aussi argenté que sa main. Son souffle enveloppa l'objet et l'envoya valser dans les airs, ouvrant comme un couloir dans la brume, qui se referma derrière lui.

Susan mit quelques instants à comprendre qu'il s'agissait de la tête de Holly.

« Il reviendra d'ici quelques minutes, haleta Viviane en inspirant profondément. On ne pourra pas le retenir indéfiniment.

— Susan... »

La jeune femme ferma les yeux. Elle sentait le pouvoir de la montagne couler en elle, percevait le moindre détail dans les limites du domaine de son père – chaque être vivant, les hommes, les femmes, les enfants, les animaux, les oiseaux dans les airs, dans les arbres et au sol, les lièvres, les renards, les moutons, les écureuils et les cerfs, les crapauds calamites, les vipères et même les autres êtres mythiques : les fées des eaux dans les lacs, les nains des vieilles mines de cuivre et des carrières de schiste, le Fenris sur la rive occidentale de Windermere... et à mi-pente de la montagne au sud-ouest, près d'un énième lac, l'affreuse monstruosité qu'était Southaw, concentrée dans la tête séparée de son enveloppe mortelle.

Elle s'agenouilla et posa les mains à plat sur le schiste pour appeler à elle son pouvoir. Elle sentit le Doyen lui résister, mais elle avait droit à ce pouvoir, elle alla chercher au plus profond de son être la volonté de s'en servir. Elle était la fille de son père, et il lui avait légué son pouvoir. Southaw l'avait volé. À présent, elle allait le récupérer.

Elle sentit la tête revenir. Elle la percevait désormais comme le sommet d'un effrayant iceberg de puissance. Cette tête coupée était la manifestation visible d'une entité invisible qui faisait appel à la force de ses très, très nombreux vassaux, des entités inférieures réparties sur ses terres. Elle tirait également de la force du chaudron de cuivre – un pouvoir aussi grand que celui de tous ses vassaux réunis.

Southaw ne l'affrontait plus dans un combat de volontés pour maîtriser la magie de son père : il venait simplement la tuer. La tête s'élevait de plus en plus haut, à travers la brume et les nuages.

Elle fondrait comme un rapace sur sa proie, vive et redoutable, trop rapide pour que même Merlin ou Viviane l'évitent.

« La tête est en train de monter, elle redescendra tout droit ! » les avertit-elle sans ouvrir les yeux ni se lever. Au lieu de cela, elle s'allongea à plat ventre en tendant les bras, dans un effort pour ne plus faire qu'une avec l'énorme masse de pierre sous son corps. La magie montait des profondeurs comme l'eau d'une source souterraine. Elle venait sûrement, mais trop lentement et, tandis qu'elle l'emplissait, Susan comprit deux choses cruciales.

La première, c'était que le pauvre vaisseau qu'était son corps ne pouvait pas absorber ce pouvoir plus vite ; la seconde, c'était qu'il ne pouvait pas contenir toute la majesté d'un Ancien Souverain de toute façon. Pour embrasser pleinement sa magie, elle serait obligée de renoncer à sa forme mortelle. Son corps s'enfoncerait dans le schiste, elle deviendrait un objet de mythe et de légende. Elle reprendrait peut-être une autre enveloppe mortelle un jour, mais ce serait la fin pour Susan Arkshaw.

Elle serait le Vieil Homme de Coniston. Si elle survivait aux trente prochaines secondes.

La tête continuait de grimper. Elle la sentait dans le ciel au-dessus de la montagne, car c'était là aussi son domaine : deux lieues au nord, au sud, à l'ouest et à l'est, et tout l'air au-dessus et la pierre dessous. La magie l'emplissait. Elle la sentait œuvrer dans son sang et ses os, au point de presque effilocher son être, de le détricoter…

La tête montait toujours, par-dessus le nuage désormais, dans un ciel bleu lumineux. Mais la magie accumulée en elle ne suffirait pas à résister à tout ce que Southaw pouvait déployer. Elle était incapable de la contenir. Sa personne ne suffisait pas et ne pouvait pas suffire, pas dans le temps imparti.

Elle vit alors autre chose et comprit en même temps qu'une partie des propos de Southaw concernant son père était fausse. Tout n'était pas fini pour lui.

Elle se jeta vers le couteau à beurre au tranchant affûté et se précipita à quatre pattes vers la tombe, où elle faillit tomber tête la première. Elle attaqua la corde fixée au poignet droit de son père, et celle-ci céda comme si le couteau coupait réellement du beurre. Les paupières du Vieil Homme frémirent. Elle coupa la deuxième corde, et il ouvrit la bouche pour prendre une inspiration rauque.

Un hurlement terrible retentit dans le ciel, et la tête entama sa descente.

« Protège-moi ! » cria Susan à Merlin en se balançant pour trancher la corde qui retenait la cheville de son père. Lorsque les mèches de cheveux se déchirèrent, il se redressa sur son séant. Susan prit un peu d'élan pour abattre le couteau sur le dernier lien…

L'épée de Merlin brilla au-dessus d'elle ; il y eut un éclair et un bruit assourdissant. Susan sentit quelque chose heurter son dos et l'aplatir contre le sol. Elle roula de côté pour voir ce qui se passait et découvrit la tête de Holly à quelques centimètres seulement de son visage, les dents découvertes en un rictus de haine.

Elle était embrochée sur la vieille épée, à travers la mâchoire et la tempe. Merlin et Viviane, les mains brillant comme un soleil, unissaient leurs efforts pour la maintenir en l'air et l'éloigner de Susan tandis que ses dents se refermaient sur le vide.

Une fumée grise et grasse s'échappait de ses narines et de ses orbites vides et tendait des vrilles inquisitrices vers Susan. C'était l'essence de Southaw qui quittait les vestiges de son enveloppe mortelle temporaire, et l'entité mythique était encore bien plus formidable que ce que la jeune femme était devenue. Elle n'avait pas assez de pouvoir pour le combattre, et la fumée se déployait vers ses yeux, en quête d'une voie d'entrée.

Une main attrapa celle de Susan, et elle se mit à hurler de panique ; pourtant, dans le même instant, elle sut à qui cette main appartenait.

C'était celle de son père, qu'elle n'avait jamais tenue.

Son hurlement se fit soupir tandis qu'elle laissait filer tout le pouvoir qu'elle avait rassemblé, ouvrant les digues de son for intérieur, libérant la magie qu'elle avait recueillie, la magie volée par Southaw et celle qui se trouvait encore dans la montagne pour qu'elles ne fassent plus qu'une, comme un fleuve puissant redécouvre son propre lit quand son barrage saute.

Coniston Rex s'empara de tout et s'en servit.

« Pars, Southaw, fit-il d'une voix rauque faute d'avoir servi. Va-t'en ! »

Chapitre vingt-trois

Le jour se retire à la tombée de la nuit
La nuit s'empresse et poursuit
Un baiser de lumière
Ils ne se croisent jamais qu'en passant
À l'aube, au crépuscule, si joliment

La fumée grise si épaisse, si proche des yeux de Susan, recula aux mots de Coniston. Elle se fondit en un gros corbeau pâle aux contours flous planant au-dessus de Merlin et Viviane, debout au bord de la tombe. L'oiseau ouvrit le bec sur un bref croassement de défi avant de s'envoler vers le sud.

Susan regarda son père, tout proche d'elle dans sa sépulture de pierre. Il lui rendit son regard, puis baissa les yeux sur son propre corps et ses mains. Il fit un geste. Ses ongles tombèrent, ses cheveux comme sa barbe de vieux sauvage revinrent à la longueur moyenne des hippies des années soixante, et sa veste, son pantalon violet et ses bottes retournèrent à leur état neuf.

« Merci, ma fille », grinça-t-il. Mais il ne fit pas mine de la prendre dans ses bras ni de montrer la moindre affection, et Susan ne s'y sentit pas plus encline. Elle retrouvait en lui des traits de son propre physique, mais il s'agissait d'une observation objective. Il avait beau être son père, il restait un étranger. Quelque chose dans le regard qu'il posait sur elle lui laissait penser qu'il partageait ce sentiment. Trouver un père, c'était une chose. Établir une relation avec lui serait manifestement plus difficile. Et sa nature compliquerait encore les choses.

Coniston leva les yeux vers Merlin et Viviane.

« De jeunes Saint-Jacques, dit-il d'un ton peu chaleureux. J'espère que vous n'êtes pas avec cette Merrihew qui m'a attiré dans le piège de Southaw. Et qui gît maintenant morte près de mon sommet. Qu'êtes-vous venus faire ici ?

— Aider Susan, répondit Merlin. Et vous, monsieur. »

Coniston hocha lentement la tête pour accueillir cette déclaration. Il sortit de sa tombe, marqua une pause et tendit la main à Susan. Elle s'en aida pour se relever, raide et grimaçante. Elle avait brièvement oublié sa blessure superficielle à la jambe, mais la douleur se rappelait maintenant à son bon souvenir, et les coupures sur ses mains la brûlaient.

Coniston fronça les sourcils. Elle sentit aussitôt des picotements dans ses mains, et la magie familière revint, affluant en elle depuis la montagne par l'intermédiaire de l'homme. C'était un peu comme la fois où on lui avait donné de la morphine, quand elle s'était cassé le poignet en tombant à bas de Christie, la jument d'ordinaire placide de son voisin. Elle sentit le soulagement courir dans ses veines, et la douleur de la blessure par balle et des coupures s'envola. Mais ça allait plus loin. Son père lui donnait une petite part de la magie qu'il avait reprise. Une toute petite part. Elle percevait l'immensité du pouvoir qui habitait la montagne, le lac et les terres du domaine de Coniston, entièrement focalisé sur l'homme devant elle, comme si une lentille concentrait tous les rayons du soleil en un seul faisceau pénétrant.

« Ma fille vous accompagnera pour me rapporter le chaudron », dit Coniston aux deux jeunes libraires. Il leur confia Susan comme s'ils changeaient de partenaire au bal, et elle alla se planter entre eux deux.

« Ah oui ? fit Susan.

— Je suis le gardien du chaudron de cuivre. Après m'avoir piégé et privé de ma magie, Southaw a emporté le chaudron dans son propre domaine. Il doit m'être rapporté, et regagner la sécurité des profondeurs. Cela me paraît une tâche adaptée pour vous autres libraires.

— Oui, répondit Viviane. En effet.

— Savez-vous précisément où se trouve le chaudron ? s'enquit Merlin. Southaw semble avoir étendu son royaume pendant que Merrihew… que nous… ne faisions pas notre travail.

— Susan le trouvera. Je lui ai donné une part de ma force. Vous ne devez donc pas la tuer comme vous avez tué l'un de mes enfants il y a bien longtemps, dans les années de glace où le lac gelait d'un bout à l'autre.

— On a fait ça ? Je veux dire… Non… on a arrêté ces pratiques. De toute façon, Susan est… » Il était étonnamment peu volubile. « Susan est spéciale.

— Cette forme mortelle me pèse, dit soudain Coniston. Et j'ai dépensé trop de forces. Je dois me reposer au cœur de la montagne jusqu'à la fin de l'année. Je te remercie, ma fille, de m'avoir libéré. »

Il se pencha vers elle et l'embrassa très cérémonieusement sur le front avant de redescendre dans la tombe. Ses pieds s'enfoncèrent dans le schiste gris comme dans des sables mouvants.

« J'ai absorbé les fragments des fils-du-chaudron. Les nains les brûleront dans les feux de la terre avec le cadavre de Merrihew, et leurs cendres seront dispersées dans les abîmes les plus profonds, qui dépassent mon entendement même, déclara Coniston. J'ai aussi stoppé le cœur des scélérats mortels qui attendaient le retour de Southaw plus bas sur mes pentes. »

Il commença à s'enfoncer plus rapidement, leva les mains au-dessus de la tête, et les pierres qui avaient été soufflées entreprirent de se rassembler au sommet et de se réorganiser pour reconstituer la plateforme puis le cairn.

Les trois jeunes gens reculèrent pour leur faire de la place et renversèrent par la même occasion le corps décapité de Holly, qui roula sur quelques pas avant de se désagréger, ne laissant que l'anorak, les vêtements qu'il couvrait, les bottes et le bracelet de montre en argent. Viviane le ramassa et l'examina pendant quelques secondes, puis le glissa dans sa poche.

« Très ancien, mais pas fabriqué par Harshton & Hoole, dit-elle. Ce qui me soulage un peu. On avait assez d'un traître.

— Merrihew travaillait sûrement seule, approuva Merlin. Aidée en cela par la fichue paresse de Thurston, bien sûr. Et par d'autres, à leur insu. Qui aurait remis en cause ses ordres, après tout ? Comment va ta jambe, Susan ? Il faut qu'on y aille.

— Ah oui ? geignit la jeune femme.

— Oui, fit Merlin.

— Ce n'est pas encore terminé ?

— Non », répondirent en chœur le frère et la sœur.

Susan soupira, s'assit sur un rocher et tendit la jambe. Le couteau avait repris sa place dans sa poche à mètre, même si elle ne se rappelait pas l'y avoir remis. « J'ai effectivement eu besoin du couteau, Viviane. Mais pas du sel, en fin de compte.

— Oh, peut-être pour ceci, dit Merlin en sortant de sa poche un paquet enveloppé de papier paraffiné. Quelqu'un a laissé ça au bivouac plus bas… »

Susan attrapa l'emballage et l'ouvrit d'un seul mouvement. Un sandwich maison : rosbif et salade sur un pain au levain parfait. Elle mordit dedans, mâcha vigoureusement, avala et se tourna vers la libraire en cherchant à tâtons le second sachet de sel dans sa poche.

« Mais oui, ça manque de sel ! Tu es incroyable, Viviane.

— Je crois que j'aurais pu y voir plus clair et nous épargner pas mal de soucis », répondit celle-ci, sarcastique, en regardant Susan ouvrir le sandwich et y répandre le sel. Ses mains tremblaient un peu, mais elles s'affermirent.

« Laisse-moi examiner ta jambe, fit Merlin en s'agenouillant devant Susan.

— Je crois qu'elle va bien », marmonna la jeune femme, la bouche pleine.

Sa combinaison était maculée de sang et déchirée sur le passage de la balle, mais Susan n'avait plus mal. Elle frissonna lorsque les doigts de Merlin écartèrent les pans du tissu et se posèrent doucement sur sa peau. Sa main argentée était légèrement plus chaude que la droite.

Elle hoqueta, et il leva les yeux.

« Je t'ai fait mal ? demanda-t-il, inquiet. Je ne vois pas de blessure et je ne sens rien non plus.

— Non, non, tout va bien, toussa-t-elle. Euh, mon père, quand il m'a donné un peu de sa magie… je crois qu'il a soigné ma jambe.

— Ah, d'accord. » Il se releva. « Il faut vraiment qu'on y aille, dans ce cas. Je me disais que j'allais peut-être devoir te porter.

— Alors, qu'est-ce qu'on fait, maintenant ? s'enquit Susan d'un air songeur. Pendant une minute, j'ai espéré qu'on pourrait redevenir des gens… normaux. Plus ou moins, dans votre cas. On n'est donc pas débarrassés de Holly… ou Southaw, ou peu importe ?

— Non. Il a juste été banni d'ici, répondit Merlin. Il a perdu l'apparence physique du surintendant principal Holly, et le charme qui le travestissait aux yeux de ceux qui auraient pu reconnaître sa vraie nature. Mais Southaw est un Doyen très puissant, il commande à de nombreuses entités inférieures, et il a le chaudron de cuivre. Il pourrait bien être encore capable de se faire obéir de ses malfrats, je ne sais pas. Il se peut même qu'il réussisse à rétablir sa forme mortelle. On n'a aucune idée de quoi il est capable ni de ce qu'il compte faire, d'ailleurs.

— Il a dit que s'il avait volé le pouvoir de mon père, c'était dans le seul but de rassembler les criminels et les créatures de l'ancien monde afin de se débarrasser des libraires.

— Quoi ? Il faut qu'on les prévienne ! » s'exclama le jeune homme. Il s'engagea sur le sentier et, pour la première fois, Susan remarqua que Viviane et lui étaient non seulement en tenue de soirée mais aussi qu'ils ne portaient pas de chaussures, les pieds déjà sanglants sous l'effet de multiples petites coupures et sans doute très froids. Même elle avait froid aux pieds à travers ses Docs, d'autant qu'elle ne portait pas de chaussettes d'hiver.

« Vous n'avez pas de chaussures !

— On en est bien conscients, fit Viviane. Viens. »

Elle emboîta le pas à Merlin tout en agitant les mains pour chasser un voile de brume particulièrement épais. Susan la suivit.

« Et pourquoi êtes-vous sur votre trente et un ?

— Silvermere ! cria Merlin.

— Est-ce qu'on y retourne ? Par le lac ?

— Sûrement pas ! On pourrait rester coincés, perdre une semaine, ou te perdre toi à nouveau.

— Alors je t'ai manqué ?

— Oui ! » s'exclama le jeune homme, et il y avait tant d'honnêteté dans sa voix qu'elle ne sut pas comment répondre et choisit de se concentrer sur ses pieds et sur l'effort qu'elle faisait pour ne pas glisser sur les cailloux plutôt que de réfléchir au fait que, peut-être, elle l'avait mal jugé et elle devrait lui accorder sa chance, et que peut-être ça marcherait, et qu'ils prendraient du bon temps de toute façon, et que la vie était trop courte…

« Où allons-nous au juste, Merlin ? demanda Viviane, interrompant les pensées galopantes de Susan.

— Au village d'en bas. Le téléphone, d'abord. Il se peut que la grand-mère ait prévenu Thurston ou l'un des ambidextres, mais il ne faut pas y compter. À ton avis, combien de temps mettra Southaw à regagner Londres, Viv ? C'est bien une entité de Londres, pas vrai ?

— Oh, que oui, et l'une des plus malveillantes », dit Viviane en s'arrêtant pour rattraper Susan, qui avait trébuché et s'apprêtait à dévaler la pente. « Attention, Susan. Euh, j'ignore en combien de temps il peut rentrer... Une entité incorporelle, hors de ses propres frontières... Ça ne fait pas partie des sujets que j'ai étudiés. Je veux dire, s'il garde sa forme de corbeau de fumée et vole à la même vitesse, peut-être cinq ou six heures ? Si rien ne l'arrête. Après tout, il doit violer le territoire de nombreux autres Doyens.

— Southaw a eu dix-huit ans pour extorquer des serments de loyauté sans que les libraires s'en mêlent, fit remarquer Merlin. Qui sait jusqu'où son influence s'étend à présent ? Aussi bien dans l'ancien monde que dans le nouveau. Et puis, il a les pouvoirs du chaudron de cuivre.

— En effet, approuva Viviane. Susan... Où se trouve le chaudron ?

— Je ne sais pas », commença la jeune femme avant de se rendre compte qu'elle savait en réalité, bien que d'une façon très abstraite. Il lui faudrait un peu de temps pour tout comprendre. « Au sud-est, assez loin. Vers Londres, j'imagine. Sous terre, dans une espèce de salle... assez brute, avec des racines... Il faudrait que je sois plus près... »

La brume descendit la pente avec eux, lourde et bien plus humide qu'au sommet. C'était l'œuvre de son père, elle le savait, et elle ne fut donc pas surprise de ne croiser personne en sens inverse. Quand ils atteignirent le parking de Walna Scar, celui-ci était vide à l'exception de deux Range Rovers dernier cri. Un vert contenant quatre cadavres – deux hommes et deux femmes –, et un bleu avec trois morts. Tous étaient équipés de vêtements de randonnée tout neufs, dont certains portaient encore les étiquettes. Susan aurait pu les croire endormis si son père n'avait pas mentionné avoir stoppé le cœur de malfrats qui attendaient leur chef en bas de la montagne.

Merlin ouvrit la portière du véhicule le plus proche et souleva le rabat de la poche d'anorak d'un passager, révélant la crosse d'un Colt .45 ; le manche d'un couteau dépassait aussi de sa botte, et un fusil à canon scié reposait dans un sac à ses pieds. Un rapide examen des autres montra qu'ils étaient tous bien armés et qu'ils s'en cachaient à peine.

« Il ne vaut mieux pas contrarier ton père, commenta Merlin. Je me demande si je n'aurais pas dû vérifier que j'avais son accord pour sortir avec toi, Susan.

— Je prends mes propres décisions dans ce domaine, répondit-elle. Et c'est moi qui fais le premier pas.

— Du coup, qu'as-tu décidé ? » s'enquit le jeune homme. Il se retourna quelques instants – une silhouette à la Brontë au milieu des volutes de brume, tout en sourire, en charme et en romantisme. Si on faisait abstraction des cadavres dans la voiture derrière lui.

« J'ai toujours préféré *Jane Eyre* aux *Hauts de Hurlevent*, déclara Susan, songeuse.

— Euh, qu'est-ce que ça…

— Je choisirais Edward Rochester plutôt que Heathcliff pour un rendez-vous galant. Il m'a toujours paru un peu plus utile.

— Donc, c'est oui !

— J'ai décidé que, le moment venu, ce serait *moi* qui t'inviterais à prendre un verre, répondit Susan. Et on verra pour la suite. » Elle jeta un œil à Viviane. « Pas de mise en garde, cette fois-ci ?

— Non, fit gravement la libraire. Tu ne ressembles pas du tout aux… gens que Merlin fréquente d'habitude. Enfin, ses relations commencent en général plus *vite*, je dirais, et se terminent peu après, quand il tire sa révérence. En réalité, je dois avouer que je suis assez curieuse de voir ce qui se passera. Évidemment, il faudrait déjà qu'on survive assez longtemps pour qu'il se passe quoi que ce soit.

— On s'en est tirés jusqu'à présent », dit Susan, qui se découvrait inopinément pleine d'une joie sûrement liée à leur survie et qui ne devait rien à Merlin. Ou du moins pas entièrement.

« Parce qu'on était ici, sur le domaine de ton père, et qu'on a eu de la chance, fit Viviane. Tu aurais pu te faire tuer par Merrihew, ou enfermer sous la roche avec ton père par Southaw! Et maintenant, il va falloir qu'on l'affronte sur son propre terrain, au centre de son pouvoir. Un peu comme poursuivre un ours blessé jusque dans sa tanière. En largement pire.

— Mais pas tout seuls », ajouta sombrement Merlin. Il entreprit de sortir les passagers du véhicule – impossible d'ignorer qu'ils étaient morts et non simplement endormis. « La prochaine fois, ce sera avec beaucoup, beaucoup, beaucoup de libraires experts, puissants et bien armés.

— Espérons, marmonna sa sœur.

— Ne sois pas si négative, et donne-moi un coup de main », fit Merlin en traînant la première passagère sur quelques pas avant de la déposer. « À moins que tu ne préfères le Range Rover bleu ?

— Les morts n'ont pas l'air de te déranger, là, dit Susan. Je croyais…

— Seuls les innocents que j'ai tués moi-même me hantent, expliqua-t-il. Et puis ceux-ci ne sont même pas des gangsters ordinaires. Tu vois ces trois tatouages, les anneaux autour de l'index ? C'est un truc des sectes mortuaires. Ces gens-là se sont engagés au service de Southaw de leur plein gré, en connaissance de cause. On trouve toujours quelques apprentis satanistes ou druides intéressés par les sacrifices humains dans l'entourage des entités malveillantes assoiffées de ce genre de sang. Un anneau à l'index représente un homme tué ; autour du pouce, une femme ; et autour de l'auriculaire, un enfant. Mais c'est à Viviane que je demandais de l'aide. Tu n'es pas obligée.

— Non, ça va », répondit la jeune femme. Elle passa de l'autre côté pour s'occuper du passager arrière. « Enfin, non, ça ne va pas. Mais je gère. Surtout qu'ils sont très propres, ils ont vraiment l'air de dormir. Il aurait pu faire ça aussi, non ? Les endormir… »

Elle dut s'arrêter de parler et inspirer bien fort comme la situation lui apparaissait clairement : elle traînait un mort hors d'une voiture, et il y en avait sept autres. Son père les avait tués sans se poser de questions, comme il aurait écrasé des mouches. À en juger par leurs tatouages, ils étaient eux-mêmes des meurtriers, mais méritaient-ils pour autant de mourir ? Et elle aurait pu y rester aussi, comme Viviane l'avait dit. À quelques centimètres près, la balle de Merrihew lui aurait sectionné l'artère fémorale, et elle se serait vidée de son sang…

Merlin fit le tour de la voiture pour la prendre dans ses bras. Elle se laissa aller avec un immense sentiment de soulagement et de réconfort. Pendant quelques secondes. Puis elle le repoussa.

« Non, ça va aller, il faut qu'on continue… qu'on avance, non ?

— Si. Tu veux mon livre ?

— Tu en as trouvé un ?

— À Silvermere. Il y a une bibliothèque. Je crois… bref, tu peux le lire à l'arrière.

— Je ne peux pas lire dans une voiture en mouvement, répondit-elle, mais merci. Est-ce qu'on… Est-ce que tu vas voler une voiture pour qu'on regagne Londres ? »

Il secoua la tête.

« On appellera depuis le téléphone le plus proche. Il faut qu'on prévienne les libraires, et il y a encore sûrement un avis de recherche policier contre Viviane et moi. Normalement, c'est Merrihew qui règle ce genre de problème avec le ministère. Bien sûr, cette fois-ci, elle n'aurait pas eu le temps d'agir. Ni l'envie, peut-être. Allez, viens. »

Ils alignèrent proprement les corps. Merlin hésita un instant puis les dépouilla de trois anoraks : il en prit un pour lui-même et tendit les autres aux filles. Il contempla encore quelques secondes les bottes des morts avant de secouer la tête d'un air de regret.

« Un anorak, d'accord, mais les chaussettes et les chaussures d'un macchabée… Il faudra qu'on essaye de trouver quelque chose au village. Je vais quand même prendre un de ces sacs à fusil bien pratiques, pour l'épée. Je ne voudrais pas effrayer les gens du cru plus qu'absolument nécessaire. »

Ils récupérèrent aussi les armes des adeptes et les rangèrent dans le coffre du Range Rover, que Merlin ferma. Il alla ensuite verrouiller la deuxième voiture, dont les occupants étaient toujours assis, le regard vide.

« Inutile de tenter les passants en laissant traîner des armes, surtout les enfants », dit-il en s'installant au volant du véhicule vert. Viviane s'assit à l'arrière et poussa gentiment Susan à prendre place sur le siège passager avant. « On enverra la police locale dès que possible. Bien que ton père semble tenir tout le monde à distance pour l'instant. Je ne sais pas combien de temps ça durera.

— Jusqu'à ce que la brume se lève », répondit Susan sans réfléchir. Elle savait simplement certaines choses à présent, dans les limites du royaume de son père du moins. « Deux heures et demie environ. »

Merlin la regarda et démarra la voiture.

« Il y a autre chose à savoir ?

— Le Taureau-Noir fait de bons sandwiches au bacon. Et il y a une cabine téléphonique devant. »

La grand-mère avait bel et bien prévenu Thurston, qui avait très mal pris la nouvelle des arrangements conclus par Merrihew au nom des Saint-Jacques avec un Ancien Souverain malintentionné – beaucoup plus mal que la nouvelle de sa mort.

« Apparemment, il a tendu le téléphone à la cousine Sam, il est parti se construire une grande pyramide à partir des deuxièmes éditions et suivantes de Dickens et de Trollope – il n'a pas touché aux éditions originales – et il refuse depuis de parler ou d'en sortir, expliqua Viviane. Bref, la grand-tante Évangéline quitte Wooten pour assumer la direction des droitiers et… la cousine Una a pris la tête des gauchers et informé l'inspecteur Greene. La police a annulé l'avis de recherche nous concernant, et Greene a obtenu qu'un hélicoptère de l'aéroport militaire de Catterick vienne nous chercher pour nous ramener à Londres.

— Quelles nouvelles de Holly… je veux dire Southaw ? » demanda Susan entre deux bouchées de sandwich au bacon. Celui qu'elle avait mangé en haut de la montagne était délicieux, surtout une fois salé, mais c'est à peine s'il avait entamé son appétit.

« Personne ne l'a encore vu, et il n'est rien arrivé de fâcheux. Tout le monde est en alerte maximale. Helen et Zoë recoupent tout ce que nous savons sur Southaw. Una a envoyé nos équipes interroger nos sources habituelles et elle va aussi consulter grand-mère. Greene a lancé un avis de recherche contre Holly au cas où il parviendrait à revenir sous cette forme, et elle organise la surveillance policière de toutes nos antennes sous prétexte d'une menace de l'IRA, au cas où Southaw lancerait ses gangs à l'attaque.

— Une menace de l'IRA contre des librairies ?

— Contre les clients importants des librairies, rectifia Viviane. C'est même logique. La moitié de la Chambre des Lords se fournit à la nouvelle librairie, déjà. Je ne sais pas trop comment Greene justifie Wooten, Thorn Hall, l'atelier de Birmingham et le reste, mais ce sont sûrement des cibles secondaires. Southaw a clairement étendu son domaine, toutefois le siège historique de son pouvoir se trouve quelque part à Barnet – Helen et Zoë se penchent sur la question – et la plupart de ses vassaux et serviteurs seront probablement concentrés dans le nord de Londres.

— Il te faut autre chose, ma belle ? » demanda la femme joviale qui les avait accueillis au Taureau-Noir comme s'ils étaient des membres de la famille en royale en visite pas très incognito. Il ne fallut que quelques instants à Merlin et Viviane pour comprendre que tout cela était lié à Susan – encore un aspect de son héritage. La jeune femme elle-même mit un peu plus longtemps à ouvrir les yeux sur ce qui se passait.

« Non, merci, Mrs. Staple », répondit-elle. Elle avait tout de suite su son nom, comme celui de tous les autres habitants du village – un détail qui l'avait un peu perturbée. Non qu'il y eût beaucoup de gens sur place : la brume se déployait encore jusqu'au lac, et tous les touristes déjà à Coniston ou dans les environs avaient décidé de rester au chaud. Même les villageois n'étaient pas enclins à sortir.

Tout cela était indubitablement le fait du père de Susan. Il avait même été difficile d'obtenir que deux agents du commissariat d'Ambleside viennent garder les cadavres du parking jusqu'à ce que Greene puisse envoyer une équipe de nettoyage digne de ce nom. Ils étaient tous les deux du coin et avaient manifestement envie de rester à distance du Vieil Homme de Coniston – un effet secondaire du bannissement de Southaw. Le « Pars ! » et le « Va-t'en » du Doyen exerçaient un effet prolongé sur un peu plus que son rival.

« Je viens de me rendre compte que je dois avoir perdu mon travail », fit Susan en regardant la pinte presque vide devant elle et en songeant à ramasser les verres. « Flûte. Je ne sais même pas quel jour on est. Mardi ?

— Mercredi, corrigea Viviane. On a perdu deux jours à Silvermere.

— Je n'y suis restée qu'une heure tout au plus », protesta Susan.

Merlin marmonna une remarque inaudible mais désobligeante.

« J'aimais bien le Cygne-aux-deux-couronnes, soupira-t-elle. Mais j'imagine que ce n'est pas le moment de s'inquiéter d'avoir ou non un travail.

— Tu pourras peut-être le récupérer. Tu sais, une fois que tu sauras nous expliquer où se trouve le chaudron de cuivre, tu pourras sans doute rester en dehors de… eh bien… de ce que Greene appellerait des trucs bizarres.

— Quoi ? Retourner à Milner Square et reprendre là où j'en étais, comme si rien ne s'était passé ? Prendre un thé avec Mrs. L en discutant de la météo ? »

Merlin et Viviane échangèrent un regard gêné.

« Qu'est-ce qu'il y a ?

— Tu n'es pas au courant, dit Merlin. Mrs. London a été tuée par le fils-du-chaudron.

— Oh, s'exclama Susan. Oh… la pauvre Mrs. L ! Je me demande qui va s'occuper de Mister Nimbus. »

Ils restèrent assis en silence pendant plusieurs minutes. Susan se remémorait les tasses de thé et les petites attentions de la logeuse, et les autres pensaient à elle aussi.

Merlin fut le premier à rompre le silence en tapotant ses pieds l'un contre l'autre dans les chaussons que Mrs. Staple avait fournis pour Viviane et lui, en plus de gants. Susan avait été surprise de constater que leurs pieds n'avaient pas trop souffert – juste quelques égratignures –, mais Merlin avait haussé les épaules et répondu qu'il fallait des armes comme les flèches des *Raud Alfar* pour vraiment leur faire mal.

« Arrête, fit Viviane. C'est énervant.

— Ça m'aide à réfléchir », protesta Merlin. Il cessa de taper des pieds et se mit à claquer des dents.

« Tu le fais exprès pour m'embêter.

— Quoi ? Mais je réfléchis ! » s'emporta-t-il. Mais il arrêta de claquer des dents.

« Comment les libraires se débarrassent-ils d'un Ancien Souverain, en réalité ? demanda Susan au terme d'une nouvelle minute de silence. Puisque couper la tête de leur enveloppe mortelle ne suffit clairement pas. »

Merlin regarda Viviane.

« Il y a plusieurs façons de procéder, répondit prudemment celle-ci. Je ne suis pas certaine que nous soyons au meilleur endroit pour en discuter.

— Je ne crois pas que papa écoute », fit Susan. Une déclaration qui lui fit un drôle d'effet. « Il est… là, mais lointain. Pas tout à fait endormi, plutôt au repos.

— C'est à peu près ce que nous allons essayer d'imposer à Southaw. Le forcer à basculer dans un état de dormance, mais pour beaucoup plus longtemps que le reste de l'année. Je n'ai jamais pris part à ce genre de manœuvre et je n'en ai même jamais été témoin car nous n'avons pas eu à maîtriser un Doyen depuis ma naissance. J'imagine que ça fait partie du service que Southaw rendait à Merrihew, cette "paix" que nous connaissons depuis si longtemps. Mais il existe une procédure, pourrait-on dire, ou un rituel, qui exige la présence d'au moins neuf droitiers et trois ambidextres, et d'autant de gauchers que nécessaire pour tenir ses séides à distance le temps que nous agissions. Et le rituel doit être exécuté au siège de son pouvoir. Qui est en général – mais pas toujours – un élément tangible comme un rocher, une montagne, une source ou une pierre dressée.

— Mais vous ne savez pas encore où se trouve le siège du pouvoir de Southaw.

— On le sait sans doute, tempéra Merlin. Il figure dans l'*Index*, donc les limites de son domaine et peut-être même son siège seront mentionnés dans les documents historiques des droitiers. Il s'agit juste de trouver où l'information est consignée.

— Je doute que ce soit aussi simple, fit Viviane d'un air sombre. Southaw n'est pas une entité ordinaire, même pour un Ancien Souverain. Il a le chaudron de cuivre. Je ne crois pas qu'un seul d'entre nous sache quels pouvoirs cela lui confère…

— Au moins, ce n'est plus notre problème, fit Merlin. Les tantes, les oncles et les plus vieux cousins peuvent bien s'occuper de Southaw et récupérer le chaudron. Nous, on rentre à la maison en hélico, et avec un peu de chance tout redeviendra relativement calme. Et Susan et moi pourrons aller prendre ce fameux verre.

— Je trinquerai à la perspective que tout redevienne calme », conclut Susan en buvant sa dernière gorgée de bière.

Chapitre vingt-quatre

Dans mes rêves je vole si haut
Sans effort, immobile
Ma tête repose sur l'oreiller
Mais je me rue vers le ciel
Je tombe de bas en haut

L'hélicoptère, un Puma HC MK 1 de la RAF, atterrit dans le champ derrière le Taureau-Noir peu après que la brume se fut dissipée. Même ainsi, il faisait toujours gris, et les rayons du soleil ne perçaient que çà et là. Essentiellement au sommet du Vieil Homme, toutefois Susan n'aurait pas su dire si c'était un effet de la volonté de son père.

La chef de bord courut à la rencontre des trois jeunes gens, confronta leur apparence à ses notes et lut soigneusement le badge de Merlin et de Viviane.

« Vous ne transportez pas d'explosifs, grenades à main, incapacitantes ou articles du même genre, n'est-ce pas ? » cria-t-elle par-dessus le bruit du rotor et du moteur. Elle n'avait pas soulevé la visière polarisante de son casque, de sorte qu'il était difficile de voir son expression mais, au ton de sa voix, il était clair qu'elle prendrait mal la présence de ces objets.

« Non », cria Merlin à son tour. Il désigna son sac en poil de yak et sa cheville, où un léger renflement trahissait la présence de son pistolet de secours. « Rien que des armes personnelles. Et je suis le seul équipé. Ah, il y aussi une épée dans ce sac. »

Susan souleva le sac en question.

« Une épée ? Qu'est-ce que… Laissez tomber… Tant qu'il n'y a rien qui fait boum, beugla la femme. J'ai eu des déboires avec des gens comme vous, une fois. On aurait tous pu y passer. »

Ils ne réagirent pas, puisque les « gens comme vous » dont elle parlait n'étaient sans doute pas des libraires mais des agents beaucoup plus classiques du monde clandestin, comme le MI5 ou le SIS.

« Baissez un peu la tête, pas besoin de vous plier en deux, ajouta-t-elle. Suivez-moi. »

Elle les entraîna jusqu'à la soute ouverte de l'hélicoptère, au milieu de laquelle trônaient deux banquettes séparées par un filet à grosses mailles. Certains sièges étaient équipés de casques de communication branchés en hauteur.

« Deux de ce côté, un de l'autre ! » cria la militaire en désignant les banquettes. On met le casque et on boucle sa ceinture ! »

Viviane passa la première et s'installa seule. Merlin et Susan s'assirent côte à côte. Quand ils furent dans l'appareil, la chef de bord ferma la porte – le bruit passa alors d'assourdissant à juste pénible – et elle prit place sur un siège plus grand et orienté vers l'avant, près de la porte de gauche. Elle aurait une bonne vue sur l'extérieur. Les autres, non.

L'atmosphère se fit plus calme avec le casque sur les oreilles. Susan remarqua que la militaire avait un harnais digne de ce nom alors que la banquette passagers du milieu n'était équipée que de ceintures abdominales deux points assez basiques. Alors qu'elle s'attachait, son casque crépita, et la voix d'une autre femme résonna. Celle-ci avait l'accent traînant de tous les pilotes du monde.

« Bonjour. Dans la mesure où nos ordres précisent qu'il s'agit d'un vol "pas de noms, pas de questions" pour Londres, je ne présenterai ni l'équipage ni moi-même, si ce n'est pour vous assurer que vous êtes entre de bonnes mains avec Mel à l'arrière. Veuillez étudier le carton qu'elle vous remettra concernant les procédures de sécurité, et veillez à toujours suivre ses instructions. Notre temps de vol sera d'environ cent dix minutes ; nous atterrirons à la base de Northolt peu après treize heures. Il fait gris et il bruine dans la capitale, mais la météo ne devrait pas nous poser de problème plus grave qu'une déprime généralisée. Nous ne servirons ni thé ni petits gâteaux, à moins que vous en ayez apporté. Installez-vous confortablement et profitez du vol. »

Il y eut un déclic et le circuit de communication se coupa ; les turbines gémirent plus fort, et les lames du rotor se mirent à tourner plus vite. La chef de bord tendit à Susan un carton de sécurité qui comportait essentiellement des images.

« Lisez ça et faites-le passer. Restez assise et gardez votre ceinture jusqu'à ce que je vous signale que ce n'est plus obligatoire. »

Susan n'avait pris les airs qu'une seule fois auparavant, à l'occasion d'un vol vers Dublin avec sa mère pour de brèves vacances, à l'âge de onze ans. Les consignes de sécurité pour l'hélicoptère ressemblaient fort à celles qu'elle avait si soigneusement lues à bord du VC-10. Elle consulta les images, vérifia sa ceinture, regarda comment s'ouvrait la porte, puis passa le carton à Merlin.

L'hélicoptère décolla, s'éleva rapidement et décrivit un cercle vers le sud tandis que le libraire étudiait les consignes. L'hélicoptère étant penché, Susan ne voyait que le ciel par sa fenêtre, mais en regardant par-dessus son épaule et celle de Viviane qui se trouvait juste derrière elle, dans son dos, elle vit les Eaux-de-Coniston briller plus bas. Quelque chose en elle ressentait le confort et la sécurité de s'en savoir « propriétaire », à l'encontre de ses processus intellectuels supérieurs, plutôt enclins à l'anxiété tandis qu'elle digérait ce qui s'était passé et s'inquiétait de ce qui allait se passer.

Enfant, elle avait rêvé de retrouver son père, faisant de lui la synthèse des pères les plus gentils de ses camarades de classe. Elle l'avait imaginé revenant sous les traits d'un marin naufragé de longue date et enfin secouru, ou d'un amnésique comme dans le film *Prisonniers du passé*, qui retrouvait ses esprits et retournait auprès de sa compagne pour découvrir avec bonheur qu'il avait aussi une fille formidable.

Ses rêves les plus fous ne s'étaient jamais approchés de ce que son père était vraiment, et l'accueil qu'il lui avait réservé ne correspondait en rien à ses souhaits d'enfant. Susan en ressentait comme une douleur sourde, une déception pesante. Il n'avait pas eu l'air franchement transporté d'avoir une fille, et il n'avait même pas pris de nouvelles de Jassmine. En réalité, il semblait considérer Susan comme un prolongement de lui-même.

« Ma fille vous accompagnera pour me rapporter le chaudron », murmura-t-elle en oubliant qu'elle avait un micro au coin de la bouche.

« Pardon ? fit la chef de bord. On partage le même circuit de communication à l'arrière, et je ne veux pas entendre de choses que je ne suis pas censée savoir, d'accord ?

— Désolée », fit Susan.

Merlin la regarda, sourit et fit mine de fermer sa propre bouche comme une fermeture éclair. Elle hocha la tête. Elle n'avait pas envie de discuter, de toute façon. Elle posa la tête sur l'épaule du jeune homme et s'appuya contre le dos de Viviane. Merlin sortit un livre de son sac en poil de yak.

Susan se mit à lire par-dessus son épaule et reconnut le personnage de Harriet Vane, même si elle n'avait pas lu ce volume précis de la série de Dorothy Sayers. Merlin inclina obligeamment le livre pour lui faciliter la lecture, toutefois elle eut le sentiment que cela l'irritait un peu – elle non plus n'aimait pas qu'on lise par-dessus son épaule. Mais elle avait les paupières très lourdes, sa tête bascula en avant, et Merlin n'avait pas encore tourné la première page qu'elle dormait profondément.

Elle se réveilla encore vaseuse peu après – elle n'aurait su dire combien de temps s'était écoulé – pour entendre la voix de la pilote crépiter dans ses oreilles.

« Salut, là derrière. Nous arrivons à proximité de la base de Northolt, mais nous avons reçu l'ordre de vous débarquer un peu à l'est, à Barnet, sur Totteridge Green ; nous avons l'autorisation du contrôle aérien, et on m'informe que la zone d'atterrissage sera sécurisée par la police et des éléments des LIBER MERCATOR – aucune idée de ce que c'est. Je dois également vous transmettre un message, que voici : "Le siège de Southaw est l'if de Totteridge, à Barnet." Je répète : "Le siège de Southaw est l'if de Totteridge, à Barnet."

— Bien reçu, répondit Merlin. Vous a-t-on recommandé une approche spécifique, pilote ? Il vaut mieux éviter de survoler ou d'approcher le... le siège.

— Euh, aucune information à ce sujet. Nous avons la zone d'atterrissage. Nous sommes à cinq minutes de vol.

— Si vous repérez un quelconque phénomène inhabituel, météo ou autre, je vous conseille *vivement* de... de vous en détourner – je ne connais pas le terme technique.

— Le contrôle aérien nous a assigné un couloir strict, nous sommes tenus de nous y conformer. Je revérifie. »

Susan se pencha en avant pour regarder par la vitre mouchetée de pluie. Elle ne distinguait guère que le ciel gris, à moins de défaire sa ceinture et de se lever pour avoir un meilleur angle de vue, mais la chef de bord désapprouverait sûrement, et c'était une mauvaise idée de toute façon.

« Eh bien, il y a effectivement un phénomène inhabituel droit devant : un banc de brume localisé entre nous et la zone d'atterrissage, mais nous passerons à plusieurs centaines de pieds au-dessus. Nous nous poserons de l'autre côté.

— Pilote, faites le tour ! aboya Merlin. Viv, tu sens quelque chose ?

— Un Doyen. » Elle pointa vers le sol. « Southaw. »

L'hélicoptère ne changeait pas de cap.

« Pilote, faites le tour !

— Nous sommes largement au-dessus, pas de prob... »

Les vitres se parèrent d'un blanc épais, comme si on y avait plaqué de la ouate sans prévenir. Quelques secondes plus tard, tous sursautèrent au bruit d'un impact violent, comme une brique percutant le flanc d'une voiture, puis il y en eut un autre, et un autre, clair et sonore malgré le vacarme de l'hélicoptère.

Des phrases confuses et étouffées retentirent dans le casque de Susan, puis la pilote reprit clairement la parole, d'un ton plus vif, mais sans panique.

« Collision aviaire ! Nous descendons ! Tenez-vous prêts à... »

La brume se déchira comme un oiseau s'écrasait sur la vitre en face de Susan, la maculant de sang et de plumes. Des chocs résonnaient à présent sur tout l'appareil. Le bruit du moteur se mua en une plainte plus aiguë, et le rythme des rotors devint erratique.

Merlin arracha son casque et resserra sa ceinture, et Susan l'imita. Elle sentit Viviane en faire autant derrière elle.

« Penchez-vous et serrez fort vos genoux ! » cria la chef de bord, qui resserrait son harnais et croisa les bras pour tenir les sangles supérieures, les pouces sur les côtés.

Les impacts d'oiseaux se multipliaient au point d'évoquer une averse de grêle. Les vitres étaient presque obscurcies par le sang et les plumes, et la brume dissimulait ce qu'on aurait encore pu voir.

« Est-ce que tu peux faire quelque chose, Viv ? » cria Merlin. On s'entendait à peine.

Les moteurs, asphyxiés, toussèrent soudain affreusement et s'arrêtèrent tout à fait. Les rotors changèrent encore de rythme : ils paraissaient plus lents et bizarrement moins confiants. L'hélicoptère se mit à tourner autour de son axe, et sa queue balaya le ciel comme la grande aiguille d'une montre.

« Non ! Il est trop lourd ! hurla Viviane.

— Nous passons en autorotation ! beugla la chef de bord. Position de sécurité ! Position de... »

L'hélicoptère heurta le sol et glissa dans un crissement terrifiant de métal torturé avant de percuter quelque chose et de s'arrêter dans un fracas assourdissant sur le flanc droit. Susan fut projetée sur Merlin, qui agrippait le montant de la banquette de la main gauche et restait solide comme un roc.

Tout s'arrêta. Finis, les impacts d'oiseaux, le bruit du moteur et le flap-flap-flap des rotors. Rien que le grondement triste et grave des matériaux sous pression et le hurlement perçant d'une alarme.

Merlin fut le premier à réagir. Il regarda vivement autour de lui : Viviane était suspendue à son siège, mais elle avait appuyé ses pieds sur la porte qui reposait à présent au sol et s'employait à ôter sa ceinture. Susan était allongée, mais elle se débattait aussi avec sa ceinture. La chef de bord reposait sur le flanc dans son harnais et criait dans son micro sans obtenir de réponse des pilotes.

Le libraire se détacha et se dressa sur le dossier de son siège. Il fit lentement glisser la porte de gauche, qui se trouvait à présent au-dessus de leurs têtes. Celle de droite, sous les pieds de Viviane, était déformée et fendue : on distinguait des mottes de terre et d'herbe à travers une longue entaille.

La chef de bord manqua tomber de son harnais en essayant de prendre appui du pied pour atteindre elle aussi la porte, parvint à poser ses bottes sur le dos de la banquette et aida Merlin à ouvrir. Elle se préparait à lui faire la courte échelle, mais il sauta simplement et se hissa par-dessus bord. De là, il s'accroupit et se pencha dans la carlingue en tendant la main à Susan. Celle-ci lui passa toutefois d'abord le sac contenant l'épée, qu'il saisit et lança à distance raisonnable avant d'aider la jeune femme à sortir.

Des vrilles de fumée commençaient à s'introduire dans la soute. D'autres s'enroulaient autour du fuselage et s'élevaient pour s'unir à la brume. Une pale se dressait droit dans les airs, comme le bras d'un noyé appelant à l'aide.

La visibilité ne dépassait pas trois ou quatre mètres, mais l'hélicoptère semblait s'être écrasé dans un champ herbeux semé de pierres.

« Saute et éloigne-toi ! » lui cria Merlin, qui se penchait à nouveau pour aider Viviane puis la militaire à sortir.

Susan sauta à terre mais ne s'éloigna pas. À la place, elle gagna l'avant de l'hélicoptère. Elle tressaillit en constatant que l'appareil avait heurté de front un énorme affleurement rocheux. Le nez et le cockpit étaient affreusement déformés, aplatis jusqu'au niveau de la cloison qui marquait le début de la soute. Partout gisaient des bouts de métal, de plastique et de plexiglas barbouillés de sang et de plumes.

Une partie du sang ne venait pas des oiseaux, comprit Susan, et elle dut détourner les yeux. Aucune chance que les pilotes aient survécu.

La chef de bord la rejoignit en haletant et contempla le désastre. Elle resta là plusieurs secondes, le regard fixe, jusqu'à ce que Susan pose la main sur son bras.

« Mel… c'est bien ça ? Il n'y a rien à faire. »

Mel hocha lentement la tête, se secoua et regarda les minces volutes de fumée qui commençaient à s'élever des nombreux trous et fissures dans la poutre de queue et la soute. Plus loin, le brouillard masquait tout. C'était comme s'il n'y avait que l'hélicoptère en feu, ses quatre rescapés et rien d'autre ; le reste du monde était oblitéré par une épaisse brume humide.

« Non », dit-elle. La voix lui manqua quelques instants, puis elle reprit plus fermement. « Nous… nous devrions nous éloigner. »

Susan la suivit. Merlin et Viviane étaient déjà en mouvement, mais ils avançaient lentement, scrutant les alentours comme des éclaireurs en territoire ennemi. Merlin portait le sac de l'épée dans la main droite et gardait la gauche dans son sac en poil de yak, où elle tenait sans doute le revolver tandis qu'il sondait la brume. Viviane progressait prudemment, la main droite tendue devant elle comme pour tâter le chemin.

Soudain, ils s'entre-regardèrent. Ils n'échangèrent pas un mot, mais Susan sentit qu'il s'était passé quelque chose. Un changement subtil dans le monde autour d'eux. Rien qu'elle pût voir ou entendre, mais il semblait différent…

Une fumée âcre passa sur son visage et elle se mit à tousser. Non seulement elle avait une odeur chimique et métallique, mais elle portait aussi le fumet déplaisant d'oiseaux grillés – un peu comme une rôtisserie à l'hygiène douteuse, non loin de Milner Square, dont Susan évitait toujours les effluves en changeant de trottoir.

« Je n'ai jamais vu la brume se lever comme ça, dit Mel. Ni une nuée d'oiseaux dans un banc de brume… et… mais où est-ce qu'on est, bon sang ? »

Susan regarda autour d'elle. Le brouillard était trop dense pour voir bien loin, mais l'hélicoptère en feu avait créé des turbulences qui l'éclaircissaient autour du site du crash. Une forêt très touffue et broussailleuse se dressait juste derrière l'appareil, pleine de chênes très hauts et larges, et le champ dans lequel ils s'étaient écrasés n'était que grossières touffes d'herbes et cailloux – pas du tout le genre d'enclos manucuré qu'on s'attend à voir dans un riche village semi-rural comme Totteridge, en bordure de Londres. Sans parler de l'énorme rocher qu'avait heurté l'hélicoptère : il aurait dû être supprimé depuis longtemps.

« Où est-ce qu'on est ? » répéta Mel. Elle s'arrêta et se retourna. « On suivait une nationale, il y avait de grandes maisons de chaque côté… rien de tel… »

Elle désigna les alentours, et la brume s'enroula autour de ses mains qui pointaient les grands arbres et le champ semé de pierres. Il n'y avait ni maisons ni route en vue – aucun signe de civilisation.

Ils frémirent tous comme une explosion se produisait à l'intérieur de l'appareil. Rien à voir avec les déflagrations spectaculaires des superproductions hollywoodiennes, mais elle marquait néanmoins la propagation de l'incendie à la soute. Les flammes se firent plus claires et plus chaudes, et les nombreuses volutes de fumée individuelles se rassemblèrent en une colonne gris-noir qui s'éleva en grondant pour rejoindre la brume.

En dehors des crépitements de l'hélicoptère en feu, il régnait un silence anormal. On n'entendait pas un son, ni bruit humain ni circulation.

Quelque chose bougea à la limite visible du brouillard. Un gros chien, aperçu un instant, disparu le suivant.

« Un loup, fit Merlin. L'incendie devrait le tenir à distance.

— Un loup ? Mais qu'est-ce que vous dites ? » s'offusqua Mel. Elle déglutit puis reprit la parole, manifestement pour se rassurer. « Quelqu'un aura déjà appelé le 999. Ted a peut-être pu émettre un appel de détresse… Ils vont envoyer un appareil de sauvetage… On ne doit pas être à plus de cinq cents mètres de la zone d'atterrissage prévue, les policiers qui attendaient là-bas auront entendu l'impact, la fumée va percer la brume…

— Je crois que certaines… euh… problématiques locales inhabituelles vont un peu retarder les secours, expliqua Merlin, penaud. Vous devriez rester ici, sergent.

— Bon sang, mais qu'est-ce qui se passe ?

— Vous avez signé un papier concernant les secrets d'état, j'en suis sûr, fit le libraire. Disons qu'il s'agit d'une information couverte par cette notion. Faites profil bas, nous vous enverrons de l'aide dès que possible.

— Je devrais aller chercher un téléphone, appeler… »

Un long hurlement l'arrêta à mi-phrase. Tout près, dans la brume. Plusieurs autres lui répondirent.

« Des loups, dit lentement Mel.

— Oui », répondit Merlin. Il parlait vite, comme pressé de repartir. « Êtes-vous armée ?

— Non ! On est en Angleterre, pas dans une zone de guerre. »

Le jeune homme se pencha et sortit le Beretta de son étui de cheville. Il le maintint pointé vers le bas.

« Je pense que le feu tiendra les loups à distance, mais vous pouvez garder ça. Le cran de sûreté est ici. Armez le chien pour tirer. Attention à la façon dont vous le tenez, ou la glissière vous arrachera la peau. »

Il tendit l'arme à la militaire, ainsi qu'un chargeur supplémentaire issu de son sac en poil de yak.

« Mais je vous conseille de ne tirer qu'en dernier recours, ajouta-t-il. Cachez-vous et ne faites pas de bruit.

— Qu'est-ce que vous allez faire ? demanda-t-elle lentement.

— Il faut qu'on aille s'occuper de quelqu'un », répondit Merlin. Il ouvrit le sac et en dégagea l'épée. Curieusement, cela sembla sortir Mel d'un désarroi qui confinait à la panique.

« C'est une spathe, non ? Une épée de cavalerie romaine ?

— C'est l'idée, oui, mais celle-ci date du septième siècle, admit le libraire. Je suis surpris que vous l'ayez reconnue.

— Je participe à des reconstitutions historiques. Légionnaire du premier siècle de notre ère. Au glaive, bien sûr.

— Il se trouve que j'ai aussi un glaive à la maison, dit Merlin. Mais il ne joue pas dans la même catégorie que cette... »

Il s'arrêta : Viviane le tirait par la manche.

« Oui. On discutera épées une autre fois, fit-il. Comme je vous le disais, cachez-vous et ne faites pas de bruit. Venez. »

Il adressa ce dernier mot à Viviane et Susan, comme si c'étaient elles qui retardaient tout le monde. La libraire renifla, et Susan haussa le sourcil.

« Quoi ? lança Merlin. Suivez-moi. »

Et elles le suivirent dans la brume.

Chapitre vingt-cinq

À la nuit tombante, elle tira, nonchalante
Lors, la flèche à trois pointes fila dans les airs
Droit au cœur de son amant plutôt que d'un cerf
Les vouant à la séparation permanente

Ils n'allèrent pas très loin avant que Merlin ne s'arrête et s'accroupisse en leur faisant signe de l'imiter. Susan vint se poster près de lui, tous les sens en alerte. Elle ne voyait rien à travers la brume et n'entendait rien non plus. Tout ce qu'elle savait, c'est que le chaudron de cuivre se trouvait quelque part devant eux, à peut-être deux ou trois cents mètres, mais elle aurait été bien en peine d'expliquer comment elle le savait.

« D'accord, on s'est suffisamment éloignés de Mel pour établir un plan sans la faire paniquer », dit-il. Il parlait vite, manifestement inquiet.

« C'est peut-être moi qui vais paniquer, répondit Susan. Où est-on ? Et qu'est-ce qui se passe ?

— Nous sommes sur le domaine primaire de Southaw, répondit franchement Viviane. Qu'il a transporté – et nous avec – hors du temps. Un peu comme ce qui t'est arrivé avec Merlin à la foire de mai.

— Mais il a commis une grosse erreur en abattant l'hélicoptère au moment où il l'a fait, dit Merlin. Par dépit sans doute, parce que tu étais à bord.

— Pourquoi était-ce une erreur ? protesta Susan. On a failli mourir…

— Mais on est vivants ! Et on s'est écrasés sur son domaine pile au moment où il le transportait hors du temps, expliqua le jeune homme. La grand-tante Évangéline, la cousine Una et les troupes ont entrepris de le ramener – Viv et moi l'avons senti. Donc nous sommes comme un ennemi infiltré entre les murs pendant un siège. Une cinquième colonne ! Un cheval de Troie ! Un…

— Il saura quand même que nous sommes là », l'interrompit Susan, anxieuse. Elle désigna le sol. « Et je veux dire pile ici. À Coniston, je savais où tout le monde se trouvait, le moindre être vivant dans les limites de mon territoire !

— Il n'y peut pas grand-chose pour l'instant, tempéra Viviane. Les droitiers ramènent de force son domaine dans le nouveau monde. Il devra mobiliser toute sa puissance pour les en empêcher. Mais l'affrontement ne durera pas, d'une manière ou d'une autre. On l'emportera, j'en suis certaine, mais au cas où, on devrait se rendre utiles. Et on dispose d'une quinzaine de minutes…

— Une quinzaine de minutes ! s'exclama Merlin. C'est tout ?

— Oui. » Elle leva la main droite comme pour soupeser un objet invisible. « Peut-être même moins.

— Que se passera-t-il s'ils n'arrivent pas à ramener le domaine ? s'enquit Susan. À *nous* ramener ?

— On restera coincés ici. » Viviane scruta la brume, qui ne s'estompait pas. « En toute honnêteté, j'aurais cru qu'à ce stade on verrait déjà des signes du retour du nouveau monde… Southaw est plus puissant que je ne m'y attendais. Sans doute parce qu'il a le chaudron.

— Qu'est-ce que ça implique, d'être coincés ici ?

— La routine du pays des fées », répondit la libraire, qui examinait toujours les alentours. « Dilatation temporelle. Quelques heures ou jours ici, des mois ou des années dans le monde normal. Voire des siècles.

— Southaw nous tuera direct, assura Merlin. Donc inutile de s'inquiéter pour ça.

— Alors, qu'est-ce qu'on fait ?

— On trouve le siège de son pouvoir, dit Viviane. On le distrait. S'il doit utiliser ses forces contre nous, il en aura moins à opposer à l'équipe de droitiers... »

Quelque chose jaillit hors de la brume.

Merlin pivota pour lui opposer son épée. Viviane esquiva tout en ôtant son gant et en bloquant sa respiration. Susan tomba presque à la renverse et attrapa une grosse pierre près d'elle. Quand elle tourna de nouveau la tête, la brume s'était refermée sur elle. Elle ne voyait rien et n'entendait que des grognements bestiaux, le choc de l'épée contre quelque chose et les cris de Merlin : « Aveugle-le, Viv ! Aveugle-le ! »

Elle brandit la pierre qu'elle avait en main et s'élança, fendant le brouillard. Soudain, Merlin fut devant elle, face à un ours énorme. Un ours mort, fils-du-chaudron, la gueule à demi squelettique, le crâne et la mâchoire apparents à travers la fourrure rongée. L'un de ses yeux était une bouillie sanglante – sans doute l'œuvre expéditive de Viviane –, mais l'autre brillait d'un éclat cuivré.

Merlin asséna à l'animal un coup si vif que l'épée devint floue. Une énorme tranche de chair putréfiée vola de son torse épais comme une barrique, ce qui ne le ralentit pas et n'eut aucun effet notable. Il était rapide, beaucoup plus qu'il ne l'avait jamais été de son vivant. Merlin recula d'un bond devant sa contre-attaque, se tordit le pied en chausson sur un gros caillou et, malgré son rétablissement presque instantané, l'ours profita de l'occasion pour l'attraper par les chevilles et lui tordre les jambes.

Susan entendit les os se briser et hurla, noyant le cri de douleur de Merlin. Elle lança sa pierre à la tête de l'animal et toucha son œil restant. La bête rejeta Merlin et se précipita vers elle. Elle recula frénétiquement et...

Viviane s'interposa devant le fils-du-chaudron, main droite levée brillant d'une aveuglante lumière argentée réfléchie par les nappes de brume mouvantes.

L'ours s'arrêta net, les muscles figés.

Des perles de sueur roulaient sur le front de la libraire. Elle avait les joues pincées, les muscles du cou tendus sous l'effort de retenir son souffle. Elle luttait contre l'intelligence de Southaw qui contrôlait le fils-du-chaudron, mais elle ne tiendrait que tant qu'elle aurait du souffle.

« Susan ! Asservis l'ours ! » hoqueta Merlin. Il voulut se relever, mais c'était impossible : ses jambes avaient cassé comme des brindilles. Il entreprit de ramper vers la bête, les jambes traînant inertes derrière lui.

Susan prit le couteau à beurre. Le sang avait séché sur la lame, et elle n'était pas certaine que cela fonctionnerait. Elle passa vivement le tranchant affûté sur sa paume, ignorant la douleur soudaine pour y essuyer la lame. Puis elle la tint dans sa main sanglante et chercha frénétiquement dans ses poches le troisième sachet de sel.

Viviane tomba à genoux, le poing gauche à terre, la main droite brillant toujours et tremblant devant le fils-du-chaudron.

À tâtons, Susan trouva de la monnaie, un mouchoir et sa clé. L'espace d'un terrible instant, elle se demanda si Viviane lui avait bien donné *trois* sachets de sel. Peut-être n'y en avait-il que deux…

Elle le trouva tassé dans le coin de sa poche. Elle l'en sortit, l'ouvrit avec les dents, relâcha sa prise sur le couteau et versa le sel dans l'espace entre le pouce et l'index, comme un magicien dissimulant un mouchoir pour un de ses tours.

Viviane émit un son étranglé, mais garda la main levée.

Susan prit le couteau barbouillé de sang et de sel dans sa main droite et s'avança pour glisser la lame dans la plaie que Merlin avait ouverte sur le torse massif de l'ours.

« Je suis ton maître ! cria-t-elle. Tu dois m'obéir ! »

Au même instant ou presque, Viviane suffoqua et s'effondra, inconsciente.

À la différence du moment où elle avait tenté d'asservir Southaw, Susan sentit aussitôt l'effet de cette manœuvre. Une douleur intense naquit entre ses yeux, comme une violente sinusite, mais elle se découvrit à travers elle un lien avec la créature qui lui faisait face. Elle discernait l'étrange feu rouge et or qui brûlait en elle, le pouvoir moteur du chaudron de cuivre qui avait remplacé la volonté vivante, et une ligne de ce même feu qui partait de sa tête et s'élevait comme s'il s'agissait d'une marionnette contrôlée par une présence dans le ciel, plus haut que la brume.

Elle vit aussi l'ombre difforme ramassée derrière les pattes de la bête, le vestige pollué de l'esprit de l'ours, éjecté par le pouvoir du chaudron mais encore lié à la chair.

Elle exerça sa volonté sur l'animal, s'efforçant d'en prendre le contrôle et d'en devenir à son tour le marionnettiste. Elle eut soudain la nausée lorsqu'elle perdit l'accès à sa vue et à ses propres sens pour commander ceux de l'ours, mais elle en fut chassée un instant plus tard et de retour dans sa propre tête.

Elle entendit la voix confiante et railleuse de Holly tout près d'elle, lui criant dans l'oreille, et sentit sa présence – l'immense pouvoir du Doyen.

« À moi ! Il est à moi ! »

Il était trop fort. Elle ne prévaudrait pas contre lui – et elle ne le voulait même pas : la brève expérience malsaine de contrôler le pauvre ours lui suffisait largement. Elle ne dirigerait plus jamais de fils-du-chaudron. Plus jamais.

Mais elle sut instinctivement qu'elle pouvait faire autre chose. Elle brandit à nouveau son couteau souillé de sang et de sel, et trancha la ligne de feu qui partait de la tête de l'animal alors que Southaw levait ses énormes pattes griffues pour la frapper.

La ligne rouge luisante se coupa sans résister et se recroquevilla comme un poil grillé. Le feu qui brûlait au cœur de la bête s'éteignit en même temps, soufflé comme une chandelle. L'ombre difforme retrouva les contours d'un pauvre ours désorienté, s'enfonça dans l'herbe et disparut.

Susan fit un bond en arrière tandis que les restes du monstre s'affaissaient devant elle – une pile de viande décomposée, de sang malodorant et d'os brisés à vous soulever l'estomac. Il en tomba un peu sur les pieds de Viviane, mais celle-ci ne bougea pas.

Elle avait l'air morte. Redoutant le pire, Susan s'agenouilla près d'elle et chercha un pouls sur son cou – qu'elle découvrit avec un sursaut de soulagement. Il était faible mais régulier, et la poitrine de la libraire se soulevait lentement sous son gilet bleu pâle. Du sang coulait de sa lèvre, qu'elle avait mordue dans son effort pour contenir le fils-du-chaudron. Et sa main droite brillait toujours.

Merlin se hissa sur ses bras, et Susan se tourna vers lui.

« Elle a épuisé ses forces, marmonna-t-il. Elle s'en sortira…

— Et toi ? » s'inquiéta la jeune femme. Elle voulut relever le bas de son pantalon pour constater la gravité de ses blessures, mais il lui attrapa les poignets pour l'en empêcher.

« J'ai les deux jambes cassées, grimaça-t-il. Des fractures en spirale. Pas jolies.

— La salive de suçoteur…

— Ne répare pas les os brisés… Pas vite, en tout cas. » Il haletait et souffrait manifestement beaucoup. Il sortit le Smython de son sac et le lui tendit, crosse la première. « Prends mon revolver. J'ai vu que ton couteau sanglant et salé était plus efficace qu'une épée contre les fils-du-chaudron. C'est toi qui vas devoir distraire Southaw…

— Mais…

— Tu peux… lui faire… comme… à l'ours.

— Mais comment saurai-je à quoi Southaw…

— L'if de Totteridge, souffla Merlin. Le siège de son pouvoir est un arbre ! Ce sera évident pour toi, et il aura le chaudron avec lui. Va dans sa direction.

— Mais qu'est-ce que je suis censée faire ?

— J'en sais rien ! Tire sur l'arbre, coupe des branches avec ton couteau, n'importe quoi pour détourner son attention du conflit de volonté avec les droitiers, grinça le jeune homme. Je te suivrai, mais en rampant… On n'a pas de temps à perdre ! Tu es notre seule chance. »

Elle hésita un instant avant de se pencher pour l'embrasser sur la bouche. Il leva sa main droite tremblante et la passa sur les cheveux ras de Susan. Le baiser dura une seconde électrique avant qu'ils ne s'éloignent lentement.

« Ne meurs pas, murmura Merlin.

— Toi non plus », répondit-elle. S'ils survivaient, il y aurait bien plus qu'un simple rendez-vous dans leur avenir commun, elle le savait.

S'ils survivaient.

Elle attrapa le revolver et, couteau en main, fit demi-tour et s'enfonça dans la brume. Elle savait exactement où se trouvait le chaudron de cuivre, et elle se dirigeait droit vers lui.

Merlin jeta un nouveau coup d'œil à sa sœur, prit un couteau dans sa manche et s'assit en grognant de douleur. Il se pencha et fendit son pantalon jusqu'au genou pour examiner ses jambes cassées. De la main gauche, plus ferme, il prit un flacon de salive de suçoteur, fit rouler la substance dans sa bouche et la cracha sur sa jambe gauche, où un bout d'os tordu saillait hors de la chair. Il la laissa reposer un peu puis appliqua sa main gauche sur l'os et, d'un mouvement vif, le remit en place – avant de s'évanouir.

Susan ne regarda pas en arrière. Elle marchait le plus droit possible en direction du chaudron. Elle sentait où il se trouvait. Ce n'était pas loin, mais la brume était encore si dense qu'elle ne voyait rien d'autre que le champ à quelques mètres devant elle. L'herbe était plus haute, ici, et semée de pierres – une clairière naturelle plutôt que l'œuvre de tout premiers agriculteurs. Southaw avait bel et bien emporté son domaine dans une très ancienne version de l'Angleterre, loin dans le temps.

Elle tenait son couteau prêt, les nerfs à vif, dans l'attente d'une soudaine attaque de fils-du-chaudron – humain, ours ou autre. Mais au bout de quelques pas, elle comprit que cela ne marcherait pas. Elle ne pouvait pas avancer prudemment dans la brume, en redoutant une attaque.

Merlin lui avait dit de distraire Southaw. Pour ça, elle devait attirer son attention, pas se cacher.

Elle se mit à marcher plus vite et emplit ses poumons pour crier de toutes ses forces.

« Hé, Southaw ou Holly ou je ne sais quel nom tu te donnes ! Connard ! Je viens chercher mon chaudron ! Oui, tu as bien entendu ! Mon chaudron ! LE MIEN ! »

Ses paroles eurent un effet immédiat. La brume tourbillonna, s'éclaircit, et la visibilité augmenta fortement. Des bruits modernes se firent soudain entendre, bien que lointains. Le son de sirènes distantes, et un hélicoptère. Ils disparurent presque aussitôt, mais la brume ne revint pas.

Un soleil timide éclairait le champ plein de pierres. L'obscurité de la vieille forêt qui cernait cet espace ouvert en absorbait la lumière. À une centaine de mètres, Susan vit un arbre isolé. Un if déjà très vieux, même ici, noueux et crevassé, dont le tronc jaunâtre massif ne s'élevait qu'à un mètre de haut avant de se séparer en cinq branches maîtresses qui montaient à neuf mètres. Sa frondaison s'étalait largement, riche d'aiguilles toxiques et de baies.

Quelque part au pied de l'if, dans une cavité entre ses racines, se trouvait le chaudron de cuivre. Une énorme marmite de métal martelé épaisse de quinze centimètres, assez grande pour y faire cuire un bœuf, et dotée de trois pieds trapus larges comme le torse de Susan. Le métal luisait, mais l'intérieur du chaudron était plus noir que la nuit, défiant toute vision mortelle.

Susan se mit à courir en hurlant des mots qu'elle ne connaissait pas – un vieux cri de guerre de son père qui lui était venu en tête. À cinquante mètres, elle s'arrêta pour tirer sur l'arbre, mais elle faillit lâcher le revolver, et la balle se perdit.

Toutefois la détonation détourna bien Southaw de sa lutte invisible contre les libraires qui s'efforçaient de le ramener dans le flux du temps. Les bruits du nouveau monde s'imposèrent à nouveau, plus forts et plus proches. Susan le voyait à présent, comme un mirage superposé au paysage, la vision floue et dédoublée d'une route moderne traversant le champ devant elle, une église dressée derrière l'if, les grandes maisons très chères avec leurs haies proprettes qui frémissaient sur sa gauche et sa droite.

Il y avait aussi des gens, de vagues silhouettes fantomatiques. Elle sut qu'il s'agissait de libraires aux taches argentées qui leur tenaient lieu de mains. Ils étaient nombreux, formant un cercle autour du vieil if, comme les gobelins dont la danse l'avait transportée jusqu'à la foire de mai. Il y en avait davantage encore derrière ceux-là, des gauchers aux armes nébuleuses, des lignes abstraites remplaçant les épées et les haches. Susan entendit la voix autoritaire d'Una, distante, comme apportée de loin par le vent. Mais il n'y avait pas de vent où elle se trouvait : l'air était immobile et humide même si la brume s'était dissipée.

Les routes, les bâtiments et les libraires n'étaient pas encore réels à cet endroit et ne le seraient peut-être jamais si Southaw remportait le conflit de volontés. Susan s'arrêta et serra plus fort le revolver pour tirer quatre fois de plus sur l'arbre, jusqu'à vider son chargeur. Elle eut l'impression de l'atteindre, mais le Doyen ne se laissa pas distraire, cette fois.

Le nouveau monde s'évanouit à nouveau. Susan hurla de colère et se précipita en avant, le couteau à beurre brandi bien haut. Elle voulait faire mal à son ennemi, le punir pour tout ce qu'il avait fait. Il avait réduit son père en esclavage, gâché la vie de Jassmine, *tué* la mère de Merlin et Viviane…

Aucun fils-du-chaudron ne se dressa pour l'arrêter, aucun soudain vol d'étourneaux. Pendant quelques instants, un sentiment d'exaltation emplit Susan : elle allait atteindre l'arbre et en attaquer les branches à l'aide de son couteau… le couteau à beurre affûté…

Mais qu'obtiendrait-elle ? Tirer sur l'if n'avait pas eu d'effet. Elle se savait déjà incapable d'asservir Southaw – en tout cas pas à l'aide de sel, de sang et d'acier.

Elle n'avait pas besoin de lui faire mal. Elle devait le distraire. Lui imposer de lutter contre sa volonté à elle en plus de celle des libraires.

Elle s'arrêta et leva les mains en prenant une profonde inspiration.

« Le chaudron de cuivre m'appartient ! J'en appelle à ses pouvoirs et les refuse à tout autre ! »

Un éclat d'une vive lumière rouge sous l'arbre répondit à ses paroles. Elle ressentit un soudain afflux vertigineux de puissance, pour une brève seconde, avant que la volonté implacable de Southaw ne l'en exclue. Il ne lui suffirait pas de revendiquer le chaudron. Il faudrait plus que cela.

L'Ancien Souverain réagit d'une autre façon également. L'arbre bougea : une grande racine s'arracha de terre – ou du moins est-ce ce qui lui sembla. Susan ralentit et cligna des yeux. Ce n'était pas l'arbre physique qui bougeait, la chose d'écorce, de branches et de feuilles. On aurait dit que son *ombre* le quittait plutôt. Toutefois il ne s'agissait pas d'une ombre banale, mais d'une chose faite de cette fumée intensément dense, grise et grasse qu'elle avait vue se muer en corbeau au sommet du Vieil Homme de Coniston.

C'était l'esprit de l'arbre, l'essence de Southaw.

Une deuxième racine nébuleuse se libéra de terre, puis une troisième, et son double fumeux quitta l'arbre, ses branches s'étirant comme des bras ouverts. Dans cette version de son être, les nœuds et fissures de l'arbre physique étaient d'immenses yeux jaunes dépourvus de pupilles, et la fente putride du tronc une bouche avide qui s'ouvrait, se fermait et grinçait des dents, exaspérée par cette rivale.

Southaw avançait vers Susan et grandissait à chaque pas – c'était maintenant un concentré de malveillance de quinze mètres de haut. Le véritable arbre derrière lui paraissait minuscule à présent, ordinaire et simplement vieux plutôt qu'imprégné de pouvoir.

Mais l'emprise du Doyen sur son domaine ne vacillait pas. Aucun signe du nouveau monde, aucune vision fugitive d'une route, d'une église ou de gens.

« Mais qu'est-ce qu'il lui faut ? » gronda Susan en regardant l'apparition approcher, l'esprit brièvement oblitéré par la peur. Si elle ne parvenait pas à le distraire…

Le chaudron de cuivre émit à nouveau une lumière vive, comme un phare qui l'aurait appelée. Elle se le représentait clairement, niché dans une cavité terreuse sous l'if bien réel, à demi enfoui dans l'humus constitué d'écorces et d'épines en décomposition.

Susan se détourna et se mit à courir à angle droit par rapport à Southaw. L'immense arbre nébuleux pivota pour la suivre, d'un mouvement rapide, ses nombreuses et longues racines le propulsant comme un mille-pattes, de sorte qu'il progressait plus vite que la jeune femme ne courait. Ses branches principales se déployaient quinze à vingt mètres devant lui, un peu trop semblables aux pattes d'une araignée, leurs extrémités se refermant sur le vide de la même façon qu'elles se refermeraient sur elle dans quelques maigres secondes.

Susan pivota encore et s'élança vers la lueur rouge. Southaw en fit autant – pas aussi vite qu'en ligne droite, mais il était déjà trop près. Elle entendait ses branches fouetter les airs, ses racines arracher les pierres et les mottes de terre : cette ombre nébuleuse n'était pas irréelle du tout, pas ici.

Elle n'aurait que quelques secondes avec le chaudron, même si elle l'atteignait la première.

Merlin, qui se traînait douloureusement dans le champ, la regarda courir tandis que l'arbre monstrueux se rapprochait d'elle. Une étincelle d'espoir jaillit en lui en voyant Southaw enfin distrait. Le nouveau monde réapparaissait, se faisait plus net, les sons lointains et les vagues silhouettes plus concrets à chaque instant. Mais ça n'allait pas assez vite, loin de là. Et Merlin cria et s'efforça d'accélérer en apercevant l'éclat lumineux du chaudron, Southaw tout proche et Susan plus encore ; il comprit alors ce qu'elle allait devoir faire et qu'il lui avait lui-même indiqué.

Si on immerge entièrement dans le chaudron une personne bien vivante, il se brise et son pouvoir est perdu à jamais. Ah, et puis la personne en question meurt.

Chapitre vingt-six

Se tenir au tournant, calme et franc
Le temps que le couperet tombe
Un instant lumineux, avant la chute
Tout a une fin, mais est-ce vraiment tout ?

Susan atteignit l'if alors que les branches inquisitrices la talonnaient. Elle n'eut pas le temps de réfléchir, pas le temps de douter, pas le temps de ralentir. Elle sentit une branche coupante lui fouetter le dos et elle se jeta en avant, percutant le sol pour glisser dans la cavité sous les racines de l'if, tombant dans une cascade de terre…

Et dans la gueule béante du chaudron de cuivre.

Elle eut l'impression de plonger dans la lumière, une fabuleuse lumière dorée qui l'enveloppa et l'accueillit – Southaw fut trop lent pour la rattraper.

À une centaine de mètres, Merlin vit Susan plonger. Il vit le Doyen se précipiter en avant, ses grosses branches d'ombre et de fumée fouettant la terre pour finalement reculer avec un hurlement qui évoquait les roues bloquées d'une locomotive fonçant vers la catastrophe – un hurlement de rage absolue.

Le nouveau monde – sous la forme du charmant village de Totteridge – remplaça tout à coup l'ancien en une vague irrésistible de couleur, de son et de mouvement. Le soleil perça les nuages et des traînées de lumière se répandirent. L'A5109 se concrétisa, des gyrophares bleus au nord et au sud indiquant les barrages policiers qui avaient coupé toute circulation.

Du côté ouest de la route se dressaient d'immenses maisons très chères bordées de hautes haies qui les protégeaient du passage des pauvres. À l'est, une église apparut – un bâtiment du dix-septième ou dix-huitième siècle en brique brun-jaune terne, couronné par une tour blanche incongrue. Une clôture étonnamment basse entourait le cimetière, où l'on pénétrait par un porche des années trente au toit en pointe. Les pierres tombales y fleurissaient entre des arbres de taille moyenne.

Et au milieu du cimetière trônait l'if de Totteridge.

Un cercle de libraires – trente droitiers et six ambidextres – cernait l'arbre physique ainsi que sa version monstrueuse et enragée, qui le dominait de toute sa hauteur. Les libraires portaient tous des combinaisons de travail bleues et les bottes de sécurité coquées hideuses à l'extrémité trop large qui en toute autre occasion auraient fait grimacer Merlin. Leurs mains argentées brillaient, nues, et ils formaient une ronde semblable à celle des gobelins de Mayfair.

Sans qu'aucun ordre audible ne retentisse, les libraires s'avancèrent soudain, et leurs bottes s'abattirent à l'unisson, comme celles des gardes de Buckingham Palace. Le cercle se resserra autour de l'arbre.

Southaw les cingla de ses longues branches. Mais ses coups manquaient de force, son essence fumeuse perdait sa consistance au moindre contact et se dissipait en bouffées de poussière grise, comme les aigrettes de pissenlits pollués.

À chaque coup, l'arbre monstrueux se faisait plus petit et plus faible, se rapprochait de l'if physique. Encore une fois, sans un mot, les libraires avancèrent d'un pas, resserrant le cercle. L'essence de l'Ancien Souverain se retira intégralement dans l'arbre réel, mais on la distinguait toujours : l'arbre et l'esprit formaient comme une impression baveuse où les lignes du tronc et des feuilles se chevauchaient dans un flou gris.

Certains dans la ronde se mirent à chanter d'une voix douce et musicale, à peine plus fort qu'un murmure. Les paroles de bannissement, que Merlin avait apprises à l'école mais jamais entendues pour de bon. D'autres se joignirent à eux, deux vers plus loin. Et le dernier groupe en fit autant après deux autres vers : les trois groupes, chacun composé de dix droitiers et deux ambidextres, chantaient en canon.

Ombre, ne rêve mie
En l'éternelle nuit
Dors, point ne veille dans
Le si lent fil du temps

Ne lutte pas, félonne
Abjure ta couronne
Et sauf à notre invite
Point ne quitte ton gîte

Dors d'un sommeil sans rêves
Ton règne enfin s'achève
Dors, ne te réveille plus
Ton temps est révolu

Tandis que les libraires dans la ronde chantaient pour exiler Southaw, quarante gauchers portant également combinaison de travail et bottes de sécurité s'affairaient par quatre à découper les fils-du-chaudron restants à l'aide de divers instruments tranchants. L'un d'eux maniait même ce qui ressemblait fort à l'arme classique de la Faucheuse. Ils ramassaient les morceaux dans des sacs en coton fermés par des cordons, tous frappés d'un blason « Bibliothèque de Wooten » et agrémentés de nombreux motifs qui démontraient les compétences très variables de plusieurs générations de Saint-Jacques en matière de broderie.

Southaw avait déployé plus d'une douzaine de fils-du-chaudron pour défendre le périmètre du village où il résidait, mais il en avait perdu le contrôle en sortant son domaine du temps. Ils s'étaient alors attaqués à quiconque passait à leur portée, y compris leurs semblables, et certains s'affrontaient encore, rongeant et arrachant de la chair corrompue, jusqu'à ce que la lame d'un libraire les découpe en petits morceaux.

« Où est Susan ? »

Merlin gisait à plat ventre dans l'herbe. Il se retourna et leva les yeux, grimaçant sous l'effet de la douleur que le mouvement réveillait dans ses jambes cassées. Le soleil brillait derrière Viviane, et il plissa les yeux. Elle avait le menton couvert de sang à cause de sa lèvre ouverte, mais elle souriait.

« Elle s'est jetée dans le chaudron, répondit lentement le jeune homme. C'est ce qui a perdu Southaw.

— Pas bête ! » lâcha Viviane, admirative.

Merlin ravala un sanglot.

« Elle s'est jetée dans le chaudron, répéta-t-il d'une voix étranglée. Elle l'a brisé pour nous sauver, toi et moi, et pour vaincre Southaw, et tout ce que tu trouves à dire, c'est "pas bête" ? »

Viviane fronça les sourcils et désigna les gauchers occupés à mettre en pièces les fils-du-chaudron.

« Si elle a brisé le chaudron, pourquoi ces aberrations se promènent-elles encore ? »

Merlin la dévisagea, puis tourna la tête vers l'arbre. Les libraires se tenaient à présent épaule contre épaule, tout près du tronc de l'if. Le premier groupe de chanteurs se tut, puis le deuxième, et enfin le troisième. La ronde était terminée, le bannissement prononcé, et sur les derniers mots, l'ultime volute de Southaw disparut de l'arbre. Désormais, et peut-être pour toujours, ce n'était plus qu'un if.

Merlin et Viviane sentirent le Doyen partir, expédié en un lieu semblable au néant qu'ils avaient traversé pour atteindre Silvermere.

La ronde se désunit, des discussions animées s'engagèrent, avec force poignées de mains et embrassades bien plus soulagées que triomphales. Mais à un endroit, près de l'arbre, quelques libraires scrutaient un trou éclairé par une faible lueur rougeâtre. L'un d'eux appela Una, qui se détourna du fils-du-chaudron qu'elle était en train de tailler en pièces et partit les rejoindre, l'épée brandie dans sa main argentée.

« Porte-moi ! ordonna Merlin. Sur ton dos ! Emmène-moi tout de suite là-bas !

— Una ne va pas tuer Susan », protesta Viviane. Toutefois elle se pencha pour le soulever et l'installer en travers de ses épaules. « Mais puisque ça t'amènera plus vite à une ambulance, autant que je le fasse.

— Tu crois vraiment qu'elle est encore vivante ? demanda le jeune homme. Sans rien de changé ? »

Elle ne répondit pas immédiatement. Vivante, ça lui paraissait probable étant donné que le chaudron ne s'était pas brisé. Sans rien de changé, c'était peut-être trop demander.

« Je ne sais pas », dit-elle avec toute la douceur dont elle était capable.

Les sirènes se rapprochaient, de plus en plus fortes, et une véritable parade de véhicules de police déboula du nord et du sud. En même temps, l'inspecteur Greene se précipita à travers le cimetière, en direction de l'if, suivie d'une demi-douzaine de policiers en tenue tactique intégrale. Trois d'entre eux emportaient de vieilles haches d'armes, sans doute récupérées dans la Tour de Londres ; les autres, des HK MP5.

Un pasteur sortit sur le perron de l'église alors qu'ils passaient en courant et posa un regard extrêmement perplexe sur les gens aux mains argentées portant combinaison bleue et armes médiévales ainsi que sur les agents de police armés.

« Rentrez à l'intérieur, monsieur ! cria Greene.

— Les tournages ici sont payants ! rétorqua le pasteur indigné. Et personne n'a demandé la permission ! C'est un sacrilège et une honte ! Je vais appeler la véritable police ! »

Greene désigna du doigt l'un de ses officiers, qui quitta le groupe et prit le pasteur par le bras pour le ramener dans l'église, toujours pestant.

Merlin et Viviane atteignirent l'if quelques secondes après Una. Mais celle-ci rangeait son épée dans son fourreau et tendait la main pour hisser Susan. La jeune femme avait le visage maculé de terre et elle tenait son poignet droit tout près de son cou mais, à part cela, elle paraissait saine, sauve et inchangée.

« Pose-moi », dit Merlin, un peu trop conscient qu'il ressemblait à un poisson hors de l'eau sur les épaules de sa sœur. Celle-ci le déposa plus délicatement qu'il ne le méritait et l'aida à s'adosser à une pierre tombale inclinée. Susan le rejoignit lentement et s'assit près de lui.

Ils restèrent ainsi en silence pendant quelques secondes, à regarder l'if de Totteridge, les libraires et les policiers qui s'affairaient autour, Una qui beuglait des ordres, et Greene qui essayait de lui parler. Une droitière aux cheveux tout blancs les approcha tandis que d'autres ambulances et voitures de police arrivaient de partout, sirènes hurlantes, et qu'un hélicoptère de la RAF décrivait des cercles autour de la colonne de fumée sur le site du crash, à l'ouest. C'était le chaos.

« Je croyais… Je croyais que tu avais brisé le chaudron, commença Merlin. Et… » Il ravala un sanglot et inspira, retenant son souffle une seconde avant de reprendre d'une voix plus normale et insouciante. « Je trouvais que c'était un moyen assez radical d'éviter de prendre un verre avec moi.

— Non, je te poserais juste un lapin, confirma joyeusement Susan. C'est bien plus facile. Surtout que j'ai dû me casser la clavicule.

— Comment se fait-il que tu ne sois pas… morte ? Je t'ai vue plonger dans le chaudron…

— Je n'ai pas trouvé de manœuvre plus à même de distraire Southaw, répondit la jeune femme. Mais je me disais qu'il y avait une chance qu'il ne se brise pas et qu'il ne me tue pas. Deux, même. La première parce qu'il appartient de droit à mon père, qui m'a donné un peu de son pouvoir. C'est lui qui a fabriqué ce chaudron, tu sais ; il n'en est pas juste le gardien.

— Pardon ?

— Aucune idée d'où je tiens cette information, dit Susan, songeuse. Mais c'est le cas. Southaw n'aurait jamais pu asservir papa s'il n'avait pas été si loin de son propre domaine et sous forme humaine de façon à pouvoir être avec maman. Je me demande comment ils se sont rencontrés ? Elle n'est jamais allée dans la région des lacs, à ma connaissance.

— Quelle était la seconde raison ? » s'enquit très lentement Merlin. Il avait du mal à se concentrer. La douleur dans ses jambes était plus intense et accaparait son attention. C'était si bon d'avoir Susan près de lui…

Il sursauta comme la jeune femme le secouait doucement.

« Excuse-moi, qu'est-ce qui s'est passé ?... Je…

— Tu t'es évanoui, expliqua Viviane en se penchant sur lui. Ne bouge pas, la grand-tante Évangéline va s'occuper de tes jambes.

— Dans la limite de mes capacités, pour l'instant, précisa la droitière aux cheveux blancs, qui était manifestement la grand-tante Évangéline. Je vais aussi m'occuper de ta clavicule, jeune fille. Et je te présente mes remerciements liminaires pour nous avoir évité de poursuivre sur la voie du désastre pavée par Merrihew, qui ne nous manquera pas. Des remerciements officiels suivront le moment venu.

— Elles ne se sont jamais appréciées, murmura Viviane à l'oreille de Susan.

— Voilà qui est totalement faux, Viviane », déclara Évangéline. Elle posa sa main luisante sur la jambe gauche de Merlin, prit une soudaine inspiration, puis expira lentement. Le jeune homme grimaça avant de soupirer de soulagement comme la magie faisait effet. « Enfants, Merrihew et moi avions une relation tout à fait cordiale. On pourrait même dire que nous étions amies, jusqu'à ce qu'elle me vole mon petit ami, juste avant Waterloo. Ça va mieux, Merlin ?

— Beaucoup mieux, merci, grand-tante, hoqueta le jeune homme. Susan, qu'est-ce que tu disais ? Quelle était la seconde raison ? »

Évangéline passa à sa jambe droite en marmonnant : « Tu ne pourras pas marcher pendant une bonne semaine, mais je pense que ça t'évitera un plâtre. Deux, plutôt.

— C'est ce que tu avais dit, fit Susan en lui souriant. Que l'immersion totale dans le chaudron le briserait et tuerait celui qui s'y plongerait. Alors j'ai attrapé le bord en plongeant et j'ai gardé la main hors du chaudron. C'est comme ça que je me suis cassé la clavicule.

— Comment c'était ? demanda Viviane. Je ne me rappelle pas vraiment le moment où j'ai mis les mains dans notre calice. »

Susan haussa les épaules, oubliant sa clavicule, et hurla sous l'effet de la douleur soudaine.

« Aïe ! Aïe ! Je ne me rappelle pas vraiment non plus. Je n'y suis restée qu'une seconde ou deux, je me suis hissée hors du chaudron aussi vite que j'ai pu. C'était très lumineux. Une lumière radieuse. J'avais le sentiment… le sentiment d'être à la maison. Tu sais, quand tu rentres après une mauvaise journée et qu'il y fait bien chaud, bien clair et que tu te sens en sécurité…

— Ne bouge pas, ordonna Évangéline en passant à Susan. Je peux recoller l'os et soulager un peu la douleur, mais tu devras garder le bras en écharpe quelques jours et tu vas avoir mal. Il faudra prendre un peu d'aspirine.

— Merci, dit Susan comme la grand-tante posait une main droite légère sur sa clavicule. Pourriez-vous… Pouvez-vous aussi me dire si… si le chaudron… m'a fait quelque chose ? »

Évangéline prit une profonde inspiration, qu'elle retint pendant de longues secondes, et la lueur de sa main baigna d'argent le visage inquiet de la jeune femme. Lorsqu'elle expira, la vieille libraire lui sourit avec douceur.

« Tu es ce que tu as toujours été, fille d'Ancien Souverain et mortelle. Le chaudron ne t'a rien pris et rien donné. Mais tu possèdes un héritage très rare. Je ne crois pas que quiconque puisse t'en expliquer tous les tenants et aboutissants. Notre gardien du calice, peut-être, ou bien ton père. Toutefois, je crois que tu l'as déjà compris, bien qu'ils puissent prendre forme humaine, ils ne pensent et n'agissent pas nécessairement comme nous, et la communication avec eux est rarement simple.

— Il faudra que je rapporte le chaudron à papa », dit Susan. Elle bougea légèrement le bras. Cela faisait beaucoup moins mal, mais ce n'était toujours pas indolore. « J'espère que vous m'autoriserez à le faire ?

— Nous t'y aiderons, promit la libraire. Ton père l'a dissimulé pendant près de deux mille ans, après tout, et à moins de le briser – chose que nous ne ferions pas à moins que des circonstances extrêmes ne l'imposent, par peur de conséquences indésirables –, nous estimons que c'est entre ses mains qu'il est le mieux. Mais pour l'instant, si tu n'y vois pas d'objection, nous le garderons avec nos autres trésors à la nouvelle librairie. Je soupçonne que grand-mère voudra le revoir, déjà. Et puisque ton père s'est retiré, je crois, jusqu'à la fin de l'année, il est inutile de le rapporter plus tôt à Coniston. Mais en attendant, jeunes gens, vous devez tous les deux aller à l'hôpital…

— En fait, grand-tante, l'interrompit très vite Merlin en usant de tout son charme, je me demandais si on ne pourrait pas loger Susan au Northumberland vu qu'elle ne peut pas retourner à

Milner Square de toute façon. Tu sais, ces suites communicantes au dernier étage, je pourrais peut-être en avoir une aussi, provisoirement bien sûr, le temps de récupérer…

— Merlin », le coupa Susan. Elle le regarda avec affection, puis se tourna vers l'inspecteur Greene et Una, venues les toiser d'un air renfrogné comme si elles s'attendaient à les trouver mortellement blessés et à devoir remplir la paperasse requise pour expliquer cet état de fait à divers pouvoirs séculiers. Même si elles avaient déjà évoqué, suite au commentaire fortuit du pasteur, la possibilité de tout justifier en prétextant un dérapage dans le tournage d'un film à gros budget. « Merlin, répéta-t-elle. Je vais suivre le conseil qu'on m'a donné quand je suis arrivée : je vais retourner chez ma mère. »

Le jeune homme se rembrunit, l'air à la fois incrédule que ses charmes soient si totalement ignorés et anéanti parce qu'il l'aimait vraiment.

Susan savoura sa mine un bref instant avant d'ajouter : « Pour une semaine ou deux seulement, le temps de récupérer. Et j'aimerais que tu viennes avec moi.

— Elle t'a bien eu, petit frère », lâcha Viviane, admirative, tandis que Susan et Merlin s'embrassaient.

Épilogue

Le ruisseau murmura plus fort lorsque le taxi arriva et s'arrêta sur le gravier devant la ferme. C'était un taxi noir, londonien qui plus est, vision très inhabituelle ici, près de Bath. Les corbeaux sur la cheminée de la grange dont Jassmine avait fait son atelier regardèrent le véhicule de travers, et plusieurs petites pierres roulèrent au bas de la colline où la terre frémit, comme sur le point d'intervenir plus pesamment.

Mais les entités de l'eau, de l'air et de la terre se rassérénèrent et poussèrent un soupir collectif de soulagement lorsque Susan franchit la portière arrière et quitta la masse métallique qui la masquait à eux. Un soupir que des mortels ordinaires n'auraient ni vu ni entendu, mais que Susan perçut. Elle regarda tour à tour le ruisseau, les corbeaux et la colline et fit signe à chacun, avant de se pencher pour sortir les béquilles de Merlin de la voiture. Celui-ci glissa prudemment sur la banquette, lui prit les béquilles des mains, se hissa en équilibre et avança lentement du parking couvert de gravier au chemin dallé qui menait à la porte d'entrée.

Susan portait une nouvelle combinaison de travail bleue, en ayant facilement trouvé une deuxième à sa taille, à la grande surprise de Merlin. Pour sa part, il avait opté pour un ensemble sémillant destiné à impressionner la mère de Susan : une chemise bleu pâle à manches longues et poignets volantés, un kilt vert et bleu et, en dépit des froncements de sourcils de la jeune femme, des rubans vert foncé qu'il avait lacés par-dessus les bandages qui lui couvraient les jambes de la cheville au genou, et des chaussons écossais. Son éternel sac bariolé en poil de yak pendait à son épaule, et le gênait régulièrement en venant cogner sur ses béquilles.

Audrey sortit de la voiture le sac à dos de Susan et la valise de Merlin qui avait peut-être appartenu à Noël Coward, ainsi que quatre cartons de livres. Ceux-ci portaient des mentions manuscrites au marqueur par-dessus le logo des maisons d'édition : « Sayers-Allingham-Marsh-Christie », « Recommandés par Viviane – à la portée de Merlin », « Livres rares, On Tient à les Récupérer », et « Meilleurs romans britanniques et traduits, 1920-1950 ». Dès qu'elle eut empilé les cartons, Mister Nimbus bondit à leur sommet et contempla ce qui pourrait bien être son nouveau territoire – il inclina toutefois la tête vers les corbeaux, impliquant qu'il avait la sagesse de partager.

« Le compteur affiche deux cent soixante livres, lança gaiement Audrey. Mais je me contenterai d'une petite tasse de thé avant de repartir.

— Vous pourrez même en prendre plusieurs, promit Susan. Et sans doute du gâteau, ou au moins des biscuits. Ça dépend un peu de ce que maman a…

— Susan ! »

Jassmine sortit en courant de la ferme, tout en essayant de quitter sa blouse de peintre pour révéler la robe vintage en soie violette qu'elle masquait, mais elle ne réussit qu'à casser son collier et à envoyer des perles rouler partout. Elle éclata de rire et laissa la blouse tomber à terre avant de prendre sa fille dans ses bras, en évitant prudemment son bras en écharpe et son épaule.

« Mon épaule va beaucoup mieux, dit Susan avant qu'elle ne pose la question. Maman, je te présente Merlin. Merlin, Jassmine.

— Oh, pauvre Lenny, fit sa mère en jaugeant le jeune homme du regard. Quoique, j'ai entendu dire qu'il est déjà raide dingue de Kerry O'Neill. Une clarinettiste, tu vois.

— Ah oui ? fit calmement Merlin. Il paraît que la clarinette va très bien avec le cor d'harmonie.

— Oui, en effet.

— Et voici la tante de Merlin, Audrey, ajouta Susan. Qui a eu la gentillesse de nous amener en voiture.

— Ravie de vous rencontrer, Jassmine », lança Audrey sans la moindre pointe d'accent cockney. Elle lui tendit la main droite, mais Jassmine n'avait d'yeux que pour la gauche, gantée. Elle n'avait pas remarqué celle de Merlin car il se penchait en avant et tenait ses béquilles.

« Oh, murmura-t-elle en reculant. Vous êtes une de ces *libraires*. Comme celle… celle…

— Non, pas comme Merrihew, intervint aussitôt Susan en prenant sa mère par le bras. Merrihew était une… une…

— Traîtresse, lâcha sombrement Merlin. Et nous ferons tout ce qui est en notre pouvoir pour réparer le mal qu'elle a fait.

— Je ne me rappelais pas », dit lentement Jassmine. Elle avait le regard lointain, mais elle semblait aussi à Susan plus présente à elle-même et aux autres – un phénomène toujours rare par le passé. « Je ne me rappelais pas… mais il y a quelques jours, tout a commencé à me revenir…

— J'ai trouvé papa, fit doucement Susan. On l'a forcé à te quitter, maman. Ce n'était pas sa faute. »

Jassmina hocha lentement la tête. Elle essuya une larme et sourit – un sourire empreint de douce nostalgie.

« Je sais, répondit-elle. Mais ça n'aurait pas duré, de toute façon.

— Quoi donc ? s'étonna Susan.

— Rex et moi. On a passé du bon temps, mais on venait de deux mondes différents. Lui, sa montagne et son lac, et moi qui ne jurais que par la ville, la scène musicale et tout le reste. À l'époque. En toute honnêteté, il se montrait souvent assez égoïste. On ne serait jamais restés ensemble. »

Susan la dévisagea. Elle n'aurait pas cru que sa mère prendrait ainsi la nouvelle de la découverte de son père et de son retour potentiel.

« Mais cette histoire m'a apporté ma grande fille ! ajouta Jassmine en souriant. Et en cela, elle est formidable !

— Bien d'accord », fit Merlin. Du bout de sa béquille droite, il désigna les perles dispersées. « Voulez-vous qu'on les ramasse ? Enfin, je dis on, mais je pense Audrey.

— Oh, non, se récria Jassmine. Laissez-les pour les corbeaux, ils adorent ce genre de choses. Venez prendre un petit thé ! Je suis impatiente d'apprendre tout ce qui s'est passé. J'ai préparé la chambre bleue pour Merlin et toi, Susan. Pas la tienne : je me suis dit que tu préférerais le grand lit...

— Bonne idée », dit gravement Susan tandis que Merlin prenait un air faussement scandalisé.

Remerciements

J'ai visité le Royaume-Uni pour la première fois (en provenance d'Australie) en 1983, quand j'avais dix-neuf ans. J'ai eu la chance insigne que ma tante Judy épouse Gerry Heavey, un Anglais qui rentrait voir sa famille au moment où j'y étais, et ses parents et lui m'ont très gentiment accueilli à Londres, m'offrant une base d'opérations pour mes voyages des six mois suivants. Je dois d'immenses remerciements à Gerry et à ses parents, Mr. et Mrs. Heavey (comme je les appelais – l'époque était plus formelle). C'est à cette période que j'ai pris ma décision : je voulais devenir écrivain. D'ailleurs, j'ai rédigé la première nouvelle que j'ai vendue pendant ce voyage, sur une machine à écrire Silver-Reed que j'ai dû revendre pour m'acheter un ticket de bus destination Heathrow, ayant un billet retour pour Sydney mais plus un sou vaillant.

Je suis monté au sommet du Vieil Homme de Coniston en 1983, et à nouveau lors de ma visite suivante, en 1993. C'est Arthur Ransome que je dois remercier pour cela, car sa série *Hirondelles et Amazones* que j'ai adoré lire enfant (et que j'aime toujours) m'a poussé à visiter la région des lacs cette première fois, et à de nombreuses reprises depuis – dont ma lune de miel en 2000. Cette fois-là, alors que ma femme Anna et moi logions dans un hôtel sur la rive du lac Windermere, une brume soudaine s'est levée et s'est déployée sur les pelouses, sur notre balcon et a pénétré dans notre chambre au deuxième étage…

Je suis retourné au Royaume-Uni et à Londres en particulier à de nombreuses reprises depuis cette première visite, et mes séjours ont souvent été facilités et rendus plus agréables par l'hospitalité de ma belle-sœur Belinda McFarlane. Très enrichissants culturellement, aussi, puisqu'elle est violoniste au sein de l'orchestre symphonique de Londres et nous obtient toujours des billets pour des concerts formidables.

Nombre de mes voyages au Royaume-Uni étaient motivés par le travail, afin de promouvoir mes livres, et j'ai eu la chance d'être chouchouté par les attachés de presse, éditeurs et autres personnels de mes maisons d'édition au fil des ans : Harper Collins, Egmont, Bonnier (Hot Key et Piccadillly Press), et désormais aussi Gollancz.

L'idée de ce livre m'est venue alors que j'étais en tournée promotionnelle pour mon roman *Goldenhand*. Je signais des exemplaires dans une librairie Waterstones d'Édinbourg, j'ai noté que le libraire était gaucher et j'en ai fait la remarque à voix haute. Il m'a répondu que tous les libraires présents à la boutique ce jour-là étaient gauchers. Pardonnez-moi de ne pas avoir noté votre nom de famille, Stephen, libraire à Édinbourg, et merci pour l'étincelle qui a donné naissance à cette histoire.

Je suis également reconnaissant à mes amis l'inspecteur Roger Nield, membre de l'Empire britannique, et l'agent de police Lucy Nield, tous deux retraités de la police du Surrey, qui ont répondu à mes questions concernant les forces de l'ordre britanniques. Si j'ai bien fait les choses, c'est grâce à Roger et Lucy ; si je me suis trompé, c'est ma faute. À moins que le fonctionnement de la police ne diffère dans ce 1983 légèrement alternatif…

Je dois remercier mes agents pour leur expertise, leurs encouragements et leur sens aigu des affaires : Jill Grinberg et son équipe chez Jill Grinberg Literary Management à New York ; Fiona Inglis et compagnie chez Curtis Brown, en Australie ; et

Matthew Snyder et ses associés, qui s'occupent de mes droits audiovisuels à la CAA, à Los Angeles.

Mes éditeurs m'aident de bien des manières à faire mon travail et produire des livres magnifiques ; ils les placent et les vendent aussi à merveille, et je suis honoré de figurer à leur catalogue : Katherine Tegen et l'équipe de HarperCollins aux États-Unis ; Eva Mills et tous les gens de chez Allen & Unwin en Australie ; et Gillian Redfearn et l'équipe de Gollancz au Royaume-Uni. J'ai également eu la grande chance de travailler avec des éditeurs d'audiolivres formidables chez Listening Library/Random House, Bolinda, et Brilliance. Je suis aussi très reconnaissant aux traducteurs et éditeurs qui font vivre mes ouvrages dans d'autres langues et d'autres pays.

Les libraires sont essentiels depuis le début pour permettre à mes romans de trouver leurs lecteurs. Je leur suis reconnaissant à tous, non seulement de porter mes livres mais de tout ce qu'ils font pour amener les gens à lire. Je tiens en particulier à remercier Margaret et Teki Dalton, la famille Dalton et tous ceux avec qui j'ai travaillé il y a bien longtemps à la librairie Dalton de Canberra, en 1987, quand le summum de la technologie consistait à appeler l'entrepôt Penguin tous les soirs pour réciter une liste d'ISBN en vue du réassort.

Je dois également préciser que les librairies Foyles modernes possèdent tous les bons côtés de la fameuse vieille boutique du 121 Charing Cross Road, sans ce qu'on pourrait peut-être qualifier d'excentricités stériles. Les libraires de la famille Saint-Jacques ne sont pas objectifs, bien sûr.

De même, le véritable vieil if, le village, l'église de Totteridge et quiconque y était pasteur en 1983 ne sont pas les mêmes que ceux de ce livre, qui décrit une année 1983 alternative, fictive et non pas des endroits ou des personnes bien réels.

Je suis enfin éternellement reconnaissant à mon épouse, Anna McFarlane, qui gère non seulement une carrière bien remplie d'éditrice, mais aussi notre famille ; et à nos fils, Thomas et Edward, qui se montrent très compréhensifs face aux travers et aux limites de leur père, souvent liés au fait qu'au moins la moitié de mon esprit est absent, accaparé par un livre.

AUX ÉDITIONS LEHA

Éric Amon
L'Éveil des Chimères

Pierre Bordage
Inkarmations

Olivier Cotte
La momie qui aimait les pizzas et les jeux vidéo

Jeanne-A Debats et François Froideval
Chroniques de la Lune Noire, tome 1, De gueules
Chroniques de la Lune Noire, tome 2, De sinople (à paraître)

Sara Doke
La Complainte de Foranza

Steven Erikson
Le Livre des Martyrs tome 1, Les Jardins de la Lune
Le Livre des Martyrs tome 2, Les Portes de la Maison des Morts
Le Livre des Martyrs tome 3, Les Souvenirs de la Glace
Le Livre des Martyrs tome 4, La Maison des Chaînes
Le Livre des Martyrs tome 5, Les Marées de Minuit
Le Livre des Martyrs tome 6, Les Osseleurs
Le Livre des Martyrs tome 7, Le Souffle du Moissonneur
Le Livre des Martyrs tome 8, La Rançon des Molosses

Alexis Flamand
Le Cycle d'Alamänder tome 1, La Porte des Abysses
Le Cycle d'Alamänder tome 2, La Citadelle de Nacre
Le Cycle d'Alamänder tome 3, La Nef Céleste

James Islington

La Trilogie de Licanius tome 1, L'Ombre du Savoir Perdu

Brian McClellan

La Trilogie des poudremages tome 1, La Promesse du Sang

Patrick McSpare

Pré-mortem, tome 1, Mourir de vivre

Jean-Luc Marcastel

Thair tome 1, Renaissance

Thair tome 2, Malepeste

Jacques Martel

Loups Sombres

Olivier Martinelli

Le Livre des Purs tome 1, Le Roi des Krols

Le Livre des Purs tome 2, L'Enfant Guerre

Alex Nikolavitch

Le Dossier Arkham

Philippe Tessier

Les Chroniques Hérétiques tome 1, Les Loups d'Uriam

Les Chroniques Hérétiques tome 2, Une Saison de Cendres Morts

Polaris - Cycle Azure livre 1, Point Nemo

AUX ÉDITIONS
LEHA YOUNG ADULT

DÉJÀ PARUS

Kendare Blake
Three Dark Crowns
One Dark Throne (à paraître)

Tess Corsac
Les Nocturnes

Cécile Guillot
Thorngrove

Hermine Lefebvre
Cathédrale

Chloé Lume
Ceux qu'on oublie

AUX ÉDITIONS
LEHA JEUNESSE

Tess Corsac
Le Roi des Hyènes

Jean-Luc Marcastel
Louis le galoup tome 1, Le Village au bout du monde
Louis le galoup tome 2, Les Nuits d'Aurillac
Louis le galoup tome 3, Le Maître des Tours de Merle
Louis le galoup tome 4, La Cité de pierre
Louis le galoup tome 5, Le Coeur de Tolosa

Les Chroniques de Pulpillac tome 1,
Quand les poules avaient des dents
Les Chroniques de Pulpillac tome 2,
La Nuit des ponotes hématophages
Les Chroniques de Pulpillac tome 3,
L'attaque des Cybovins

Suivez-nous !
www.editions-leha.com
facebook / twitter : @EditionsLEHA
Instagram : leha.editions
editionslehajeunesseya

Première édition

Achevé d'imprimer en avril 2022
par L.E.G.O. S.p.A. en Italie.